# 昆仑

## Ⅱ

凤歌

著

四川文艺出版社

# 目录

第一章

# 偷天换日

云殊见他摔倒，身子一沉，正要下落，忽听嗖嗖声不绝，十余道锐风自后袭来。他吃了一惊，放过梁萧，反手扫落数支羽箭，仓促间躲闪不及，大腿中了一箭。

云殊吃痛，怒吼一声，眼角扫去，梁萧身缚绳索，正在地上拼命翻滚。他忍着箭伤，翻身落地，只想抓住梁萧。哪知双足刚一沾地，身后疾风又起，转头望去，一根巨棍如电扫来。“鬼哭神号三连环”，一是绳套，二是锐箭，三是巨棍。这棍子把梁萧全身牵引，来得格外迅猛，云殊势子用老，只觉后心一震，眼前金星乱迸，半空中栽了个跟斗，“哗啦”一声跌进江水。

梁萧侥幸脱身，运剑砍断绳索，眼看柳莺莺赶来，高声叫道：“莺莺，扯帆。”转身摇橹，催船进发。

船借风势，打了两个转，飞也似的向下游驶去。云殊被巨棍扫中，胸口窒闷，喝了好几口水，也无法缓过气来，忍不住叫道：“风眠……风眠……”小童闻声，慌忙摆舟迎上，将他拉到船上。云殊遥望大船远去，心中十分惊怒，忙叫船家追赶。谁知船家刚要摆舵，忽听“咔嚓”一声，小舟居中折断，船上三个人东倒西歪，像是下锅的饺子，接二连三掉进水里。

云殊眼疾手快，一只手抱住半截船身，另一只手将那小童抓起，细察船只断口，但见十分整齐，似被利刃事先割断。云殊一转念，恍然大悟，梁萧使了苦肉计，故意让他打落江中，跟着潜到小舟下方，运剑将船板割得若断若续。他算计精准，铉元剑又锋利，所割的缺口恰能承受两人，云殊一上船，小舟承受不住，登时断作两半。

船家精通水性，自顾自地游向江岸。云殊抱了一截舱板，与风眠载沉载浮，心中无比懊恼："早知这样，我带了剑去，一剑一个，杀光了事。"想到这儿，脑海里又闪过柳莺莺的身影，心神微微一迷，"她一介女流，我怎么能对她动手？等我杀了那两个恶人，再与她讲讲道理，叫她迷途知返，体谅我的苦心。"

梁萧摆舵摇橹，行了一程，将船靠在江北，对其他二人说："那个酸丁不会死心。水路太慢，咱们还是走陆路为妙。"颜人白笑了笑说道："到了江北，我独自前往北方，以免连累二位。"柳莺莺瞧他一眼，冷冷地说："尽说大话，你流了这么多血，支撑得住吗？"

颜人白的伤口两度迸裂，失血甚多，嘴唇泛白，听了这话，摆手笑道："颜某壮如牛马，这点儿伤死不了。"支撑着走了两步，步履虚浮，摇晃不定。梁萧大皱眉头，说道："我们左右无事，送你去北方好了。"柳莺莺哧哧一笑，说道："小色鬼，这叫作什么：'救人须救彻……'"梁萧不待她说完，接口笑道："杀人须见血。"

颜人白纵然城府深沉，脸上也流露出几分感激，悠悠叹道："两位与我非亲非故，屡次救我性命。这份恩情，颜某做牛做马也难报答了。"柳莺莺呸道："少说废话。"颜人白一怔，哈哈笑道："姑娘骂得是，颜某废话连篇，该死该死。"

三人弃舟登岸，向北行了数里，忽听远处数只乌鸦"哇哇"叫着掠入暮空，远处官道上马蹄骤响。梁萧一惊，正要拔剑。颜人白按住他的手，沉声道："敌强我弱，暂避其锋。"梁萧也觉得有理，三人牵了马匹，钻入路边。不一会儿，一行人马飞奔而来，骑者个个身披错金皮甲，头戴紫貂软帽，人如虎，马如龙，彪悍精神，呼啸生风。

梁萧与柳莺莺蹲在一片灌木丛后，双手互握，屏息注视，忽听颜人白一声长笑，用蒙语高叫：“那速！”为首的骑士浑身一震，转眼望来，其他人也同时停马，动作十分整齐。颜人白穿林而出，笑道，“怎么，不认得我了？”

骑士纷纷流露惊喜，滚落马鞍，跪倒在地。那速以蒙语大声说：“大将军，总算找到你了。”颜人白微微一笑，欲要上前搀扶，可一躬身，剧痛难忍，只得束手道：“你们起来。”那速率众起身，见他浑身是血，迟疑道：“大将军，你……你的伤？”颜人白笑道：“一点小伤。你们又是怎么寻过来的？”

那速见他神色灰败，自忖随他南征北讨，从未见他如此委顿，一时大感自责，迟疑时许，说道：“早先约好在真州接应将军，哪知大将军迟迟不到，弟兄们心中焦躁，分成几拨人马沿江搜寻。总算长生天庇佑，让我们遇上了将军。”

颜人白想到一路艰险，恍若隔世，叹了口气说：“那速，你共有多少人马？”那速道：“共三百人，分作六拨，沿江搜寻，一拨五十人，发出信号，就能召集。”颜人白一拍手，笑道：“好，有这三百人，天下也去得。火速召集人马，返还大都。”众军哄然应命，分出三骑，前去召集同伴。

颜人白瞧着三骑消失在路头，如释重负，想起一事，转向梁、柳二人说：“那速啊，若非这两位舍命相救，别说三百人马，就算有三十万大军，你也找不到我啦。”说罢纵声大笑，眉宇间透出喜悦。众亲兵满心惊喜，纷纷向二人行礼。

柳莺莺见了一大群元人，心中不乐，偷拽梁萧衣衫，小声说：“小色鬼，他有了同伴，不用咱们送了。你给他说说，大伙儿一拍两散。”梁萧点点头，正要说话，颜人白却已听见柳莺莺的言语，摆手笑道：“小兄弟，我有一言，不知当说不当说？”

梁萧笑道：“你有话便说，何必顾虑？”颜人白笑道：“小兄弟，你记得我昨晚与你说的话吗？”梁萧点头道：“记得，你说，十年内大宋必亡！”颜人白笑道：“如今看来，也许用不了十年，包管让你抓住昏君奸相，打他们一顿板子。”他心中得意，笑了笑，又说，“小兄弟，实不相瞒，颜人白是我的化名，我真名伯颜，是蒙古八剌部人。此次南来，志在探察大宋军阵，观望江南地形，以便拟定征南方略。”

伯颜是大元开国重臣，随元帝忽必烈扫平诸王，战功极大。忽必烈本意让他统兵征宋，谁知皇子脱欢也力请挂帅南征。忽必烈为了让群臣心服，命两人于三月各自草拟征南方略，择其优胜者为元帅。两人为争帅印，各自领人潜入宋境，刺探大宋政局军情。原本双方各行其是，不料却在“醉也不归楼”遇上。脱欢为人阴狠，行事不择手段，故意泄露伯颜的行踪，引来南朝豪杰群起追杀，几乎让他断送了性命。

伯颜道出真名，心头如释重负。忽见梁萧盯着自己神情古怪，只当他恼恨自己隐名欺瞒，苦笑说：“小兄弟，我并非有意瞒你。只因人心叵测，世道险恶，起初我不知你的真心，不敢据实相告。后来明了二位心意，却又自惭形秽，羞于启齿了。小兄弟，南征在即，国家正当用人之时，你不如与我同往大都，谋取功名。”说到这儿，他微微一笑，“听说令慈也是蒙古人，不妨一块儿接来。”

梁萧脸色苍白，眼神锐利，瞧了伯颜半晌，吐了一口气，缓缓说：“我娘你也认得。”伯颜一怔，奇道：“我也认得？”梁萧道：“不错，她叫萧玉翎。”

伯颜的胸口如被打了一拳，双眼瞪圆，满是不信。梁萧脸色忽变，手中光芒一闪，剑指伯颜，厉声道：“你是我娘的师兄，对不对？”众亲兵无不惊怒，纷纷手挽强弓，指定梁萧。柳莺莺见状，上前一步，立在梁萧身侧，为他挡住斜来的羽箭。

伯颜望着梁萧，神色变换数次，苦笑一下，叹道：“不错。”梁萧双眼赤红，咬牙道：“萧千绝是你的师父？”伯颜又叹一口气，说道：“不错。”梁萧按捺怒气，瞪着伯颜：“好，你说他在什么地方？”伯颜摇头道：“算起来，我六年没见师父了。”梁萧怒道：“你骗谁？”剑锋一吐，抵近伯颜喉头。众亲兵正要发箭，伯颜却一摆手，沉声道：“统统不得放箭，若我死了，也不许报仇，将我尸首带回大都。”那速急道：“将军，你万金之躯……”

伯颜双目精光迸出，厉声道：“此乃军令！”那速一时语塞，放下弓箭。他为亲兵之长，余人只好效仿。伯颜缓缓道，“我骗你做什么？家师性情孤僻，我热衷功名，不投他的性子，出师二十年来，他只来瞧过我两次。第一次是传我大逆诛心掌，第二次是六年以前，他来见我，要我帮忙寻找师妹，其后再未晤面。至于他找到师妹与否，我也不知。”

梁萧瞧他神色郑重，不似说谎，听到最末，心中一阵酸痛，眼圈儿忽地红了，涩声说：“他……他杀了我爹爹，抢走了我娘！”伯颜身子一颤，失声道：“当真？”梁萧眼中流下泪来。柳莺莺听得明白，伸手握住他的手，心中不胜惨然：“我只当我命苦，小色鬼也这样凄惨吗？”目光盈盈如水，凝注在他脸上，心中满是怜惜。

伯颜心中暗叹：“师父此举，有欠思量了。”当年他自萧冷口中得知合州一战的内情，大觉意外，啼笑皆非之余，也对梁文靖力挽狂澜颇为敬服。后来又听说他功成身退、不知所终，这样的作为，自己拍马也是及不上。本当师妹随了他，倒也不枉此生，是以萧千绝让他寻找萧玉翎，伯颜虚与委蛇，并未当真用心，隐隐盼望两人终老林泉，永远不被师父找到。

沉思间，又觉喉间锐痛。抬眼一瞧，梁萧目光冷厉，不由得摇头道：“别说我不知道师父的下落，就是知道，师徒情分，我也不能背叛师尊。梁萧，我这条性命是你救的，你要拿去，也随你好了。”

梁萧眉头一颤，怒道：“好，要怪就怪你是萧千绝的徒弟，他杀了我爹爹，我就杀他徒弟，叫他尝一尝难过的滋味。”伯颜浓眉一挑，失笑道：“这话叫人不服。”眼见梁萧神色迷惑，便说，“我是萧千绝的徒弟，萧玉翎是不是萧千绝的徒弟？”梁萧道：“这不同！”伯颜道：“怎么不同？她与我一般拜师，一般学艺。她少时孤苦无依，是师父将她一手养大，与其说她把师父当作师父，不如说她把师父当作父亲。”梁萧张口欲骂，但话到嘴边，又说不出来，胸中窒闷难忍，冷笑道：“那好，我拿你做人质，引萧千绝出来送死。”伯颜微微一笑，说道：“你还不如杀了我！”

梁萧目有怒色，瞪了伯颜良久，眼中透出一丝茫然，想了想，又问：“我向萧千绝报仇，你帮不帮他？”伯颜道：“若是公平较量，我两不相帮。如果家师败亡，我会与你约期再战，为他报仇。”梁萧盯着他，脸上一阵红一阵白，“唰”的一声，忽地还剑入鞘，转身说：“你今天有伤，我杀你不算本事，等你伤好了，我们再做计较。”

伯颜见他收剑，心中好不诧异，梁萧越是这样，他越觉喜爱，微微一笑，高声道："且慢！"梁萧闻声掉头，伯颜从手指上摘下一枚白玉扳指，递给他说，"日后有事，你拿这个来找我。"梁萧冷冷道："我才不会没事找你。"伯颜笑道："那也未必。家师在哪儿，我不会说。儿子孝顺母亲，却是人之大伦。我知道玉翎身在何方，告诉你也不违天理人情。"梁萧望着伯颜，将信将疑，终归接过扳指，揣入怀里，一言不发，与柳莺莺向东去了。

伯颜瞧着二人背影，心想："这件事错综复杂，再见师父，必须设法化解。不过如何开口，却费人思量。"饶是他才智过人，也想不出妥当办法，只好叹了口气，翻身上马，领着亲军投北去了。

梁萧走了一段路，在路边大石坐下，摸出白玉扳指，作势想要扔掉，临出手时，又生犹豫。如此再三，终将扳指收回兜里，双手抱头，肩头一阵阵发抖。

柳莺莺瞧了半晌，皱眉道："不杀颜人白，眼下就别后悔。哼，就知道哭，不嫌害臊？"梁萧心想，当着她面哭泣，实在有些丢脸，只好抹了脸，心中闷闷不乐。

柳莺莺叹了口气，也坐下来。梁萧挨着她，只觉身心俱暖，天地间除了这个少女，真是别无依靠，想着想着，眼圈微微泛红。

柳莺莺没来由地心头一酸，掏出手帕给他拭泪。梁萧握住她的手腕，叹道："莺莺，我心里好乱。"柳莺莺道："我都明白。"梁萧摇头道："你不明白。伯颜讲义气，不肯背叛萧千绝；我娘也一样。我要杀萧千绝，她一定不干。"柳莺莺想了想，说道："你去见你娘，把我也带上，我说些中听的话儿，把她哄到别处，你趁机去杀萧千绝，好不好？"

梁萧拍手道："这个调虎离山计确妙。"话一出口，又觉不妥，"不对，我娘如果知道我说她是虎，一定会打我耳刮子，嗯，该叫先斩后奏才对。但我不知萧千绝在哪儿，怎么杀他？"

柳莺莺笑道："这有什么难的？他是天下有数的大高手，必然在乎脸面。待你武功练成，只需遍告天下，邀他出战，谅他不会不来。"梁萧沉思一下，点头道："你说得对。"

柳莺莺白他一眼，托着腮，痴痴想了一阵，忽说：“小色鬼，咱们先去雷公堡偷纯阳铁盒，若能打开铁盒，练成里面的武功，萧千绝一定打不过你！”梁萧却想：“那铁盒或许能治好晓霜的病，即使不为我自己，也要弄到手。”

一路向西，柳莺莺知道了梁萧的身世，对他越发怜爱。两人少年心性，时有争吵，柳莺莺每每发过脾气，一想到梁萧身世可怜，自己对他实在太凶，道歉当然不行，换了别的地方，又禁不住柔情缱绻、软语温存，对他尤其好些。二人一路走去，情意渐浓，渐渐难解难分。

过了几日，胭脂腿伤痊愈，两人合乘宝马，好比神仙眷侣。这一天，将近江陵，两人来到一处集镇，人群中，遥见一个杏黄酒招。两人进了客栈，柳莺莺把缰绳交给伙计，说道：“牵到马厩，不许拴它。草料须燕麦五升、糯米半斗、甘草一合、米酒两斛，千万莫记错了。”

伙计口中唯唯诺诺，心中却犯嘀咕：“什么话？一头畜生，吃得比人还精细？转过身，我马虎一些，谅她也不知道。”柳莺莺看破他的心思，笑道：“别怪我没提点你，它吃得不中意，尥蹶子踹你，可不关我的事。”伙计听她一说，又见胭脂神骏，心头打鼓，将信将疑地去了。

两人拣僻静处坐下，柳莺莺点齐菜肴，又要了一壶烧酒，斜睐梁萧，见他默不作声，心中暗笑：“算你识趣，再敢拦我饮酒，哼，别怪我骂人难听。”

酒壶上桌，柳莺莺正欲斟酒，梁萧抢先提过，笑道：“我陪你喝！”柳莺莺一怔，悟到他不便明阻，就变着法儿分去一些酒，免得自己饮醉。她喜欢热闹，心想：“你小子逞强，正合我意。”便举杯说：“好啊，谁不喝光，便是小猫、小狗。”梁萧一怔，暗暗后悔，只得愁眉苦脸，举杯饮尽。两人你一杯、我一杯地喝着，很快，一壶酒就见底了，柳莺莺笑嘻嘻的，面色不改，梁萧却满脸通红，头昏脑涨。柳莺莺又叫一壶，心想：“你这小子婆婆妈妈的，总是拦我喝酒，今儿落到姑娘的手心里，看你怎么逃得出去？”她酒量又佳，口舌又灵，连哄带吓，梁萧又喝几盅，渐渐感觉不支。

柳莺莺心头窃笑，正想把他哄醉，忽听马蹄声响，斜眼一瞅，两个人并肩进来。伙计还没迎上，那两人刺溜一下，忽又缩了回去。柳莺莺眼明心亮，看清来人是雷震夫妇，旋即明白二人因何退去，美目一转，佯嗔道："小色鬼，老和尚怎么还不回来，真是急死人了！"

梁萧喝得晕晕乎乎，闻言未及答话，便觉脚背疼痛，已被柳莺莺踩着。心知事出有因，随口答道："啊……他很快就回来。"柳莺莺"嗯"了一声，又说："铁盒真在雷公堡吗？"一边说，一边凝神细听，不闻马蹄声响，心知两人并未去远。

梁萧顺口答道："你没听楚仙流说吗，雷行空用假铁盒骗他，真盒还在雷公堡。"他口中说话，双眼却盯着柳莺莺，见她嘴角含笑，意甚嘉许，情知并未说错话。柳莺莺眨了眨眼，又道："他骗他的，关老和尚什么事？他去雷公堡盗铁盒干吗？"

梁萧越听越奇怪，话已至此，不可不接，硬着头皮说："他和楚仙流交情不浅，故而……故而一心盗出真盒，给朋友出气……"话没说完，忽听门外马蹄声响，柳莺莺腾地站起，将一锭小银丢在桌上，锐喝："伙计，备马！"伙计牵出胭脂，送梁、柳二人出门。梁萧忍不住问："莺莺，你方才说的话是什么意思？"

柳莺莺笑嘻嘻将因由说了，梁萧一转念，登时明白，笑道："好计谋！"

柳莺莺笑道："怎么好？说来听听！"梁萧说："纯阳铁盒是雷行空看重的东西，必然藏得隐秘。雷震以为九如去盗盒，势必回堡禀告。雷行空心中犯疑，必会去看顾铁盒。如此一来……"说到这里，微微一笑。柳莺莺拍手笑道："没错，我要雷行空给咱们做向导！"

两人行至镇外，忽听远处传来马蹄声，柳莺莺忙道："快躲起来！"两人刚刚闪身路旁，就看到楚羽怒容满面，催马驰来。

柳莺莺见她去远，松了一口气。梁萧道："莺莺，你知道是她？"柳莺莺笑道："她是楚家的人，听说娘家被骗，自然生气，照我看，她是去娘家报信！"梁萧道："话不可这样说，她是雷家的媳妇，不怕惹婆家生气吗？"柳莺莺冷笑说："师父常说'夫妻本是同林鸟，大难临头各自飞'，他们为铁盒翻脸也是有的。"牵马走了五六步，忽听梁萧叫声"莺莺"。少女回过头来，只见梁萧双拳握紧，涨红了脸说："不管……不管有多大的难处，我都不与你分开。"

柳莺莺一怔，鼻酸眼热，低头轻声骂道："你这小色鬼，尽会说便宜话惹人难过。"梁萧急道："我说的不是便宜话。"柳莺莺轻哼一声，说道："不是便宜话，就来给我牵马。"梁萧嘻嘻一笑，抢过马缰，走在前面。柳莺莺望着他的背影，眼角热乎乎的，泪水无声滑落，心里却似涌着蜜糖，甜丝丝的，十分快活。

二人走了一段，跳上马背，胭脂马腿长蹄健，跑得轻快自如。不久看见雷震，他埋头疾驰，没有留意后面，两人远远跟着。柳莺莺心情愉快，指点东西，欢然谈笑。梁萧瞧她一颦一笑，也觉无比惬意。没过多久，便见一座庞大坞堡，依山围田，方圆千顷，坞墙上箭垛如麻，多有守卫往来。

柳莺莺笑道："姓雷的倒寻了处好风水！"只见雷震一骑忽忽，直奔堡门，墙上守卫早见，聚到前堡迎接，便道，"小色鬼，赶快，绕弯子去后面。"梁萧拍手道："好个声东击西！"

策马绕到坞堡后山，林幽蝉噪，时有鸟鸣。柳莺莺跳下马，取下囊袋，取出一副白亮亮的钢爪，连着细软钢索。梁萧奇道："这是什么？"柳莺莺笑道："这叫'遁天爪'。"抖索一抡，钢爪好似长了眼睛，"嗖"地穿过箭垛，牢牢钩住砖石，正要纵上，梁萧攥住细索说："我先上。"

他挽索登上墙头，不见有人。柳莺莺随后登上，收了"遁天爪"，方要纵身下墙，忽听脚步声响，似乎有人过来。墙头无法旋踵，一旦与人撞见，势必警声四作。情急间，柳莺莺手腕一紧，被梁萧紧紧扣住，继而随他一个鱼跃，飘然落向堡外。柳莺莺正要怨怪，忽见梁萧右手钩住墙头，不由得恍然大悟，也随之照做。

二人如一对壁虎，紧贴外墙，耳听得脚步杂沓，来了三人，脚步沉实，似为高手。柳莺莺暗叫好险，墙头狭窄，绝难一举制住三人，叫声一起，前功尽弃。

墙头三人不觉有异，一个粗哑的嗓子笑道："震少主怎么一脸晦气？撞了瘟似的。"另一人笑答："怎么不晦气？星哥儿两条腿出去，一条腿回来，换了你是他爹，你欢不欢喜？"粗哑嗓子笑道："做他爹也不坏！楚二娘细皮嫩肉，风韵犹存，弄到怀里，必然受用极了。"众人狎笑一阵，一个尖嗓子笑道："雷星那小畜生活该，哈哈，瞧他日后怎么造孽？"粗哑嗓子说："刘幺儿，你这话不上道，那一档子事，少条腿又断不了根！"其他二人嘻嘻怪笑。

这些堡丁肆意嘲笑主子，毫无敬意，足见雷家飞扬跋扈，不得人心。但这三人守在墙头唠叨，进堡十分不易，正觉手臂酸软，忽听一个阴沉沉的声音响起来：“你们三个兔崽子，骂得好快活嘛。”只听橐橐连声，似为拐杖拄地，又快又急。

墙头一静，半晌一人颤声道：“星……星少爷……我……哎哟……”发出一声长长的惨叫。只听雷星森然道：“常牛，老子断你一条右腿，也算小惩大戒。”话音未落，又听一声惨叫，雷星阴笑道，“刘幺儿，这滋味如何？呵，听说你那婆娘生得不坏，今晚老子便去问候问候她，让你瞧瞧，老子造不造得孽？”

墙头沉默一下，粗哑嗓子愤然道：“星哥儿，杀人不过头点地，大伙儿背后说两句，你何必这样伤人啊？”雷星哼了一声，道：“朱大成，你说要断老子的根，是不是？”那人愣了一下，高叫：“是又怎样？”雷星笑道：“好。”话音方落，“当”的一声，一口单刀掠过梁萧头顶，直直抛向堡外。

墙头风声呼呼，雷星忽地笑道：“朱大成，我倒想瞧瞧，谁断谁的根。”说到这儿，喝一声，“着！”

梁萧听得热血一沸，不及转念，翻上墙头。雷星的拐杖正往朱大成的裤裆点去，见凭空出现一人，心中大为震惊，紧急变招，拐杖“嗖”地一转，刺向梁萧。梁萧一声低呼，探手抓住杖头，身如柳絮随风，随那拐杖在空中转了半圈。雷星大惊，来不及丢杖，梁萧回风一脚，踢中了他的面门。雷星血流满面，哼也没哼一声，就已昏倒在地。

柳莺莺见梁萧现身，也只好纵上墙头。守卫瞧着两人目瞪口呆。梁萧见三人中两人坐在地上，另一人则虎口流血，想必是那朱大成，不由得笑道：“你还不报官？”朱大成挠头皱眉，正自犹豫，地上一人铁青着脸道：“报个屁官，我给雷家卖命，就是这个下场。哼，有仇家上门，任他们去就是了。”朱大成踹了雷星一脚，恨声道：“刘幺儿，你说得是，这厮怎么办？”刘幺儿不发一言，抓起单刀，“扑”的一声扎入雷星心口。

梁萧阻拦不及，神色微变。刘幺儿满面怨毒，森然道：“一不做，二不休，索性反了吧。”他这一刀断了退路，另外两人面色沉重，齐齐点头。朱大成转过头来，对二人沉声说：“两位要杀人还是放火？”梁萧见这三人听得“杀人、放火”

四字，眼神十分狂热，不禁心想：“这几个人也不是什么好货。”

柳莺莺眼珠一转，笑道：“雷行空在哪儿？”朱大成喜道：“二位要杀他？”梁萧还没答话，柳莺莺抢着道：“不错！”朱大成拍手说：“好啊，你们里面杀了人，咱们外面放火。”转身对其他人道：“大伙儿将家眷带好，趁乱走人！”三人合力将雷星的尸体抛入堡后树林。朱大成指着远处说：“那座红瓦院落，是雷行空议事的地方。”顿了顿，又说，“我带你们下去。”

柳莺莺笑道：“有劳了。”朱大成带二人下了坞墙，其他守卫只当二人是堡内宾客，均不在意。三人转到一座房舍背后，朱大成低声说：“二位，我在墙头当值，再送会露形迹。”说罢转身去了。梁萧瞧他背影，皱眉说：“莺莺，这人会不会有诈？”柳莺莺笑道：“他就盼咱们大闹一场，才好趁火打劫，偷偷卷些细软逃命。放心，他们杀了雷星，做贼心虚，脱身之前绝不敢告密。”她胆大包天，边说边走，梁萧只得尾随。

堡内廊庑幽深，远较外墙冷清，一行百步，也不见人。巷道三步一转，四步一折，红瓦院看似很近，走了几百步，离庭院反倒更远了。柳莺莺心知不妙，皱眉大发脾气。梁萧瞧瞧四周，屈指一算，招手道：“跟我来。”柳莺莺见他步履如风，心中暗惊，紧随其后。只见梁萧东一穿，西一钻，数十步的工夫，便抵达红瓦庭的西北墙角。

柳莺莺奇道：“小色鬼，你来过这儿？”梁萧面皮泛红，惭愧说：“这是个正反八卦阵，我开始没留意，走岔了道才明白。”柳莺莺奇道：“看不出你还懂这个！”梁萧微微一笑，并不作声。柳莺莺想了想，放出“遁天爪”，蹿上墙头。梁萧随后跟上，定眼望去，下面三个仆人守在门前，一个低头打盹儿，另外两个压着嗓子，说东道西。

二人穿檐过瓦，狸猫似的向前伏行。到了厅堂附近，忽听有人咳了一声，说道：“奇怪了，铁盒的事怎么会穿帮？”二人听出是雷行空的声音，心中不由得一喜。只听雷震恭声说：“这事棘手，二娘必然告知楚老大去了。”雷行空冷笑说：“我早说过了，这婆娘是个祸胎，迟早都要坏事。”雷震迟疑道：“父亲，九如和尚真来盗盒，那……”雷行空道：“担心什么？那盒子藏得稳妥，哼，老和尚纵有通天之能，也休想寻着。”梁萧听他如此自以为是，暗暗好笑。

厅里安静时许，雷震叹道：“事关重大，咱们还是瞧瞧铁盒在不在吧。”雷行空道：“瞧什么，保管还在！”柳莺莺恨得牙痒，极想跳将下去，抓住这臭老头儿，狠狠抽他两个嘴巴子，逼他说出藏盒的地点。忽听雷震又叹道：“爹，说起来，孩儿长这么大，还没瞧过盒子呢！”

雷行空呵呵冷笑，说道：“急什么？我百岁以后，那还不是你的掌中之物吗？”雷震道：“孩儿只是好奇，觉得多一人瞧看，或能打开盒子。”雷行空冷冷道：“说什么胡话？这铁盒构造奇巧，老夫把玩多年，也未得一丝门径。凭你那点儿心眼子，哼，说到开盒，不是痴人说梦话吗？”雷震急道：“爹，我……”雷行空不耐道：“好了，你一路辛苦，歇息去吧！”

不多时，只见雷震闷闷不乐，从内堂出来，出了二门，忽地转身，缩在一根庭柱后面，两眼死死盯着厅内。柳、梁二人从高处瞧见，心中十分诧异。柳莺莺移开一片屋瓦，透过缝隙瞧去，雷行空负着手踱来踱去，步履凌乱，似乎心绪难平，踱了良久，快步出门，向南奔去。

不待他去远，雷震从庭柱后闪出，远远跟着父亲。柳莺莺扯了扯梁萧的衣角，二人又跟着雷震。三拨人衔尾追走，逶迤行了一程，哗哗水响，一道泉水从后山流出，顺石渠穿过坞堡。渠内水清见底，苔痕苍碧，渠上架了一座拱桥，桥两端假山耸峙，翠绿喜人。

雷行空踏上拱桥，左右瞧瞧，弯腰将手伸入桥下。另外三人均想：“铁盒藏在桥底？叫人设想不到。”猜度间，“咔嚓”连声，桥头的假山裂开一条缝隙，仅容一人出入，雷行空闪入其内，石缝旋即闭合。

三人恍然大悟，桥下仅是开门机关，铁盒必在假山之内。这藏盒地十分大胆，谁能料得，宝物藏于当道的假山，开门的机关，竟又藏在桥底。

不一会儿，假山又开，雷行空漫步走出，嘴角挂着笑意。雷震趁他入内，早已避开来路，钻入树丛。雷行空没料到儿子胆敢跟踪，顺着来路洒然而去。雷震待他去远，方自树丛中钻出。梁萧欲要纵下，柳莺莺拽住他，低声说：“假山内恐有恶毒机关，让他先闯，他得了手，咱们再夺过来。”

雷震挽起衣袖，在水底摸索一阵，面有喜色。一阵响动，假山露出石缝，雷震钻入其中，合上石门。房顶二人盯着石门，心弦绷紧，只等雷震出门，便杀他个措手不及。

过得半晌，假山洞开，雷震怏怏走出，略一思索，快步向来路走去。柳莺莺见他不似得了铁盒，心道奇怪。待雷震走远，与梁萧跳下房顶，抢到桥边，伸手入水一摸，抓到一口铁环，运劲一拽，假山应声分开。两人走进门内，里面竟是一间石室，十分阴森潮湿。

柳莺莺合上石门，微光如缕，从头顶小孔射入。东北角竖着一个五尺高的铁柜，深入地下，上挂六把巨锁，每一把都粗大无比，锈迹斑斑。梁萧运劲一扭，难动分毫。柳莺莺笑道："小色鬼让开，别碍手碍脚。"

梁萧退到她身后，室内狭窄，站立两人，胸背相抵。梁萧只觉柳莺莺娇躯似火，浑身一阵燥热。天幸墙壁潮冷，他竭力存意背后那一股凉气，探首望去，柳莺莺拿着两根细长钢丝，插入锁孔拨弄半晌，"咔嚓"，撬开一把巨锁。梁萧暗暗佩服："莺莺人称女贼，真有做偷儿的全副本事。"

六把巨锁，均是雷行空请高手匠人制作，锁孔不但繁复，而且无一相同。柳莺莺手段虽高，连开四把，也是娇喘微微，云鬓微湿，她一拭额上汗水，枕在梁萧肩上歇息。梁萧挨着她温软身子，心神一荡，凑近她耳珠，轻声道："莺莺……"柳莺莺心儿一颤，"嗯"了一声，却不答话。又听梁萧轻轻唤了声："莺莺……"她芳心可可，若被千丝撩拨，忽痒忽麻，滋味难言，轻轻啐道："有话就说，老叫什么？"梁萧情动出声，被她一问，又不知如何回答，一时奓着胆子，在她圆润的耳珠上亲了一下。柳莺莺心头大乱，也不知是否责骂。正在忐忑，"嘎"的一声，石门忽开，天光直入，顿将二人照亮。两人一惊，只听脚步声响，越来越近。

梁萧一拉柳莺莺的手，正要强行闯出，忽听一声怒哼，雷行空厉叫道："雷震！"脚步一歇，雷震吃力地说："您……您怎么来了？"室内二人暗暗叫苦，这二人任来一人已难对付，父子齐至，糟糕至极。只听雷行空怒道："你拿着开山斧做什么？砍柴呢，还是割草？"

雷震早先没能打开铁柜，带来斧头，打算强行断锁。不料雷行空去而复返，将他堵个正着。

雷行空气急败坏，喘息连声，忽道：“我问你，你这么做，是为姓楚的婆娘吗？”

柳莺莺趁他二人说话，开始拨弄第五把锁，梁萧一惊，忙打个手势，让她住手，柳莺莺见若未见，只顾专心开锁。却听雷震支吾两声，叹气道：“爹，二娘知道这事，十分生气。”雷行空怒道：“她生气，我就不生气？哼，有了媳妇，就不要祖宗了吗？”想是心绪激动，声音也颤抖起来。

雷震又沉默一会儿，缓缓说：“这次我砍了星儿一条腿，二娘已经老大不快。若不把铁盒还给楚家，只怕她永远不会理我。”雷行空“呸”了一声，说道：“天下的女人多如牛毛，又不止她一个！不理更好，休了那婆娘，一了百了。”雷震急道：“不行，天下女子再多，孩儿也只爱二娘一个。”雷行空道：“没志气的东西，当初你娶那婆娘，老夫就不乐意。只见你寻死觅活，楚仙流又出面帮腔，我才勉强答应。你道我为何不肯把铁盒传给你？哼，传给你，只怕转手就落到那婆娘手中。唉，老子千算万算，怎就没算到，生了你这个不成器的东西！”

“扑通”，似乎有人跪倒，雷震颤声道：“爹，要打要杀，你只管动手，但要我与二娘分开，决然不能。”梁萧听得这话，心头一热：“这姓雷的形貌粗鲁，骨子里倒也重情。”想着生出几分好感，忽听“咔嚓”一声轻响，第五把锁被柳莺莺打开。

雷行空“咦”了一声，说道：“什么声音？”雷震道：“想必是爬虫经过。”雷行空道：“胡说八道，哪儿有什么爬虫！分明是假山上的石块被风吹下来了。”

柳莺莺与梁萧提心吊胆，过了一会儿，雷行空叹道：“震儿，你起来，咱们父子一场，万事皆好商量。”雷震心情激动，颤声答应，又问：“父亲，事已泄露，如何了结？”雷行空冷笑道：“有了一个假铁盒，就不能有第二个吗？”雷震恍然大悟，又犯愁道：“如今时机紧迫，怎么来得及再造一个？”雷行空道：“我早料到今天，当初假铁盒就铸了三个，管叫那姓楚的分不清真假……”话音未落，忽听雷震叫道：“爹……你做什么？”雷行空冷笑一声，说道：“我怕你受不得楚二娘的撺掇，哼，这个真铁盒要换个地方。”

梁萧心头一跳，柳莺莺正想如何开这第六把巨锁，听了这话，娇躯一颤。雷震道：“爹，那铁盒左右无法打开，咱们雷、楚两家何必为这个废物结怨？就算给了楚家，料他们也没有开盒的本事。”雷行空厉声道：“放屁，越说越不像话。好，既然这样，我毙了你……”话音方落，又听一声娇叱：“慢着。”梁、柳二人听出是楚羽声音，心头大喜：“她来得正好！”

雷行空冷哼一声，似乎并不意外，淡淡地说：“老夫不用苦肉计，谅你也不会现身。哼，楚老大，你也来了？”

只听有人说道：“雷老鬼，你偷梁换柱，干的好事！”说话的正是楚宫，他一直不肯死心，追踪柳莺莺而来。楚羽赶回不远，遇上乃兄，说明因由，楚宫大怒，一同赶来雷公堡，追踪雷行空过来。雷行空方才察觉二人，诈称击杀雷震，迫使楚羽现身。

雷震涩声说：“二娘，我……我真是没用！”楚羽叹道：“大郎，方才听到你的真心话，我很欢喜。其实，我不该责骂你，比起你对我的心意，纯阳铁盒又算什么？大郎，咱们干脆不管了，带着星儿走得远远的……”雷行空“呸”了一声，冷冷说：“楚二娘，我雷家的人何去何从，由得你支派吗？”忽听楚宫喝道：“姓雷的，废话少说，乖乖交出真铁盒，我向三叔求情，饶你不死。”雷行空冷笑道：“不用拿楚仙流压我。常言道：‘拿贼拿赃，捉奸捉双。’你道我伪造铁盒，有何凭证？”

楚宫厉笑道：“我说真铁盒就在假山里，你有胆量让我一搜吗？”梁、柳二人听了这话，心往下沉。忽听雷行空笑道：“楚老大，这儿可不是天香山庄，你说搜就搜？”楚宫冷笑道：“我就不信。”只听“当啷”乱响，似乎刀剑出鞘，又听劲风激啸，楚宫发出一声闷哼。雷行空大笑：“楚老大，你到雷公堡撒野，怕是差了一点儿。”劲风呼呼，拳脚更急。

楚羽叫道：“大哥，我来帮你。”忽听“当”的一声，似有刀剑落地，楚羽惊道：“大郎，你做什么……”雷震涩声说：“二娘，我对你是情义，对父亲是孝道，唉，自古孝义难两全。”楚羽沉默片刻，凄声说：“说来说去，你我都是一样，好，看剑。”拳风剑啸，响成一片。

柳莺莺听外面众人乒乒乓乓，打斗正急，于是沉心定气，借打斗声做掩护，将第六把铁锁撬开。她用力一掀铁柜盖子，竟是纹丝不动。柳莺莺功败垂成，又惊又怒，伸手摸索，铁柜顶上有若干凸起的细条，围成一个参差不齐、歪歪斜斜的八角形。心知必是机关，便左右一掀，八角形似能转动，柳莺莺心头一喜，转了数转，铁柜仍无动静。

梁萧暗中难以视物，只觉柳莺莺香汗淋漓，娇喘微微，似乎遇上难题。伸手一摸铁柜，正巧摸到八角形，轻声说："这是八卦锁。"柳莺莺奇道："你怎么知道？"梁萧道："我在机关书里见过，这是一种暗锁，锁上的纹路是一个先天八卦，只要将八卦方位与东、西、南、北、西北、西南、东南、东北八个方位一一对齐，暗锁就能打开。"柳莺莺喜道："你知道八卦方位吗？"

梁萧道："这里黑咕隆咚，日月星辰俱都不见，怎么分得出东西南北？再说，就算拿到铁盒，我们又怎么出去？"

柳莺莺轻哼道："没胆鬼！"从袖里掏出匕首，撬那暗锁。梁萧按住她的手，小声说："这锁十分精巧，如果撬坏了，再也打不开的。容我想想，雷老鬼将锁设在这里，就该有在暗室里判别方向的法子。"他沉吟片刻，一抬头，正瞧见头顶上那个透光的小孔，灵机一动，笑道，"原来如此，雷老鬼果真奸猾。"柳莺莺奇道："怎么奸猾了？"梁萧说："我起初当这小孔是透光用的，原来别有用途。"柳莺莺嗔道："有话快说，不许卖关子。"

梁萧道："你知道，太阳东升西落，在东方时，阳光必然透过小孔，照向西方。若太阳在西方，阳光透过小孔，必然照在东方了。"这是常理，柳莺莺一听就懂，循那小孔瞧去，有一道细细的光束从孔外斜射入室，在铁柜的正前方留下一点光斑。梁萧又说，"我们进来前是卯时，太阳还在东方，这道光所指的方位是西方，先天八卦中，西方的是兑卦。"

《易经》中，先天八卦各有方位。离卦在南方，坎卦在北方，兑卦在西方，震卦在东方，乾卦在西北方，坤卦在西南方，巽卦在东南方，艮卦在东北方。梁萧定下西方方位，便摸到八卦锁上表征"兑"卦的符号，转到西方，"震"卦转到相反的东方。东西一定，其他六方也一一归置。

柳莺莺瞧得心中纳闷："小色鬼懂得挺多，不全是草包一个。"待梁萧将"坤"卦转到西南，先天八卦归位，铁柜中传来咯咯响声。梁萧用力一掀，铁盖应手而起。那铁柜外壁厚数尺，内中却很狭窄，柳莺莺探手入内，摸到一个半尺见方的铁盒子，触手冰凉，并无特异，当即拿了揣入锦囊。

忽听楚宫一声闷哼，似又吃亏。柳莺莺低声说："咱们偷偷溜出去。"梁萧一点头，提气轻身，正要蹿出，忽听一声长笑，响彻雷公堡上空。一个清朗的声音远远传来："雷堡主何在？神鹰门晚辈云殊求见！"梁、柳二人听得这声，无不大惊。

第二章

# 乐极生悲

楚宫独斗雷行空，正觉吃力，闻声高叫："雷行空在此！"雷行空怒道："楚宫，你想违背祖训，把铁盒的事泄与外人吗？"楚宫冷笑说："谁违背祖训，大家心里有数。"雷行空默不作声，拳上风雷越发响亮。

忽听云殊长笑一声，转眼已到近前，朗声说："四位且慢动手，雷堡主何在？"外人在场，雷行空只得罢斗，冷冷说："神鹰门与我雷公堡井水不犯河水，足下擅闯我堡，作何道理？"云殊笑道："晚辈追踪三名对头，一路至此。据江湖朋友所见，有两人朝贵堡来了，晚辈怕他们躲在堡里，是以情急闯入。若有不当，还望见谅。"

雷行空听他说得客气，怒气稍平，他此时事急心乱，只盼早早打发来人，便说："好吧，我瞧靳门主面子。雷震，你陪云公子四处搜寻，看看是否有人潜入。"雷震应了一声，转眼间，忽听雷行空一声怒喝："好贼子！"柳莺莺忍不住从门缝边张望，只见雷震、云殊站立远处，楚宫手挥长剑，与雷行空一双拳头斗得正急。楚羽则如黄鹂钻云，直往假山蹿来。原来，兄妹俩趁雷行空说话分心，一齐动手，雷行空被楚宫唰唰数剑，堵在一边。楚羽趁机抢到假山前，正欲钻入，忽觉腰上一麻，五枢穴被点个正着。柳莺莺咯咯一笑，将楚羽抄入怀里，钻出斗室。梁萧也随后掠出。

两人突然现身，众人无不愕然。柳莺莺笑道："雷堡主、楚先生，大伙儿打个商量，你们放我们出堡，我还你们儿媳、妹子。"雷行空眼中喷出火来，冷笑道："你做梦！"雷震面无人色，慌道："爹爹，救人要紧。"柳莺莺笑道："雷堡主别生气，刚才我在假山里面，找到一个很好玩儿的东西，你要不要瞧瞧？"雷行空心头咯噔一下，脸上血色尽失。楚宫眼珠一转，笑道："姑娘发现了什么好东西？楚某倒想瞧瞧。"柳莺莺轻轻一笑，答非所问："楚老大，你妹子一心帮你，不惜得罪夫家，你就不管她的死活了？"楚宫一怔，寻思铁盒固要讨回，但若不顾妹子死活，传出去坏了名声。他固然气闷，也只好咬牙冷笑。

柳莺莺又向雷震笑道："少堡主，你呢？"雷震不假思索："你千万别伤二娘，你说什么，我都依你！"柳莺莺寥寥数语，难住三大高手，得意万分，转眼向云殊望去。他背负长剑，立在远处，嘴角挂着冷笑，不由心想："这人笑得讨厌，但却不知如何对付。哼，先不管他。"美目一转，笑嘻嘻地说："雷少堡主知情识趣，待我出了坞堡，便把楚二娘还你，让她给你生两个大胖小子。"雷震、楚羽不知儿子已死，柳莺莺话中有话，闻言都是老脸一热。

柳莺莺对梁萧使个眼色，两人并肩走向堡外。云殊冷冷站在道边，直待二人走近，双目瞪圆，大喝一声："小贼看掌！"呼的一掌，直奔梁萧肩头。这一掌全力而发，来势凌厉。梁萧不敢硬接，斜跨一步，落在一丈开外。

云殊瞧他步法，"咦"了一声，说道："奇怪。"踏上一步，左掌前推，右掌后引。梁萧见他掌势，也露惊讶，皱眉道："奇怪……"云殊身法转疾，一步抢来，一掌拍向他的面门。梁萧避过这掌，与云殊四目相对，同声叫道："你从哪里学的？"

柳莺莺见他二人神态、话语古怪，心中十分诧异。云殊寒着脸说："'三才归元掌'是家师独创，天下再无别传。臭小子，你从哪儿偷学的？"梁萧冷冷道："谁偷学了？大半是我自己想的。"他说的本是实话，云殊却觉荒诞刺耳，冷笑道："小畜生鬼话连篇！自创武功？凭你也配？"唰唰两掌，劈向梁萧。

他掌法精奇，梁萧抵挡不住，复又展步后退。云殊存心瞧他底细，不使杀手，只是不即不离。顷刻间，二人一个进如疾风，一个退似闪电，兔起鹘落，衔尾乱转。众人见他两人步法如出一辙，均觉惊疑。

又转一圈，云殊瞧破虚实，冷笑一声，大喝："小贼，谅你偷学，也没学全！"双足滴溜溜一转，身形拔起，一掌挥落。梁萧深谙拳理，瞧他来势，知道用的是"七七大衍步"，身子一缩，向后掠出。云殊掌风如刀，"唰"的一声，割下他一片衣袖。

柳莺莺见他忽遇险招，心惊肉跳，拔出一把匕首，抵在楚羽粉颈上，叫道："雷大郎，你要不要她活命？"雷震惊道："要的……哎呀，你手稳些，莫要乱动！"柳莺莺说："好，你去帮梁萧！"雷震心中千百个不愿意，但妻子性命要紧，无奈一步蹿上，双拳击往云殊。

云殊瞧他拳法刚猛，弃了梁萧，使出"两仪浑天功"，双掌抡圆，将雷震双拳圈入一转，雷震双拳撞个正着，痛得哇哇直叫。云殊少年意气，不待雷震变招，喝声"去"，右掌呼地推出，按中雷震肩头。这一掌虽沉，却留有余地，雷震知机退后，必能化解。但他宁折不屈，站立不动，谁料云殊内劲奇特，经久不绝。众人只瞧雷震咬牙瞪眼，双足钉在地面上，上身似被千钧之力压着，缓缓弯折下去。

人影一闪，雷行空抢上扶住雷震，冲云殊冷笑："好本事！"口气虽硬，心中却很纳闷："神鹰门虚有其名，云万程名气不小，武功却差我一截。这人小小年纪，怎么如此厉害？"犹豫间，忽听楚宫冷笑说："雷公堡的武功不过如此，哼，什么奔雷拳法，照我瞧来，叫作搔痒拳法才对。"雷行空大怒，两眼一翻，说道："奔雷拳法自然比不上'分香剑术'，只不过学剑的人大都胆小如鼠，遇上高人，就临阵而逃！"他这番话正是影射楚仙流遇上九如，不战而走。

楚仙流是天香山庄百年不遇的奇才，一把铁木剑压服过无数强仇大敌。后来遇上另一位大剑客，两人论剑一日，楚仙流输了半招，自号"天下第二剑"，封剑归隐，在江湖上的名声也渐渐低落。但族人对他奉若神明，不容他人羞辱。

楚宫被雷行空一激，反手拔剑，扬声道："云公子，楚某不才，讨教高招。"云殊见这几个浑人敌友不分，争相与自己为难，心中大为恼怒，又不好失了礼数，只得拱手笑道："天香神剑名不虚传，云某打心底里佩服。那日楚老前辈仅凭剑意，便让区区一败涂地，至今不敢忘记。"

他以为楚宫得足了面子，自会退下。谁知楚宫听了这话，冷哼一声，说道："那日折服你的是家叔，不是某家。"长剑一摆，刺向云殊。他的剑法以迅疾见长，这一剑猝然而发，令人来不及转念。

云殊瞧楚宫剑来，摘下带鞘长剑，并不拔出，随手压上楚宫剑身。楚宫虎口一热，长剑几乎脱手，骇然之余，抽剑疾退，谁料剑鞘随之递进。两柄剑粘在一起，滴溜溜连兜了两个圈子。雷行空瞧得又惊又喜，笑道："'分香剑术'也不过如此，依我看，改作'搅屎剑法'才对。"

楚宫面皮涨紫，后退两步，大喝一声，运剑上挑。不料云殊忽地收剑，楚宫剑上一轻，劲力落空，尽数传往剑身，"当啷啷"一阵响，四尺长剑断成三截。

云殊将剑插回肩头，笑道："楚庄主，承让承让！"楚宫手握断剑，面无血色。楚羽曾在天香山庄与云殊斗剑，见状心中骇然："数月不见，这少年的剑法又精进了？"忽觉颈上一痛，匕首陷入肌肤，耳听柳莺莺叫道："雷老头、雷震、楚老大，你们一起上，把这厮挡下。"那三人面面相觑，云殊不待众人出手，长啸一声，大鸟般扑向梁萧。梁萧转身让过，还了一掌。

两人各逞步法，浮光掠影般拆了数招。云殊斗得性起，长啸声悠然不绝，步法越变越快。梁萧渐觉目不暇接，迭遇险招。柳莺莺眼见势危，嗔道："三个蠢材，还不上去？"那三人大怒，迫于形势，只得围了上来。云殊眼见势急，忽然纵起，一掌向梁萧左侧袭来，梁萧转身右闪。不防云殊早已算中，忽使"大衍步"，半空中横掠丈许，抢到梁萧右侧，使招"三才归元"，双掌飘然拍到。

梁萧不料他在空中施展步法，当真神乎其神，只觉掌风扑面，气为之闭。不得已，也使一招"三才归元"，双掌迎上。

"啪"，两人四掌相抵。梁萧只觉暖流滚滚，汹涌而来，浑身气血翻腾，胸中烦恶不堪。雷震三人恰好抢到，云殊双掌间生出莫大黏劲，身形滴溜溜一转，拖得梁萧背朝众人，微微笑道："谁来？"

柳莺莺见他出语从容，梁萧却是面红眼瞪，心知落了下风，忙道："快退下。”雷行空等人乐得隔岸观火，当下退在一旁。云殊瞧着柳莺莺，笑道：“姑娘最好放了楚二娘！要是我这劲力一吐，小畜生可就没命！”他嘴里谈笑，双掌暗暗催动“浩然正气”，内劲如潮来去，反复冲击梁萧周身经脉。梁萧想要抵挡，可暖流沛然无比，自身真气与它一碰，便如冰消雪融，冲得星落云散、七断八续。

柳莺莺见他面色由红变紫，由紫变黑，全身汗水纵横，一旦流出，就化成氤氲白气，不由俏脸发白，咬了咬下唇，朗声说：“好，你先放人！”云殊道：“奇怪，姑娘干吗不先放人？”柳莺莺怒道：“你放不放？若不放，大家拼个鱼死网破。”将匕首侧转过来，在楚羽颈上一抹。雷震吓得面如土色，双手乱摆：“不可，不可！”环眼一瞪，厉声道：“姓云的，叫你放人，你便放人，哪儿来这么多废话？”

云殊心中作恼：“这个蠢汉，我设计救你妻子，你倒来怪我？”也不理会雷震，淡淡笑道：“既然如此，姑娘一刻不放人，大家便耗一刻；一天不放人，大家便耗一天，看谁耗得过谁？”柳莺莺瞧他不肯上当，枉自气急败坏，却又无计可施。

梁萧如处蒸笼，火热难当，只觉每流出一滴汗水，体内真气也随之消逝一分。汗水化作蒸气，片刻工夫，雾气好似一个大大的蚕茧，将他全身裹住。柳莺莺又气又痛，一咬牙，将匕首在楚羽脸上抹来抹去，恨声道：“你不放人，我在她脸上割十八刀，把她变成丑八怪！”楚羽只觉匕首寒气森森，心中莫名惊惧，她生平珍爱容貌，容貌被毁，可说生不如死，心头一紧，流下泪来。雷震见她落泪，心中焦躁，却又不敢冒犯柳莺莺，唯有大骂云殊出气。

云殊听他骂得粗野，暗暗作恼，笑一声，扬声道：“也好，姑娘你划一刀，我便拆掉这小贼一根骨头，看他有几根骨头好拆？”柳莺莺见他不肯上当，登时气急败坏，要知眼前强敌环伺，若无人质，寸步难行。但若不放楚羽，梁萧必受折磨，一时百计无施，眼圈微微泛红。此时忽听远处呼声大作，转眼一瞧，东南角烈焰冲天，浓烟滚滚。雷行空父子不由脸色大变。

柳莺莺心知必是朱大成三人见自己久不回转，心急难耐，放起火来。火头不止一个，火借风势，格外猛烈。雷氏父子面露焦虑，眼前的事却也十分紧要，根本无法走开。云殊也知拖延下去，火势无法收拾，沉吟时许，笑道：“大家一同放人如何？”柳莺莺也无别法，只得点头应允。云殊撤了双掌，梁萧身子柔软如绵，摇摇晃晃，站立不住。云殊将他左腕扣住，免其摔倒，笑道：“姑娘，请了。”柳莺莺无奈上前，左手挽住梁萧，右手扣住楚羽。云殊则伸出一手，拿住楚羽右腕，笑道：“放手吧。”两人同时放开一手，取回人质。

云殊将楚羽向右一拨，忽地哈哈大笑，左手成爪，闪电般拿出。柳莺莺匆忙向后一缩，云殊方要追击，忽觉背后风起，慌忙回掌抵挡。拳掌相交，劲风四溢。云殊定睛一瞧，来人竟是雷行空，不由怪道：“雷堡主，这是何故……”雷行空阴沉沉一言不发，又是两拳袭来。云殊又惊又怒，只好出手拆解。楚宫却知雷行空心思，纯阳铁盒既在柳莺莺手中，雷行空决不容她落入云殊之手，当下趁着两人纠缠不清，挥舞断剑，直扑柳莺莺。

雷行空岂容他得逞，撇开云殊，霍霍两拳将楚宫逼退。又见云殊斜刺里奔向柳莺莺，忙又横身阻拦。云殊无奈，只得回掌抵挡。楚宫心想，这两人武功胜过自己，夺得铁盒，也难脱身，蓦地毒念大起，倏地纵起，看似扑向柳莺莺，半路上唰唰两剑，分刺雷、云二人。二人惊怒交加，纷纷叫骂抵挡。

三人分分合合，战成一团，柳莺莺趁机扶着梁萧夺路狂奔。忽听身后叫喊，楚羽、雷震赶了上来。柳莺莺以一敌二，狼狈不堪，斗得数合，楚羽看出一个破绽，她恨极了柳莺莺，只欲杀之而后快，长剑一摆，斜刺过去。恰好云殊施展步法，脱出战团，见状吃了一惊，拔剑挥出，“当啷”挑开楚羽的长剑。雷震见他出剑阻拦妻子，怒从心起，转身挥拳相向，一时夫妻二人双战云殊。柳莺莺趁机纵身钻入巷道。

两人奔出一程，梁萧缓过一口气，只觉浑身酸软，便说：“莺莺，让我歇一歇。”柳莺莺将他放开。梁萧意存丹田，吸一口气，凝聚内力，怎料这一运气，丹田空空如也。他当是疲惫之故，又提了几次气，丹田还是没有动静。柳莺莺怕对头赶来，不住回头张望，一转眼，忽见梁萧痴痴发怔，不由嗔道：“小色鬼，再不走就来不及了！”梁萧身子一颤，似乎如梦初醒，迟疑道：“莺莺，奇怪，我运不起内力！”柳莺莺顿足道：“见你的大头鬼，现在你还有心骗人？”梁萧委屈道：

"不骗人，我……我真的没有内力了！"

柳莺莺见他神色沮丧，不觉微微一怔，忽听身后传来衣袂破风之声。回头一瞧，云殊疾若星火，发足赶来，便叫："小色鬼，待会儿再说。"将梁萧背在身上，放出"遁天爪"，扣住远处一道檐角，纵身上房。

云殊一顿足，蹿上屋脊，紧追不舍，此时雷行空、楚宫、雷震夫妇纷纷赶来。柳莺莺到底是女流之辈，本力稍逊，又负了一人，不出百步，就已呼吸沉滞，香汗淋漓。梁萧眼见对手从四面兜截过来，心急如焚，大叫："莺莺，你先走吧，以后再来救我！"柳莺莺骂道："胡说……"梁萧涩声说："莺莺，我不能拖累你。"柳莺莺怒道："说什么胡话！以前你不也背过我吗？今天轮到我背你了……"说话间呼吸一乱，脚下更缓，众人逼得越发近了。

梁萧听得这话，眼角微微潮湿，抬眼遥望重楼叠舍，灵机一动，叫道："莺莺，下房去。"柳莺莺方寸大乱，应声跳下房顶。只听梁萧低声说，"向左，至路口转右。"柳莺莺也不多问，依言奔走。

雷公堡房舍布局，合于八卦相生之理，本意困住外敌。梁萧内力虽失，见识依然高明，当下凝神细看，不断出声指点。柳莺莺依法而行，东绕西转，房顶诸人稍一懈怠，竟被远远抛开。

柳莺莺奔出一程，只听梁萧道："向左。"柳莺莺折向左边，方才转过墙角，足下一顿，愣在当场。前方烈火熊熊，将一大片房屋烧得噼噼啪啪，热浪滚滚而来。梁萧虽谙阵法，眼前的大火却出乎意料，眼看二十丈外便是堡墙，前路却被烈火阻死。忽听两声长啸，回头一瞧，云殊与雷行空从房上飞泻而下，并肩跑了过来。

柳莺莺急奔一阵，双颊艳若桃花，仓促间，她抬眼四望。房屋与坞墙间竖着一杆大旗，高及数丈，上有方形旗斗。她心头一动，喝道："小色鬼，抱紧些！"梁萧应声双手一紧，但觉柳莺莺娇躯温软如绵，虽在难中，也不由得心中一荡。

柳莺莺手一挥，"遁天爪"挂住一角屋檐。她借力上房，再一挥手，"遁天爪"好似一条长蛇，在半空中逶迤游走，眼看细索放尽，"咔嚓"一声，恰好挂上旗斗。她心头一喜，望着烈火，两眼放光，忽听得身后风响，口中咯咯一笑，抓着钢索飞纵而下。

云殊一步赶到，飞抓梁萧背脊，“刺啦”，只扯下梁萧半幅袍子。眼瞧着柳、梁二人势如一阵疾风，冲开腾腾烈焰，落在对面堡墙。

柳莺莺落上墙头，心突突乱跳，乍觉衣衫、须发均已着火，急忙放下梁萧，挥掌拍打。她的“冰河玄功”为阴寒之气，掌风所及，烈火顿灭。掉头望去，云殊与雷行空隔着一片火海，翘首立在房檐，瞪眼摊手，神色懊丧。柳莺莺心中得意，纵声大笑，娇靥映着熊熊火光，如霞映澄塘，明艳不可方物。

雷、云二人交头说了几句，转身飞奔。柳莺莺猜想二人必是绕道追赶，发声呼哨，胭脂马呼啦啦冲出山林。柳莺莺背起梁萧，纵身飞落墙头，跨马疾驰。奔出数百步，回头瞧见云殊和雷行空站在墙头，她有心气气二人，从锦囊里取出纯阳铁盒，笑道：“雷堡主，多谢馈赠宝盒，远送就不必了。”

雷行空气得脸色铁青，楚宫与雷震夫妇也陆续赶到，四人相互怨怪，吵成一团。云殊望着二人纵马远去，心头空落落、酸溜溜，满不是滋味。正当失落，忽见官道尽处尘埃腾起，嗒嗒行来数十骑人马。

云殊认得分明，心头大喜，高叫：“大师兄，你们来得正好，拦住这两个人！”一骑人马应声蹿出，马上的瘦小老者瞋目咬牙，满脸怒气。柳莺莺认出是白三元，梁萧却认出为首一人长手长脚，气概豪迈，正是神鹰门门主靳飞。

靳飞见白三元单骑突出，怕他有失，催马赶上，拽住马缰道：“白兄不要鲁莽。”云殊此时纵下城墙，朗声叫道：“对头马快，摆阵伺候！”靳飞一点头，左手挥举，身后众骑散成半弧，向柳莺莺兜截过来。又听云殊叫道：“大师兄占住震位！方老守坎位，刘师兄守损位，郎师弟占同人位……”众人应声发动，占住各自方位。只见马蹄缭乱，左右穿梭，翻翻滚滚向胭脂马卷了过来。

柳莺莺正想策马硬闯，忽听梁萧道：“莺莺，别莽撞。”柳莺莺皱眉道：“你这小色鬼，就会坐着说话。”梁萧说：“你把马缰给我。”他刚才指引道路，抛离追兵，柳莺莺对他有些信服，便把缰绳交入他手。梁萧手握缰绳，欲要使力，忽觉手臂酸软，一时间，心中说不出是何滋味。但见敌人飞快逼近，只得收拾心情，扬声说：“‘八门天关阵’雕虫小技，看我破你！”

云殊听他叫破自家阵法，大吃一惊。刹那工夫，梁萧缰绳后拽，胭脂撒开四蹄，倒退五丈。梁萧又叫一声，缰绳斜振，胭脂会意，向左急奔。奔出三丈，梁萧忽又挽缰拽马，夹马横移四丈。这么四五个进退，胭脂发声长嘶，腾蹄纵空，突入“八门天关阵”，似进还退，若走若奔。

这一阵变化奇快，瞧得众人眼花缭乱。云殊越瞧越惊，忽地心有所悟，失声叫道：“好贼子！‘归元步’！”原来梁萧身处险境，异想天开，驾驭这天下无双的宝马，使出仙鬼莫测的“九九归元步”。

“归元步”合于九九之数，是“三才归元掌”最厉害的步法，须有极高的内力才能驾驭。以梁萧的修为，知其理也无其力。胭脂马为马中魁首，矫健无双，生而通灵，一经过梁萧驾驭，便如一个精擅“三才归元掌”的绝顶高手。一时间，四蹄生风，两个来回，便将一座“八门天关阵”冲得分崩离析，跟着发声长嘶，闪电般破围而出。任由云殊喊破了嗓子，也阻拦不住它的去路。

靳飞大喝：“稳住阵脚，取弓箭招呼！”众人纷纷取出弓箭暗器。梁萧冷笑道：“不害臊吗？”一抖缰绳，胭脂忽东忽西，忽进忽退，那些箭矢暗器像是着了魔，纷纷落在马匹两边。只一阵的工夫，群豪越落越远，空自粗喝乱骂，却没半点法子。

柳莺莺突围而出，如在梦里。直待胭脂奔出十里，方才醒悟过来，反手给了梁萧一拳，喜道：“小色鬼，真有你的！”这一拳打得甚轻，谁料梁萧应拳仰倒，栽落马下。

柳莺莺吃了一惊，下马将他扶起。只见梁萧头上破了一个口子，血如泉涌，面色涨红如醉，身子软塌塌的，怎么也站不起来。柳莺莺心中又疼又愧，小声道：“小色鬼，对不住了。”梁萧苦笑道：“才不关你的事，我驭马太用力，有些手软。”柳莺莺皱眉道：“小色鬼，你哪里不舒服？”梁萧纳闷道：“也没什么不舒服，就是觉得浑身暖洋洋的，使不上劲。”柳莺莺道：“不痛不痒，就没什么大碍，睡上一觉就好了。”

梁萧心想没有这么简单，可也不愿多说，让柳莺莺心烦。柳莺莺见他虚软，口中轻松说笑，心里却很忧虑，给他缠好伤口，扶上马背。再瞧来路，忽地有了主意。催马倒行一程，在麦田里留下一大串蹄印。柳莺莺笑道："你看，笨蛋若是追上来，瞧见蹄印，必定糊里糊涂，追反了方向。"忽觉梁萧默不作声，低头一看，他眯着两眼，昏然欲睡。柳莺莺怕他长睡不醒，狠狠拧他一把。梁萧吃痛睁眼："莺莺，我困呢。"

柳莺莺忍不住泪涌双目，却怕梁萧瞧见，更添心事，便掉过头去，假意埋怨："在马上睡什么觉？要睡也得去安稳的地方睡。"梁萧点点头，努力撑起眼皮。柳莺莺打马走了一程，沿途故布疑阵，行了百里光景。举目一望，前方山坡上有栋民舍，催马上前，房舍早已破败。柳莺莺扶着梁萧入内，只见室内桌凳、床铺都布满灰尘。柳莺莺猜测，这里靠近襄樊，前方宋元交兵，战事频仍，百姓耕种不得其时，只有抛田弃屋而去。

柳莺莺将梁萧扶到床上。梁萧面上红晕不退，眼神浑浊，说道："渴死了，有水喝吗？"柳莺莺摘了酒囊，还剩几口米酒，梁萧一气喝光，犹嫌不足。柳莺莺出门四顾，见屋后断垣边有一口水井，大喜抢上，却见井底满是淤泥，早已干涸多时。她颓然坐在井边，托腮沉吟，想起来路上有条小溪，便起身进房。却见梁萧早已睡熟，探他鼻息，尚还沉稳，抚他脸庞，却又十分烫手。柳莺莺心头酸痛，怔怔流下泪来，心想："让他好好睡一觉，溪流就在不远，我快去快回。"

她蹑手蹑脚地出了门，关好房门，呼出一口气，抬眼望去，远处长空一碧，白云如叠，心头不由得舒展了些，心想："除死无大事。小色鬼要真成了废人，我照看他一辈子。"她一念及此，世间再无难事，转身跳上马背，一溜烟去得远了。

梁萧本也并未熟睡，只是头脑迷糊，昏沉沉睁不开眼睛。他被云殊内功催逼，出了一身透汗，时间一久，嗓子里犹如火烧。他昏沉中还记挂喝水，迷糊一阵，勉强睁开了眼。却见屋中空空，不由得大吃一惊，连叫了两声"莺莺"，却听不到答应。

梁萧心中慌乱，挣坐起来，只觉口中干涩，顿有所悟："她一定是寻水去了。"想到这儿，心头一甜，胸口也似不再窒闷。当下闭目运功，不一会儿，丹田里聚起一丝内力，当下吐纳引导，那股细微真气却如一条死样活气的蚯蚓，过了许久，也无动静。

梁萧正觉沮丧，忽听屋外似有动静，心中一喜，支撑下床，推门迎出。恍惚瞧见柳莺莺背对自己，耳贴窗纸，似在倾听什么。梁萧暗觉好笑，上前拍拍她肩，大叫："偷听什么？"柳莺莺娇躯一颤，张皇回头，梁萧见她面庞，吃了一惊。这女子并非柳莺莺，而是一个陌生少女，身上绿衫子与柳莺莺相似，容貌却大不相同，一张白嫩圆脸，眉目十分清秀。她盯着梁萧，神色震惊。

梁萧奇道："你是谁？"猛地悟到危险，忙使一招"圣文境"中"贾谊奋笔"，点向少女的期门穴。但他气力不足，出手大缓，错按上少女左胸。圆脸少女"啊呀"一声，后退两步，右掌突出，拍向梁萧心口。

梁萧使招"面益三毛"，左掌斜挥，想要破开她的掌势，可是神意虽至，气力不济，不但未能破开少女的手掌，反叫她长驱直入，一掌击在胸口。少女一击而中，惊讶反倒多过欢喜，一愣间，手忙脚乱，将梁萧的膻中穴一把抓住。膻中乃人身气海之一，梁萧哼也没哼，瘫软在地。

圆脸少女又是一愣，小声说："真奇怪。"匆匆背起梁萧，钻进树林，林中停了一匹黑色小马。梁萧又气又急，一口痰涌上来，不由得昏了过去。

过了一会儿，他苏醒过来，但觉心中烦恶，五脏六腑挤作一团。张眼一瞧，自己被横亘在马背上。梁萧身子本就虚弱，忍不住大吐特吐。圆脸少女低头一看，惊叫："哎呀，对不起。"按辔住马，将他扶正，欲要将他抱着，又觉羞怯不胜，只好将他按得面贴马鬃，勒马慢行，口中安慰，"不要紧，再过一会儿，便到兔耳冈了。"梁萧怒火攻心，骂道："兔你娘的冈！"

圆脸少女一愣，奇道："你认得我娘？我从小就没见过她。"梁萧一愣，心想："这丫头是跟我装傻？"又骂："你没有娘，难道是你爹生的？"少女又一怔，沮丧地说："我也没爹爹。姐姐们常说，我是从石头缝里蹦出来的，所以脑袋是块石头，又笨又傻。"

梁萧虽在难中，听得这话，也忍不住笑出声来，可是乐子一过，又觉心酸。他自幼孤苦，听说这少女没爹没娘，不由同病相怜，说道："小丫头，你把我放了，咱们一笔勾销。”圆脸少女却摇头道：“不成，阿凌姐姐让我追踪你和那个柳姑娘，说有机会就把你们抓住。唉，我也不想抓你，但主人交代过，那也没有法子。”梁萧怒道：“凭你那几下子？哼，换作以前，哼！”圆脸少女“嗯”了一声，道：“不管你怎么说，反正……反正你都被我逮住啦。”

梁萧恨不得大笑一场，聊以自慰，又恨不得大哭一场，以表愤怒，恨恨道：“老子是‘龙游浅水遭虾戏，虎落平阳被犬欺’，小丫头，有胆的把我放开，咱们再来比画比画。”

少女摇头说：“不行。我一来没胆子和人打架，主人又常说，到手的东西，千万要看好了，要是一疏忽啊，就会莫名其妙地丢掉。”梁萧诡计落空，气道：“放屁。”少女双颊一红，忸怩道：“你要……要放那个？嗯，你放就是了，我……我捂着鼻子就好。”梁萧怒啐道：“我说你主人放屁。”少女面色发白，急道：“你骂我没干系，骂了主人，可就糟糕了。”

梁萧道：“有什么了不起的？我偏要骂他。”少女眉间透出为难，托腮想了一会儿，忽一伸手，点了梁萧天突穴。这是哑穴，梁萧登时寂然。少女喃喃说：“我想了想，你还是不说话的好，免得被主人听到，对你不利。”梁萧心中恼怒：“这女孩儿不算太坏，但不知她主人是谁。”他满腹疑窦，苦于哑穴被封，作不得声。

少女促马行了一程，抵达一座山冈，山坡上有两片长形巨石，轩峻峭薄，恰似一对兔耳。圆脸少女见山冈上无人，喃喃道：“阿凌姐姐叫我在兔耳冈等她，怎么还没来呢？”她下了马，挟着梁萧上了山冈，在左边的兔耳石下坐好，取出一革囊清水，问梁萧：“你要喝吗？要喝就眨眼。”梁萧渴极了，便眨了眨眼。少女伸手将他头颈托起，给他喝了半袋，再捧了自饮。谁知才喝了一口，想到梁萧刚刚喝过，含羞看他一眼，圆脸红扑扑的，绝似一个大苹果。

少女喝罢水，百无聊赖，又不能和梁萧说话，唯有低着头，双手揉弄衣角。梁萧也乐得清净，趁机合目运气，欲要冲开穴道，可丹田内息虚弱，上行不到一寸，便即退回。他连试几次，全都无功，心中真是沮丧极了。

不一会儿，山冈下传来一阵咯咯的笑声，清软娇媚。梁萧张眼瞧去，冈下走来一名美貌女子，身上也着绿衫，臀丰腰细，走路如花枝乱颤。圆脸少女见她，欢喜道："阿凌姐姐，你可来了！"

阿凌上了山冈，瞧见梁萧，目有讶色，笑道："阿雪，你来得好早啊！"圆脸少女点头说："阿凌姐姐，我听你话，拼命去抓那个柳莺莺，追啊追啊，没抓着她，却抓到她的同伴了。"阿凌"嗯"了声，看了梁萧一眼，目中闪过一丝妒色，笑嘻嘻说道："阿雪，这可是大功一件，主人知道，必定大大赏你。"

阿雪"嗯"了一声，讪讪地道："赏不赏倒没什么，主人不恼我骂我，我就求神拜佛啦。"阿凌拣块石头悠闲坐下，笑道："你立了功，主人疼你都来不及，哪儿会恼你呢？唉，阿雪，你真是傻人有傻福，第一次出来，就立了这么大的功劳。这下子，我和阿冰的风头都被你盖过啦！"

阿雪沉默一下，皱眉说："阿凌姐姐，这功劳真的很大？"阿凌眼中的妒意更浓，口里淡淡地说："我听主人说，这小子是柳莺莺的情人，她爱得要死。是以有这小子在手心，主人要她怎样，她便怎样，决计不敢违抗。"

阿雪怔怔瞧了梁萧一会儿，低头说："多亏阿凌姐姐，你若不让我拼死追赶，我也捉不到他的。"阿凌的面颊抽动两下，强笑说："你知道就好，这话儿却不能对主人说！"阿雪道："为什么不能？主人知道了，也会重重赏你的。"阿凌俏脸一沉，厉声道："笨丫头，叫你别说，你就别说，乱说一句，我割了你的舌头。"

阿雪不防她突然发怒，吓得噤若寒蝉，低头不语。梁萧冷眼旁观，猜出一二，想必那主人命两人追踪柳莺莺，结果阿凌临阵退缩，唆使阿雪追踪，自己却去别处闲逛。本以为阿雪傻乎乎的，要么追丢，要么追上了也会送命，谁想居然立了大功。阿凌弄巧成拙，反倒成全他人，本已十分不快，又怕阿雪说出自己偷懒的事，一时方寸大乱，自然着起恼来。

阿凌骂过，粉颊涨红，酥胸起伏不定，转眼间又笑道："阿雪，对不住，姐姐有点心烦，才发脾气，你可别放在心上！"阿雪点头道："我本来就笨，姐姐没骂错。"阿凌道："我就知道阿雪最乖了。嗯，你知道我为何生气吗？"阿雪茫然摇头。

阿凌苦笑道："就因你立了大功，我却一事无成，所以心里不大好过。"阿雪没听出她弦外之音，说道："姐姐莫难过，再有立功的机会，我一定让给姐姐。"阿凌瞧她不识趣，不由杏眼圆瞪，恼了一阵，又笑："阿雪，咱们好久没对练掌法啦。今日难得有空，不妨切磋切磋。"言罢起身。

阿雪不敢违拗她，也起身道："请姐姐指教。"阿凌微笑点头，摆个架势，阿雪也摆个架势，与她遥遥对着。梁萧不禁大奇，两人这个架势，分明就是"飘雪神掌"。向日柳莺莺练功时，曾将这路掌法打给他瞧，是以他一眼认出。

阿凌妙目一转，咯咯笑道："好妹子，姐姐占先了。"飘然纵起，双掌缤纷拍出。梁萧认出是一招"千雪盖顶"，不由得打起精神，凝神观看。阿雪左掌竖拍，右掌横截，使出一招"冰冻三尺"。二人掌力上下一交，冷风微微，向梁萧袭来。梁萧心想："这招使得不坏，但比起莺莺，却差远了。"却听阿凌嘻嘻笑道："阿雪，你掌法好啊，难怪立了大功。"边说边使一招"雪花六出"，依雪花六角之位，瞬间拍出六掌。阿雪忙使"秋霜四散"，勉力拆解。

"飘雪神掌"本是创派祖师从狂风骤雪中悟出，飘若飞雪，形神美妙。阿凌、阿雪又是青春年少，体态婀娜，这阵子捉对儿争斗，起似惊雀，落如栖蝶，玉掌缤纷撒落，犹如雪花飘零。

两人因是同门，彼此熟稔，是以拆解甚快，一眨眼斗了二十余招。阿雪初时手忙脚乱，斗得久了，心无旁骛，出招渐趋沉稳。阿凌虽然出手飘忽，内力却很不济，时间一久，竟被阿雪掌势压住。再拆两招，阿雪忽使一招"瑞雪兆丰年"，反掌拂中阿凌的肩头。阿凌身体酸麻，后退数步，咬牙喝道："笨丫头，你敢打我？"

阿雪一愣，忽见阿凌俏脸森寒，合身扑来。阿雪见她眼神怨毒，不由得一阵胆怯，招式略一缓，被阿凌一招"六月飞雪"打在肩头。阿雪倒跌三步，肩头疼痛，几乎流出泪来。阿凌一掌没将她打倒，微觉吃惊，绕到阿雪身后，又是一掌，击中她的背心。阿雪踉前两步，颤声叫道："姐姐，阿雪好疼。"

阿凌见仍未将她击倒，更是骇然。原来阿凌生性狡黠，遇上打熬功力的难事，常爱偷空躲懒。阿雪心思钝拙，但为人诚实，内力根基牢固。阿凌自负武功在阿雪之上，今日落了下风，愧怒交加。她本已生出毒念，拟将阿雪一掌打死，夺取功劳，怎料小丫头内功浑厚，倘若情急拼命，自己未必能胜，一转念，咯咯笑道：“阿雪，还比不比？”

第三章

# 心如死灰

阿雪摸着疼处，连连摇头。梁萧瞧得分明，暗骂："没用的丫头，分明打得过她，干吗掉底子服输？"阿凌眉开眼笑，说道："好说，姐姐我心里不快活，不寻个人打两掌，无法消气。唉，你不比掌法，就给姐姐点儿好处，叫我内心欢喜。"阿雪抹泪道："姐姐要什么？我有的，我都给你。"阿凌喜上眉梢，指着梁萧笑道："别的物事我不稀罕，你把他分我一半就好。"

阿雪俏脸发白，摆手道："不成不成。他一个大活人，分成两半，岂不死了？"阿凌笑骂："笨丫头，我要死人做什么？唉，说白了，我要你把抓他的功劳分我一半，你对主人说：'是我俩一块儿抓住他的。'"阿雪太不上道，她按捺不住，终于把话挑明。阿雪这才明白，惊道："这……这岂不是欺瞒主人？"阿凌脸一沉，冷笑道："此事天知地知，你知我知。你不给主人说，她又怎么知道？"阿雪看她眼中寒光一逼，心慌意乱，只得道："我听姐姐的便是。"

阿凌大喜，上前搂住她，亲热道："阿雪，你真是我的亲亲好妹子！"转眼一瞧梁萧，目光生寒，"我倒忘了，他也听到了，须得割了他的舌头，叫他从此说不了话。"手腕一翻，掣出一把匕首。

阿雪大惊，拽住她道："姐姐，别……"阿凌瞅她一眼，嘻嘻笑道："怎么，你瞧他生得俊吗？"阿雪面涨得通红，焦急中，心中灵光忽闪，脱口道："他……他是个哑巴！"阿凌一怔，方想到自己来了许久，也没听梁萧说上只言片语。

阿雪见她面色阴沉，不觉心儿狂跳。忐忑间，阿凌轻笑一声，骂道："柳莺莺真没眼光，瞧上了一个哑巴。"面露不屑，收起匕首。阿雪松了一口气，瞅了瞅梁萧，但与他四目相对，脸上又是一热，好像蒙了一块大红布。

阿凌得偿所愿，心情大好，笑眯眯地坐下来，双眼亮如星子，在梁萧身上打量。忽又皱了皱眉，大声说："阿冰那小蹄子去哪儿偷汉子了？怎么还不来？"阿雪一惊，忙道："凌姐姐，你怎么骂冰姐姐？"阿凌瞪她一眼，骂道："你懂个屁！笨头笨脑的死丫头！"

阿雪被她又瞪又骂，不敢作声，只低头玩弄衣角。阿凌又待片刻，焦躁起来，起身踱来踱去，大声咒骂阿冰，言语恶毒，似与她仇隙甚深。没过多久，远空多了个小黑点，到得近处，却是一只信鸽。阿凌神色一变，扬声呼哨，信鸽扑喇喇落入掌心。阿凌解下鸽腿上的竹管，抽出一张字条，扫了一眼，冷笑道："小骚蹄子。"转身对阿雪说："阿冰说事态有变，要我们去五龙岭。哼，就会发号施令，小骚蹄子，了不起吗？"又啐两口，气冲冲挽马就走。

阿雪抱起梁萧，扶他上马。三人骑马走了一段，对面来了一队行人，为首一个华服公子，跨着青驴，眉眼轻佻，瞧见阿凌、阿雪，双眼登时一亮。

阿凌咯咯娇笑，忽地展喉高唱："春日游，杏花吹满头。陌上谁家少年足风流？妾拟将身嫁与一生休。纵被无情弃，不能羞。"她歌喉婉妙，边唱边与那公子眉眼传情。她是天生的狐媚，仅是眉飞眼动，便让那华服公子筋酸骨软，再听这浪歌淫曲，身子轻了几斤。

两方人马对面错过，阿凌的嘴角挂着一丝诡笑。不一会儿，便听蹄响，公子哥儿乘驴赶来，笑嘻嘻冲阿凌一抱手："听姑娘一曲，如闻仙乐，请教姑娘芳名？"阿凌笑道："你只问我？"那公子一瞧阿雪，神色恍然，笑道："当然是请教二位姑娘。"阿雪被他贼溜溜的眼珠一扫，顿时脸涨得通红，掉过头去。

阿凌笑道："我妹子面嫩，公子你下来，我偷偷告诉你名儿。"那华服公子受宠若惊，慌忙下驴。阿凌也下了马，小嘴凑近他耳边。华服公子香泽微闻，心神一荡，忘乎所以，伸手把住阿凌纤手。阿凌也不避让，笑容不改，似欲说话，忽然右手疾抬，二指插入华服公子的双眼。那公子遭此重创，张口欲呼，却被阿凌捂住了嘴，他欲叫不能，闷哼一声，昏死过去。

梁萧见了这样的惨事，惊得目瞪口呆。阿雪也面色发白，朱唇颤抖。阿凌却似做了一件再寻常不过的事情，咯咯娇笑，取手帕拭去指尖血污，两记耳光将那公子打醒。公子躺在地上，血流满面，惨哼不绝。阿凌哈哈笑道："你问我叫什么名儿吗？本姑娘这就告诉你，记住了，我叫柳莺莺，杨柳的柳，黄莺的莺。"梁萧心头一震，恍然大悟。

公子凄声道："贱人，我……我要告官……将你碎尸万段……"阿凌笑道："好啊，求之不得。"向阿雪招手说："走吧！"阿雪看了地上那人一眼，轻轻叹了口气，转首策马，随在阿凌身后。

二人又行一程，前面一片山岭渐高，山势五分，屈如龙蛇。梁萧心想："这该就是五龙岭了？"想到柳莺莺，胸中一痛，"她不见了我，不知会不会伤心？"自怜自伤，泪眼迷糊。忽听道旁草中"窸"的一声，钻出一个女子，高挑个儿，容颜秀丽，眉间如笼寒霜，看上去十分冷漠。

阿雪未及开口，阿凌跳下马背，亲热叫道："阿冰姐姐，一阵不见，想死我啦。"牵住女子左手左右摇晃。她刚才还痛骂阿冰，一见面竟如此亲昵，梁萧暗暗称奇："这女人真会演戏，翻脸比翻书还快。"

阿冰甩开她手，冷冷道："把马丢开，跟我进来。"一瞧梁萧，皱眉道，"他是谁？"阿凌笑道："他是柳莺莺的姘头，被我和阿雪抓住了。"阿冰柳眉一挑，淡淡"嗯"了一声，钻入林里。

三人弃了马，跟阿冰走了一程，来到一棵树下。阿冰坐下来，瞅着梁萧，似乎心神不宁。阿凌笑道："冰姐姐，到底出了什么事？"阿冰叹了口气，说道："我寻到柳莺莺了。"众人同是一惊，梁萧尤为关切，只可惜不能出声，唯有侧耳倾听。

阿凌挤出一丝笑容，说道："恭喜阿冰姐姐，又得大功。"阿冰道："立功还早。我找到柳莺莺，却不敢惹她，所以召集你们。"阿凌"哦"了一声，说道：

“姓柳的贱人确有些本事的。”阿冰摇头道：“她不算什么，随她一起的云殊才厉害，恐怕主人也打不过他。”梁萧越听越惊，一时如中雷击，张口瞪眼。怔了半晌，忽见阿冰瞧着自己，眼中大有讥色。

阿凌忽地笑道：“没瞧出来，姓柳的是个烂货，朝三暮四，真是无耻。”梁萧听她出言侮辱爱人，恼怒至极，可又无法回骂，唯有狠狠瞪视。阿雪瞧了他一眼，轻轻叹了口气，眼中透出一丝同情。

阿冰冷笑道：“有什么奇怪的？云殊家世显赫，人才俊雅，武功更是深不可测，哪一样不胜这小子十倍？更难得的是，他肯为柳莺莺抛弃一切，换了是我，也要动心。”梁萧听得这话，怔怔望着阿冰，心中一片茫然。

阿凌见阿冰住口，忍不住问：“好姐姐，别卖关子了。”阿冰淡淡地说：“主人不是让我们分头追踪柳莺莺吗？追到半路，我追丢啦。嗯，你们又怎么捉住这小子的？”阿凌一愣，瞅瞅阿雪，阿雪吞吞吐吐，把经过大致说了。只将自己一人，说成与阿凌一起。

阿冰点头道：“原来如此。柳莺莺必是一时疏忽，被你们捉走了她的情郎。我在路上，瞧见她骑着那匹神驹，发疯似的奔回来，遇见了我，正眼也不多瞧。”梁萧听得心中滚热，恨不得立马与她相见。

阿冰顿了一顿，又说：“我见她模样古怪，便拍马追赶，但不及她马快，一时追丢。追出一程，忽见前方路上站了许多人。走近一瞧，却见雷公堡、神鹰门一群人围着柳莺莺一个。”梁萧心往下沉，嗓子发干。只听阿凌大惊小怪地说：“她那等快马，怎不躲避啊？”

阿冰说：“我也觉得纳闷儿呢，现在猜想，该是她急昏了头，只当这小子被那些人劫走，所以悍不畏死，向他们当面讨人。”阿凌笑道：“妙得紧，咱们无意中演了一出嫁祸江东的好戏。好姐姐，后来又如何？快快讲完，别叫人心急。”

阿冰道：“雷行空板着脸走上前来，一伸手，叫道：‘拿来！’柳莺莺却说：‘你把梁萧给我，我就给你纯……’她话没说完，雷行空向前一蹿，握拳向她打去。”阿凌“哦”了一声，插口道：“打中了吗？”阿冰道：“雷行空号称岳阳楼以西拳法无对，忽然施袭，柳莺莺怎么敌得过？顿时挨了一记重拳，虽未倒地，口角却淌出血来。”梁萧听得血往上冲，恨不得跳起来。

阿雪面露关切，问道：“冰姐姐，这么说，柳莺莺被捉住啦？”阿冰摇头道：“她挨了那拳，退后几步，脸上闪过一丝惨笑，反手掣出匕首，对准心口便扎。”阿雪失惊道：“哎哟，岂不死了？”

阿冰叹道：“傻丫头，若是死了，我叫你来做什么？难不成收尸？”阿雪抚了抚心口，舒了一口气道：“这么说，是被那个云殊救了？”阿冰点头道：“姓云的真了得，间不容发之际，掷出长剑，将柳莺莺的匕首击落。跟着又是一掌，将雷行空震退，横身拦在柳莺莺身前。大家都很奇怪，靳飞说：‘云殊！你疯了？’云殊神情古怪，说道：‘她再恶十倍，也是一个女子，各位堂堂须眉，何苦与她为难？’”

阿凌冷笑道：“说得天花乱坠，骨子里还是瞧不起女人，难道女子就不配与男子为难？”阿冰道：“你懂什么？凡是好汉子，就该怜香惜玉，敢为心爱的女子出生入死。”阿凌赔笑道：“姐姐说得是。后来又如何？”阿冰道：“靳飞气急败坏，连声呵斥。云殊的脸色要多难看有多难看，但就是不肯退让。柳莺莺也说：‘姓云的，你不要装腔作势！我才不领你情！’伸手一拨，欲把云殊推开，谁料云殊双足便似铸在地上。这时白三元跳了出来，说柳莺莺杀了他儿子，要靳飞替他报仇。靳飞无奈出手。云殊不便与师兄动手，说了声：‘得罪。’伸手将柳莺莺抓起，掷上马背，先一掌逼退雷行空，又两剑伤了楚宫，再一脚将白三元踢得满地乱滚，然后跃上马，护着柳莺莺奔五龙岭来了。”

阿凌悻悻道：“云殊这一来，岂不成了背叛师门的大败类？哼，为了那个烂货，太不值了吧？”语中酸溜溜的。阿冰冷笑道：“你吃什么飞醋？为柳莺莺不值，为你就值吗？云殊钟情于柳莺莺，那是确然无疑的。说起来，他们合乘那匹神驹，快得惊人，若非我精于追踪，恐怕也要追丢。”阿凌被她抢白几句，暗自作恼，脸上却不表露。耳听阿冰颇有自矜，赶忙媚笑道：“冰姐姐追踪之术除了主人，天下再无对手。”阿冰点了点头，不置可否。

阿雪问道：“冰姐姐，他们还在山上吗？”阿冰点头道：“还在，但我不敢贸然上前，只在沿途留下路标，等主人来了再做计较。”

阿凌道："冰姐姐，我一直不大明白，咱们为何要追踪那柳莺莺？"阿冰皱了皱眉头，说道："你想必还记得，上次咱们随主人去江南天香山庄盗宝，又放火，又杀人，费了很大的劲。事后主人将盗宝之事嫁祸给那个柳莺莺，还让我们沿途杀人放火，伤残男子，并学着柳莺莺的字迹，到处留字，好败坏她的名声。"梁萧听到这儿，好不气恼："那个'主人'是谁？真是卑鄙透顶！"

阿凌笑道："是啊，我也奇怪。主人到底和她有什么深仇大恨？再说要真有仇恨，凭主人的本事，杀她也不难，何苦要大费周折！嗯，冰姐姐，你接着说，盗宝与今日的事又有什么关系？"阿冰叹道："这个我也是胡猜。主人得了宝贝，只欢喜了一夜，第二天早上便铁青着脸，很不高兴。我不敢问她，只听她自言自语，说上了当。于是我估摸，那宝贝怕是个假的。"

阿凌吃惊道："假的？"阿冰道："不错，主人眼光高明，宝贝真假，哪会瞧不出来？她此次带咱们来雷公堡，怕也与那宝贝有关。"阿凌皱眉道："难道真品在雷公堡？嗯，姐姐可知是何宝贝？"阿冰白她一眼，说道："主人行事高深莫测，她不说，我也不知。咱们做婢子的，主人怎么说，我们就怎么做。"阿凌强笑道："冰姐姐说得是，咱们一不怕苦，二不怕死，主人说东，咱们就不能往西。"

阿冰点点头，起身道："我去瞧一瞧，看那两人走了没有。"阿凌笑道："我也去！"阿冰摇头道："人多误事。"阿凌道："那云殊既然厉害，人多才好照应。"阿冰对云殊十分忌惮，迟疑道："也好。阿雪，你把这小子也带上，紧要时做人质挡一挡。"

阿雪点头，抓起梁萧。三人凝神向林中潜去，没过多久，便听林中传来人语。梁萧听出是云殊的声音，初时甚小，渐渐响亮起来："……柳姑娘，我虽然言不及义，这片心意，却是天日可表……"

那林中寂然半晌，却听一声叹息，梁萧听出柳莺莺的声音，心跳登时加快。只听她说："云公子，这个叫人为难，你对我很好，但我和梁萧相识在先。"梁萧听她言辞间透出温柔，不由心头一紧，大为忐忑。

云殊叹道："柳姑娘，我也知这样大大的不对。但不知为何，我自那天见你，须臾无法忘怀，走路想你，吃饭想你，连……嗯，说句浑话，连做梦也梦见你。柳姑娘，你听了这话，或许当我是个登徒子，但我从小到大，就没如此喜欢过一个女子，更别提说这些蠢话了。先时见你受伤，我什么都忘了，唉……我背叛师兄，他……他必然十分生气。”说到这儿，语声微微哽咽。

柳莺莺沉默一阵，说道：“云公子，今后你有什么打算？”云殊叹道：“除了浪迹天涯，再无去处。”柳莺莺道：“云公子，人非草木，孰能无情？只是那个小色……嗯，梁萧生死未卜，于情于理，我都不能丢下他不管。”梁萧听到这里，脑中“嗡”的一声，几乎失了知觉。却听云殊道：“不打紧，我陪你去寻他就是！”柳莺莺道：“承你情了，嗯……你为我叛出师门，我也不会负了你！”

这话一出，林中微微一静。云殊颤声道：“能得姑娘垂青，不过是云某的痴心妄想，决计不敢较真儿。但求姑娘明白我的心意，云殊就算千刀万剐，也甘心了。唉，可惜那梁萧与蒙古人结交，所谓胡汉势不两立。姑娘既从汉姓，必为汉人，不可被他花言巧语迷惑住了。但瞧姑娘佛面，下次相见，我不与他为难就是。”他越说越快，显然心头喜乐。却听柳莺莺道：“承你情了。哦，他的内力怎么没了？”云殊叹了口气，说道：“内力我替他废去了。但愿他没了武功，就此弃恶从善，做个寻常百姓。”梁萧听到这话，一颗心跌入万丈谷底，眼前一黑，昏了过去。

一来云殊恼恨梁萧在长江上力护伯颜，阻了自己的大事；二来梁萧会了“三才归元掌”，大干他师门之忌。他一身内功强过梁萧数倍，趁对掌之际，施展“两仪浑天功”，双掌内力左进右出，右进左出，犹如一具无形磨盘，将梁萧浑身的内力逐点逐滴地榨出。柳莺莺只见梁萧容色辛苦，还当两人比斗内功，万没料到云殊竟会废去梁萧内力。幸好四面火起，云殊才无奈放手，饶是这样，梁萧自幼苦练的内力大半付之东流，剩下的已经百不及一。

林中寂静，柳莺莺的呼吸声又沉又浊，过了一会儿才说：“也好，你想得周到……”话音未落，忽听云殊叫道：“你有伤，别乱动。”只听柳莺莺“啊呀”一声，尖叫道：“你别碰我！”又听云殊惶声说：“是是，我失礼了。”柳莺莺微微喘道：“你……你别生气，待我与梁萧交代明白，嗯，才……才算对得起他。”

云殊叹道："姑娘有情有义，叫人相敬，我若对姑娘无礼，叫我……"柳莺莺截口道："别乱发誓，我信你便是……"

阿雪屏息听着，忽觉梁萧的身子越来越冷，低头瞧去，他双目紧闭，面色煞白，再探鼻息，竟是有进无出，不由得猝然一惊，失声轻呼。阿冰、阿凌听得叫声，面无人色。刹那间，云殊厉叫道："谁？"两人正欲窜逃，忽听云殊冷笑说："走一步的，留一条腿；走两步的，留下脑袋吧！"二人被他一唬，腿酸脚软，再不敢动，俱都回头，狠狠瞪了阿雪一眼，慢慢站起身来。阿雪也胆战心惊，随之起身，心头却挂念梁萧的生死，垂眼下瞧，只见他一动不动，在草里蜷作一团，心中不觉有些难过。

现身的竟是三个美貌女子，云殊大为错愕，再想那些隐秘言语都被她们听见，羞愤难当，支吾道："你们是谁？"阿凌一眨眼，嘻嘻笑道："我们是这山边的人家，进山玩耍，无心听到二位说话，只怕扰了公子雅兴，所以没敢露面。"

云殊虽觉疑惑，却不好与女子计较，只得背过身子，挥手叹道："去吧，走得越远越好。"话音未落，便听柳莺莺冷冷说："这三个人鬼鬼祟祟，谎话连篇。云殊，你将她们全都杀啦。"云殊一怔，皱眉道："柳姑娘，这不太好吧。"柳莺莺双眼一红，颤声道："好呀，你现今都不肯听我的，日后……日后还不知怎么轻慢我……"云殊见她凄楚神色，胸中一热，脱口叫道："你别哭，我将她们拿住，交给你处置就是了。"说着走向三女。

阿冰、阿凌对柳莺莺恨入骨髓，事已至此，无可回避，各自掣出兵刃，阿冰使一口软剑，阿凌却拿一枚水晶如意。阿雪略一迟疑，取出一尺长的金莲，莲瓣均已开锋，看来十分锐利。

阿冰武功最高，暗忖先下手为强，不待云殊抢到，剑光倏忽，向他刺去。柳莺莺冷笑道："狐狸尾巴露得真快，这也是山里人家吗？"云殊皱眉不语，只待软剑刺到胸口，方才伸指点出，正中软剑背脊，"铮"的一声，剑身弯折，反向阿冰刺去。阿冰眼快，身子疾仰，软剑掠面而过，惊出她一身冷汗。

云殊这一指先声夺人，阿凌心头慌乱，左顾右盼，想要溜走。阿雪见阿冰势危，来不及多想，挥动金莲，合身扑上。云殊微一冷笑，挥手扫中莲萼，阿雪虎口一痛，金莲跳跃欲出。云殊一掌未将金莲击飞，“咦”了一声，目光转动，探指扣向阿雪的脖子。

这一抓快逾闪电，阿雪惊惶之际，忽听“嗖”的一声，一条细长斑斓的锦索从后方大树上射来，笔直若枪，掠到她腰后，轻轻一带，阿雪身不由己，向后掠出。云殊一抓落空，心头暗凛，目视大树说：“何方高人？不妨现身一见！”

树上传来一声轻笑，清脆甜美。笑声中，锦索放开阿雪，忽似蟒蛇吐芯，向云殊面门袭来。云殊见那绳索来势矫矫无方，侧头闪过，伸手便抓。不料锦索偏出，缠住阿冰腰身，带得她风车般绕着云殊旋转。阿冰趁势出剑，一剑比一剑快，精光迸出，烂若星斗。

云殊站立不动，双目不离大树，十指随意挥洒。指剑交鸣声不绝，阿冰狂风暴雨似的剑招被他一一弹开。树上那人忍不住喝了声彩：“好本事！”话音方落，柳莺莺的脸上没了血色。

云殊冷笑道：“足下藏头露尾，本事却稀松得很！”那人笑道：“好啊，瞧这个。”话音未落，锦索挽了个花儿，放开阿冰，又将阿凌卷起，挥动如意，点向云殊胸口。云殊双眉一挑，一挥手，水晶如意迸裂。阿凌气血如沸，跌出丈余。锦索“嗖”地飞出，将她轻轻扶住，又挽了个花儿，带起阿雪，挥舞金莲刺来。一时间，三名少女有如牵线木偶，随那锦索进退。云殊貌似对敌三人，实则以一敌四，树上那女子指挥若定，尤为厉害。云殊心中焦躁，发声长啸，一动身，攻出六掌六腿。

他易守为攻，声势夺人。阿雪瞧得心头一慢，出招稍缓。三女来来去去，本是一种巧妙阵势，一人乱了阵脚，阵法顿生破绽。云殊一掌穿入，正中阿雪后心，念她是女流，手下已经留情。但他内力太强，阿雪飞出丈许，口吐鲜血，趴在地上。

云殊一招得手，指掌齐飞，阿凌、阿冰不分先后，被他点倒。云殊眼看锦索缩回，如风抢上，一把抓住索端，喝声：“给我下来！”裂帛声响，锦索断成两截。树上那人立身不住，飘然落下。却是一个青衣女子，披头散发，面如黄蜡，双眼流盼生辉，在众人身上转了一圈，凝注在柳莺莺身上。哧哧一笑，笑声酥媚入骨，似在人心头挠动。

柳莺莺脸色惨白，一咬牙，涩声说：“是你！”青衣女子打量她一阵，笑道：

“多年不见，乖莺莺也出落成美人胚子啦！嗯，你见了师叔，还不拜吗？”云殊原本蓄势待发，听了这话，不由得一怔。忽听柳莺莺冷冷地说：“从那夜起，你就再不是我师叔，而是我不共戴天的大仇人。”青衣女子笑道：“你师父呢？还没死吗？”柳莺莺眼圈儿一红，颤声说：“如你所愿，她……去年下世了。”青衣女子略一沉默，点头道：“死得好，似她那样自命好人的蠢材，若不死，真是老天无眼。”

柳莺莺本想她听到师父死讯，或许哀戚抱愧，谁料她不念旧情，幸灾乐祸。只气得一口血涌上喉头，涨红了脸，恨声说：“云殊，你……你替我把她杀了！”云殊一怔，柳莺莺目泛泪光，凄然道，“你帮不帮我？”云殊微一动容，瞧着韩凝紫，一只手扶住剑柄。

青衣女子瞧他一眼，忽地笑道：“傻小子，你当她真的喜欢你？唉，不愧是我韩凝紫的好师侄，生来便有骗男人的本事。”云殊听得奇怪，微感迟疑，又听柳莺莺尖声叫道：“云殊，动手！”云殊暗叫惭愧：“我胡想什么，柳姑娘与我之间，岂容他人挑拨？”一扬手，拔出长剑。韩凝紫哧哧一笑，手中锦索抖出。云殊正欲举剑抵挡，那条锦索倏地钻入树丛，拽出一个人来。那人双目紧闭，不知死活。

柳莺莺一见那人，花容失色，失声惊呼：“云殊，慢着！”云殊也认出是梁萧，一时踯躅不前。韩凝紫将梁萧提在手里，笑嘻嘻说道：“乖莺莺，你这套把戏，骗得过云殊这等未经人事的稚儿，又怎么骗得过我？”柳莺莺本欲辩驳几句，但见梁萧面色苍白，心口一堵，说不出话来。

韩凝紫瞧了瞧她，又冲云殊笑道：“傻小子，看见了吗？”云殊脸色苍白，望着柳莺莺，但见她痴痴盯着梁萧，丝毫没有留意自己。“当啷”一声，他手中长剑坠地，再无半分斗志。

韩凝紫目光一闪，说道：“乖师侄，你还要不要这小子活命？”柳莺莺一咬牙，大声道：“你放了他，我让你走。”韩凝紫笑道：“什么你呀我的，该叫我什么？”柳莺莺一愣，低了头，声音又轻又细：“师……师叔。”韩凝紫得意笑道：“好啊，认了师叔，就该拿孝敬来！”将手一摊。

柳莺莺皱眉道：“什么？”韩凝紫笑道：“装傻吗？把纯阳铁盒给我。”柳莺莺微微一惊，恍然道：“嫁祸给我的是你？哼……我早该想到了。”韩凝紫笑道：

“多谢你给我引开那帮蠢材。你真有能耐，我四次潜入雷公堡，都是无功而返，你一次便得了手。”

柳莺莺咬了咬牙，掏出铁盒说：“你先放人。”韩凝紫目透寒光：“柳莺莺，你跟我耍花招，还早了一百年。再不拿来，我叫这小子溅血三尺。”柳莺莺素知这师叔心狠手辣，纯阳铁盒于己可有可无，梁萧却少不得一根毫毛，微一犹豫，将铁盒抛了过去。

韩凝紫接过铁盒，笑吟吟揣入袖间。柳莺莺瞧她神气，便觉不妙，急道：“韩凝紫，你说话要算数，铁盒到手，便该放人！”韩凝紫淡淡一笑，说道：“我问你，师叔我绰号什么？”柳莺莺一怔，低声道：“雪狐。”

韩凝紫笑道：“是了。师叔我狡猾如狐，那么害死了你师父，自须留条后路，叫你不敢寻我报仇。”柳莺莺一怔，怒道：“臭狐狸，你……”心中一急，怔怔流下眼泪。韩凝紫笑道：“哭得好，师叔最爱瞧人劳燕分飞，流干了眼泪，哭瞎了眼，那才叫作过瘾。”言毕踢开阿冰、阿凌的穴道，二人挣扎起来，韩凝紫瞥了阿雪一眼，露出嫌恶之色，喝道：“把蠢丫头也带上。”

两人扶起阿雪，随在她身边。韩凝紫转眼笑道：“乖师侄，慢慢哭，咱们后会有期。”娇笑一声，穿林而出。柳莺莺不顾伤痛，奔出两步，胸口忽地一痛，吐了口鲜血。云殊情急关心，抢上搀扶，柳莺莺却甩开他的手，怒道：“滚开！从今往后，我……我再也不会理你。”

云殊身子一震，失声说：“你……你说什么？”柳莺莺眼圈一红，大声说：“你废了梁萧的内力，我恨不得杀了你！没错，我骗你，只是要你替我寻他，然后一刀杀了你，给他报仇！”她奈何不了韩凝紫，满腔怒火都发泄在云殊身上，将心中所想一股脑儿地说了出来。

云殊听得浑身冰冷，三魂六魄全都废了。好半晌，才隐约听见马蹄声，抬眼一望，柳莺莺伏在马上，飞驰下山。云殊欲要追赶，双腿却似灌满了铅，只得靠着一棵大树，昏沉沉睡了过去。

睡到傍晚，他才清醒了些，茫茫然站起身来，望着远处荒野寒烟，只觉天地之大，无处可去。这样的心情，只有父亲死后，自己站在燕山百步岭上经受过，可那回终于等来了师父。这一次呢，心上人是断不会来了。

他站了一阵，失魂落魄地向前走去，走了足足半夜。凌晨时，忽听身后传来马蹄声。云殊不想回头去瞧，也不想知道来者是谁，只盼一直走下去，直到再没气力，忽地死去。

马蹄停在他身后，忽听一声大喝，靳飞如一只大鹰掠过头顶，拦在他的前面。云殊应声止步，心神依旧恍惚。靳飞怒道："好畜生。"挥掌便打，掌到半途，借着东方一抹晨光，忽见云殊眼神呆滞，脸上布满凄苦，猛地想起，师父只有这个独子，手一软，打不下去。身后的白三元却火气正盛，蹿上前来，一拳打向云殊背心。云殊痴痴怔怔，任他拳风涌至，也不躲闪。靳飞却忍不住一伸手，将白三元的手腕扣住。

白三元怒道："靳大侠！这种大逆不道的人，你也护着他？"靳飞面皮一热，讪讪道："白老哥，我师弟年纪小，不懂事……"白三元叫道："放屁。"奋力一挣，只觉靳飞手若铁箍，急怒之下，一口浓痰啐向靳飞。以靳飞的本事，避开不难，但他心头抱愧，不闪不避，任凭浓痰落在额上，顺着脸颊滑落，也不伸手去抹。白三元瞧得一怔，狠狠把头一甩，转身就走。

雷行空冷眼旁观，忽道："云殊，那女贼呢？"云殊身子一颤，慢慢抬起眼皮，喃喃说："她走了，再也不会回来了。"雷行空瞧他神气颓废，不由得浓眉紧皱，心想云殊在此，柳莺莺也该走得不远，于是冷笑说："靳飞，这梁子是结定了，来日有暇，雷某少不了登门拜访！"靳飞默然不语，方澜却听不下去，笑道："雷公堡那几下，老头儿也知道的，要挑战神鹰门吗？怕还差那么一点儿！"雷行空冷笑道："大家骑驴看唱本——走着瞧。"领着雷震夫妇，愤然离去。楚宫挨了云殊一剑，腿上兀自包扎严实，这时咬起细白牙齿，大声说："靳门主兄弟情深！大伙儿后会有期。"生怕被雷行空抢先截住柳莺莺，促马扬鞭，一阵风追了上去。

其他人望着云殊，或惊疑，或鄙夷，碍着靳飞、方澜的面子，不便当场发作，纷纷摇头散去。不一会儿，旷野中只留下方澜、靳飞和小书童风眠。风眠见气氛不对，不敢站得太近，抿嘴瞧着，心里打定主意："这两个人敢动公子一根汗毛，哼，我跟他们拼命。"

靳飞沉默半晌，叹道：“本想结盟雷、楚两家，共抗外敌。谁知未成朋友，反成对头。”方澜哼了一声，目光如炬，望着云殊道：“小子，我问你一句话，你练一身武功，到底为什么？”云殊本来等着二人责打，听此一问，一怔道：“向萧千绝报仇。”方澜冷笑道：“胡说。”云殊又是一愣。方澜冷笑道，“我看你练来是讨娘儿们欢心吧？”云殊不由面红耳赤。

方澜又道：“古人说匈奴未灭，何以家为！如今大宋朝危如累卵，大丈夫正该驰骋沙场，为国杀敌。你呢？哼，却为个偷鸡摸狗的妞儿失魂落魄。难不成云万程家门不幸，落了个虎父犬子？”云殊身子一颤，亡父音容闪过眼前：灯下伴读，清晨传功，惩奸除恶，抵御外辱……无数往事如皮影戏般在心头闪过，让他出了一身冷汗。云殊看了看方澜，又看了看靳飞，双膝一软，跪在地上。

靳飞叹了口气，伸手将他扶起，说道：“算了，只盼你记得方老的话，来日多给我杀几个鞑子！”方澜笑道：“要杀鞑子，可得算上老夫一份！”靳飞笑道：“少得了您老吗？”二人相视大笑。

风眠见方澜瞪眼发怒，只当要糟，不料转眼间，众人又笑逐颜开，不由得大大松了一口气。云殊叹道：“师兄，我方才得罪了不少豪杰……”靳飞摆手道：“别人如何，是别人的事情，只要你有报国之心，只得你我二人，又当如何？”说着剑眉倏扬，豪气逼人。

方澜叹了口气，抓着两人的手，叠在一起道：“老雕儿是江湖中人，从不忘北靖中原，他的遗愿便落在你们二人身上。所谓兄弟同心，其利断金，今日的事，老头子不想看到第二次！”靳飞挽住云殊的手，与他对视一眼：“方老放心，我与云殊一世都是兄弟！”云殊紧紧握住师兄之手，心中百感交集！

第四章

# 移星换斗

梁萧蒙眬间只觉四面八方都在摇动，睁眼一瞧，自己躺在一辆马车里面。柳莺莺的话还在耳边，忽大忽小，每一个字都仿佛一把锥子，扎在他心上。

呆了一会儿，梁萧略微清醒，嘴里酸涩，脸上也是凉冰冰的，伸手一抹，泪水顺着鼻翼流进了口里。忽听有人怯怯地说："你醒了吗？"梁萧转眼望去，阿雪坐在一侧，背靠锦枕，轻咳了两声，缓声说，"昨天你一口气接不上来，要不是主人，可就糟啦。"她被云殊伤了肺，说了这几句话，又咳起来。

梁萧默不作声，闭上双眼。阿雪猜到他的心事，又想不出话儿宽解，只得道："你饿了吗？"拿出两样点心道，"这是鹅梨饼子，还有乳糕儿，又软又甜，也不腻口。"见梁萧仍不动弹，便道，"你不吃糕点，喝点儿水吧。"将水囊递到梁萧嘴边，哪知梁萧牙关紧闭，清水全都流在地上。

阿雪慌忙伸袖去抹。忽听一声冷笑，阿凌探首进来，瞥了梁萧一眼，面露嫌恶，啐道："窝囊废。"又道："阿雪，睡得舒坦吗？"阿雪含笑道："还好，不劳姐姐挂念。"阿凌脸色一变，怒道："好什么？我赶车累得要死，你却睡得快活。哼，还有天理吗？"阿雪见她一脸怨毒，不由慌道："姐姐别恼，下回你受了伤，我也赶车载你。”

阿凌更怒，骂道：“乌鸦嘴，谁受伤了？哼，我又不是你这种蠢货！”阿雪大窘，忙换话头：“阿凌姐姐，你瞧这人不吃不喝，怎么办呢？”

阿凌冷笑道：“饿死最好。这种窝囊废留在世间，只会碍人的眼。哼，换了是我，就该宰了姓云的出气，绝食又顶什么用？”阿雪一怔，忽见梁萧睁眼坐起，抓过食物，一口口吃了起来。阿雪见他变更心意，不由得大大松了口气。

阿凌冷冷瞧着梁萧，轻哼说：“你吃了又怎样？好比一头肥猪，憨吃傻长，一点儿也没用。主人说了，你被人废了武功，比之常人还要不如。要报仇？哼，下辈子还差不多。”她最爱瞧人伤心难过，见梁萧面露痛苦，大感快意，又笑，“说起来，也不知柳莺莺和云殊一双两好，现今又在做什么？”她欺梁萧昏迷中不知真相，故意编些话儿叫他伤心。眼瞧梁萧双眼泪水直转，心中更乐，存心还要捉弄，还没开口，便听一个声音懒懒地说：“阿凌，你磨蹭什么？”

阿凌慌道：“哎哟，我就来！”缩回头去，挥鞭赶车。阿雪被云殊一掌打昏，也不知后来怎样，听阿凌一说，瞧着梁萧，心中也替他难过。却见梁萧怔了一会儿，低头吃光两块乳糕儿，又闭眼躺了下来。

行了半日停下，阿凌掀开帘子，冷笑道：“主人开恩，让歇息啦！”瞅了梁萧一眼，道，“窝囊废，你下来吗？”梁萧也觉气闷，挑帘下车，却见韩凝紫披着长发坐在溪边。阿冰舀了一瓢溪水，恭谨地捧到她手里。梁萧猜到韩凝紫的身份，也不作声，在一块青石前坐下。

韩凝紫一边喝水，一边盯着梁萧，忽道：“小子，你叫什么名字？”梁萧无心搭理。韩凝紫面色微沉，阿冰已喝道：“臭小子，主人问你话呢！”梁萧瞧她娇嗔薄怒的样子，想到柳莺莺，不由得心头一痛。阿冰见他呆呆望着自己，心中更恼，骂道：“贼眼兮兮的，要作死吗？”阿凌眼珠一转，笑道：“冰姐姐，你别费口舌啦，这窝囊废是个哑巴。”阿冰诧道：“这话当真？”阿凌笑道：“那还有假？”

韩凝紫忽道：“阿凌，谁说他是哑巴？”阿凌一怔，说道：“他本就是哑巴啊，还用听人说吗？”韩凝紫淡淡说：“当真？”阿凌瞧她神色，没来由地心头打鼓，偷眼瞧着阿雪。韩凝紫慢声道：“你看笨丫头做什么？她才不敢告发你呢……”阿凌面如土色，“扑通”跪倒，颤声说：“婢子知错，还……还望主人从轻发落。”韩凝紫摇头笑道：“你这欺上瞒下的伶俐，倒合我的脾胃，赏你也来不及，罚你做什么？”

阿凌心知她惯会正话反说，明说要赏，其实必罚，不觉泪流满面，不住地磕头。韩凝紫伸手将她搀扶起来，叹道：“好啦，我真不怪你，要怪只怪阿雪那妮子。”她言辞温和，阿凌仍是不住发抖，颤声说：“主人都……都知道了？”韩凝紫道：“你说呢？”阿冰神色一变，跪倒说：“婢子在五龙岭胡乱猜测主人心意，罪当万死。”韩凝紫淡然说：“你来凑什么趣？那也要万死，你死几百万次也不够。”她美目流转，扫视三名小婢，人人冷汗淋漓，只觉从里到外，没一样瞒得过她。

这当儿，道上来了三个农夫，一老二少，肩上担子沉实，箩筐里盛满柑橘，大约是去集市上卖。韩凝紫见那柑橘光鲜，便说：“阿冰、阿凌，你们去买几个橘子来尝尝。”

二人闻言心喜，深知这主子若让人去买吃食，必然再无怪罪。当即欢天喜地迎上去，拦住三个农夫，七手八脚分吃了两个柑橘，只觉十分甘美。阿凌扬手掠过秀发，笑道：“两位小哥儿，柑橘怎么个卖法？”她举止谈笑，媚态自生，两个后生被她多瞧两眼，便觉手足无措。倒是老农见多识广，赔笑道：“回姐姐话，这里三种柑橘，也有三种价钱。你们吃的温柑是一个八文钱，另有绿橘一个四文钱，至于那担匾橘，一文钱三个，最便宜。”阿凌讨价还价，把温柑说到七文，绿橘说到三文，这才下手拣选。

阿雪心中忐忑，站立不安，见状说：“主人，我……我去帮姐姐们抱橘子？”韩凝紫漫不经心地说：“阿雪啊！你打记事起，便跟着我吧！”阿雪点头称是。韩凝紫道：“那也怪了。过了十多年，你怎也不见长进？嗯，你知错吗？”阿雪一怔，茫然摇头。韩凝紫叹道，“笨丫头，无可救药。也罢，你好好听着。这次出来，你做错了三件事。头一件是受阿凌那小贱人摆弄，合着伙来欺瞒我。”阿雪吓得泪涌双目，颤声说：“我……我……”她不好将罪过推到阿凌身上，一时口齿含糊，说不出话来。

韩凝紫冷哼一声，又道：“第二件，五龙岭上，你大呼小叫，暴露形迹，若非我在一旁，你还有命吗？”阿雪面色更白。韩凝紫道，“至于第三桩。那路‘傀儡牵机术’，平日练了多少次？却被你乱了阵脚。哼，这下子明白了吗？”阿雪三魂去了两魂，糊里糊涂，只会点头。

韩凝紫说：“三罪并发，本来该死。但你捉到这小子，也算大功一件，略可抵消若干罪过。我自来赏罚分明，且给你一个机会，瞧瞧你的运气。”她自袖中取出几贯铜钱，冷冷道，“这是一百文钱。你去买温柑、绿橘、匾橘共一百个，就以阿凌所说的价钱为准，必须不多不少，用完这一百钱。倘若余下一文，或是少买一个柑橘，你就自断一指。依此类推，十根手指砍完为止。”阿雪吓得一哆嗦，哪敢接钱？韩凝紫道，“怎么？”阿雪无奈，双手捧过钱，颤声说：“十……十个手指砍完了呢？”韩凝紫怒哼一声，骂道：“没出息的东西！手指砍完，便砍脑袋。”

阿雪含泪站着，心中乱糟糟的，哪儿想得出百钱买百橘的法子？忽见阿冰、阿凌各抱一兜橘子，笑嘻嘻转回来，还未走近，阿凌笑语先闻：“主人，这橘子出奇地好吃……”话未说完，忽觉气氛不对，不觉心头打鼓。韩凝紫双手掰开一个橘子，冷冷道：“蠢丫头，发什么呆，还不去？”阿雪没法子，只得抹了泪，恍恍惚惚，向那三个农夫走去。其余二婢猜到缘由，心知韩凝紫意在杀鸡儆猴，对望一眼，哪敢吱声？

阿雪魂不守舍，脚下一绊，踢中梁萧足踝。她重伤未愈，向前扑倒，鼻子撞中一块大卵石，鲜血长流。阿雪既悲且痛，又不敢大放悲声，只得含泪啜泣。韩凝紫见她久不起身，焦躁起来，冷声道：“笨丫头，如果一个橘子都买不来，便不用来见我了！”

阿雪一惊，眼见三个农夫挑上担子要走，慌忙挣起，岂料内腑作痛，怎也爬不起来。回头望去，阿冰、阿凌均是漠然，全无援手之意，她只觉五内俱冷，一颗心便似掉进冰窟，恨不得就此死了。

悲苦欲绝的当儿，侧里伸过一只手来，攒袖给她抹去眼泪。阿雪心头一暖，痴痴望着梁萧。阿凌见状，微有醋意，冷笑道：“歪锅配歪灶，一套配一套。窝囊废与蠢丫头，倒也相称。”阿雪听得红透耳根。梁萧却默不作声，左袖给阿雪拭泪，右手运指如飞，背着众人，在泥地上唰唰写道：“六温，十绿，八十四匾。”一待阿雪瞧完，立刻抹去。阿雪迷惑之际，梁萧将她扶起，手指远处。阿雪举目望去，三个农夫已挑担走了一程，顿时慌道："老伯伯、大哥哥，我……我要买橘子。"

三个农夫诧然回头。阿雪此时性命攸关，顾不得梁萧写的真假，脱口而出："我要温柑六个，绿橘十个，匾橘八十四个。"这话一出，韩凝紫"嗖"地站起身来。老农夫掐指一算，笑道："这位姐姐买得巧，一百个橘子，不多不少，正好一百文。"阿雪惊喜交加，赶上前去，将钱塞给老农夫。一个后生见她行动不便，匀出一个竹筐，装好一百个柑橘，递到她手里。

阿雪一迭声道谢。众农夫见她欢喜得不近情理，都觉十分惊讶。阿雪抱了橘子，喜滋滋回到韩凝紫身前。韩凝紫却不看筐内，只盯着她打量。阿雪被她瞧得心慌，哆嗦道："主人，买错了吗？"

韩凝紫冷道："错倒没错，你怎算出来的？"阿雪偷瞧了梁萧一眼，双颊绯红。韩凝紫一抬脚，踹翻竹筐，厉声道，"笨丫头，谁教你算的？"眼里寒光突出，有如锋利刀剑。

阿雪不由倒退两步，不知为何，心里却不似先时慌张害怕，暗暗打定主意，无论如何都不说出梁萧。韩凝紫见她非但不答，而且眉间隐然透出倔强，心中益发恼怒，抿嘴瞪眼，缓缓抬起掌来，莹润润的右掌之上，竟然凝了一层白霜。

阿冰、阿凌见她抬掌，皆有惧色。阿雪虽然害怕，但始终咬着牙关，不出一声。韩凝紫瞧她半晌，点头说："笨丫头，你有胆。"手掌疾起疾落，还未拍下，忽听梁萧叫道："且慢！"

韩凝紫掌势一凝，转眼道："你有话说？"阿雪大惊失色，冲着梁萧连连摇头。梁萧只作不见，一拍衣衫，站起身来："橘子是我教她买的，要打要杀，冲着我来。"韩凝紫目光闪动，淡淡地说："想逞英雄？好啊，你说说，你又怎么算出来的？说不出来，别怪我手狠。"

梁萧屈下一膝，以石子为算筹，说道："以三因为三百文，内减共数一百枚，余二百枚为实。三因温柑价，得二十一，内减一，余二十分……"他不疾不徐，一步步解来，阿雪瞧得满心糊涂，阿凌却心中惊怒："臭小子会说话，笨丫头胆敢骗我！"狠狠瞪视阿雪，恨不得用这目光剜下她一块肉来。

梁萧将题解罢，抛开石子："因题有三元，故此法名为'三分身术'。另有数种解法，繁杂难言，不说也罢。"他手腕一痛，已被韩凝紫扣住。抬眼一瞧，面具后厉芒闪动，森然说："小子，你是天机宫的人？"梁萧吃痛，高叫："你儿子才是天机宫的人！"韩凝紫眼中凶光更盛，声音拔高，变得又尖又细："还不承认？除了天机宫的数学家，谁能解出这道难题？"

梁萧双眉一皱，淡淡说："这也算难题？难题太多了吧？"韩凝紫死死盯着梁萧，梁萧对"天机十算"耿耿于怀，不肯自认出身天机宫，是以神色始终坦然。韩凝紫瞧不出破绽，眼中怒意渐消，代之以几分茫然，忽地放开梁萧，冷冷说："想来天机宫自命清流，也教不出你这等泼皮小子。"

三名农夫眼看再无生意，二度担起担子。不料韩凝紫忽地俯身，拾起三枚石子，挥手掷出。"哧哧哧"，三声闷响，三名农夫似被打了一拳，纷纷扑倒，脑浆混着血水流出，柑橘骨碌碌滚落一地。韩凝紫一拍手，漫不经心地说："任这三人走脱，岂不泄露了我的行踪？"梁萧心中惊怒："这女人喜怒生杀全无征兆，真是一个疯子。"阿雪想到全因自己出言挽留，才给三人惹来这场灾祸，心中歉疚无比，掉头默默流泪。

韩凝紫走了两步，回首懒声说："阿凌，你好生看顾这小子，若有半点闪失，小心你的皮。"她说的是狠毒事儿，语气却柔媚动听。阿凌面色发白，一迭声答应。梁萧心中惊讶："黄脸婆怎么转了性儿？无事献殷勤，我须得加倍小心。"

阿凌转了一副笑脸，将梁萧扶上车，还给了个锦枕，傍阿雪坐下。阿雪侧眼望他，久久也不说一句话。梁萧被她瞧得不自在，忍不住道："看什么？"阿雪面涌红潮，低声说："多谢啦！"梁萧冷冷道："没什么好谢的。"他心情无比低落，适才与韩凝紫斗智，全因一时义愤，事情一过，又觉兴致索然。阿雪见他冷淡，满嘴的感激话再也说不出来，也只好闷闷睡倒，心潮起伏不定。偷眼一看梁萧，见他闭着两眼，泪水顺着面颊滑落，在木板上渍出斑斑湿痕。阿雪只觉胸中隐隐作痛，不由得恨起柳莺莺来。

停停走走，马车又行半日，忽地停住。阿雪怪道："阿凌姐姐，到家了吗？"阿凌压低嗓子道："笨丫头噤声，元人来了。"话音未落，寒鸦惊飞，扑棱棱作响，接着便听到轰隆隆的马蹄声自远而近，地皮也似随之起伏。

阿雪俏脸发白，眼里露出惧色。梁萧瞧她一眼，握住她温软小手，只觉她手心温热，满是汗水，便说："不用怕，有我！"阿雪见他神态从容，忘了他内力尽失，红着脸点了点头。梁萧凝神听去，只听马蹄声中，夹着蒙古语的吼叫。虽然人喧马嘶，却杂而不乱，仿佛一阵疾风，倏忽去得远了。

又过片刻，韩凝紫吐了口气道："这儿是襄樊地界，两军追亡逐北、兵马往来甚多，大伙儿还是多加小心，一头撞上，徒惹麻烦。"

梁萧放开阿雪的手，马车再度启动，时上时下，行了许久才停住。梁萧心想："莫非又遇上大军？"忽见帘子掀开，阿凌探首笑道："到家了。"

梁萧躬身下车。前方苍山黛色，怀抱一所庭院，绿竹含烟，画阁滴翠。却听阿雪在耳边低声说："这是残红小筑。"

说话间，一名年轻道士行出院门，脚不沾地般来到车前。他面如冠玉，眉间一颗米粒大小的黑痣，面上一团和气，向韩凝紫拱手道："羽灵见过主人。"韩凝紫冷道："有事吗？"羽灵笑道："陇西九寨的首领俱在厅内，前来交割例钱税粮。"说罢与阿冰对视一眼，便又转过头去，向其他二婢招呼，言辞谦谨，面面俱到。

韩凝紫道："羽灵，我有要事，懒得与那些粗人唠叨。你和阿冰自去打理，须记得，少钱少米，五百贯以上砍手，一千贯以上砍头，勿要乱了规矩。"羽灵笑道："小人知道了。"韩凝紫转过头来，瞧了阿雪一眼，面露嫌憎之色，道："阿凌，你带笨丫头去歇息，不要再找她的麻烦。"

阿凌恼恨阿雪欺瞒自己，本意好好折辱她一番，听韩凝紫一说，忙赔笑道："我待阿雪亲妹子一般，爱她疼她还来不及呢。"阿雪听她一说，颇有几分感动。韩凝紫更觉厌恶，转向梁萧说："小子，你随我来！"

梁萧踌躇不前，却被阿冰狠推一掌，摔倒在地。他这才悟及自身内力已失，只得爬起来随在韩凝紫身后。

二人入了庄园，抄斜路往后山走去，转过数道回廊，前方现出一片竹林。韩凝紫似嫌梁萧步子太慢，转身将他拉住，快步走入林中。

竹林幽深莫名，道路迂盘，梁萧只觉绿篁微风，龙吟细细，剑叶蔽空，四下里漫着如水凉意。如此走了二十余步，忽见一尊石像，蹲身披甲，张口皱眉。他颇感眼熟，转念间悟到，这尊石像自己曾在“两仪幻尘阵”里见过，乃是“将相境”中的“吴起吮疮”。惊疑中再走十来步，又见一尊石像，拈须负手，却是“圣文境”中的“少陵苦吟”。再走二十步，却见一尊“剑及履及”，石像倒持宝剑，赤了一足，似在全力狂奔，正是春秋霸主楚庄王的故事。

每走十来步，就见一尊石像，梁萧越瞧越惊。细察之余，发觉这些石像与天机宫的石像形似，细微处却不相同，便似塑像者仓促瞧过一遍天机石像，再凭记忆模糊刻出，方位也很杂乱，不合“两仪幻尘阵”的阵势。

梁萧一路瞧去，渐渐发觉，石像依南斗之位结成“十”字，将竹林分成四片，东为少阴、南为少阳、西为太阴、北为太阳，却是一座“南斗四象阵”。梁萧暗自留心，一面行走，一面默记竹阵方位。

行了二里许，到了竹林尽头，只见一座石洞，洞门紧闭，形若满月。门楣上刻有“天圆地方”四字，娟秀妩媚，出于女子手笔，门边双龙蟠着一个铁八卦，也是一只八卦锁。

韩凝紫转动八卦锁，打开石门，门里一间斗室，四壁摆满图书，倚墙处有张石床，床边又放一方石桌，上置沙盘。梁萧瞧得一惊，敢情沙盘上画满勾股方圆、商方实法，均是算题符号。

韩凝紫携梁萧入门，反手掩上石门，一片清光泻落，室内情形历历在目。梁萧抬眼望去，洞顶光圆如镜，上面嵌满明珠，大如鸽卵，小似米粒，依周天星象排列。岩壁上凿了一排小孔，天光漏入，投在明珠之上，珠辉映壁，照得满室通明。

韩凝紫在石床上盘膝坐定，懒懒地说：“小子，我姓韩，名凝紫，你叫什么？”梁萧心灰意冷，傲气尽消，随口说了姓名。韩凝紫点头道：“你早先口出狂言，很会算题吗？”梁萧道：“略略解得些儿。”韩凝紫打量他一眼，冷笑道：“好，我便瞧瞧，你有多大本事。”手指着沙盘上的算题道，“你解得出来吗？”

梁萧斜眼瞧去，沙盘上写道：“假令有圆城一座，不知周径，四门大开，纵横各有十字大道。其西北十字道为乾地，甲乙二人立于此，乙东行一百八十步遇一塔而止，甲南行三百六十步回望该塔，正居城径之半。问城径几何？”下有勾股图形。

韩凝紫咯咯咯笑道：“你解出这题，我叫你活命；解不出来，哼，那就不用说了。”口气中满是得意。梁萧一挑眉，叹道：“弦上容圆，有什么了不起？”随手便解，“以勾股相乘倍之，为实。以勾股之和为法，前后相除，商为二百四十。城径便是二百四十步。”

这道算题韩凝紫苦思已久，不得门径，哪知梁萧顷刻作答，算路精妙，匪夷所思。韩凝紫盯着算式，沉吟半晌，才说：“怎么这样容易？”梁萧道：“考圆之术（按：相当于中国古代的几何学），说难不难，说易也不易。不知其法，难以入门；知道方式，倒也十分容易。除了弦上容圆，另有八题，分别为：勾股容圆、勾上容圆、股上容圆、勾股上容圆、勾外容圆、股外容圆、弦外容圆、勾外容半圆、股外容半圆，统称为‘洞渊九容’。”他挥洒自如，写出九容方式。韩凝紫瞧他专注神色，心头没来由一痛，暗想：“少年算题的模样，与他倒有五六分相似。”

梁萧写完方式，抬头瞧去，韩凝紫默默注视自己，眼里透出一股痴狂，不由心儿一跳，问道：“你有疑难？”韩凝紫身子一颤，迟疑半晌，叹道：“你……当真不是天机宫的人？”梁萧哼了一声，却不答话。

韩凝紫双手摆弄算筹，怔怔坐了许久，长叹一口气，才依梁萧的法子，在沙盘上演算。但只算了两行，忽地泪涌双目，一点点滴在沙盘上。

梁萧道：“算不出来，也不必哭吧！”韩凝紫恼羞成怒，一抬手，向梁萧左颊掴去。掌到半途，泪眼模糊间，影影绰绰，却露出一个清俊峭拔的影子，芳心一颤，这一掌打不下去。梁萧见她举止奇怪，正觉讶异，忽见韩凝紫泪水过处，露出两道雪白透红的肌肤，心中暗暗吃惊。韩凝紫见他神色有异，觉出因由，取了手绢在脸上一抹，露出本来面目。只见两腮蕴红，宛如秋桃；双眉弯弯，恰似新月；眼神如三秋潭水，清亮之余，又透出几分寒意。

梁萧不料她黄脸下藏着绝色，较之柳莺莺风华犹胜。韩凝紫出了一会儿神，默不作声，又给出一道“招差题”，立天元求兵员钱粮数目。

梁萧原本意气消沉，可是一涉算术，忽又神思捷悟，快如飞箭。韩凝紫题说一半，他已给出结果。韩凝紫更惊，再给一道“和合差分题”，刚说题头，梁萧又报出答案。韩凝紫心中惊怒：“我本当天机宫为天下算学之宗，未料天机宫外，还有如此奇才！”于是反复套问梁萧师承。梁萧只不作声，唯见韩凝紫写出算题，方才开口解答。

算到暮色将至，梁萧逢题便解，百问不穷。韩凝紫渐至于无题可难，自尊心大受挫折，终于忍不住掀翻沙盘，怒冲冲推门而出，自外将门锁住。

梁萧无处可去，躺在石床上发呆。洞顶明珠本无光亮，实则反射天光。一入夜，明珠无光可借，石室内漆黑一团。梁萧只觉身下青石冰冷，伤心、寂寞潮水般涌上心头，恍惚一阵，沉沉睡去。

次日，他醒得极早，大约在石床上睡久了，筋骨又酸又痛。挣起身来，嗓子一阵干痛。自他习练内功以来，这情形前所未有，寻思如此看来，自己不但变成了一个寻常人，或许更如阿凌所言，比起常人还要不如。

他心中凄凉，默运心法，但觉一丝暖流从无而有，慢慢地从丹田生出。他心中一喜，催动内力，过得良久，那丝真气依旧沉滞纤弱，毫无长进。梁萧暗忖这般练法，要练到以前的地步，不知又要耗费多少光阴。一时无比泄气，撤去心法，接着发呆。

心灰意冷中，忽听洞外传来拍门声，跟着石门下“嘎吱”一声，开了一扇小窗，塞进一个大木盘，盛着碗碟。只听阿冰说：“窝囊废，快些吃完，别耽搁了。”

梁萧从前日午后就没进食，闻见菜香，腹中雷鸣，心想：“早晚是死，做个饱死鬼也罢。”跳下床来，将木盘端回桌上，却见一素三荤，鸡鱼俱全，还有一罐鸡汤，炖得浓腻滚热。梁萧大快朵颐，将肚皮撑得鼓起，才将盘碗从小窗送出，正想和阿冰说几句话，却听她脚步声渐去渐远，四周又归寂静。

梁萧吃饱喝足，欲要行功，却又静不下心。瞧得四壁多有图书，便翻来解闷，却见多是算经，几乎本本看过。翻看一会儿，不当眼处放了一本《霜潭剑谱》。只因久无人看，蒙上厚厚灰尘。他翻开一瞧，扉页上题了一首小令：“新月曲如眉，未有团圆意。红豆不堪看，满眼相思泪。终日劈桃穰，人在心儿里。两朵隔墙花，早晚成连理。”字迹妩媚，落款凝紫。诗旁有一点点淡黄痕迹，仿佛滴泪痕迹。

再翻后页，只见一幅图画，一男一女举剑对舞，画者笔力婉约有致，将二人相依相偎、眉眼传情之态描绘入微。梁萧见那女子眉眼与韩凝紫相似，不由得想：“这莫不是韩凝紫的独门绝学？我且看看，或能想出破解法儿，杀她个措手不及。”再翻数页，却是大大皱眉，“这些剑招舞得好看，打起架来却不济事，为何叫‘霜潭剑谱’，叫人费解。”再翻数十页，书中男子长剑横斜，刺向女子左胁，那女子剑势圈转，将男子长剑挑开。旁边批了四个小字“负心薄幸”。

这一招甚为精妙，梁萧精神一振，再向下翻。女子长剑狠厉，刺入男子心窝，鲜血四溅，页眉上用朱砂写了一个大大的“杀”字，左侧也批四个小字“撕心裂肺”。梁萧胸口也似被那剑尖刺中，闷闷作痛，拈指又翻。图中女子右跃而起，避过男子长剑，又一剑刺入男子心口，旁有小字“摧心断肠”。梁萧接连翻下去，那女子忽左忽右，上纵下跃，剑尖始终不离男子心口。招式依次名为：“钻心蚀骨”“心肠寸绝”“心灰意懒”“心丧如死”，前后七剑，杀了图中男子六次之多。

如此剑剑穿心的招式，梁萧生平仅见，他左右无事，拿起算筹，学那女子纵跃刺击。他内劲虽失，悟性尚在，练了一个时辰，大致已经学会。再练前面的剑招，却觉柔情款款，缠绵不尽，与穿心七式绝不相容。后者那份恨天怨地的戾气，与他此刻的心情十分相合。梁萧挥动算筹一刺再刺，每刺一剑，脑海中便想象如此刺进萧千绝和云殊的心窝，断送两人的性命。

练了半晌，梁萧使得兴发，长啸纵身，谁想收势不住，一头撞在墙上。算筹“咔嚓”断折，梁萧虎口迸裂，锐痛直钻入脑，才想起自己内力已失，剑法再强十倍，也是枉然。

他无心再练，就地躺了一会儿，阿冰又将饭菜送来，梁萧用罢饭菜，瞪着穹顶的夜明珠出神。瞧了半晌，哑然失笑，心想：“韩凝紫真是胡闹。乡间小儿也知道，牛郎、织女二星隔了一条银河，怎么能挨在一起……”他坐起身来，屈指推演，发觉牛郎、织女二星方位有误，其他星辰却无错漏，算起来该是己未年仲夏七夕的星图。

一涉算学，他精神又振。他览遍古今历法，诸天斗数烂熟于胸，心想：“自古历法无过于祖冲之的《大明历》。我虽练不成绝世武功，但若能超迈先贤，创出压倒《大明历》的新历法，倒也不失为平生快事。”他左右无事，以七月七日为始，推演历法为戏，由七七星图推到七八星图，再由七月推八月，八月推九月，直至年终。算完己未年，又推算庚申年，这么周而复始，直至天色暗尽，方才罢休。

一连三日，韩凝紫始终未来，梁萧专注天文，倒也忘了烦恼。到了第五日傍晚，他推演至辛未年，心力交瘁，一头睡倒。次日尚在梦中，忽觉腰上疼痛，睁眼一瞧，韩凝紫站在床前，狠狠瞪着自己。她面色苍白，双眼布满血丝，仿佛数宿未眠，见他睁眼，便喝：“起来！”梁萧见她神色不善，只得揉眼爬起。

韩凝紫坐下来，从袖里取出一个黑漆漆的物事，重重搁在桌上，冷冷道：“给我打开！”梁萧见是个半尺见方的铁盒子，心念一动，说道：“这是你偷来的纯阳铁盒？”韩凝紫柳眉一挑，不悦道：“什么叫偷来的？纯阳铁盒本就是本门宝物，如今不过是物归原主。”

梁萧想起楚仙流的话，故意说：“这盒子明明归楚家、雷家，你有什么凭证说是你家的？”韩凝紫瞥他一眼，淡然道：“告诉你也无妨。雷、楚两家的先祖与我天山雪门祖师化阳真人师出同门，本是师兄弟。当年同夺铁盒，雷、楚二人欺我祖师受伤，背信弃义，将他撇下，独吞了铁盒。这事我以前也不知道，后来翻看我派《梭罗指法》秘籍时，无意中在封皮夹层瞧见了化阳真人的留函。我花了多年，寻访雷、楚两家后人，才知那二人隐姓埋名，各自创立天香山庄和雷公堡。哼，你说，我取回铁盒，算不算物归原主？”

梁萧道：“你偷铁盒也罢了，干吗要嫁祸给柳莺莺？”韩凝紫黑白分明的眸子在他脸上一转，梁萧面颊微微发烫。韩凝紫笑道：“你心痛了？谁叫那小妮子到处张狂，偷了东西还要留名！既然如此，我也顺便借借她的名头。”她见梁萧神色黯然，心头暗笑，说道，“小家伙，你若打开这盒子，我让你去见柳莺莺好吗？”

梁萧恍然大悟，韩凝紫无法开盒，所以要他帮忙。他虽不情愿，可是好奇心起，掂起铁盒，只觉入手甚沉，盒面凸凹不平，纵横二十六道细缝，将盒面剖成七百二十九个细小方块，每一方块，深深镌有一个簪花小楷，遒丽工整。还有若干细淡磨痕，想必昔日的得主曾经切割打磨，这铁盒不知是何精金，历经斩磨，损伤极微。

韩凝紫又说："铁盒揭开之谜，当在簪花小楷上。我思索良久，想到了两个开盒的法子。"梁萧问道："什么法子？"韩凝紫道："其一，这些文字是一幅《璇玑图》，图中诗句，透露了开盒之法。"梁萧奇道："何为《璇玑图》？"韩凝紫瞧他一眼，面露鄙夷，冷笑道："《璇玑图》是前秦时奇女子苏蕙创出的一套回文诗。她的丈夫窦滔本是朝中大将，因为开罪皇帝，发配到流沙之地。苏蕙念夫心切，以五色丝线织成一张《璇玑图》，寄给窦滔。这张图纵横二十九行，共有八百四十字，纵、横、斜、交互、反、正、退字连读均可成诗，寄托了苏蕙思念丈夫之情。"她唤入阿冰，取水侍砚，研好浓墨，挥毫在石桌上写下许多文字，纵横交错，势成方形。

韩凝紫斥退阿冰，指着一行文字道："你瞧这句'仁智怀德圣虞唐，贞志笃终誓穹苍，钦所感想妄淫荒，心忧增慕怀惨伤'，逆向读来，便是'伤惨怀慕增忧心，荒淫妄想感所钦，苍穹誓终笃志贞，唐虞圣德怀智仁'，一般通顺。其余各句，莫不如此，婉转反复，相生不穷。"梁萧依她指点，一一瞧去，果然纵横反复，皆成章句，不由赞道："这苏蕙果真了不起。"

韩凝紫道："那还用说吗？自古以来，有胆有识、能文能武的女子比比皆是。吕雉、武则天、李易安、梁红玉，哪个不是名震古今的奇女子？若非被你们这些臭男人用诡计压着，只怕还有更多。"梁萧不通文史，无法接口，细察盒上文字，但觉前后脱落，全不成句，便说："铁盒上的字与《璇玑图》不同。"

韩凝紫夺过铁盒，用力一拧，"咔"的一声，三排方格转了一周，直待四方对齐，咔然轻响，盒内似有机关嵌和。韩凝紫再用气力，也难转动。但经此一转，盒面的文字发生了极大的变化。

梁萧奇道："盒子能转？"韩凝紫道："纯阳铁盒只需三排一组，便可横转竖移。"梁萧摇头道："可惜，盒上的文字还是不能成句。"韩凝紫道："也许转到一定时候，《璇玑图》就成了，循句诵读，铁盒之谜就能解开。可我转了三天两夜，还是没有头绪。"梁萧心头一动，问道："莫非你要我拼出《璇玑图》？"

韩凝紫瞅他一眼，笑道："你懂诗词？"梁萧摇头说："不懂。"韩凝紫道：

“那就对了，我都拼不出《璇玑图》，你就更别妄想。但我猜想，这铁盒该用别的法子破解。”梁萧道：“什么法子？”韩凝紫微微一笑，说道：“数术！”见梁萧不解，又说，“我听人说过，天地万物，皆合于数，这铁盒也不例外。它纵横二十七行，合于三九之数。是以我猜想这铁盒中的机关，必与算学有关。你精于算学，仔细想想，或能揭开。”

梁萧摇头道：“我想不出来。”韩凝紫脸一沉，冷冷道：“你想也没想，怎么想得出来？”梁萧道：“你不杀我，便是要我开盒？”韩凝紫柳眉一挑，雪白的脸上布满杀气：“怎么，你不愿？”梁萧道：“我想不出便想不出，你杀了我也是一样。”韩凝紫眼里寒光一闪，探手扣住他的胳膊，拧到背后，将他摁在石床上，笑道：“你不想见柳莺莺了？其实她心里还是喜欢你的。”梁萧臂骨欲裂，听了这话，心中不喜反悲，咬牙闷叫：“你不用拿她来骗我，我……我死也不要见她了！”

韩凝紫一怔，气急败坏，挥掌抵在梁萧大椎穴上，梁萧只觉一股寒气钻入任脉，散向四肢百骸，耳听韩凝紫笑道：“你想不想？”梁萧“呸”了一声，韩凝紫微微冷笑，手上加劲。梁萧只觉浑身经脉便如被千百冰针一齐锥刺，不由大汗淋漓，双手紧扣床沿，拼死苦撑，直至手指迸血，一口气转不来，昏了过去。

韩凝紫撤去寒流，待梁萧醒转，笑道：“小畜生，服了吗？”梁萧涩声说：“不服。”韩凝紫微微冷笑，再催内力。梁萧铁了心不哼一声，挨了半盏茶工夫，两眼一黑，又昏了过去。

韩凝紫见他这般硬气，心想：“我这‘冰龙吸髓大法’堪比天下任何酷刑，许多高手也要哭爹叫娘。这小子内力已失，竟能不吭一声，倒也有点儿奇处。”她端起桌上凉茶，将梁萧泼醒，又问：“你服不服？”

这折磨生平未有，梁萧周身痛楚，一股傲气始终不灭，闻声叫道：“不服！”声气虽弱，却异常决绝。韩凝紫目中凶光暴涨，欲要再施“冰龙吸髓大法”，又怕梁萧太过虚弱，性命不保。思忖再三，满腹怨气无处发泄，挥掌将石桌拍落一角，跌足转身，恨恨出门去了。

梁萧听得石门锁死，但觉周身筋酸骨痛，眼前模糊不清。他本以为就此死了，躺了一阵，眼前的事物又清晰起来，想到适才所受毒刑，好比再世为人。

他喘息一阵，勉力起身，转眼间吃了一惊，那个纯阳铁盒赫然搁在石桌上，敢情韩凝紫盛怒之余，竟然忘了取回。

梁萧好奇心起，忘了痛楚，取过铁盒，按三排一组横向逆转，转了一周，便听盒内轻响，铁盒锁死。梁萧纵向正转，铁盒又能转动，只转一周，盒内机关再次嵌死。

他上下纵横，将铁盒摆弄良久，始终不得门径，只得细看盒上文字。他原本不通文学，越看越糊涂，瞧了一会儿，心念一动："韩凝紫为人精细，纯阳铁盒又是她千方百计夺来的东西，怎么会轻易忘了？"

他心中起疑，偷眼上瞧，穹顶上隐约多了团暗影，不复往日皎洁。顿然醒悟："她在偷看？"不由捏了一把冷汗，庆幸未能打开铁盒，否则岂不中了韩凝紫的奸计？跟着又想，"我索性将计就计，作弄她一番。"假装面露沉思，拿着铁盒左转转，右瞧瞧，忽而微笑，忽而沮丧。

韩凝紫故意留下了铁盒，她出门之后，爬到高处，透过岩壁上的小孔，向室内张望，心想梁萧得了千载难逢的机会，势必好奇难耐，设法开盒，一俟他开盒，自己立马夺回。眼见梁萧持盒苦思，心中大为得意："欲要取之，必先予之。任你小子奸似鬼，也逃不出我的手掌心。"但见梁萧忽喜忽忧，一颗心也不由得随之起落。

到了午时，韩凝紫见梁萧没能开盒，离开时许，匆匆用过午饭，再来窥看。却不料她一来一去梁萧全都知觉，他面上装模作样，心中差点笑翻。韩凝紫耐心极佳，守到太阳落山，她犹不死心，暗忖这计谋可一而不可再，梁萧左右难以脱困，不妨将铁盒暂寄他处，明日再来偷看。

天光一暗，石室一团漆黑，梁萧估摸韩凝紫去远了，将铁盒向桌上一丢，心想："跟这女人斗气，除了叫她挂念，也没有别的用处。"他兴味索然，躺回床上，迷迷糊糊间，忽见室中似有一团微光。

梁萧当是眼花，揉眼再瞧，那团微光依旧闪烁，细瞧时，发觉那团极淡的微光竟是来自桌上的纯阳铁盒。梁萧取过铁盒，淡淡的光芒自盒内透出，若非极为黑暗，绝难发现端倪。

梁萧审视半晌，那微光不是来自一处，东一块，西一片，支离破碎。梁萧把玩良久，忽见一块光斑神似楷书中的短横，另一块光芒遒劲颀长，恰似楷字中的一笔长横。梁萧心头微动：“倘若我将铁盒转几转，两横接近，岂不是个‘二’字？”他童心一起，将铁盒纵横转动。过了一会儿，鬼使神差，将两块光斑凑成了一个“二”字。

梁萧侥幸成功，大为惊讶，捧着铁盒又瞧一阵，一块光斑恰似楷书中的左撇，另一块却似竖弯钩，不由心想：“若将左撇、竖弯钩与‘二’字相连，不就是一个‘元’字了？”

他念头一起，摆弄半晌，当真转出了一个“元”字。梁萧心中狂喜，隐然感觉，纯阳铁盒的奥秘，似乎就在于此，一时心儿乱跳，不胜紧张。“元”字既成，盒子其余五面也趋明朗。梁萧发觉其中一面的光斑合起来，当为一个“府”字，只是少了左方一撇，上方一点，细看时却在铁盒的另两面寻到，转动一阵，又将“府”字拼凑出来。“府”字一成，相邻一面的“宗”字也显露轮廓，只少了下方的“小”字。梁萧辗转拼凑，不久拼出“宗”字。

再看余下光斑，合起来恰为一个“紫”字，梁萧驾轻就熟，拼成“紫”字。“紫”字方才合拢，盒中传出声音，犹如琴音剑鸣，纯阳铁盒忽地开裂，迸出耀眼光芒。

百年之谜，一朝得解，梁萧只觉过于轻易，心中好一阵茫然。他用手一拧，铁盒散落成二十六枚立方铁块，盒中一颗发光圆珠滚了出来。梁萧拾起圆珠，径约两分，仿佛水晶。其色黑、白参半，黑者幽邃，与暗夜相融；白者炽亮，夺人眼目。更奇的是，黑、白两色宛如活物，忽而白衰黑盛，忽而黑亏白盈，时相侵消，永无休止。

梁萧隐约有些明白为何数百年，没有一人揭开铁盒。只因得到铁盒的人士，均把心力花在了盒面上的簪花小楷上。一心揣摩字句的“精义”，纵然韩凝紫一般聪慧，也只想到《璇玑图》。既是看字，众人光天化日之下也恐看不真切，绝不会在黑暗中观察。殊不料，这些小楷恰是造盒者设下的一个圈套，拥有铁盒者若一味纠缠于盒上文字，纵然耗费一生，也休想得窥奥妙。韩凝紫虽也猜到了开盒的关键不在文字，但她平生却有一个极大的心病，刚刚脱出“文字障”，又一头扎入了“算学障”。

铸盒的前辈在这铁盒上倾注了无数的心血，并不想让盒中的秘密永世埋没。只不过他痛恨世间寻章摘句之徒，故意设下障碍，在铁盒上留下了细缝，令圆球的白光隐约透出，构成“紫”“府”“元”“宗”四个楷字。这位前辈为防有人歪打正着，又在盒中设下机关，将那四个楷字打散，忖想日后有人破除“文字障”，又能瞧破闪光楷字的奥妙，必是胸怀豁达的聪明人。铁盒落入此辈手中，也不枉费自己一片苦心。

梁萧误打误撞，揭开铁盒，细察黑白圆球，有点儿莫名其妙。他就着圆球白光，察看散落铁块，铁块方方正正，布满钩挠榫头。梁萧用力拧动，铁块松动为无数细小铁块，每个小铁块上皆有一个文字，彼此以钩挠相连。

梁萧将铁块一一拆开，发觉铁板上的文字竟能成句。想到日间所见的《璇玑图》，就着圆球光华，依照文理，将铁板一一拼合。这次拼凑较之拆解铁盒更费心力，但梁萧一心与那位制盒的前辈斗智，沉浸于其中，光阴流逝极快。将近五更天上，梁萧将二十六块小铁板拼成一块大铁板，铺在床头，凝神细看，板上写道：“买椟还珠者少，得珠忘椟者多。上苍化人，形为之椟，神为之珠，失心而身殁，形毁而神销。道者形神俱全，方得自然。吾设此盒，君若解之，馈阴阳球一只，《紫府元宗》十二篇，聊表寸心。”

梁萧再往下瞧，后又写道：“阴阳相逐，化生精气，入虽不足，出而有余，以有余而补不足，其得天道欤。”梁萧瞧不明白，再向下看，却是“紫府元宗”四字，其后均是诗句口诀。梁萧忖想，一旦放亮，韩凝紫立马要来，又见她写过《璇玑图》后，并未撤走笔墨，便将墨汁涂在铁板上，撕下半幅内衫，将板上的文字拓了下来。再将铁板擦拭干净，重新拼成铁盒。又恐韩凝紫觉出分量有异，将石桌敲了一块，塞入盒里。

忙完时天已微明，梁萧身心皆疲，将拓片与阴阳球双双揣入怀里。他躺在床上，睡意全无，瞪眼盯着穹顶。

不多久，穹顶渐渐亮了起来，跟着一暗，多了一团阴影。梁萧心知韩凝紫到了，故作睡姿，到了午时起来，取一本算经翻看，自始至终也不瞧上铁盒一眼。

一天时光转瞬即逝，傍晚时分，石门大开，韩凝紫跨了进来，面有煞气。梁萧力持镇定，自顾翻看算经。韩凝紫心知图谋被他看透，恼羞成怒，给他两记耳光，才将铁盒揣入袖里，砰地关门去了。

梁萧双颊肿痛，心中却很欢喜，待到深夜，取出阴阳球寻思："'阴阳相逐，化生精气，入虽不足，出而有余。'阴阳多半说的是阴阳球，精气即内力。'入则不足'，莫非要将内力度入阴阳球？"他握住阴阳球，聚起残存内力，注入球内。不一会儿，黑、白两色消长加速。梁萧犹未转念，便觉掌心一麻，一股粗大暖流从阴阳球中直钻入劳宫穴，循手少阳三焦经而上，归入膻中气海。

梁萧难以置信，又将真气注入阴阳球，一转眼，又是一股粗大真气送了回来。他惊喜交加，猛地明白了"入虽不足，出而有余，以有余而补不足"的含意，不由得手舞足蹈，哈哈大笑。

他被浩然正气所伤，内力所剩无几，常法修行，少说也得十年才能恢复。但这阴阳球是天地间一样异宝，使用者只要输入内力，真气在球内一转，便可由弱变强，以一化十，送回使用者体内。这么算起来，十年之功，一年便能完成。

梁萧欢喜了一会儿，才将阴阳球握于左手。这一次他将真气导入手少阳三焦经，先练手少阳三焦经。三焦充足，又练手少阴心经、手太阴肺经、手阳明大肠经、手厥阴心包经。再摩挲双足涌泉，练足阳明胃经、足太阴脾经、足太阳膀胱经、足少阳胆经、足厥阴肝经，其后再练带脉、冲脉，直待到真气充盈，才将阴阳球噙于舌底。舌为人体之天桥，贯通任督二脉，勾连奇经八脉，真气经舌注入阴阳球，转而复出，自成一个周天。

梁萧内力本弱，这时增长奇快，每转一个周天，便如练了十天半月。他练得入神，忘了光阴流逝，醒转时天光暗淡，又是黄昏。饭菜搁在门前，早已凉透，大约阿冰久呼不应，自行去了。梁萧一日未曾进食，但因真气充盈，以至于口舌生津，竟然不觉饥渴。

此后十余日，韩凝紫再未来过，梁萧乐得无人打扰。有时坐得倦了，便打几套拳脚松散筋骨，初时拳脚无力，但随内力增长，拳脚中渐渐生出风声。只不过，梁萧内力增长，阴阳球化生的真气也变得衰弱，起初以一化十，五日后变成以一化九，其后逐日减少，到得二十日上，已是以一化四。随着梁萧输入的真气变强，球内的黑白相攻更加剧烈，好似沸水翻腾。梁萧虽觉诧异，但想不通是何缘故。

这一日，他使过一套拳脚，开始思索如何脱身。这些日子内力恢复了不少，但仍不是韩凝紫的对手。思来想去，想到《霜潭剑谱》中的“穿心七式”，拿起竹算筹，依法刺击，使到迅疾处，算筹上渐有啸响。梁萧使得兴发，刺向洞壁，竹筹“哧”的一声入石半分。同样一招，月前月后景况迥异，梁萧心中欢喜，又想：“我若将阴阳球含在嘴里，内力岂不增加四倍？”当下他将阴阳球噙入口中，举筹疾刺，这一刺入壁两分。

梁萧印证所想，欣喜无比，日夜习练。这一天，他正自练剑，忽听门外叮当声响，他将阴阳球含在口中，心中算计。如果石门洞开，先出其不意刺倒阿冰，再全力逼退韩凝紫，抢入竹林，借“南斗四象阵”将她摆脱。

叮当声越响越密，忽地停在门前。梁萧心跳加剧，双手微微颤抖，忽听“嘎”的一声，石门敞开。他如箭在弦，正欲射出，门外迎面冲进两人，跌跌撞撞地向他扑来。这一招出乎意料，梁萧只得闪身让过，稍一耽搁，两扇石门轰然闭合，韩凝紫呵地一笑，说道：“小子，我给你找了些乐子，呵，你慢慢消受吧。”语毕寂然。

第五章

# 拨云见日

梁萧失了出洞良机，懊丧之余，转头细看，来人竟是雷震和楚羽，两人手戴铁镣，委顿不堪。雷震的额上更有一道血淋淋的口子。夫妇俩也认出梁萧，纷纷散开，各站一方，将他团团围住。

楚羽厉声道：“小贼，我找得你好苦。”梁萧没好气地说：“你找我做什么？”楚羽道：“星儿是你杀的吗？”雷公堡被焚以后，楚羽在后山发现了儿子的尸体。她悲愤欲绝，左思右想，疑到梁萧与柳莺莺身上，这时询问，只为印证心中所想。

梁萧心想：“她儿子不是我亲手所杀，但我伤他在先，他也因我而死。”便点了点头，说道：“一半是我杀的。”

夫妇俩听了这话，浑身发抖，均想：“不错，他算半个凶手，另半个凶手是柳莺莺，他俩联手杀了星儿。”

雷震按捺不住，一拳袭向梁萧后心。怎料铁链缚手，还未出拳，铁链叮当作响。梁萧应声移步，运掌将他拳势拨开。楚羽见梁萧这一拨后招无穷，生怕丈夫吃亏，抬腿飞踢，却忘了足上镣铐，一跤绊倒在地。

雷震双掌挥来，梁萧无奈扬起算筹，使招“负心薄幸”刺他心口，雷震匆忙跳开。楚羽站起身来，抓起一枚算筹，也以筹代剑，使招“金风弄菊”，连出三剑。

梁萧欺她行动不便，使招“心灰意懒”，只听“嗒嗒嗒”两筹交击。楚羽前招后招均被梁萧化解，不觉心生惧意，急使一招“长恨春归”，径取守势，算筹纷纷扬扬，宛若春城飞花。梁萧见她手足被缚，攻守仍合法度，不由得暗自佩服：“天香剑法果真有些门道。”两人斗得数招，楚羽碍于镣铐长短，双手施展不开，左右均露破绽。梁萧看得清楚，使招“心肠寸绝”，算筹自右刺中楚羽肩窝。楚羽算筹拿捏不住，“啪”地落在地上。

雷震生怕梁萧再下毒手，情急大喝，将石桌掀起，扫向梁萧。石室逼仄，雷震拿到这般沉重兵器，大占便宜，凭着一身蛮力，将百余斤的青石桌舞得呼呼生风。梁萧无隙还手，片刻被逼到墙角。雷震心中暗喜：“老子把你砸成一团肉饼，以慰我儿在天之灵。”聚起浑身气力，将石桌奋力扫出。梁萧背抵墙壁，情急智生，一蜷身，贴地滚出。耳听得上方“轰隆”一声，石板砸在墙上，石屑纷飞，整座石室为之震动。

梁萧轻叫一声，弹腿横扫。雷震无奈双腿被缚，躲闪不及，当即马步下沉，气贯双足，欲要硬接。怎料梁萧这一腿本是虚招，趁他沉桩站马的当儿，闪电般抢入他怀，一肘撞中气海穴。雷震身形一僵，手上石桌落下，砸中脚背，痛得他惨哼一声，仰天栽倒。

梁萧好不容易击倒两人，已是气喘吁吁，还未说话，肩头忽被一物打中。他只当是暗器，心头一惊，谁料那物滑不溜秋，骨碌碌又滚落地上，定眼看去，却是指头大小的一颗明珠。一愣神，穹顶上的明珠纷纷落下，落在地上，一跳数寸。原来，雷震砸中石壁，震落了穹顶上的明珠。一时间，室内三人或站或坐，瞧着明珠雨落的奇景，都不禁目瞪口呆。

明珠落尽，梁萧抬眼望去，七夕星图荡然无存，唯有“牛郎”“织女”二星，仍然嵌在穹顶。

楚羽见梁萧皱眉望天，若有所思。只当他在寻思如何摆布他们夫妇，心中忐忑，色厉内荏道：“小贼，要杀便杀，不要想些恶毒法儿折磨人。”梁萧看了两人一眼，心想："韩凝紫必是恨我不肯打开铁盒，是以明知我内力已失，还将两个大对头关进来折磨我。"略一沉吟，问道："你们为何被关进来？"

两人输了一阵，气焰大减，对视一眼，雷震哼声道："你干吗不先说你怎么关进来的？"梁萧微一冷笑。楚羽怕他要下毒手，忙向丈夫丢个眼色，嘴里说："也罢，大家境遇一般，告之你也无妨。咱们追踪那贱……嗯……那柳莺莺时……"她本欲直呼贱人，又恐激起梁萧之怒，半途改口，"忽地听到风声，纯阳铁盒落入韩凝紫手里……"说到这里，她忍不住问，"此话当真？"

梁萧道："后面又如何？"楚羽听他答非所问，心中暗恼，偏又不敢发作，只得道："韩凝紫与柳莺莺蛇鼠一窝，也是出了名的女贼！"偷眼瞧去，见梁萧神情木然，不觉心中怪讶："柳莺莺被我含沙射影地辱骂，这小子也不生气？"略一沉吟，又道："我们几经曲折，找到这个残红小筑，哪知庄内处处是机关，我们一个不慎，竟被陷住。"她说到此处，露出懊恼之色。

梁萧点了点头，挥筹解开两人穴道。两人一愣，却听梁萧说："你们想出困吗？"雷震跳起来，叫道："那还用说！老子砸破了门，再与你算账。"不由分说抓起石桌，用力砸向石门。一声巨响，石板粉碎，石门上多了一道凹痕，雷震虎口流血，呆在当场。

梁萧失笑道："石门厚达三尺，外面还有铁板。蠢驴啃石头，牙口很硬吗？"雷震面皮涨紫，怒道："小贼只会说大话。"梁萧道："我不是说大话，大家齐心协力，也许真能出困。"楚羽忍不住说："愿闻其详。"

梁萧淡淡一笑，说道："试想一想，韩凝紫身在石室，外面忽被锁死，该当如何？"楚羽奇道："谁敢锁她？"梁萧沉默一下，叹道："世事莫测，情人尚且变心，夫妻也会反目，韩凝紫未必就没有倒霉的时候。她狡如狐兔，怎会不给自己留条后路？"他这话别有所指，楚羽、雷震却想起自己为纯阳铁盒反目一事，脸上均是一热。

楚羽说："难道室内有脱困的机关？"梁萧道："不错，但烦雷大郎给我垫垫脚。"雷震跳了起来，叫道："呸，干吗是我给你垫脚，而不是你给我垫脚？"梁萧笑道："你比我长得壮！"雷震面皮泛紫，还欲叫嚷，楚羽在他耳畔窃语数句。

雷震咬牙道："罢了，臭小子，出了这鸟地方，我们再计较。"当下躬身蹲下，让他踩在肩上，两人相叠，恰好够着室顶。

梁萧观察一阵，二指成剪，忽向两颗明珠插去，但觉应指而入。嘎嘎数声，左壁石书橱左移，裂开一道石门。三人均是一惊，梁萧更觉奇怪，本当开的必是室门，谁料石室中另有暗门。梁萧跃到门前，里面黑黢黢、寒浸浸的湿气涌了出来，激得人汗毛直竖，不由沉吟："你们守在这儿，我进去看看。"

楚羽眼珠一转，冷笑道："慢来，若是出口，你怎么办？"梁萧道："招呼大伙儿一同出去。"楚羽摇头道："不成，要走一块儿走。"梁萧心知她害怕自己寻到出口，将暗门封死，便说："一起走就一起走！"说罢当先进门。

暗道中窒闷阴冷，梁萧左右触摸，却是一片石壁，凸凹不平，冷冰冰满是露水。他猜想此地是一座天然山腹，若是一条通道，却又通向何处？沉吟间，扑棱棱一声响，梁萧微微一惊，抬头望去，半空中似有黑影掠动。又听身后楚羽牙关咯咯直响，雷震倒是冷静许多，沉声道："二娘别怕，多半是蝙蝠！"

梁萧揣摩既有蝙蝠掠过，这洞中该有出口，左顾右盼走了十步，前方透来一丝微光，不觉心中狂喜。正待抢前看个清楚，忽听楚羽在右侧惊呼。他未知发生何事，方欲掉头去看，忽觉左侧劲风急来。梁萧往右一闪，偏开数寸，忽觉肩胛拳风袭来，忙又向前一蹿，才知楚羽叫嚷，本是声东击西。

雷震又喝："小畜生，再吃爷爷一拳！"又是一拳击出。梁萧未及闪避，左方一掌快速袭来，心知必是楚羽。刚要后退，不防楚羽绕到他身后，挥舞竹筹刺来，黑暗中刺中他的左胁。梁萧痛哼一声，不待楚羽再下杀手，展开"五五梅花步"，向后一掠而出。

楚羽一心为儿子报仇，拼力追赶。赶出丈余，肩头撞上一个东西。这时四周漆黑，视物不清，她只当撞上石块，正想绕行，忽地身侧风起，隐有金刃劈空之声。她纵身急闪，招呼："大郎，小贼在这儿。"避过来剑，使招"天花乱坠"，反刺回去，谁知刺中一个硬物，竹筹"咔嚓"折断，虎口一阵剧痛。

楚羽心觉有异，转身欲走。回头一看，心中叫苦，身后那扇石门不知何时已经关上。继而又听雷震连声虎吼，铁镣摇得哗啦作响，似乎与人搏斗。

楚羽不知究竟发生了什么，心惊肉跳，惶惑难言。忽觉左侧劲风袭来，她躲避不及，左腿一痛，居然中剑。楚羽闷哼一声，四面八方风声大起，心中大骇："小畜生武功如此之高？"想着惧意大生，听风辨位，向右闪出，可惜手足被缚，心到手不至，身法腾挪不灵。不消片刻，手臂又吃一剑，雷震的惨哼也同时钻入耳中，楚羽十分惊恐，尖叫："小畜生装神弄鬼，哎哟……"腰胁再吃一剑，对手出剑奇快，一剑得手，二剑又至，直奔她后心。楚羽眼看难逃，手臂一紧，被人拉了个踉跄，恰好避过这一击。

楚羽喜极叫道："大郎吗？"话音方落，忽听远处传来雷震的怒喝，恍然道，"小畜生，是你？"运劲一挣，却未挣开，只听梁萧冷哼一声。楚羽心冷如冰，暗忖落入大敌手中，不知他要如何折辱自己，一时恐惧更甚，叫道，"小畜生，放开我……"梁萧一言不发，提着她躲过四面纵横剑风，直到一处角落站定。

楚羽惊魂略定，她在暗中待久了，目力渐渐适应，瞧得远处黑影幢幢，似有许多人在暗中移动，但不知为何，除了雷震，竟无一人出声。楚羽不由得牙关相击，颤声道："那……那是什么鬼……鬼东西？"

梁萧道："不是鬼，是铁人。"楚羽怒道："你设下的？"出口方觉失言，忽觉温热液体滴在脸上，诧道，"你也受伤了？"梁萧冷冷说："这铁人阵设在暗道中段，不知被谁撞开了机关。"楚羽暗叫惭愧，恨声道："韩凝紫好毒。如果生离这里……"话还没说完，雷震发出一声惨呼，她一时心如刀割，凄声叫道："大郎，你……你还好吗……"雷震又哼一声，却不答话。楚羽听他出声，略略放心，只是连声叫唤。

梁萧听她叫得凄惶，心生恻然："她已死了儿子，再没了丈夫，孤苦伶仃，岂不可怜？"他自幼丧父失母，最见不得他人生离死别，一时热血冲顶，将双方的嫌隙抛在脑后。注目一瞧，铁人移动并不迅快，但因数目众多，出剑密集，令人躲闪不及。

他瞧了一个空当蹿入阵内，耳听四面八方风声大作，五六支剑密集刺来。梁萧听风辨位，避过数剑，眼前微光忽闪，虽只一线光明，可他眼利，已瞧见一尊铁人举剑劈来。这剑招眼熟，梁萧心念一转，猛地想起，铁人用的竟是"穿心七式"里

“摧心断肠”一招中那名男子的剑招。

梁萧来不及多想，依那女子的招式，拧身避过来剑，“哧”的一声刺中铁人胸口，刹那间，他只觉算筹向内一陷。铁人发出一声叫人牙酸的金铁摩擦声，跟着徐徐停了下来。

梁萧恍然大悟，转眼一瞧，果不其然，铁人使的均是“穿心七式”里男子的剑招。每尊铁人仅会一招。他明白这个道理，施展“穿心七式”中的女子的剑招，逢招破招，左一刺，右一刺，招招刺中铁人心口。

铁人心口正是机关枢纽，一旦刺中，马上停止运行。片刻间，梁萧杀出一条路，抢到雷震身前。雷震半站半蹲，手中铁锁乱舞，形若癫狂。梁萧飞也似的绕他转了一圈，一阵乱刺，将周遭铁人全部制服。

雷震伤疲交加，四面威胁一去，身心俱疲，瘫倒在地。梁萧见他狼狈，不忍再行报复，叹了一口气，将他拖回死角。楚羽接过雷震，只觉丈夫皮肉翻卷，浑身染血，忍不住抽噎起来。雷震怒道：“二娘，哭什么？别让小贼笑话。”又向梁萧叫道：“臭小子，要杀就杀，少装好人，我不领你的情！”

梁萧懒得理他，想起方才所见光亮，举目四顾，左侧似有个细小孔洞，白光如柱，自外透入，于黑暗中有些晃眼。

他猜到出口便在那里，制住挡道铁人，移到近前，摸到一面石壁。小孔设在墙上，透过孔洞瞧去，外面竟是一间石室。四壁各燃一盏长明灯，火光摇曳，照得上下通明。地上叠着五口木箱，箱角均是包了黄铜。

梁萧摸索四周石壁，没有发现机关，正觉失望，忽听传来人语，他心头一动，透过孔洞瞧去。石室门户陡开，阿冰笑吟吟走了进来，身后跟着那个道士羽灵。阿冰扫视室内铁箱，压低嗓子说：“死冤家，这便是韩凝紫的藏宝窟了。”她一改常态，神色妩媚，说话也十分娇柔，直呼韩凝紫的姓名，似乎毫无敬意。

羽灵一双眼在室内骨碌碌乱转，忽地搂住阿冰，笑嘻嘻地说：“好阿冰，我爱死你了。”阿冰白他一眼，啐道：“你爱的是我，还是这些宝贝呀？”羽灵笑道：“还用问？千万珍宝，也及不上你一个。”他轻轻拢起阿冰的秀发，在她耳边低笑道，“好阿冰，你是我的活宝贝儿。”

阿冰粉面羞红，亦喜亦嗔地瞪他一眼，轻哼说："愿你心口如一。"羽灵急道："我对天发誓……"阿冰捂住他口，笑道："好啦，别说那些吓人的话，我信你还不行吗……"她往日一派冷淡，此时骚媚入骨，和羽灵调笑一回，忽又叹道，"死冤家，我……我心里还是有些害怕！"羽灵笑道："放心，韩凝紫自身难保，哪有闲工夫来这儿？"阿冰道："我是她养大的，终有些过意不去。"羽灵冷笑道："韩凝紫心狠手辣，你又不是不知道，稍不顺意，她便会取你性命。"阿冰点头道："但愿就此摆脱她了。"

羽灵拧断箱上铁锁，揭开一口箱子，宝光四射，耀人眼花。他抓起一串明珠，双眼似要喷火，啧啧道："没料到，韩凝紫攒了这么多好东西。"放下珍珠，又揭开另外四口木箱，伸手翻拣。阿冰不解道："你要寻什么？"羽灵站起身来，皱眉道："怎么不见那个纯阳铁盒？"

阿冰道："黑铁盒子吗？嗯，韩凝紫始终带在身边，昼夜把玩。"羽灵面露失望。阿冰不禁问，"那盒子什么来历？"羽灵道："那是纯阳真人吕洞宾所留。吕真人中唐时得道，做下了许多惊天动地的大事。宋哲宗时，他还在岳阳楼留下《步蟾宫》的仙词。中唐至哲宗，悠悠数百年，倘非仙力加身，怎能活这许久岁月？"

阿冰听得神往，叹道："咱们也能活上几百年的光阴，彼此恩爱，该有多好！"羽灵笑道："没有铁盒，有这些金珠宝贝也不差。咱们出去，广置田产奴仆，衣锦馔玉，那日子也未必较神仙差多少。"阿冰轻轻打他一拳，媚笑说："我不稀罕，我只要你对我好。"羽灵笑道："那还用说？但……"眼见阿冰粉面一沉，又嘻嘻一笑，道，"那丫头怎么办？"

阿冰回嗔作喜，笑骂："我还当你想说什么。"含笑转身，拎入一个人，看样子正是阿雪。她身子直挺挺的，望着二人说："冰姐姐，你……你不怕主人怪罪？"阿冰冷笑道："你呢？你在竹林里做什么？哼，看不出你平时傻兮兮的，骨子里倒狡猾得很。"阿雪脸一红，说道："我……我才不是来盗宝。"阿冰道："那你来做什么？"阿雪支吾不语，阿冰冷笑道，"我知道啦，你是为那个窝囊废。"阿雪惊道："冰姐姐，你……你怎么知道？"阿冰瞧她惊慌，暗暗好笑，说道："还用问吗？哼，你每天炖了鸡汤让我送给他，又胆大包天，向我打听竹林阵的走法。还不是为了救那个窝囊废？呵，看不出来，你这傻丫头也会动春心。”阿雪被她连讥带讽，又羞窘，又难过，泪如豆落，低头啜泣起来。

梁萧心想：“她嘴里的窝囊废莫不是我？”回想这些日子用饭，总有一罐鸡汤，他原本也未在意，这时才知是阿雪所炖，心口滚热，暗生感动。忽听羽灵不耐道：“阿冰，别耽误了时辰。”阿冰眼中凶光一闪，盯着阿雪，冷冷说：“一不做二不休，索性将蠢丫头杀了。”阿雪吓得一哆嗦，呆望阿冰，说不出话来。

阿冰道：“蠢丫头，你瞧我也没用，怪只怪你不该撞破我的好事。哼，下辈子你投个好胎，生得聪明些吧。”梁萧大惊，苦于不知如何破壁，眼看阿冰杀机萌动，心中焦急万分。这时忽听有人“咯”地一笑，娇声说：“唉，冰姐姐，你可真狠，偷了主人的宝贝不说，还要杀害同门？”阿冰脸色微变，一转眼，只见阿凌一派妖娆，笑吟吟倚在门前。

阿冰眉间如罩寒霜，厉声道：“你来做什么？”阿凌笑道：“你来做什么，我就来做什么！”阿冰冷笑道：“不自量力。”“当啷”掣出软剑，正欲扑上，背心忽地一凉，低头瞧去，一截明晃晃的剑尖自心口直透出来。她来不及细想，软剑向后一挥，转过头来。定眼望去，羽灵脸色苍白，咬唇立在墙角，左鬓少了一角，青丝飘飘，落向脚前。

阿冰心头一迷，呆呆瞧着他，嘴角露出奇怪神气，似迷惑，又似伤心。羽灵微一哆嗦，却没说话，眼瞧着她软软倒下。

羽灵略一失神，叹了口气，伸手合上阿冰的眼皮。却听阿凌冷笑道：“心痛了吗？”羽灵直起身子，嘻嘻笑道：“你说什么话？我若心痛，怎会出手？但她对我真心一场，杀了她，心里有些难过。”他嘴上说难过，面上却笑眯眯的。梁萧气破胸膛，心想：“这牛鼻子太过无耻，丢了天下汉子的脸。今趟脱困而出，非得宰了他不可。”

阿凌冷笑一声，道：“你难过？最好陪她上路。哼，省得你的好阿冰寂寞。”羽灵笑道：“阿凌，你吃什么飞醋？出主意的是你，说嘴的又是你。唉，这阿冰外面是一块冰，心里却是一团火，略加引诱，便难自持。不似你，看似一团火，心里却是一块冰。”

阿凌将脸一沉，嗔道："你变着法儿讥讽我？"羽灵右手将她搂入怀里，轻笑说："好，好，你里外都是一团火，我却是个雪捏的人儿，一见你，就化了。"阿凌伸指在他额上戳了个红印，嗔道："我好端端一个女儿家，却让你这张嘴给骗了。"

阿凌转身，踢了踢阿冰的尸首，笑道："也多亏这贱人，否则谁知藏宝窟在这儿？哼，韩凝紫平日尽会宠她，不知瞧见她这副死相，是何脸色。"她自幼与阿冰争宠，今日得刃宿仇，心头快意，一转眼笑道："阿雪，你是来救那个窝囊废的吗？"阿雪见了这轮变故，早已目瞪口呆，听了这话，不知如何回答。阿凌又笑，"可惜你什么都瞧见了，姐姐怎么办呢？"略一思索，叹道，"咱们好歹姐妹一场，这样吧，我挖了你的眼珠，割去你的舌头，再刺聋你的双耳，砍断你的两手。从今往后，你想要泄露今天的事也不能了。"

羽灵拊掌笑道："还是阿凌你心慈。"阿凌白他一眼，顺手从阿冰尸身上拔出短剑，蛇腰扭摆，走到阿雪身前。正要动手，忽见阿雪不惧反惊，双眼瞪着门外。阿凌瞧她容色古怪，回头一看，几乎叫唤起来。羽灵见她惊恐模样，一掉头，乍见韩凝紫形同鬼魅，静悄悄立在门前。

羽灵失去血色，阿凌的娇躯一阵轻颤，忽地流泪说："主人……"双膝一软，向地上跪去。韩凝紫的嘴角透出一丝冷笑，还未说话，阿凌双足陡撑，挥剑刺来。原来她自知不免一死，故意示弱惑敌，实则打定主意，拼死一搏。韩凝紫身子稍侧，阿凌短剑刺空。韩凝紫左手一挥，将阿凌右肘卸下，右腿一弹，"咔嚓"一声，又将她右腿踢断。

羽灵心惊胆战，趁着二人争斗，"嗖"地夺门而出。韩凝紫咯咯娇笑，夺下阿凌短剑，冲出门外。只听羽灵发出长长的一声惨呼。跟着青影晃动，韩凝紫又提着羽灵，笑吟吟地闪进门来。

羽灵浑身染血，腰部以下全都不见。韩凝紫将他丢在地上，羽灵残躯犹活，口中惨叫，双手乱抓，一寸一寸地向阿凌爬了过去，并以手指蘸着鲜血，就地写道："苦，苦，苦……"连写八个"苦"字，爬至阿凌脚前，方才断气。

不待羽灵爬近，阿凌早已吓昏了，韩凝紫摸摸她脸，寒气入脑，阿凌苏醒过来，瞧着韩凝紫，牙关咯咯直响。韩凝紫微微一笑，说道："阿凌啊，这次的雷、楚两家也是你引来的？"阿凌两眼流泪，颤声说："阿凌错了，主人饶命……"韩凝紫笑道："我问你话呢。"阿凌挨不过，只得道："都是羽灵这死鬼做的，不关我的事。"

韩凝紫笑道："你欺他死无对证？哼，你没说，他又怎么知道纯阳铁盒的事？"阿凌脸色惨白。韩凝紫摇了摇头，手起剑落，刺入她心口，瞧也不瞧，拔剑转身，盯着阿雪笑道："笨丫头，你来做什么？"她提着剑步步走近，脸上笑吟吟的，眼神犹如寒冰。梁萧一颗心提到嗓子眼儿上，偏偏隔了一堵厚墙，枉自看着，却没法子。

忽听一声长啸，恰似一群燕雀呼啦啦冲天飞起。韩凝紫神色微变，一转身，正要关门，这时青影一闪，室内多了一人，笑道："好家伙，约我比轻功，却将老夫引到迷魂阵绕圈子。"梁萧惊喜交加，暗呼："楚仙流！"

楚仙流的装束与那天一样，只是肩头多了一截乌黝黝的剑柄。他扫视室内，皱眉说："韩凝紫，人都是你杀的？"韩凝紫笑道："楚前辈不要血口喷人，你哪只眼睛见我杀人了？"楚仙流叹道："你狠毒奸诈，留你在世，终是祸害。"说罢反手握上剑柄。

韩凝紫见他气势凝重，心知一剑出手，势必石破天惊，眼珠一转，笑道："前辈，你是一派宗师，说话怎不算数？"楚仙流长眉一挑，说道："怎么不算数了？"韩凝紫笑道："咱们比轻功，还没比完呢。"楚仙流道："说好比轻功，你将我引入竹林。这片竹林分明是奇门阵法，老夫几乎便陷进去。"

楚仙流在苏州买醉，狂饮月余，醉得昏天暗地，迷糊间，收到楚宫书信。展信一瞧，得知真的纯阳铁盒已被柳莺莺盗走，顿时汗出酒醒，一路赶来。寻到残红小筑时，楚羽夫妇中计遭擒，楚仙流只得露了两手武功，震住了韩凝紫。韩凝紫自知不敌，拿话将住楚仙流，约他赌斗轻功，趁机将他引入"南斗四象阵"，想以这片竹阵困住这名绝顶高手。谁想楚仙流也谙此道，只困了一时，又循着韩凝紫的踪迹追了上来。

韩凝紫眼珠连转，笑道："前辈误会了。竹林里那一场好比曲谱里的引子，现在才是正曲儿。”楚仙流漫不经心地道：“这斗室无法旋踵，如何比法？”韩凝紫笑道：“前辈不敢？”楚仙流微微皱眉，心想：“这地方十分狭窄，若要比斗，当用小巧身法……”拿捏未定，忽见韩凝紫悄然后移，靠上身后的石壁，不觉“咦”了一声，叫道：“你做什么？”韩凝紫面露诡笑，“唰”的一声，身后多了一道暗门。她咯咯一笑，缩入门内。谁知还没站稳，身侧劲风疾起。韩凝紫万不料门内有人，仓皇间拧腰急闪。梁萧的算筹贴身掠过，韩凝紫疼痛难忍，不由得哼了一声。但因后有追兵，不敢停留，双足奋力一撑，倒掠入铁人阵中。

梁萧这一击势在必得，谁料竟被避过，心中懊恼：“我手持铁剑，她还有命吗？”心中不甘，紧追不舍。韩凝紫顾忌楚仙流，不敢招架，匆匆发动铁人阵，一时剑风四溢，充塞密道。梁萧指东打西，所过铁人纷纷停转。韩凝紫惊怒交加：“奇怪，这小子从哪儿学来的破阵法子？”

铁人阵横在“天圆地方室”与藏宝窟之间，几乎密不透风，唯有学会“穿心剑法”，制住铁人，才能开辟一条道路。韩凝紫本意将楚仙流引入阵中，至不济也挡他一下，谁料梁萧半路杀出，两三下便将她苦心设下的陷阱破去。

楚仙流跨入暗道，见那二人迅若流光，在铁人阵中前后追逐，心中奇怪，撤下铁木剑，使出“春水三分剑”，“当啷”声不绝于耳，众铁人折头断腰，纷纷断成三截。一晃眼，楚仙流抢到梁萧身后，笑着招呼：“小子，好哇！”一纵身，正要追赶韩凝紫，忽见前方一亮，又开一道暗门。韩凝紫闪身钻入“天圆地方室”，“砰”，石门自内闭合。

梁萧气得连连跺脚，心知“天圆地方室”中必定还有机关，不过自己未能发觉，韩凝紫只需重开前门，就可从容遁走。

楚仙流见状止步，回顾梁萧，心中多有疑问，还没开口，忽听楚羽在远处叫道：“三叔吗？”楚仙流听她口气虚弱，似乎身受重伤，只得抛下梁萧，赶上前去。

梁萧趁机步出暗门。只见阿雪坐在墙角，泪眼蒙眬，呆呆望着门外。听见脚步声响，转头一看，惊喜道：“你……你也在……”嗓子一滞，泪水又流了下来。

梁萧见她悲喜交加的样子，心中说不清是何滋味，给她抹泪叹道：“一言难尽，离开这里再说。”阿雪欢喜不尽，只是点头。梁萧解开她的穴道，乍见墙角倚了一柄宝剑，正是那口“铉元”。早些日子他为阿雪所擒，随身的宝剑也落入韩凝紫手里。他将剑斜插腰边，又见旁边的箱子里珠光流溢，不由得想：“韩凝紫不是善类，金珠也必是赃物。”所以也不客气，抓了几把揣入怀里，当作盘缠。

他挽着阿雪出门，前方竹林幽深，回头看去，山崖耸峙，怒岩峥嵘。藏宝窟色泽苍灰，乍看与山崖无异，无怪阿凌要唆使羽灵引诱阿冰，若非事先知情，绝难料到山崖内另有乾坤。

忽听阿雪说：“公子……”梁萧打断她说：“我叫梁萧，你叫我名字就好。”阿雪双颊染红，低头道：“梁……梁萧，冰姐姐和凌姐姐与我一起长大，我……我想略尽心力，把她们好好葬了。”梁萧皱眉道：“她们刚才一心害你。”

阿雪不知如何作答，一低头落下泪来。梁萧叹道：“罢了。”反身入室，将阿冰、阿凌的尸首抱起，但觉入手冰凉，想到二人风光时百媚千娇，不觉生出红颜白骨的感慨。

出了门，见阿雪双手挖土，便上前一步，拂开她道：“我来吧。”挥剑砍下两根粗大尖竹，双手左右开弓，挖好两个大坑，将阿冰、阿凌葬好。心想这二人生前百般欺凌阿雪，死后幸得阿雪，才能入土为安，倘若泉下有知，该作何感想。转眼一望，阿雪呆望着坟丘，泪落如雨，于是俯身拜了一拜，还未起身，便听有人说：“女娃儿以德报怨，很好很好。”

梁萧回头一瞧，楚仙流静悄悄立在身后，心知他耳力通玄，自己二人说的话他都听见了。楚仙流对他微微一笑，说道：“你小家伙不老成，先是柳莺莺，如今又多了个红颜知己。看不出你年纪不大，倒会朝三暮四。”阿雪闻言羞红了脸。梁萧皱眉道：“楚老儿，你不要胡说八道！”楚仙流笑了笑，又说：“我那侄女、侄女婿说你伤了他们，当真吗？”梁萧哑然失笑，道：“如果当真，你要给他们报仇？”楚仙流目不转睛地瞧了他一会儿，摇头说：“不必了，他们受的是剑伤，你手中却只有算筹。”

楚仙流沉吟一会儿，又说：“小家伙，你制服铁人的剑法戾气太重。从今往后，不要用了。”梁萧心道：“我用什么武功，何用你来指教？”便道：“剑法是杀人的法子，没有戾气怎么杀人？”

楚仙流摇了摇头，叹道：“小家伙，剑道是养心的法子，而非杀人的法子。”他淡淡一笑，挥袖转入室内。梁萧心道：“这老头儿真奇怪，不杀人，练剑何用？”思索难解，只得向阿雪道：“走吧。”阿雪一点头，随在他身边。

第六章

# 钩心斗角

两人路上没有见人，梁萧心想："韩凝紫一败，这里的人也全逃了？唉，真是树倒猢狲散。"出了残红小筑，梁萧问："阿雪，你有去处吗？"阿雪道："那个背木剑的先生来到庄内，跟主人要人。主人打不过，就说比脚力，先生答应了。但他们前脚一走，大家就纷纷逃了。我怕……怕你还被关着，就上竹林里去……"梁萧听她絮絮叨叨，不耐道："好啦，你若没去处，暂时跟着我吧！"阿雪心头一喜，问道："你又去哪儿？"梁萧摇头道："我也不知道。"阿雪敛眉想想，似乎定下决心，说道："你去哪儿，我都能跟着你吗？"梁萧道："随你好了！"阿雪闻言，抿嘴一笑，浅浅梨涡，生于双颊。

两人向西走了一程，梁萧想起怀里的《紫府元宗》，这些日子忙于练功，倒未细瞧。当下翻出拓片，只见早被汗水浸润，布上墨迹散乱，心知再不整理，必定毁了。便在附近镇里寻了一处纸墨铺，铺中掌柜是个老童生，文章平平，一手颜体却写得丰腴端方。听梁萧说明来历，铺了一张羊皮纸，饱蘸浓墨，将拓片誊清。

誊写完毕，梁萧查看无误，赏了掌柜一块金锭。那掌柜喜得屁滚尿流。梁萧又向他讨了一张油纸、一个红铜墨盒，珍而重之地用油纸将经文包好，藏在盒里。

出得纸铺，已是阳乌西沉，遥见前方有家客栈，梁萧肚饥，与阿雪入内歇坐。坐定未久，门外火扎扎撞入一人，二人一瞧，冤家路窄，来的竟是韩凝紫。韩凝紫见他二人，先是一惊，接着冲阿雪一笑，眼中大有深意。

阿雪打了个冷战，颤声说："主人好。"韩凝紫瞥了她一眼，落座笑道："我好得很，你也没死呀！来，给我看茶。"阿雪双腿发软，站不起来，梁萧在她肩头一按，笑道："韩凝紫，我也口渴得很，你来给我斟斟茶？"韩凝紫瞅他一眼，冷笑道："你倒是一副花花肠子，才丢开柳莺莺，又看上我家阿雪啦？"阿雪羞得面红如血，抬不起头来。

梁萧皱眉说："韩凝紫，你嘴里放干净些！"韩凝紫笑道："抵赖什么？你要她，我许给你便是。不过来往公平，你要好生谢我。"梁萧见她言语莫测，心中惊疑，但想逞强争斗，不但自身不保，阿雪也绝难活命。转念笑道："我光棍儿一个，有什么好谢你的？"韩凝紫瞅他一眼，笑道："你这小滑头，还想糊弄人？哼，你打开了纯阳铁盒，是不是？"梁萧心头一跳，故作镇定道："这怎么说起？"韩凝紫道："你内功尽失，十年内休想复原。未到一个月，却又有了内功？哼，练武又不比吃喝拉撒，哪有这样快法？"她顿了顿，盯着梁萧笑道，"那天夜里，你打开了铁盒吧？"

梁萧笑道："开盒的法儿，我略知一二，告诉你也无妨。但你必须发个毒誓：从今往后，与阿雪断绝主仆关系，也不得为难我们两人。"韩凝紫淡淡笑道："臭小子，你不过是我掌心的面团，捏方捏圆由得了你吗？你不说，我也自有法子叫你开口。"眼光忽闪，落在阿雪身上。

梁萧扬声道："韩凝紫，有能耐的，冲着我来。"韩凝紫一笑起身。这时忽听一声笑，门外又进来一人，黄衫白发，气度雍容。梁萧见他，心中暗暗叫苦。那人见了梁萧，面露喜色，却听韩凝紫冷冷道："明归，你到底想要怎的？"说着一掌拍出。

明归避过她一掌，笑道："韩姑娘，你见面就动手，也不与我说话的机会。"韩凝紫冷笑道："说什么？还不是为你主子报仇？"明归摇头道："你说花无媸？错了错了，她是她，我是我，万不可混为一谈。"

韩凝紫的脸色忽明忽暗，冷笑道：“你这老狐狸又弄什么玄虚？难不成是拖延时辰，以待援手？哼，就算天机八鹤到齐，我也不怕！”明归笑道：“姑娘武功高强，自然不怕，不过老夫与天机宫早已恩断义绝，再无瓜葛。你不信，可以问问那边的小子。”说罢手指梁萧。

韩凝紫神色微变，怒视梁萧：“你果真是天机宫的走狗？哼，待会儿我再与你算账。”明归笑道：“韩姑娘，你误会了，他也不算天机宫的人。不过，老夫反出天机宫的经过，他是原原本本都见过的。”

韩凝紫瞧着梁萧，见他神色冷淡，并不反驳，不由将信将疑，说道：“你堂堂八鹤之首，怎会反出天机宫？”明归道：“若我还是八鹤之首，何须亲自来会你？‘病鹤’秦伯符听到消息，肯定第一个来寻你晦气。”

韩凝紫心想：“明老头言之有理，天机宫走狗甚多，若要拿我，不必他亲自出手。”迟疑一下，说道：“好，我且听听你有什么话说。”明归诡秘一笑，忽道：“姑娘还记得凌霜君吗？”韩凝紫脸色一变，涩声说：“你提那贱人做什么？”

明归笑道：“韩姑娘不是朝夕做梦，都想杀了她吗？”韩凝紫冷声道：“笑话，她中了我的‘冰河玄功’，还能活命？”

明归摇头道：“人算不如天算。当年凌霜君伤重濒死之际，遇上了‘恶华佗’吴常青。”韩凝紫面色又变。明归察言观色，微微一笑，“吴老儿花了三昼夜之工夫，不但将凌霜君从阎王爷那里拖了回来，还……”他说到这里，故意打住。韩凝紫斜眼望着门外，冷冷道：“还什么？”她口中轻描淡写，身子却微微发抖。

明归叹了口气，似乎有些惋惜：“凌霜君不但未死，还生了一个孩子，名字叫作花晓霜。”韩凝紫虽已猜到，但听明归亲口说出，仍是身子一软，坐倒在一张木凳上。

梁萧恍然大悟：“原来害了晓霜的大恶人就是她？”想着怒火中烧，却听韩凝紫牙缝里蹦出字儿来：“花……晓……霜？”嗓音嘶哑，似有无穷恨意。

明归笑道：“就叫花晓霜！花嘛，花清渊的花；霜嘛，当然是凌霜君的霜。”他寥寥数句，却如千针万刺，刺得韩凝紫心痛难忍，咬牙道：“好啊，连女儿都生下来了！”蓦地抬头，逼视明归，“你一路追我，就是要说这些？”明归笑道：

“明某一来知会韩姑娘；二来韩姑娘如果有心报仇，大可与明某联手，破了天机宫，届时杀谁剐谁，还不在你一念之间？”

韩凝紫略一沉默，朗声大笑。明归怫然道：“老夫诚心相邀，可不是跟你说笑！”韩凝紫一掸衣衫，起身冷笑：“我韩凝紫是何样人？怎会给你做刀使？贱人和她的孽种，终归会落到我手里！”语声透着无尽怨毒。

明归笑道：“韩姑娘真会说笑，凭你一人之力，斗得过天机宫？”韩凝紫道：“不劳足下操心。”她拂袖而出，出门时绊着门槛，“咔嚓”一声，将门槛踢得粉碎。

明归瞧她去远，眉间流露出一丝失望，转身在梁萧对面坐下，端壶斟茶，喝了一口，叹道：“韩凝紫是聪明人，却跳不出一个‘情’字！”梁萧奇道：“这与‘情’字何干？”明归笑道：“说来话长。”他搁下茶碗，叹道，“想当年，韩凝紫也是个人物。武功好，人又聪明，容貌更是令人倾倒……”他说到这里，冷冷一笑，“合该她命歹，没撞上别人，却偏偏遇上了花清渊那个小畜生。其间出了什么事儿，我也不十分清楚，一来二去，这两个人郎情妾意，私订了终身。”

梁萧恍然道：“她与花大叔是情人？”明归笑道：“没错，花清渊得了韩凝紫，如获至宝，带回天机宫去见他老娘。谁料花无媸一见，心中大不乐意。”阿雪忍不住说：“我家主人聪明美丽，她干吗还不乐意？”明归听她称呼韩凝紫主人，不由得瞧她一眼，皱起眉头。梁萧道：“阿雪，以后你便是自由之身，不用再叫她主人了。”阿雪略一迟疑，微微点头。

明归冷哼一声，说道：“这事儿坏就坏在聪明美丽上。试想想，花清渊自幼乖觉听话，对母亲百般顺服。而今冒出个来历不明的媳妇，不但貌美如仙，而且聪明伶俐。这也罢了，最让花无媸忌惮的是，韩凝紫手段厉害，将花清渊治得服服帖帖，说话做事，全都听她招呼。以花无媸的性子，还不醋劲大发吗？”

梁萧奇道：“什么？花无媸嫉妒自己的儿媳？”明归冷笑道：“这有什么稀奇？世间妇人大都如此。生怕儿子太迷恋妻子，弱了母子之情。更何况，花无媸一心要让儿子继承祖业，若让韩凝紫进门，天机宫的基业岂不要改作姓韩了？花无媸半世经营，到头来却让外人摘了果子，依她的性子，忍得下这口气吗？”

梁萧道："韩凝紫也不是省油的灯，岂会任她摆布？"明归笑道："你又没见识了。大约男女相悦，浑然忘我，最容易犯糊涂。何况韩凝紫年少识浅，又怎是花无媸的对手？花无媸心中万般不快，脸上并不流露，只说什么父母之命，媒妁之言，要韩凝紫找来长辈师姐，三媒六证，才可成亲。韩凝紫被哄得晕头转向，欢天喜地去找她师姐。谁知她前脚刚走，花无媸后面便使了手段，硬生生把一个凌霜君推到花清渊怀里……"

梁萧插嘴道："不对，既然喜欢一个人，哪能再娶别人？换了是我，抵死不从。"明归冷笑道："花清渊是个脓包，花无媸一瞪眼，他还敢放一个屁？这下子乐子就大了。花清渊这边敲锣打鼓，奉命成婚，那边也不知韩凝紫从哪儿得到消息，趁着凌霜君回娘家的当儿，伏在道旁给了她一下狠的。当时凌霜君大了肚子，结果一石二鸟，哈，不对，该叫作一尸两命……"明归哈哈大笑一阵，又问，"梁萧，你且猜猜，韩凝紫是如何知道凌霜君行踪的？"

梁萧皱了眉头，深深看他一眼："难道是你说的？"明归拍腿笑道："不错，若让他花清渊养出个儿子，还不坏了老夫的大事？"

正觉得意，梁萧腾地起身，明归笑声忽止，诧道："你上哪儿去？"梁萧冷冷说："走路！"明归道："急什么？等老夫喝完这碗茶，咱们阔别已久，好好聊聊。"梁萧"呸"了一声，说道："你不要脸，我还要脸，跟你这小人同座，徒惹一世之羞。"明归一愣，又听梁萧说，"你与花无媸斗法，我懒得管。可你屡屡算计晓霜，未免太下作了一些！"

明归面色微沉，冷冷说："病丫头早晚要死，死前给老夫做块垫脚石，这叫作物尽其用！小子，你还是乖乖跟着老夫，干一番惊天动地的大事。"梁萧"呸"了一声，说道："去他娘的大事！我今天武功不济，杀不了你，来日必当取你性命。"一拂袖，大步出门。

忽然眼前一花，明归立在前方，托着茶碗，脸上似笑非笑："你耳聋了？没听到吗？我叫你乖乖坐着，等我喝完这盅茶。"梁萧见他眼露凶光，心知不妙，扬声说："阿雪，你跑远一些，千万别回头。"阿雪露出茫然之色，怪道："不是说好了吗？你到哪儿，我也去哪儿！"梁萧见她如此呆笨，心中好不气恼。

明归笑道："你到哪儿，她也去哪儿？梁小子，你艳福不浅啊。"出手如电，忽地抓向阿雪。梁萧急使一招"霸王扛鼎"，双拳撞他两胁。这招出自石阵武学，明归瞧他招式精奇，不觉心头发痒，手腕一转，五指锋利若剑，向梁萧手腕直插下来。梁萧知他爪力厉害，百忙中拉着阿雪，施展"六六天罡步"向后掠出。明归瞧得纳闷："数月不见，这小子不进反退，武功弱了不少？"他忌惮"三才归元掌"，不敢过分紧逼，只以"灵犀分水功"遥遥出掌，又将梁萧逼退两步。明归瞧出他内力大减，大喜过望，左手端着茶水，右手连发三掌，逼得他东躲西藏。

明归一掌快似一掌，梁萧只好推开阿雪，展开"三才归元掌"与他抢攻。明归瞧着他掌来掌去，高深莫测，心头微微一动："这小子狡狯无比，强迫他说出'三才归元掌'的奥妙，只恐不尽不实。天幸他内力大弱，出手放缓，老夫不妨与他缠斗，再慢慢瞧这'三才归元掌'有什么玄虚。"打定主意，放慢手脚，一招一式地与他拆解。

梁萧一意自保，无奈全力施展掌法。明归瞧他手眼身步，渐渐看出一些门道，心中十分得意："若非老夫智比天高，怎想得出如此妙计？"他左一掌，右一掌，迫得梁萧团团乱转，情急间连石阵武学也使了出来。明归见他使的虽不是"三才归元掌"，但精微奥妙，似乎不在"三才归元掌"之下，只是不如后者取巧，更妙的是，这些武功与自家如出一脉，似乎更易修炼。

明归一招招看下去，若有不明之处，便将前招重使一次，迫使梁萧也用前招拆解。梁萧只瞧明归眉飞色舞，却猜不透他心中所想。他内力不济，虽有一流武功，却发挥不出应有的威力，久而久之，出手章法微乱。明归心想："贪多务得，时间一长，被他看穿老夫的计策，反而不美。"当即探爪抓向梁萧胸口，欲先将他拿住，再慢慢套问武功。

阿雪一边瞧着，见明归出手太快，梁萧绝难躲闪，心头一急，纵身出掌，直捣明归背心。明归素来谨慎，不敢托大，放过梁萧，缩手回扫，这一扫用上了"灵犀分水功"，阿雪惨哼一声，跌出丈余，口中溢出血来。

梁萧趁机脱出明归掌底，挡在阿雪身前。明归笑道："小子，你自身难保，还想保人？"正要抬步上前，目光忽地一转，盯着梁萧身后，皱眉说，"小子，你后面是谁？”梁萧以为他虚张声势，冷哼一声，仍是紧守门户。忽听阿雪一声惨哼，梁萧一惊，侧身跃出，以免腹背受敌。再转眼一看，韩凝紫不知何时转了回来，将阿雪抓在左手，右手二指一并，点向她的小腹。

明归将梁萧视为一本活秘籍，许多武学还没学会，岂容他人染指，长笑一声，喝道：“看招。”左手茶水掷了过来。韩凝紫见来势猛恶，咯咯一笑，侧身托住茶杯。杯中的茶水才溅出半尺，“嗖”的一声，被她的“冰河玄功”凝成一支冰锥，韩凝紫娇笑一声，冰锥寒芒吞吐，刺向梁萧的面门。

明归暗喝了一声彩，抢到二人近前，围魏救赵，一掌击向韩凝紫。韩凝紫冷哼一声，将阿雪举起，硬挡明归的掌力。明归根本没有收掌的意思，眼看击中阿雪。身侧劲风袭来，心知梁萧到了，当即转手一掌，“啪”，将他震退两步。正要追击，寒气扑面，韩凝紫手攥冰锥刺来。

明归侧身让过，笑道：“韩姑娘想通了，要跟老夫联手吗？”韩凝紫冷冷道：“没兴趣。”明归冷哼一声，眉间青气一现。韩凝紫正自提防，忽听梁萧低声念道：“左一转，右一转，横一转，竖两转……”明归心觉奇怪，韩凝紫面色一变，厉叫：“小畜生，你说什么？”

梁萧笑道：“你猜猜看！”刚才韩凝紫伤心欲绝，狂奔一阵，清醒过来，想到纯阳铁盒，急又转回，这时一听梁萧的话，心中惊喜交加，忍不住问：“是开盒之法，对不对？”梁萧微微一笑，说道：“算你机灵。我说的只是十分之一，另外还有十分之九。”韩凝紫忍不住道：“你是怎么想出来的？”忽见梁萧冷笑，顿又醒悟过来：“我也糊涂了，他怎么会轻易说与我听？”沉吟未决，忽听梁萧道：“你想听全，先放了阿雪。”

韩凝紫目光闪动，叹道：“你这小子，倒有几分痴情，好吧，依你便是。”忽地抬手，指间白光闪动，按在阿雪胸口，阿雪不由呻吟一声。梁萧大吃一惊，喝道：“韩凝紫，你出尔反尔？”

韩凝紫笑道：“接着！”抓起阿雪向梁萧掷去。梁萧慌忙接住。韩凝紫淡淡笑道：“这丫头被我种下了‘问心刺’，一刻工夫发作一次。发作时心如刀绞，痛不欲生，两个时辰不解，必死无疑。小滑头，你给我乖乖说出开盒的法子，若跟我打马虎眼，哼，有你好看。”梁萧又气又急，再瞧阿雪，见她俏脸苍白，已经痛昏过去。

梁萧叹了口气，一咬牙，正要说出开盒的法子。韩凝紫忽一摆手，说道：“明老鬼，没你的事儿，请走不送。”明归笑道：“谁说不关老夫的事？这小子与老夫有过节儿，我要带他走。”韩凝紫道：“我问完他话，要杀要剐，任你处置。”

明归笑道：“妙得很，明某也要问他话，不过要问上十天半个月。姑娘如果有闲，便与明某同行，大伙儿顺道商量商量天机宫的事。”

韩凝紫的眼中冷光一闪，淡淡说：“明老鬼，你故意与我为难？”明归笑道：“岂敢？”忽地使出“飞鸿爪”，抓向梁萧。韩凝紫一扬手，掌心冰锥刺向明归，明归方要抵挡，却不防韩凝紫内力传入锥中，咔嚓一声，冰锥化作无数细小冰刺。

明归挥掌格挡，冰刺又多又细，仍有数枚射中额角。明归痛怒交加，双爪迭出，疾若飘风。“哧”的一声，扯下了韩凝紫的一截衣袖。

两人个个心惊，一黄一青两道人影如鬼如魅，掌来爪去斗成一团。梁萧反被晾在一边，呆呆观望。这时阿雪“问心刺”发作，痛醒过来，看了场中一眼，忍痛说：“梁萧，你……你别管我，快走。”梁萧一怔，道：“可是……”阿雪两眼流出泪来，叫道：“你……你再不走，我咬舌自杀。”说罢伸舌抵在齿间。梁萧没料到她这样决绝，微微一呆，忽地将她背起，大步狂奔。阿雪见他仍要带走自己，心头又急又痛，再次昏了过去。

明归渐占上风，心下正喜，忽见梁萧遁走，大觉惊怒，弃了韩凝紫追赶上来。韩凝紫不肯落后，两人并肩飞奔，可因彼此顾忌，谁也不肯尽力，唯恐一露破绽，对手乘虚而入，不经意间，落在了梁萧身后。

三人爬上一座山坡，忽听声若闷雷，再奔十丈，前方亘着一道深涧，涧底乱石嵯峨，涧水奔腾若怒。

梁萧瞧得心惊，掉头一看，韩、明二人均在百步开外，根本无暇改道。他心念电转，拔出剑来，斩断涧边一株松树，举着树干飞跃而下。跳到半空，一个翻身藏在树冠下面。明、韩二人赶到崖边，正见他连人带树落入涧中。入水时树干的浮力与冲力抵消，梁萧不但没有受伤，反而以松树为舟，飞流直下。明归气得直吹胡子，俯身抓块石头，喝声：“小畜生，叫你逃。”

石块飞射而出，梁萧见状，头埋入水中。石块击断两根枝丫，落入涧里，溅起一串水花。

明归又抓一个石块，却听韩凝紫喝道：“死的有用吗？”明归恍然道：“说得是，要捉活的。”两人各有所图，不再争执，双双施展轻功，沿岸追赶。梁萧害怕明归再掷飞石，始终藏在树冠下面，不敢随便冒头。

一时间，涧水渐缓渐平，汇入一条阔溪，松树在乱石中磕磕碰碰，忽被一股暗流卷向岸边。明、韩二人见状，抢到近前。明归脸色一变，跌足道：“糟糕，中计了！”韩凝紫定眼一瞧，看出松树来势不对，一个浪头打来，松树推上岸边，连翻两遍，松树下却没人影。

两人一世精明，却中了瞒天过海之计，不由恼羞成怒，急向上游寻找。只见涧水滚落，势如奔马，哪儿还有梁萧的影子？

梁萧躲避明归的飞石时，抱住了水下一块乱石，潜伏水底，由那一株苍松载沉载浮，顺流而下。明、韩二人追远，他才爬上山崖逃逸。逃入深山，但觉抛开二人，这才坐下歇息。喘息初定，他低头瞧去，阿雪双眼紧闭，面如金纸，一探口鼻，气若游丝。梁萧心头一紧，按住她的后心，度入一股内力。

阿雪受伤奇重，先挨了明归一拂，后又中了韩凝紫的“问心刺”，后者尤为阴毒。梁萧推拿了一炷香的工夫，不但没见好转，阿雪的气息反而更弱。梁萧望着她苍白的面颊，止不住心头一酸，淌下泪来。

泪水溅在阿雪额角，她神志一清，欲要安慰，可内腑剧痛，怎么也说不出话，唯有张开大眼，怔怔望着梁萧。梁萧更觉心痛，眼看她气息越来越弱，正当绝望，心头忽动：“我怎么忘了这个？”从怀里取出阴阳球，撬开阿雪牙关，塞入她的舌底。

阴阳球是天地间一样异宝，可以化生精气。阿雪气息虽弱，却没气绝，一口气若游丝般自督脉下行，一经圆球，激增十倍，下沉到丹田，又经督脉转回圆球。这么反复不已，不过半晌，她经脉内的精气渐渐充盈，口鼻间也有了呼吸。

梁萧伸手把她脉门，但觉沉涩有力，不复方才轻滑微弱，不由得心生狂喜，忙将自身内力转入阿雪体内，经阴阳球导入周天经脉。阿雪神志回复，但觉经脉中的真气如洪涛滚滚，心中大为奇怪，微微皱起眉头。梁萧笑了笑，说道："别怕！若有异状，以内息导引就好。"

阿雪依言而行，过了一盏茶工夫，白脸上泛起一抹红晕，好似熟透的蜜桃，说不出的红润可爱。梁萧瞧在眼里，轻轻舒了一口气。再过片刻，忽见阿雪张开秀目，红润的脸上浮起一抹笑意。

梁萧破颜笑道："好些了吗？"阿雪见梁萧目不转睛地盯着自己，双颊发烫，欲要说话，却觉口中含着一颗圆溜溜的球儿。正要吐出，一丝锐痛忽从心口升起，不由得疼痛难忍，禁不住呻吟起来。

梁萧知道是"问心刺"作怪，便问："阿雪，你哪儿痛？"阿雪欲要抬手，稍一动弹，胸腹痛不可当，便说："我……我心痛。"

梁萧想到韩凝紫的话，心知拖延一刻，便多一刻危险，便伸手解开她的衣衫。阿雪明白梁萧的意思，不觉眼热心跳，面色桃红，不待他解开小衣，双眼一闭，眼角流下一行泪水。

梁萧微微一怔，问道："阿雪，怎么啦？"阿雪娇羞不胜，又不知怎么回答。梁萧不觉站起身来，踱来踱去。屈指推算，距阿雪中刺已有两个时辰，如再拖延，女孩儿性命不保。可柳莺莺当日说，他再撕女孩儿的衣服，她便先杀他，再自杀，足见事关女子羞耻，不能草率为之。

念及柳莺莺，梁萧心中之痛无以复加。这些天来，他借算题习武开解，总是无法释怀。他一生中，自从母亲远离，父亲死后，从未这么伤心，即使与花晓霜分别，虽觉悲伤难抑，也远不及这样撕心裂肺。

正在自怜自伤，忽听咝咝吸气，回头瞧去，阿雪泪眼迷糊，神色痛苦。不觉心念一动："纵然男女有别，但若亲人间解衣治伤，也无妨碍。"他沉吟一下，拉住阿雪小手，但觉她手指轻颤，掌心满是汗水，便笑道："我娘在时，常说给我生个妹子，后来说话不算数。阿雪，你我结成兄妹怎样？"

阿雪娇躯一颤，抬头望他，眼神迷茫中透出一丝惊惶。梁萧暗忖时间紧迫，当下牵了她跪倒在地，扬声说：“皇天在上，梁萧与阿雪在此结拜为兄妹，有福同享，有难同当，如违此誓……”说到这里，瞥了阿雪一眼，见她呆呆不语，不禁问道，“阿雪，你不愿意？”

阿雪俏脸涨红，脱口道：“我……”她心拙口笨，全无应变之能，心底里虽有千万个不肯，话到嘴边，却变成：“我……我愿意……”刚说完，眼泪却如决堤般流下。

梁萧一颗心尚在柳莺莺身上，从未想到与别的女子再生情愫，眼看阿雪流泪，只当她疼痛难忍，再不多言。匆匆拜了几拜，伸手解她胸衣，露出皓如寒冬之雪、滑似稚羊之脂的少女酥胸。阿雪有生以来，从未被男子瞧过身子，一时羞窘交迫，双耳嗡地一响，昏了过去。

梁萧血气方刚，乍见少女肌肤，眼中白光耀眼，热血灌入脑中。好不容易稳住呼吸，定眼细瞧，阿雪的胸腹交接处有一个紫红的小点，微微凸起，状如胭脂小痣，衬着雪白肌肤，好似朱梅映雪。梁萧心头一乱，双手不由得颤抖起来。

阿雪尽管昏厥，舌底的阴阳球却不绝化生精气，经脉中精气一足，忽又苏醒。眼见梁萧瞪着自己，一时羞不可抑，脱口叫道：“哥哥……”梁萧一惊，面红耳赤，暗暗自责：“梁萧啊梁萧，你再看下去，与畜生有什么分别？”他定了定神，握住阿雪手腕，探她脉息，但觉胸腹相隔处似有异物阻碍，于是沉吟说：“阿雪，这‘问心刺’很棘手，我以内力外吸，你将真气转入口中小球，自内逼迫胸口阻塞，你我内外合力，将它拔出来。”吸一口气，挥掌按在阿雪胸腹之间，捏个吸字诀，运转内力来回摩挲。阿雪顿生异样，面红心跳，哪里能定下心来？

梁萧只觉她气机紊乱，不由得暗暗皱眉，说道：“阿雪。”阿雪惊醒过来，竭力按捺芳心，依梁萧的话逼迫“问心刺”。二人一个内逼，一个外引，行功片刻，梁萧觉出阿雪内力不足，又分出一道真气，循她督脉注入阴阳球，助她运功排刺。不一会儿，掌下小痣微微凸出，似有小半截细丝冒出头来。梁萧不敢怠慢，捏住丝头，将细丝缓缓抽出。阿雪剧痛难忍，真气一泄，又昏过去。

梁萧将细丝抽尽，却是一根女子秀发，只是不知韩凝紫用什么法儿刺入人体。他略一沉吟，猜她将头发浸湿，再用“冰河玄功”冻硬，如细针似的刺入了人体。

大功告成，梁萧松了口气，掩上阿雪衣衫。这番运功拔刺，耗去他许多心力。于是靠在树下，闭目调息。过了一阵，忽闻响动，张眼望去，阿雪醒了过来，支撑着想要坐起。梁萧伸手将她扶住，阿雪被他一碰，想起前事，心跳加快，低低垂头不敢瞧他。

梁萧想到刚才的失态，微觉尴尬，苦笑说："阿雪，情势逼人，你……别生气。"阿雪默不作声，眉间甚是落寞。梁萧只当她在意名节，说道，"阿雪，从今以后，我以兄妹之礼待你，不会对你无礼。"抬眼看去，阿雪长长的睫毛轻轻一颤，两颗泪珠顺着脸颊滚落下来。

梁萧慌道："阿雪，你不欢喜吗？唉，怪我不好，我……"阿雪见他满脸懊恼，心生不忍，伸手抹去眼泪，强笑说："哪儿的话？阿雪有一个好哥哥，欢喜……欢喜得只想哭……"梁萧心头略宽，说道："那就好。"心里却想："这妹子哭不像哭，笑不像笑。唉，女孩儿的心思也真难捉摸。"忽又想起柳莺莺，心灰意冷，兴致索然。

阿雪伤势稍愈，梁萧在谷里搭了两间窝棚，两人分住，各自习武疗伤。梁萧闲暇之余，采果打猎为食。光阴荏苒，转瞬又过三日，阿雪得阴阳球之助，伤势好转极快，见梁萧习武甚勤，也不扰他。她自幼服侍韩凝紫，惯熟家务，垒土为灶，凿木为皿，洗衣烧水，料理饭菜。茅屋虽小，但经她细心收拾，倒也一派井然。

这日，梁萧觑见一只山羊，一气追至谷外，忽听远处传来人声。他心念微动，转入灌木丛中潜伏。不一时，便听有人说："小贼钻地了不成？这几日把方圆百里都找遍了，生不见人，死不见尸。"

声音清劲老成，梁萧听出是明归，心跳如雷，气不敢出。只听一个女子冷笑说："明老鬼，你还好意思说？我早说他走不远，你偏不信。如今又折回来，算什么道理？"听声音正是韩凝紫。梁萧暗自纳闷儿："这两个家伙结成一路，晦气晦气。"

明归笑道："你不是说那小丫头中了'问心刺'，必死无疑吗？照我看，梁萧没了牵挂，有多远逃多远。现今揣度起来，他狡计多端，也许反其道而行之，依旧藏在山里。"韩凝紫冷笑道："你总是歪理多。哼，这样吧，你我分开搜寻，你往东南，我向西北，发现那厮踪迹，放这种烟花为号。”明归道：“你抓了人不放烟花，老夫又上哪儿去寻你？”韩凝紫冷笑道：“彼此彼此，你老狐狸也不是什么诚信善类。”明归笑道：“我是老狐狸，你是雪狐，大伙儿半斤八两，物以类聚。”韩凝紫冷哼道：“逮住那小贼，咱们再做计较。”

## 第七章

# 万物归藏

两人边走边斗口，一会儿往东南去了。待得四周寂静，梁萧钻出长草，心跳兀自剧烈。屏息转回谷中，却见阿雪收敛柴木，刚刚点燃，他慌忙抢上，一脚踏灭。阿雪讶道："哥哥，你做什么？"梁萧吐了口气，将所遇的险事说了，阿雪吓得面无人色。梁萧说："这会儿生火，浓烟一起，岂不自露行迹？"阿雪发愁道："那可怎么办？"梁萧白她一眼，说道："还能怎样？三十六计走为上。东南不能去，只有往西北走了。"

阿雪全无主意，只得由他。二人略略收拾，潜出山谷，上了大路。走了约莫十里，遥见西边一山兀立，风骨峥嵘，其后峰峦耸峙，没入云雾之中。那山与别山不同，白森森一片，少有几分绿意。

梁萧皱眉道："好硬的山！"阿雪笑道："一山分五峰，形如莲花，故称华山！"梁萧奇道："你来过？"阿雪摇头："我听姐姐们说的。"梁萧点一点头，见她步履轻快，笑道："阿雪，你内功挺好，依我看，阿冰、阿凌都不及你。"阿雪脸一红，说道："我……我一向笨得很，姐妹们一天练好的功夫，我十天半个月也练不好，老是挨主人的骂！"

梁萧笑道："奇了怪了，你这身内功怎么练出来的？"阿雪耳根羞红，低声道："因为我笨呀，又怕被主人骂，所以别人练一遍，我就练五遍，人家练五遍，我就练十遍，早也练晚也练，练呀练的就好了。"忽听梁萧不应声，转眼一瞧，他的面色十分阴沉。阿雪这些天见惯了他这副模样，心想："他一定又想柳姑娘了。"想到这儿，心里酸溜溜的，低头揉弄衣角，再也不作一声。

两人一路无话，正午时分，来到山下集镇。镇子依山而建，青砖黑瓦，颇具道风。时当赶集，镇内外车马来往，十分热闹。

二人刚要入镇，忽听有人吆喝。梁萧转眼望去，四个衣衫褴褛的少年，使劲拽着一头白驴。白驴通体如雪，高约七尺，长及六尺，四条细腿死死抵住地上，任那四人如何拉拽，也是纹丝不动。

梁萧暗暗吃惊，四名少年一起用力，少说也有三百斤力气，竟然拽不动一头毛驴，真是无奇不有。一个圆脸少年发了急，叫声"死畜生"，一拳打在白驴耳边。

白驴正犯脾气，挨了一拳，发了性子，脑袋一甩，将那圆脸少年抛出丈外，蹄子一尥，又尥倒两人。剩下一个白面少年还没回过神来，白驴撒腿就跑，将他拖倒在地。步子虽然细碎，可是交替风快，五六步一走，少年被带得飞了起来。白驴一声叫，后腿凌空一弹，将他踹出老远，跌得个搅土扬尘。

白驴一得自由，便往镇里奔去。不料一道人影兔起鹘落，从旁掠到白驴背上，披头散发，正是梁萧。他见白驴伤人逃走，起了助人念头，白驴暴怒欲狂，连尥了几个蹶子。但他使出轻身功夫，随它起伏，白驴颠不落他，扭过脖子，就要咬人。

梁萧头一次遇上这样的犟毛驴儿，不觉笑骂："好畜生！"一巴掌打在它头上，这一下暗蕴内劲，白驴被拍得晕头转向。闷头再跑，又挨一掌，这一下，便是狮虎熊罴也拍老实了。白驴耷拉耳朵，大眼满是哀求。

梁萧微微一笑，下了驴背，向那四个少年招手："过来吧！"四人鼻青脸肿，怯怯地不敢上前。梁萧眉头一皱，正要说话，忽见四人神色一变，拔腿就跑。还未明白缘由，身后劲风疾起，向他背心袭来。梁萧旋身闪过，只见身后站了个小道姑，清丽如画，秀目中透着愠怒。

梁萧讶道："女道长，你动的手？"道姑不答话，又是一掌拍来。梁萧见她掌法佳妙，内力浑厚，心中更觉讶异，双手钩弹，状若鼓琴。这招“相如鼓瑟”取自司马相如的典故，昔日司马相如爱慕卓文君，以瑶琴鼓奏《凤求凰》之曲，博取佳人芳心。

道姑见他出手潇洒，暗藏玄机，不敢怠慢，足踏奇步，呼呼拍出两掌。两人拆了两招，小道姑内力稍强，掌法更精，梁萧渐觉不支。他无端与人放对，并且落了下风，心中惊怒，使一招“扪虱论道”，做出北朝王猛扪虱论天下的样子。右手指点四方，左手揣到胸前，掏出阴阳球。

小道姑见他忽取守势，猱身疾上，挥掌欲攻。不防梁萧变一招“太白醉酒”，仰身避过她一掌，左手状似举杯狂饮，暗将阴阳球含入口中。跟着左掌斜引，右掌直劈，变一招“大匠运斤”。小道姑欺他内力不济，挥掌硬接。不料梁萧得阴阳球之助，内力陡增，“咯”的一声，小道姑退出丈余，面色酡红，胸口烦恶，一反手，“锵”地拔出一口短剑。

梁萧一扬眉，右手也把住“铉元”剑柄。这时一人越众而出，将小道姑宝剑夹手夺下。他定睛一瞧，只见一个道姑，灰袍宽大，两鬓已斑，虽不十分美丽，可是肤色白皙，凤眼含笑，叫人一见便生亲近。

小道姑见她，双手比画，嘴里咿咿呀呀，灰袍道姑皱眉不语。梁萧却恍然大悟：“无怪小道姑不答话，原来是个哑巴！”一念及此，满腹的怨气都消散了。

灰袍道姑见她比画完，向梁萧拱手说：“施主为何拉走我们的驴子？”她的神色沉静，语气十分和蔼。梁萧瞧了瞧白毛驴，皱眉说：“道长说这驴子是你家的？有证据吗？”

灰袍道姑道：“贫道入镇化缘，随手将毛驴停在施主门前，哪知完事出门，就不见了！”把手一拍，婉声道：“快雪，过来！”白毛驴应声打个响鼻，一摇一摆地走到她的身前。

梁萧惊疑未定，转眼一瞧，不见了阿雪，心想：“这个笨丫头上哪儿去了？”忽见阿雪拽了个白脸少年从人堆里出来。梁萧识出是赶驴的少年之一，便说：“阿雪，你做什么？”阿雪道：“我看这些家伙逃走，小道长又跟你打架，知道古怪，就赶上去。可惜只逮住了一个。哥哥，原来他们都是偷驴的小贼！”

梁萧哭笑不得，一把拽过白脸少年，喝道："毛驴是你偷的？"少年面皮白净，粗眉大眼，身子颇是瘦弱。他先被驴子踢了一下，伤得不轻，落到后面，才被阿雪抓住，梁萧一问，便梗起脖子说："是我偷的。"梁萧皱眉道："还充好汉？你的同伙呢？"他一伸手，提得少年双脚离地。

少年的脖子被衣衫勒住，几乎喘不过气来，仍道："盗……盗也盗了，随你打，要……要我说出同伙，那……那是休想……"梁萧脸一沉，手上加劲，少年面红如血，口不成言，只是连连摇头。

道姑瞧得不忍，正想说情，忽听梁萧笑道："好小子，算你狠！"劲力一收，少年脱口而出："我死也不说！"梁萧将他放下，"呸"了一声道："不说就不说，滚你的蛋吧！"

阿雪没料到梁萧轻易放人，急道："慢着，你不说出同伙，也要把偷驴的来龙去脉说与道长！"少年白脸涨红，无奈说："我们早先听几个山西客议论，说这头白驴叫'追风白'，是百年难遇的异种，能日驮两百斤，行走七百里。所以动了心，想要盗来换钱。又听说驴子力气虽大，却很贪吃，趁道长不在，用炒面将它诱出镇子。谁知牵它时，畜生发了犟脾气，死也不走。正无可奈何，多亏……"他瞅了梁萧一眼，轻声说，"这个人来帮忙，把它降伏了。"

灰袍道姑一笑，向梁萧点头说："小哥儿也是好心，哑儿，你错怪他了，应该道歉！"小道姑连连比画，灰袍道姑摇头说："你总是冒冒失失的，今天还动了剑，若非我来得及时，可就惹出事了！"梁萧听得不快："女道士好大口气，你不来，哑道姑又能胜过我吗？"

哑儿受了呵斥，心中不服，可师命难违，只好瞪了梁萧一眼，匆匆打了个稽首，转过身去生气。这时人群中又钻出三个人，却是另外三个偷驴少年，为首的一个圆脸少年双手叉腰，高叫："三狗儿，你没事吗？"白脸少年一怔，叫道："你们怎么回来了？"圆脸少年道："我们走了一程，见你没跟上，知道你被抓啦，就回来看看。"他挺起胸脯，向道姑大声道："驴子是我们四个人一块儿偷的，三狗儿有伤，道长要打，就打我们三个。"

梁萧心想："这几个小泼皮倒有义气。"正想替他们说情，灰袍道姑冲阿雪笑道："真相大白，小施主可否将人交与贫道？"阿雪说："道长客气了。"将少年交与道姑，灰袍道姑淡淡一笑，自袖间取出数十枚铜钱，交到那少年手里，少年不由得一呆。

灰袍道姑叹道："看你的样子，也是穷苦人家的孩子。偷鸡摸狗不是正道。贫道化缘不多，只有这几个铜钱。唉，望你从此莫生邪念，好好干些诚实营生。"少年攥着铜钱，面红耳赤，其他三人也有愧色。却见灰袍道姑向小道姑道："走吧！"牵起毛驴，与小道姑穿过人群，径自入镇去了。

梁萧看了四人一眼，与阿雪迈步入镇，买了两套新衣，寻一家客栈住下。不一会儿，梁萧换洗已毕，刚要出房，忽听楼下有人道："那小子往这方来了，谅他跑不远，咱们不忙，喝一口茶润润嗓子。"

梁萧听是明归，大吃一惊，匆忙蹲下，凭栏挡住头脸，却听韩凝紫冷冷道："再问问这里的伙计，兴许那小子就在客栈里。"梁萧更惊，忽听门响，回头一瞧，阿雪衣衫凌乱地探出头来。梁萧冲她打个手势，闪入门中，两人四目相对，均是面如土色。忽听噔噔噔上楼声响，梁萧心儿狂跳，揽住阿雪穿窗而出，不走大街，手攀滴水檐，翻上房顶，发足狂奔。

还没出镇，身后传来明归的长啸声。梁萧心知行踪泄露，发足狂奔。身后啸声悠悠不绝，焦急间，前方数人赶着一辆牛车，载满茅草，踽踽而行。梁萧奔近，却是偷驴的三个少年，白脸少年三狗儿受了伤，捂着肚皮躺在茅草堆上。四人见梁萧行色仓皇，心中惊讶，一个瘦脸宽额、生着八字眉的少年高叫："怎么了？"梁萧足下不停，急促地说："若有一个老头和一个女人追上来，千万别说见过我。"

八字眉少年皱眉道："若逃不了，来草堆下面躲躲。"梁萧见那茅草堆积甚高，大可容下两人，不由得心动了。再瞧那四个少年，神色都很镇定，心想："不错，左右逃不过，行险试试。"一点头，携阿雪来到车前。众少年匆匆取下茅草，堆在二人身上。兄妹二人挤作一团，肩膊相接，梁萧但觉阿雪浑身颤抖，只怕她震动茅草，泄露行踪，忙伸手将她搂紧。但觉阿雪身子渐渐滚烫，颤抖却慢慢地停了。

头顶一沉，三狗儿又躺回草堆上，牛车上下颠簸，又向前行。啸声到了近前，忽地停下，明归笑道："四个小家伙，瞧见一对少年男女吗？"梁萧一颗心提到了嗓子眼儿上，八字眉少年笑道：“瞧见了，那男的是不是穿褐衫子，女的脸圆圆的，眼大大的？”梁萧一迭声叫苦，心忖自己与这四个少年无亲无故，怎么就信了他们的鬼话。忽觉阿雪双手向内紧收，死死搂住自己，将头埋在他怀里，脸上也不知是汗还是泪，浸得胸衣湿乎乎的。

明归笑道：“不错不错，就是这两个人，他们去哪儿啦？你说了，这锭银子就是你的。”梁萧心中更慌，八字眉少年“扑哧”一笑，说道：“好啊，他们到了前面的岔路，向北去了。”明归沉默一阵，笑道：“也罢，暂且信你，要是没有人，转回来我扒你们的皮。”韩凝紫冷哼一声，说道：“明老鬼，跟这些村夫野汉磨什么嘴皮？追上小贼才是正经。”

明归笑道：“说得是。”圆脸少年忽地高叫：“喂，你别走啊。有买有卖，咱们给了消息，你还没给银子呢！”明归阴恻恻地说：“这锭银子价值不菲，恰好值四颗脑袋。”圆脸少年似乎害怕，低低咕哝两声。明归哈哈大笑，扬长去了。

梁萧听得明归笑声远去，一颗心才算落地，忽觉头顶放亮，茅草已被掀开。阿雪一见光，慌忙撒开双手，退到一旁，双眼微微泛红。梁萧跳下车，拱手道：“四位相救之德，梁萧没齿难忘。”圆脸少年笑道：“方才你放过三狗儿，大家都很承你的情，帮帮忙也是应该的。”梁萧点头微笑，不料这穷乡僻壤，也有轻财好义的人物。

八字眉少年又说：“这位大哥，那两人脚力古怪，发现上当，转回来大大不妙。嗯，你现今去哪儿？”梁萧道：“他们往北，我自然往南，按照那老头的话说，反其道而行之。”话音未落，便听有人大笑：“好一个反其道而行之。梁萧啊梁萧，你也太小瞧人了。”

梁萧脸色微变，转眼一望，明归从道边直起身子，脸上挂着嘲意。回头再望，韩凝紫笑吟吟立在后方。两人素性奸诈，明归更是年老成精，见四人目光闪烁，神色有异，再瞧茅草堆放散乱，心中生疑，假意与韩凝紫离开，绕了个圈子，又兜截回来。

四个少年心中惊惧，各从牛车上掣出棍棒。梁萧轻叹一口气，朗声说：“明归、韩凝紫，一人做事一人当，要擒要杀，冲我梁萧来，不要迁怒这几个路人。”

韩凝紫笑道："小畜生，事到如今，还不识相？擒谁杀谁，由得了你吗？"明归也拈须笑道："说得不错！"面露阴笑，与韩凝紫一前一后，逼上前来。

梁萧瞧了阿雪一眼，见她也望着自己，目光不胜凄惶。四个少年也提着棍棒，浑身发抖。梁萧心道："我梁萧死不足惜，连累了阿雪和这四人，叫人死不甘心。"他心中愧疚，拔剑在手，暗暗捏了个剑诀。

韩凝紫瞧得清楚，冷笑说："困兽之斗！"向明归使个眼色，命他杀光旁人，自己专擒梁萧。明归会意，长笑一声，气贯十指。这时忽听嗒嗒蹄声，回头望去，两个女道姑牵着一头白驴，飘然走了过来。

明归瞧了韩凝紫一眼，见她手向下挥，顿时会意，心想："这娘儿们心肠歹毒，连这两个道士也不放过。"

两人一驴来得极快，走到近前停下，灰袍道姑打量众人，面色讶异。明归笑道："两位道长，你们还是退回去的好。"灰袍道姑双眉一舒，笑道："这样啊，贫道先退一步……"

阿雪见这道姑，不知怎的，心生亲切，脱口叫道："道长，你别走，他……他们要杀我们……"灰袍道姑一挑秀眉，讶然道："此话当真？"阿雪两眼泛红，连连点头。

灰袍道姑摇头说："杀人不好。"转身向明、韩二人打个稽首，说道："他们若有得罪处，贫道代为讨个情儿。两位大人有大量，就此放手！"

韩凝紫抿嘴轻轻一笑，叹道："很不巧，本座的气量最小，一粒沙子也容不下。"灰袍道姑神色一变，身边黄影一闪，明归双爪陡至。灰袍道姑也不回身，大袖一拂，斜飘数尺。

明归指尖被袖子拂中，微微发麻，心头一凛，与韩凝紫对视一眼，互成掎角，一左一右向道姑逼近。梁萧见状叫道："人多了不起吗？"拔剑踏上一步。

灰袍道姑向他摆摆手，从袖里取出一支两尺的斑竹箫来，摆了个架势，叹道："贫道本领微薄，还请二位指教。"明归瞪着她手中那支竹箫，眉间流露出一丝诧异，身子一震，瞪着道姑道："你……是你？"灰袍道姑打量他一眼，黯然叹道："明先生神目如炬，到底认出贫道来了？"明归神气古怪，似气恼，又似吃惊，喃喃说：“你……你是林……”说到这里，左顾右盼。

灰袍道姑摇头道：“放心，他不在附近。”明归心想：“我又不是三岁的小孩，哪会中你的计？哼，你说不在，那多半在了。老夫羽翼未丰，不宜与那人正面为敌。”他想到这儿，已有决断，瞧着远处林莽，扬声道：“足下不肯露脸，明某也不劳烦，山高水长，后会有期。”

韩凝紫听他言辞古怪，皱眉说：“明老鬼，你对谁说话？”明归不答话，转身就走。韩凝紫见他走得如此仓皇，好似后面有怪兽追赶。

她心中莫名其妙，待他背影消失，转眼打量女道士，笑道：“小女子不知好歹，领教道长高招。”使一招“冰花六出”，身子飙如风轮，绕那道姑疾行。她不明对方底细，有意试探，绕行两匝，才轻轻拍出一掌。

道姑手拈竹箫，凝然不动，见她掌来，飘然伸出竹箫，箫端不偏不倚，正对韩凝紫掌心的劳宫穴。韩凝紫心头一凛，匆忙缩手，疾走数步，又拍一掌。那道姑飘然一转，竹箫仍是指着她的劳宫穴。

韩凝紫大惊，清啸一声，越转越快，顷刻向那道姑拍出六掌。道姑不慌不忙，转身挥出六箫，箫端始终不离她的劳宫穴。韩凝紫忽地一个跟斗倒掠而出，飘然落地，盯着那道姑，脸色苍白如纸。

道姑皱了皱眉，稽首说：“尊驾来自天山？”韩凝紫一怔，笑道：“道长见识高明，小女子佩服佩服。”说罢躬身还礼。

梁萧知她笑里藏刀，暗暗留心，忽见韩凝紫拱手间，指间蓝光闪动，叫道：“道长当心！”话才出口，一道蓝光自韩凝紫指间射出，直奔道姑咽喉。

道姑得梁萧点醒，竹箫一挥，箫孔上多了一枚蓝汪汪的钢针，不由得惊讶道：“阁下好毒！”

韩凝紫一不做二不休，使招“千雪盖顶”，挥掌纵起，从天拍落。道姑飘退数步，竹箫一偏，还是点向对手掌心。

韩凝紫匆忙缩手，翻掌劈她肩头。手掌刚落，“啊”地惨哼一声，倒掠丈余，低头一看，劳宫穴上多了一枚蓝汪汪的钢针。一瞬间，半条手臂全都麻痹，不由面如死灰，匆匆掏出一只瓷瓶，倾出解药，吞入口中，恨声道：“道长今日之赐，韩某必当双倍奉还！”转身要走，却听梁萧叫道：“且慢。”

韩凝紫闻言心惊，可又不甘示弱，冷笑道：“怎么？韩某受了伤也不怕你。”梁萧本有趁危的念头，听她挑明，反觉不妥，冷冷说：“乘人之危，梁某不屑为之，只告诉你一句话，天圆地方洞的仇，梁某也当双倍奉还。”韩凝紫心头大石落地，笑道：“好啊，只愿你有那份能耐。”忽觉掌心的麻痹循臂而上，心尖儿似也麻痒起来。心知余毒攻心，若不运功抵御，后果不堪设想，当下急急转身，蹿入道旁林莽。

梁萧瞧她背影消失，方觉一时意气，放走此人，后患无穷，心中微微后悔，可是大话出口，也只好作罢。忽听车毂声响，转眼望去，四个少年不打招呼，赶着牛车走远了，心知他们先前偷驴，此刻羞见事主。于是向灰袍道姑拱手说：“多谢道长相助。”

道姑叹道：“贫道修持已久，到底还是断不了嗔念，方才出手重了一点儿。”梁萧笑道：“道长不必挂怀，那女子大奸大恶，区区一枚毒针，算是便宜她了。”道姑皱眉道：“大奸大恶或许有，必杀之人却未尝有。”她词约意深，梁萧领悟不了，皱皱眉头，不言不语。

灰袍道姑又说：“那女子武功高强，人又狠辣，你与她有了过节儿，极难善了。她毒伤一好，势必又来寻你晦气，不如先去小观盘桓几日，暂避风头。”

梁萧想，这道姑的武功深不可测，得她庇佑，再好不过，便笑道：“道长高义，梁萧恭敬不如从命。”话未说完，哑道姑双手叉腰，横眉怒眼地冲他一阵比画。灰袍道姑叹道：“哑儿，你多心了，男女之防，不及人命重要。”转向梁萧道：“她胡说八道，施主莫怪。”梁萧笑道：“她骂我吗？随她骂，我反正看不明白。”灰袍道姑笑道：“骂也没有关系，女孩子小心眼儿，你莫见怪。”梁萧不觉莞尔。哑儿被师父数落，面红耳赤，一跺脚，恨恨去了。

梁萧又说：“敢问道长名号？”灰袍道姑道：“贫道了情。”梁萧道：“道长一人逼退两大恶人，当真了不起。”了情苦笑道：“那两人都很厉害，一个也难对付，倘若联手，贫道必败无疑的。说起来，我也是仰仗了他人的威名，才惊走那个黄衫老者。”言罢，眉间若有怅意，叹了口气。梁萧奇道：“谁能有此威名？”了情口唇翕动，欲言又止，终究摇了摇头。梁萧见她不说，也不多问。

四人边走边说，渐上山道。了情山居日久，风光胜迹了然于胸，此时一路上山，便充为向导，为他二人指点景色。她胸中所学十分渊博，诗词歌赋，莫不信手拈来。常自一草一木、一碑一石阐幽发微，说的虽是一座华山，听者却历经千古，叹山河之锦绣，感兴亡之倏忽。别说阿雪目不转睛，连梁萧也听得津津有味。

行过千尺幢，众人坐下歇息。哑儿独自远引，不与众人同座。梁萧向了情问："了情道长，小子向你打听个人。"了情笑道："施主请说。"梁萧道："我爹在世时，曾对我说过，他少时在华山长大，此间有个长辈，也是位道士，道号玄音。道长认得吗？"了情"咦"了一声，上下打量梁萧，半晌点头说："恰好认得！"梁萧喜道："哎哟，他在哪儿？"

了情叹了口气，起身道："随我来！"梁萧看她模样，微觉诧异，起步跟上。行了数里路程，前方现出一面山崖，笔直陡峭，森然兀立。了情挽着古藤老葛，纵身攀上。她去势奇快，大袖飘飘，便似一只苍鹞，凌空盘旋几下，数个起落，便至崖顶。哑儿系好白驴，紧随其后。

梁萧心中奇怪，打起精神，与阿雪并肩攀上，眼前陡然开朗。原来崖顶是百丈见方的一块平地，苍松成林，拥着一座道观。了情行至观旁的土坟前，黯然道："这便是了。"

梁萧应声止步，再看土坟，上面生满茸茸青草，前有一块石碑，写着"玄音遗冢"四字。梁萧惊道："他死了？"了情点头说："这座坟是贫道亲手所筑，年久日深了。"梁萧心神一阵恍惚，问道："他是怎么死的？"

了情缓缓道："十五年前，我还未入玄门，因避一个故人，只身来到华山脚下。恰好遇上一队蒙古兵，骑着马砍杀一老一少两个道士。我将鞑子杀退，救下二人，小道士连中数箭，又被马蹄践伤，顷刻死了。老道人身受重伤，也不久于人世。他怕追兵再来，让我将他带到此处，告知我他道号玄音，因为蒙古南侵，心中不忿，听说一名蒙古将军要从山下经过，便率徒弟刺杀。唉！本要得手，哪知他小徒弟羽灵在紧要关头临阵逃走，还告发了他，结果被蒙古人一路追杀……"说到这儿，不由得一叹。

梁萧扬眉道："羽灵？"他顾视阿雪，"莫不是被韩凝紫腰斩的那个？"阿雪有些吃惊，说道："我倒是听阿冰姐姐说过，羽总管少时在华山待过。"梁萧"嗯"了一声，说道："想必就是他！这个奸贼，从小不是好货。"再看眼前茕茕孤冢，心生凄惶，"爹爹死了，玄音道长也死了，莫非皇天无亲，不佑善人？"思来想去，不觉痴了。

了情见他如此神情，叹道："当年我来此地，十分苦闷。玄音道长虽在生死边缘，但对我多有宽慰，我入玄门，也是感他所言。他于我而言算有半师之分，可惜还是救不了他。唉，世人生死，各有所归，小施主，你也不必太难过。"

梁萧略一沉默，冲土坟拜了三拜。阿雪看到，也跟着跪下，拜了三拜。梁萧奇道："你拜什么？"阿雪道："你是我哥哥啊！"梁萧心道："是了，我的长辈，也是她的长辈了。"

祭拜已毕，四人入观。玄音观以茅草做顶，不大不小，约有两进。前面一间，挂了一张老君骑牛图，年代已久，色泽脱落。左右有厢房两间，后进是书斋。阿雪与哑儿同住一间厢房，梁萧则宿在书斋。

用过斋饭，梁萧十分无聊，翻看书籍，发现了不少父亲的笔迹，当真又惊又喜。原来，梁文靖少时常来观中读书，又爱在书里写写画画。梁萧一路看去，其言天真笨拙，如"氓之蚩蚩，抱布贸丝"，上批"勿要上当，拿住此贼痛打"；读到"硕人之宽"，又批"如此健壮女子，与冯家六婶相类"；读到"父慈子孝"，却批道"正午时分，父亲痛击我臀"。如此类似，不一而足。梁萧好笑之余，又添伤感，时哭时笑，难以自已。

他看到半夜，心潮澎湃，了无睡意，于是起身踱步。走了片刻，忽听远处传来断续的箫声，调子凄凉，枯人心血，断人肝肠。

梁萧被箫声触动心事，披衣出门。才一出门，箫声忽止，唯有徐徐清风，拂过耳畔。他穿过松林，四顾无人，便在玄音坟前站住，想起母亲惨别、父亲枉死的情形，不由得悲愤难抑，又想到柳莺莺，更生出无边的恨意。回想起那"穿心七式"，拔出剑来，使了几招，大觉无趣。想起楚仙流的话，抬起头来，只见夜空爽朗，繁星明灭。

梁萧目视诸天斗数，心头一动："楚仙流说剑道不是杀人，而是养心，我的心在哪儿呢？"刹那间，他生出一个前所未有的念头。被这念头震了一下，梁萧望着满天星斗，无穷剑意涌上心来。一时间，他剑若飘风吹雪，挥洒开来，走龙蛇，飞矫电，仰刺北斗，斜引参商，精光点点，与满天星斗上下辉映。使到得意处，胸中郁积之气化入剑中，剑光如斗转星移，日月盈缩，处处暗合天文数理。

梁萧一任性情，将这路剑使了足足半个时辰，方才消尽胸中块垒，收光罢影，微微喘息。这时忽听得有人拍手赞道："好剑法！"梁萧举目一看，了情手持一支斑竹洞箫，悄然凝立前方。

梁萧收剑入鞘，拱手笑道："原来是道长的箫声。吹得凄凄惨惨，愁煞人呢！"了情笑道："贫道信口乱吹，扰施主清梦了。"梁萧笑道："左右我也睡不着。我叫梁萧，道长叫我姓名吧，施主来施主去，叫得我浑身不自在。"

了情莞尔道："好！我托个大，叫你梁萧！"微微一顿，"方才你的剑法似乎蕴藏天文。"梁萧惊道："道长好眼力！"了情笑道："谁教你的？"梁萧苦笑道："没人教我，我心血来潮，自己乱想出来的。"了情讶道："这剑法是你自创的？"梁萧道："前段日子我被困在一个地方，无所事事，唯以钻研天文为乐。刚才瞧着天上星图，忽有所悟，胡乱使了几剑。"

了情笑道："你小小年纪，能悟通天象，新创剑法，真是不容易。嗯，是了，这路剑法参星御斗，效天之行，叫作'天行剑法'好吗？"梁萧笑道："道长抬举人了，这点微薄伎俩，怎当得起'天行'两字？"了情道："别自谦，你于剑理知之甚少，故而有心无力。若明白绝顶的剑理，世间万物皆可入剑，又何止于区区天文？"梁萧听得神往，问道："说到绝顶，楚仙流的剑法算不算绝顶？"

了情笑道："你认得他？嗯，以剑法而论，楚仙流也算是顶尖儿的人物了。"梁萧道："道长与他斗剑，谁更厉害？"了情微微笑道："贫道萤烛之光，如何能同皓月争辉？"梁萧大不服气，抗声道："道长何必谦逊！"了情摇头道："不是谦逊。楚仙流剑术超绝，为人洒脱，剑法人品，都担得起'皓月当空'四字。"说到这里，若有所思，幽幽叹了一口气，道，"只不过，月华虽浓，却总不及太阳光炽烈。"梁萧笑道："是了，楚仙流号称天下第二剑，不知谁是第一剑？"了情默然不答，目光投向极远处。梁萧循她目光望去，云开雾霁，弦月如弓，照得山崖上下皆白。

过得良久，了情悠悠说道："当今论及剑之一物，有两人堪称宗师。一位名叫欧龙子，乃是铸剑的宗师。此人有个怪癖，铸一剑必毁一剑。"

梁萧奇道："铸便铸了，何以要毁？"了情笑道："欧龙子自言：非天下第一利器不铸。天下之剑，能入前三甲者，莫不是他一手铸出。故而他不能超越先铸之剑，绝不动手再铸，只要铸出一剑，必是天下第一。而后，这位欧先生也必定千方百计将先前所铸的剑毁去。"了情说到这里，微微一笑道，"因他自负一代宗师，绝不会铸出一柄'天下第二剑'！"

梁萧笑道："这人有趣。遇上了也让他帮我铸把剑。"了情摇头道："欧龙子绝迹江湖多年了。"梁萧一怔，叹道："可惜。"了情笑道："也莫泄气，万事皆有缘法，若有缘，必能遇上。至于另一个人，却是用剑的大宗师。此人文武双全、学究天人，可惜一生多舛，习文时直笔犯禁，屡考不中，沦为官府小吏。他混得潦倒，却热心时务，上书朝廷，针砭时弊。结果触怒权贵，严刑拷打，流配三千里，家资尽被抄没；父母也遭差人殴辱，相继病死。"说到这儿，了情悠悠一叹，忽地沉默下来。

梁萧想到身世，大生同情，点头说："这人有胆识，怪只怪王八蛋朝廷太不像话。"了情摇头道："这与胆识无关，他是天生的偏激，认准一个死理，十匹马也拉不回来。十七岁之前，他对圣人之言、儒家之教推崇备至，谈吐必然孔孟，做事必然方正，只恐皇帝不如尧舜，大臣不如契稷，所以才做出这种顾前不顾后的傻事。不料一腔赤忱遭此厄运，他一怒之下，又犯偏激，从天南转到地北，在天地间削发明誓：今生今世，就算天崩地塌，也不理江山社稷之事。自此远离庙堂，弃文修武。只不过，他也确是奇才，忽忽六七年间，竟成一代高手。"

梁萧听到这里，赞道："痛快，大丈夫正该如此。不知他后来报仇没有？换了是我，揪住那些皇帝权贵，一刀一个杀了干净。"了情为人恬淡，听了这话，大皱眉头："你这孩子，怎么比他还要偏激？"

梁萧道："这算哪门子偏激？我娘常说，做人不能吃亏。这是人之常情。"又说，“了情道长，那人是用剑的大宗师，他的剑法一定有独到之处。”

了情笑道：“说到独到，一言难尽。你能从天文中悟剑，料来也通数理。所谓夏有《连山》，商有《归藏》，周有《周易》，这三本书均是探究宇宙之微的奇书。《连山》粗陋，颇不足论；《周易》屡得圣人批注，流传最广，可是‘亢龙有悔’，有失自然本色……”她说到这里，一皱眉道，“我兴许说深了，梁萧，你知道这三部书的来历吗？”

梁萧笑道：“我听说过。上古时大禹治水得到老天爷帮助，虬龙背了图从黄河里冒出来，王八衔了本书从洛水中钻出来。”了情皱眉道：“那不是王八，那是神兽玄鼋！”梁萧笑道：“王八也好，玄鼋也好，左右都是一个样子，又不多长一个乌龟壳子。”

了情心想：“这孩子真顽皮，说个故事也东拉西扯。”又问：“后来呢？”梁萧听出她有考考自己的意思，笑了笑，说道：“后来那图被世人唤作河图，书叫洛书。大禹凭河图、洛书指画江山、疏理百川，平定九州洪水，赢得天下太平。他晚年闲来无事，在河图中加上了治水体悟，写出一部《连山》，意即‘水山相连’，以示不忘治水。”说到这儿，惊觉自己有卖弄之嫌，于是住口不说。

了情笑道：“说得好啊，怎么不说啦？”梁萧笑道：“惭愧，道长定要我班门弄斧，我也就厚着脸皮再说两句。却说又过了几年，大禹虽然很了不起，还是两腿儿一蹬……”了情怪道：“何谓两腿儿一蹬？”梁萧道：“死了呗！”

了情叹了口气，苦笑道：“梁萧啊，大禹为民造福，是了不起的大英雄，咱们应该敬重他些。”梁萧不好跟她顽皮，只得笑道：“是，是。大英雄大禹去世，他的儿子小英雄夏启做了夏朝的皇帝，把那本《连山》奉为神书，作为占卜凶吉的依据。夏启之后又过了许多年，又出了个大英雄商汤，灭了夏朝，建立商朝。《连山》落入商朝宰相伊尹之手。这伊尹也是个聪明人，他花了许多工夫，对《连山》增删整理，写出了一本《归藏》。‘归藏’的意思是‘天地万物，莫不归藏于其间’，足见伊尹对这本书十分自负，后代的商王，都以它勘定祸福。”

他说到这儿，但觉世事倏忽，兴亡难知，不由得叹道：“可惜‘祸福天注定，从来不由人’，无论《归藏》怎么了不起，过了好些年，商朝也快完了。那时天下乱纷纷的，商纣王火烧了屁股，四处抓捕对头。他怕周国的诸侯姬昌谋反，把他关在了一个叫羑里的地方。这姬昌也是个聪明人，他在监牢里百无聊赖，穷究《归藏》一书，突发妙想，写出了大名鼎鼎的《周易》。至此，易数得以圆满，其中的智慧光照千古。所以说，这三部书名目有异，实则一气贯之。”说到这儿，梁萧一敲脑门儿，“说到这儿，了情道长，我不明白了：在这三部书中，若论精奥完备，公认《周易》第一。听道长的意思，却是《周易》不如《归藏》了？”

了情道：“若论登峰造极，自然当数《周易》了。古今学易者如过江之鲫，解注之书汗牛充栋。只不过，学者只凭一己好恶，胡批乱注，闹得一本《周易》酸气冲天。殊不知易理源自天地，性任自然。唉，天长日久，好好一本《周易》，竟被一群腐儒弄得不伦不类、四分五裂了。”

梁萧深有体会，拍手赞道：“道长这话说得精到。”了情摇头说：“这些话不是贫道说的，而是出自那位大宗师。他说《归藏》继往开来，已得卦象三昧，故而取其精髓，糅合武功妙诣，在而立之年创出了一门剑法，名为‘归藏剑’。”

梁萧脱口道：“归藏剑？天地万物，莫不归藏于其间？”了情听他一语道破剑法微义，欣然笑道：“不错，归藏剑有八剑道，分为乾、坤、巽、坎、离、艮、兑、震，依《归藏》之理交相生衍，幻化天地万象。梁萧，你瞧，这便是‘乾剑道’。”说罢撤出竹箫，在梁萧面前一招一式地演示起“乾剑道”。“乾”者天也，剑势高远，如万古云霄，空灵无极。

梁萧看了两招，心中透亮：“了情道长费这许多唇舌，竟是要指点我的剑术。但她何不言明，偏要绕了这许多弯子？”归藏剑着实妙不可言，一经使出，他的双眼顿被牢牢吸住，不忍离开。

“乾剑道”包容天象，与“天行剑法”庶几相近，变化之繁，犹有过之。前后八十一个“大剑势”，每个“大剑势”又包容八十一个“中剑势”，每个“中剑势”又包括八十一个“小剑势”，环环相套，生生不穷。

了情口说手比，花了一个时辰，才将一整套“乾剑道”演完，说道：“梁萧，你瞧明白了吗？”梁萧点头说：“大体明白了。”了情听得一愣，“乾剑道”变化繁复，为诸剑之首，不信道：“好啊，你使出来给我瞧瞧。”

梁萧默默理了一下思绪，擎起长剑，兔起鹘落，将“乾剑道”从头至尾地逐招使来。了情越看越吃惊，梁萧使得不快，可是进退趋节，挥洒自如，剑招间起承转合，丝毫不爽。梁萧一遍使完，停身问道：“小子使得对吗？”

了情呆了一会儿，摇头说：“真如做梦呢！那位大宗师见了你，也必定很喜欢。”梁萧心中得意，笑嘻嘻地说：“道长过奖，许多变化我也记不分明了！”了情失笑道：“你若全部记下，岂不成了神仙？我自忖不笨，但学这‘乾剑道’，足足花了六天。”她心绪激动，忘了自称“贫道”，与梁萧你我相称。

其实，“乾剑道”招式繁复，义理却不出“古算术”的藩篱。梁萧通晓算学，关节处并非死记，也凭数理推演，他见了情面带喜色，说道：“道长传授如此剑法，小子无功受禄，心中难安！”

了情微微一笑，说道：“也难怪你疑惑。当年那位大宗师授我剑法时曾说，归藏剑奥妙无方，领悟者万中无一。贫道若得良材美质，不妨代为传授，否则剑法失传，反而不美。哑儿学了几招，限于天资悟性，十成剑法发挥不了三成。我见你自创剑法，聪颖过人，便想试你一试，如今看来，贫道没有走眼！”

梁萧得她看重，胸中热血滚沸，朗声道：“既然这样，道长便是梁萧的师父，请受我一拜！”他纵然骄傲，也知了情传授这路剑法，乃是给了天大的好处，感激之余，兴起拜师念头。正要跪下，了情伸出双手，将他扶住。梁萧只觉一股柔劲涌来，沛沛洋洋，颇有“不战而屈人之兵”的能耐，禁不住随她搀扶起身，心中好不吃惊。

了情防他再拜，双手并不收回，半笑半嗔地说：“胡闹，我一个女道士，收什么男徒弟？”梁萧对女师男徒本无所谓，但见了情在意，也只好罢了。了情瞧他一眼，笑道：“剑法出自那位大宗师，贫道不过代为传授。你若有心，来日遇上，拜他为师最好！”

梁萧知她故意留下余地，好叫自己拜那位大剑客为师，心中更加感激，拱手说：“道长不收梁萧，授艺之恩，梁萧终身不忘。”

了情笑笑，让他将疑惑说出，逐一为他解说。“乾剑道”的心法并非全是数术，也有不少武学。两人一个说，一个听，待到星汉西流，梁萧已将“乾剑道”的心法领悟了三四成。正待再学，了情见他一宿未眠，怕他次日精力不济，便催他回去休息。

梁萧心绪激动，回到床上辗转反侧，好不容易睡了两个时辰，就起床抱剑出门。此时天已大亮，忽听剑风呼啸，抬眼看去，哑儿正在松林里练剑，起落进退，疾若闪电，一把短剑寒光四溢，森森剑气激得松针乱飞。阿雪在一边观看，一见梁萧，招呼道："哥哥，快来，哑儿的剑法真厉害。"

梁萧皱眉道："阿雪，你不知好歹，偷看他人练剑可不对。"阿雪颇是委屈，低头说："可是哑儿让我看的。"哑儿也跑上来，板着俏脸，拿剑指着梁萧。阿雪忙说："你别动手，他不是骂我！"

哑儿看她一眼，又冲梁萧撇了撇嘴，慢慢放下短剑。梁萧"咦"了一声，笑道："好呀，阿雪，你什么时候跟她狼狈为奸，一个鼻孔出气？"阿雪挽住哑儿的手，笑道："哥哥，你不知道，哑儿面冷心热……"哑儿忽地伸手拧她一下，阿雪疼叫出声，哑儿跳开，自个儿舞剑去了。

阿雪嘻嘻直笑。梁萧奇道："出了什么事？"阿雪道："昨晚我和哑儿住在一屋，但又不懂手语，正不知怎么好。哑儿忽地用纸写字，问我叫啥名字。就这么着，我们笔谈了一宿，纸写完了，哑儿就写在我手心，写了又抹。哥哥，你想不到吧？哑儿看上去冷冷的，心却很好。"

梁萧微微一笑，转眼望去，哑儿剑法变幻莫测，偶尔也使一招"乾剑道"，不由得心痒难忍，纵身上前，叫声："看招！"长剑一挥，正是"乾剑道"的招数。

他忽然使出这路剑法，哑儿瞪眼垂剑，忘了抵挡，梁萧长剑及胸，她才缓过神来。阿雪失声叫道："哥哥……"叫声未落，梁萧笑笑，举剑在哑儿肩头拍了拍，嘲讽道："你不会还手吗？"

哑儿俏脸一沉，回剑刺出，梁萧有心练招，也以"乾剑道"抵挡。但他初学乍练，十分生疏，数招不到，被哑儿一剑拍中手腕，痛彻入骨。梁萧龇牙骂道："小牛鼻子……"不料左颊又挨一记，疼得他嘴也歪了。

两人拆了二十来招，梁萧一心练剑，始终以"乾剑道"迎敌。结果只听噼啪声不绝于耳，哑儿拿宝剑当荆条，一只手叉腰，摆出三娘教子的架势，横抽竖批，打得分外开心。

阿雪虽知她不会刺伤梁萧，但也瞧得心惊肉跳，连叫“罢了”。了情听了叫声，出门一看，大大皱起眉头。

梁萧连挨了十多下，浑身火辣辣生痛，猛地失去耐性，骂道：“让你牛鼻子再打！”把剑一丢，猛扑上去，正要以死相拼，忽听了情叫道：“慢着！”

梁萧看到了情，微觉尴尬，心想：“糟糕，只顾着骂‘牛鼻子’，不防连了情道长也骂了。”不觉脸颊发烫。了情叹道：“哑儿，我教了他几招剑法，你陪他练练，点到即止，不许趁机打人。”哑儿连连摇头。了情皱眉道，“你这孩子，又闹什么别扭？”哑儿望了梁萧一眼，忽用剑尖在地上写出一行字：“小贼讨厌死了，我才不陪他练剑。”

梁萧面色惨白，怒道：“你不肯就罢了。我才不稀罕！”说完挥袖就走，阿雪跟着追出。梁萧怒气冲天，只顾发足狂奔，片刻工夫，走得不见了踪影，阿雪叫了两声，眼圈倏地红了。

了情满心气恼，想要斥责哑儿两句，终究面软心慈，又知这徒弟天生哑疾，心性不同常人，倘若言语重些，只怕闹出事端。想来思去，只好叹了口气，皱起眉头，暗暗发愁。

## 第八章

# 白梅含香

梁萧一气奔出老远，坐在一块石头上，心想："小哑巴分明嫉妒我，怕我学了剑法，打她个落花流水。呸，不陪我练剑，谁稀罕呢？"想到这儿，仰望前方路径，曲折幽深，直通山顶，不由得动念："山顶上必然人烟稀少，我先上去练好剑法，再找小哑巴比剑，杀她个落花流水。"

想着展开轻身功夫，一路攀上，不到一个时辰，便已接近东峰。遥见一座八角小亭，搁在一块岩石上方，亭角伸出悬崖，状若飞鹰。亭旁一块石碑，大书"对弈亭"三字，字旁有注"宋太祖输华山处"。

梁萧少时听父亲说过，宋太祖赵匡胤没做皇帝时，曾在此地遇上道士陈抟。陈抟未卜先知，心知这红脸小子来日贵不可言，便拉他下棋，并以华山为赌注，说赵匡胤输了，来日做了皇帝，就免去华山的赋税。赵匡胤连输三盘，结果输了华山。

梁萧想象当日赵匡胤输了棋的倒霉样，暗觉好笑。走入亭中，见有石桌一方，上刻纵横棋盘，两角各有棋子一盅，盘上也摆放黑白棋子，似为一局未完残局。不由心想："此地似有人来，棋子怎也不收拾干净？"他不通棋道，但见黑棋、白子左右相围，斗得激烈，但激烈在何处，他却说不上来。

忽觉背后有人注视，梁萧心头一凛，回头喝道："谁？"身后空旷，寥无人迹。不由心想："疑心生暗鬼吗？嗯，上山徒耗时光，这里地势平坦，又没人看，正好练剑。"取出宝剑纵跃刺击，练起"乾剑道"来。练了一会儿，转身之际，忽觉颈后微微湿热，似有人兽呼吸，他汗毛陡竖，回手一捞，手掌过处，空空如也。

梁萧略一沉思，掉过身子，背朝东方。这时午时未到，阳光自东向西照来，将他的身影投在地上。梁萧低头细看，地上除了自家影子，还有一条人影，儒巾长衫，身形颀长。

梁萧心头剧震，厉声叫道："谁？"那人见他看出端倪，笑道："我乃罔两。""罔两"一语出自《庄子·齐物》，指的是影子的影子。梁萧不知这两字的出处，脱口骂道："什么王娘？我还是李爹呢！""李"和"你"谐音，他恼恨那人戏弄，趁机占他便宜。

那人大觉气恼，骂道："小子不学无术，该打！"伸手一记，打中梁萧屁股。梁萧臀上如被火烧，暴跳如雷，看准人影方位，反手就是一剑。那人哧哧一笑，人随剑走，始终不离梁萧身后。

梁萧左右开弓，剑刺手抓，好似狗儿咬尾巴，哪里够得着？惊怒之余，翻滚后刺，凌空飞劈，诸般法子使过，屁也没摸着一个，每每站定，又听那人哧哧发笑。

梁萧怒意渐去，惧意横生："这人身法邪乎，莫非不是人，是山里的精魅？"想到这儿，脊梁上蹿起一股寒意，几乎想要拔腿逃走。可转念一想，若连对手的面目也没看见，岂非太过无能！他眼珠一转，忽地纵出数丈，站在对弈亭后的岩石边缘，背对悬崖，心想："瞧你这次站哪儿？"

忽听那人笑道："这招也不管用！"梁萧大惊："哎呀，他真是鬼吗？咦，别忙，我还没退尽，后面还有余地？"他心知转身观看，那人定又转到身后，也不转身，反手佯刺一剑，吸引对方眼神，跟着后退一步。对方若是人类，势必站立不住，翻到梁萧前方，若不闪避，必被挤下悬崖。

哪知右足跨出，一脚踏空，梁萧心叫不好，左足欲要稳住，不料石上生苔，滑溜异常，一时站立不住，向着崖下翻落，心中大叫："哎呀，难道是跳崖的冤鬼找替身……"念头还没转完，手腕被人一把扣住，整个人悬在半空。梁萧惊魂未定，举目一望，一个儒生冲他微笑。儒生年约四旬，须发蓬乱，五官十分清瘦，眸子湛然有神。他的左手攥着梁萧，右手攀着上方的岩石，五指陷入苍苔，好似生铁浇铸。

梁萧瞧他是人类，心中稍安，想到戏弄之事，正想叫骂几声，下方一阵风起，山高风大，梁萧恍如秋千晃荡，心儿也提到嗓子眼儿上。儒生哈哈一笑，手臂迎风一振，喝声："上去！"

梁萧耳边风响，腾云驾雾般翻上崖顶，还没落地，儒生后发先至，翻身飘落。梁萧又气恼，又是骇服："这人是何方神圣？"

儒生打量他一眼，笑道："浑小子，赌气不是这样赌的。落下去，只怕摔得连罔两……哈哈，连影子也没有了。"梁萧怒道："你还有脸说！都怪你装神弄鬼，我没招惹你，你干吗来作弄人？"儒生笑道："我在这儿下棋，谁叫你来扰我？"梁萧啐道："你一个人下个鬼棋？再说我上山时又没见你。"儒生两眼一翻，冷笑道："我就爱一个人下棋，怎么着啦？你上山时脚步太响，扰人清静，害我忘了下一步的走法！我不作弄你，还有天理吗？"

梁萧不通棋道，听他说得一本正经，一时竟被唬住，便道："好，我不扰你下棋了，我上山顶。"儒生道："那也不行。华山一条路，你待会儿下山，我正想到紧要处，岂不又被你打扰了？"梁萧怒火陡起，但想终是自己不对，忍气道："那我下山好了。"儒生冷笑道："好啊，你害我忘了棋路，就想溜回家？"梁萧一怔，心道："上也不是，下也不是，这坏书生要我怎么样才甘心？"

儒生瞧出他的心思，笑道："这样好了，你乖乖待在这里，一动也不许动，待我想起棋路，才许离开。记住不能乱动，若有声响，又会扰了我的思绪，害我从头想起。"梁萧怒道："这叫什么话？你十天想不起来，我岂不要等你十天；一辈子想不起，我岂不要等你一辈子！"

儒生笑道："不错！你不答应？"梁萧气道："当然不答应。"儒生道："那我只有用强了。"作势动手，梁萧急退两步，手捏剑诀，凝神以待，生怕被他逼着一动不动，站个三天三夜。

儒生目不转睛，盯他半晌，忽地一手叉腰，哈哈大笑，笑得满嘴胡须颤个不停。梁萧诧道："你笑什么？"儒生也不理他，前仰后合，只是狂笑，一手叉腰，一手指着梁萧："哈，真笨，哈哈，真笨，哈哈……"梁萧怒道："我怎么笨了？"儒生笑道："我胡说八道，你也信吗？天下哪有这种荒唐事？哈哈，笨蛋，哈哈，大笨蛋……"

梁萧哭笑不得，搔头想："我也真笨，这些浑话一拆就穿，我却当真了。哼，这坏书生从头到尾都在作弄人？"儒生好似一辈子也没笑过，狂笑了一会儿，忽然抓起石桌上的围棋子，一边大笑，一边脱手扔出。只听哧哧声不绝于耳，棋子打在壁上，嵌入一寸来深，梁萧瞧得两眼瞪圆，心中无比震惊。

儒生扔罢棋子，忽又暴怒起来了，狠狠瞪着梁萧，厉声道："你以为我愿意一个人下棋吗？你以为我愿意一个人下棋吗……"他双眼神光暴涨，森然若长枪大戟，似要将人刺穿。

梁萧不禁倒退半步，握紧宝剑，胸口窒闷难言，竟似喘不过气。儒生目光一黯，忽又柔和起来，终于叹了口气，对梁萧招手道："小娃儿，你过来。"梁萧心神稍定，"呸"了一声，道："你叫我小娃儿，你才多大？"儒生笑道："你瞧我面嫩？嘿，论年纪，我做你老子的老子也差不多。"梁萧道："你又想作弄人？"儒生素性懒散，也不解释，微笑说："你刚才练的剑法谁教你的？"梁萧说："了情道长！"儒生双眉一扬，笑道："了情？好个了情！"

梁萧瞧他神色古怪，奇道："你认得她？"儒生摇头道："不认得，你这路剑法我却认识。"梁萧一惊，又听儒生道，"小家伙，你再从头到尾使给我瞧瞧。"梁萧说："你想得美，我这归藏剑是天下第一的剑法，怎么能给你看到？哼，你鬼鬼祟祟，原来是想偷看我的剑法？幸亏我发现得早，几乎就被你得逞了。"

儒生大皱眉头，骂道："臭小子胡吹大气。"身形一晃，拔起两丈有余，足尖在山壁一撑，忽又拔起两丈，信手折下一枝白梅，大袖震动，悠悠飘落在地。这份轻功一露，梁萧目瞪口呆。

儒生笑道："你说归藏剑天下第一？哼，我用这枝梅花与你交手，你若能将枝上的花儿击落一瓣，就算你赢！"时已深秋，可是山高风寒，梅花已然结出细小花蕾，花蕾吸透了露水，莹润润，十分光艳。

梁萧受人小看，心头作恼，大声说："好，你说的。"剑光一寒，电掣刺出。儒生手中白梅跟着拂出，剑梅交错，蓓蕾被剑风激得簌簌发抖。儒生手腕忽转，梅枝自梁萧的手腕上拂过。花蕾虽说柔嫩，但经儒生的雄浑内劲透入，仍叫他脉门酸软。

梁萧反手急削，梅枝远远引开，忽又自左拂来，在他面颊上留下一片露水。幸是花骨朵儿，若是宝剑，梁萧的脑袋就此搬家。他心中惊乱，急忙挥剑护身。

进进退退拆了五十多招，梁萧使尽全力，也没击落一朵蓓蕾，反被儒生趁时抵隙，屡屡戏弄。又斗几招，白梅忽地一斜，绕到梁萧身后，在他后颈窝里挠了一下。梁萧又麻又痒，“咯”地笑出声来。这一笑间，他心念电闪：“哎哟，方才这一剑，若我以‘秋高云淡势’向左虚应，以‘上穷碧落势’挥剑北指，他是万万转不到我的身后；再以‘八面转斗势’防身，以‘万古一羽势’反击，哪有不胜的道理？梁萧，你这蠢材，怎么就想不到？”

他追忆前面招数，明白了许多“乾剑道”的妙谛，兴致一起，恼恨全消，心神尽被那枝千奇百幻的白梅花吸住。只想如何虚招诱敌，如何实招进击，如何奇正互生、虚实相应，又如何攻中带守，防其偷袭。心手相应，生出许多奇特变化。

又斗数招，儒生足不抬，手不动，倒退两丈。梁萧一剑落空，正待追击，忽听那人笑道：“什么归藏剑，狗屁不通。穷酸肚皮饿啦，吃饭去了！你不服，明天再来。”他将梅花一扔，趿着一双破鞋，啪嗒啪嗒转过山梁走了。

梁萧正斗在兴头上，对手说不打就不打，一拍屁股走人，他握着宝剑，恼羞成怒：“了情道长教的剑法很好，只是我习练未精。哼，这人小看归藏剑，我非用这路剑法打败他不可。”他坐在亭中，将悟出的妙处回想了一遍，又比画半晌，忽觉肚中咕咕作响，这才返回玄音观用饭。

到了观外，哑儿正在看书，见他回来，小嘴一扁。梁萧心中气恼，径自入观。阿雪下山买了菜蔬，整治了一桌素席，见梁萧回来，甚是欢喜，摆好桌子，张罗开饭。了情不好奢华，眼见菜肴甚多，便说：“阿雪啊，弄这么多，吃得完吗？”梁萧笑道：“不多不多，道长，你看我吃。”

他跟儒生苦斗半日，消耗极大，风卷残云，把饭菜扫去大半。阿雪见他吃得高兴，心里甜滋滋的，不时给他夹菜添饭。哑儿口不能言，心中却暗骂梁萧饭桶。

用过饭，已是傍晚，梁萧走到悬崖边，遥望山下稀落灯火，想起白天与儒生交手的情形，心潮起伏，抽剑又练起来。练了一会儿，忽听了情笑道："梁萧啊，你一天就明白了这么多！"梁萧转身笑道："了情道长好。"

了情默默看他一会儿，摇头叹道："你这孩子真是奇才，好吧，贫道也不能慢腾腾的，来，坐这里来。"拣了一块大石坐下，梁萧站在一边。了情口说手比，在凛冽山风中，传授心法口诀。梁萧凝神倾听，与白日斗剑的情形两相对照，时有灵感妙悟，听得眉飞色舞，欢喜得无以复加。

这么一教一学，说到明月中天，了情才催促梁萧回去睡觉。

梁萧休息一夜，次日用过早饭，又到对弈亭旁。那儒生早在亭中相候，见了他也不多说，笑嘻嘻折下一枝梅花与他拆招。梁萧虽有精进，那儒生却更加厉害。拆了数百招，梁萧未及削落梅花，儒生又借口吃饭，撒手走了。

梁萧气恼万分，心想再拆数招，就能削落梅花，可儒生要走，也拿他没法。转念再想，今日又领悟了不少精义，于是拿起长剑，一招一式地揣摩起来。

夜里梁萧返回道观，了情见他精进神速，惊喜之余，暗生疑窦，便问他白日去了哪里。梁萧大是羞惭，心想："我胜不了那儒生，又怎能和了情道长交代？"于是只说觅地练剑。了情胸中霁月光风，没料到这少年的争胜之心，于是也不再问，继续传他心法。

到得次日，梁萧又与儒生斗剑，他每强一分，儒生也强一分，总不让他打落梅花。斗到午时，梁萧又怏怏而回。他性情坚韧，这时一颗心放在归藏剑上，做梦也与那儒生论剑。梦境所及，呼呼喝喝，手舞足蹈，几次用力过猛，摔下床来，揉眼一瞧，明月皎皎，还在天上。

了情见他悟性惊人，马不停蹄地将"乾剑道"心法讲完，又讲坤、艮、兑、坎、离、巽、震七大剑道。

八卦中，"坤"卦为大地，"坤剑道"沉浑厚重，是极厉害的防守剑术。"艮"卦为山岳，是以"艮剑道"雍穆雄奇。这一路剑法很少独用，多与"兑剑道"合使，"兑"为沼泽，山泽相容，一正一奇，往往陷敌于无形。"坎"为天下之水，“坎剑道”也深得水性，若江若海，若湖若瀑。要知“天下莫柔弱于水，而攻坚强者莫之能胜”，这路剑法极得“弱之胜强，柔之胜刚”的妙谛，堪称归藏剑中最厉害的剑术。“离剑道”为火象，霸气十足，无所遮拦，可一旦使出，便似野火燎原，势不可当。了情性子平和，说到这路剑法时不以为然，梁萧却十分喜欢，学来也最用心。

“离剑道”教完，便是“巽剑道”。巽者风也，风乃宇宙之气，起于青萍之末，舞于松柏之下。“巽剑道”变化多端，为归藏剑之最。轻柔时有扬花拂柳、回陵冲穴之妙；癫狂起来，则有蹶石伐木、摧枯拉朽的大威力。

最后一路是“震剑道”，“震”为雷霆霹雳，雷霆万钧，一瞬即逝。这路剑法也只有一招，不出则已，出则无坚不摧。

这天，了情传完“震剑道”，吩咐梁萧将“八剑道”从头到尾使上一遍。梁萧依言使完，见了情呆然不语，心中甚奇，问道：“了情道长，我使错了？”了情还过神来，摇头说：“你使得一点不错，哎，真像是剑仙附身一样。奇怪了，为何精进得这么迅速？别说我讲明白的地方你一一学会，我没说到的地方，你也居然无师自通了。”一时皱着眉头，好生不解。

梁萧心叫惭愧：“多亏那个儒生，若非他天天与我斗剑，我万不能领悟这么多妙处。如今梅花将凋，我却未能削落他一片花瓣。唉，他那样的本事，才称得上剑仙……”正在胡思乱想，忽听了情道：“不过，梁萧，你若以为这八剑道便是归藏剑，那便大错特错了。”

梁萧吃惊道：“难道归藏剑还不止于此？”了情摇头说：“八剑道貌似厉害，也不过是归藏剑的根本。你既然聪明，可知其理？”

梁萧一怔，无言以对。了情抚着手中竹箫，笑道：“梁萧，这一根竹箫，很容易折断；如果八根捆在一起，你能一下子折断吗？”梁萧道：“用尽全力，也能折断。”

了情微微一笑，说道：“六十四根捆一起呢？”梁萧一愣：“那就决计不能。”了情笑道：“是呀，八剑道也不是各自分离的竹箫，而是以《归藏》中的先天易理捆起来的。再打个比方，八大剑道，就如宫、商、角、徵、羽五大音律，单一听来十分乏味，一经乐师调和，便可绕梁三日，令人不知肉味。”

梁萧想了想，拍手笑道：“我懂了，乾卦与坤卦相合，乾上坤下便成天地泰卦，坤上乾下则成了天地否卦，如此一来，无异变出‘泰剑道’与‘否剑道’，若泰、否两卦相交，又成新卦，这么循环衍化，便可无穷无尽。”

了情沉默一下，叹道：“梁萧啊，跟你说话真省事呢。许多话，起一个头，你就全明白了。”梁萧笑道：“都是道长教导有方！”了情白了他一眼，说道：“你这孩儿，怎么变成马屁精啦？”话一出口，忽觉不妥。她日日跟梁萧说话，受他感染，言谈间竟也少了许多拘束。

梁萧沉吟说：“剑法不比数术，后者推演变化，想也难不倒我。‘乾剑道’的路子与‘坤剑道’截然相反，坎、离二剑各走极端，要将这两路剑法融会贯通，谈何容易？”了情笑道：“这便考较人了。你就好比统率千军万马的大将军，八剑道是你的士兵，归藏之理是你的兵法。兵有了，兵法有了，真正上了战场，不按兵法，胡搅蛮缠不成；光靠兵书，纸上谈兵，也要吃败仗。所以说，如何用兵法指挥士兵，发挥他们的本事，可不是一件容易事。自古以来，名将和庸才的差别可大了。”

梁萧听到这里，若有所悟，思索了一会儿，告辞了情，回房歇息去了。

是夜朔风呼啸，梁萧夜中几度被风声惊醒。到了天明，一推门，一股寒风挟着飞雪扑来。放眼望去，山川树木，都是琼装素裹，白茫茫一片，不觉心想：“好大的雪，不知那个书生会不会去？”

他穿好衣服，顶风冒雪，爬到对弈亭，却见亭中并无人影。不由得想：“今日雪大，他不会来了！”念头才起，便听啪嗒声响，转眼一瞧，儒生一摇一晃转过山梁，须发上挂着晶莹的雪花，衣衫破烂单薄，许多地方露出肌肤。

儒生的手里提了个装酒的红漆葫芦，远远瞧见梁萧，喝了口酒笑道：“小娃儿，还不死心？今天又有什么花招？”抬头看去，一夜风雪肆虐，梅花凋残了许多，不由得叹道，“过得今日，梅花就要谢了。也罢，今日与你玩耍最后一回。”梁萧惊道：“什么？”儒生冷笑道：“梅花都没了，还玩个屁？”

梁萧生出孤注一掷的豪气，大声说：“今天我一定胜你！”儒生拍手笑道：“小子志气不小，本事嘛，哈哈，小得很呢！”葫芦挂在腰间，折下一枝梅花，上面还挂着三朵白梅，他迎风一抖，抖落两朵，仅留一朵花蕾。

梁萧看在眼里，心头骂翻了天。要知二人拼斗，儒生须得时时护持枝头的梅花，梅花越多，越要煞心费力。梅花再多，被梁萧扫落一朵，就算他输；反之梅花越少，儒生心神守一，自然省事不少。梁萧与他斗久了，自然明白其中的道理。眼看白梅花花期将过，枝头的梅花一天少过一天，天意如此，无可奈何，可儒生公然抖落梅花，却是接近无赖了。

儒生瞧了瞧梁萧，嘻嘻一笑，随手斜指道：“小家伙，来啊！”他内力所至，那朵花蕾悠悠忽忽地绽放开来。就在孤梅怒放的一刹那，梁萧掌中精光迸发。一时间，风雪更紧更急。

二人这番交手，不同以往。梁萧一心求胜，儒生也力保晚节，是以尽管风雪怒号，两人纵横腾挪，激烈处尤胜往日。

梁萧剑走“乾剑道”，一剑刺出，倏然四散。儒生二指转动梅枝，时东时西，只在他剑锋上弄影，仪态悠闲，形同玩耍。斗到二十余招，梁萧变为“离剑道”，狂劈乱刺，儒生却四方游走，梅枝恰似贴在他的剑上，随他任意东西。梁萧见他如此能为，心中又惊又佩。

数招一晃而过，梁萧的剑势依旧迅猛，但挥剑时微微发飘，宝剑好似拿捏不住。儒生笑道：“小家伙，打不过，要丢剑认输吗？”

梁萧道：“呸，说大话也不怕闪了舌头？”剑招猛烈中透出飘忽，剑锋向前一送，两寸长的一段梅枝飞了出去，在风雪中打了个旋儿，落下百丈深谷。

这一剑几乎将梅花击落，正是梁萧刚悟出的“同人剑”。易理有云：“天与火，同人，君子以类族辨物。”天、火本为同气，合流较易，这一路剑法三分狂烈，七分飘忽，乾上离下，势如火从天降。

儒生喝一声“好”，一脱退让之势，梅枝破风刺来。梁萧深知梅枝虽弱，但儒生内力无可匹敌，注入梅枝，足可穿肌洞骨，当即剑势反复，离下乾上，变成火在天上的“大有剑”。易象曰：“火在天上，大有，君子以遏恶扬善，顺天休命。”

这一招遏恶扬善，自是霹雳手段，与儒生以攻对攻，不落下风。

儒生长笑一声，身法陡疾，四面八方皆是人影，也不知他移身几次，出了几剑。只见梅影重重，宛若层涛叠浪一般向梁萧涌来。

梁萧生平从未见过这样的剑法，只觉目眩神驰，仓皇中，变“乾”为“坤”。“坤剑道”法后土之象，是天下少有的防守剑术。长剑左右盘旋，呜呜乱响，守得全身密不透风，可是“离剑道”的剑意并没收敛，一变为“坤上离下”的“明夷剑”。意思即是，火在地下，如岩浆藏于地底，一有机会，就会喷发。

儒生心知若让他坤离易位，火上土下，变成“晋剑道”，野火燎原，无法收拾。于是手腕一振，梅枝飘飘，自梁萧剑脊拂过，势如春蚕吐丝。蚕丝柔弱，可只要源源不绝，也能织成坚韧的蚕茧。

不出十招，梁萧束手束脚，“离剑道”的气象渐渐泯灭，唯有仗着“坤剑道”苦苦支撑。儒生占了上风，笑道：“小子，今日又不成啦！认输了吧。”梁萧叫声“未必”，长剑如雷电叱咤，横天而出，竟是“震剑道”的功夫。

儒生飘然让过夺命一剑，看梁萧势子一尽，飘然掩上，梅枝一晃，点中他的期门穴。梁萧回剑奇快，长剑一转，又将要害护住，这一下又是“坤剑道”的招式。儒生瞧他变得伶俐，微微一笑，正欲破解，忽见梁萧手臂一扬，又变雷霆之象。“震剑道”彪悍绝伦，以儒生之能，要想保住梅花，也须暂避锋芒。

梁萧忽守忽攻，守了五次，也出了五剑，一剑快过一剑，顷刻间，竟将儒生逼退五步。这路剑招四分攻，六分守，坤上震下，正是归藏剑中的“复剑道”，易理中称复卦曰：“反复其道，七日来复。”“复剑道”攻守反复，共有七变。

梁萧变到第七变，瞪眼大喝，人剑如一，向前扑去。他孤注一掷，儒生收手不及，那朵白梅被剑风一扫，连枝带花变为碎末。儒生不待梁萧收手，半截残枝搭上剑脊，一挽一收，梁萧虎口巨震，长剑去似闪电，直奔山崖。

这一剑不但带了他浑身之力，更有儒生的无上神功，只听铮然激鸣，铉元剑破石而入，一直没至剑柄。

梁萧不及转念，儒生收回梅枝，后跃三尺，大笑道：“小娃儿，我输了，算你厉害。”梁萧对他佩服得五体投地，又见他输赢磊落，更添敬意，拱手说：“如果先生用剑，小子死了几千回了。”他极少服人，要他贬低自己十分不易，可是一旦说出，却是字字发自肺腑。

儒生取下葫芦，饮了一口酒，笑道：“小家伙，你不必谦虚，眼下穷酸是比你高那么一截，再过些年，哈，难说得很呢。”梁萧道：“前辈武功高强，名声一定显赫，敢问尊姓大名？”

儒生淡淡一笑，喝光了酒，空葫芦系在腰间，忽地放声高歌：“蜗角虚名，蝇头微利，算来著甚干忙。事皆前定，谁弱谁又强。且趁闲身未老，须放我，些子疏狂。百年里，浑教是醉，三万六千场……”唱到这儿，身形一晃，人在山梁之后，再也不见踪影。

梁萧知他神龙变化，如果要走，自己轻功再高，也瞧不见他的影子。只好叹了一口气，走到石壁前，欲要拔出宝剑。那剑却似与岩壁相连，任他运尽气力，也难拔出寸许。

反复拔了四次，宝剑纹丝不动。梁萧害怕用力不当，损坏剑锋，只好暂且作罢，寻思找来斧凿，敲破岩石。

走回玄音观，风雪已息。了情正与哑儿、阿雪扫下屋顶的积雪，以防压垮茅庐。阿雪在梯子上看见梁萧，大老远叫道：“哥哥。”

了情回头一看，皱眉说：“这么大雪天，你上哪儿去了？”梁萧道：“我练剑去了！”了情说：“勤奋用功是好的，但要练就在这里练，下雪天山路陡滑，明天就不要出去了。”梁萧听出她话中关切，心头感动，笑道：“了情道长，我来帮你扫雪。”了情笑笑，将扫帚递给他，随手拂去他肩上雪花，忽见他身上没带宝剑，忍不住问道：“梁萧啊，你的剑呢？”

梁萧心想：“我已胜了儒生，告诉了情道长也无妨。”想了想，说道：“了情道长，天下有这么一号人物吗？”便将儒生形貌描绘了一遍，又将斗剑的事说了，又说，“我不是存心欺瞒，但我无法打落他手中梅花，有损‘归藏剑’的威名，实在羞于出口。如今小胜他半招，唉，这人的武功实在高得吓人。”

说完这番话，他目视了情，见她脸色阴沉，不由得心中忐忑，问道：“道长怪我了吗？”了情微一激灵，笑了笑说：“我怪你做什么？唉，只是想起了一件事。”梁萧问道：“什么事？”了情笑道：“哑儿年纪也不小了，待在华山不是长久之计。嗯，我想带她到江湖上走一走，历练历练。”哑儿在木梯上听见，不觉面有喜色。

梁萧笑道：“道长静极思动了吗？以道长的武功，定能扬名立万，威震江湖。只不过，又有不少人无端端要挨揍了！”他含沙射影，哑儿如何听不出来，狠狠白他一眼，想到要与阿雪道别，又觉十分惆怅。阿雪看出她的心意，笑了笑，紧紧握住她的手。

了情苦笑道：“出家人争什么名利？梁萧，你又要贫嘴。”说着向哑儿道：“你收拾一下行李，我们马上就走。”三人同时一惊，梁萧瞪眼道：“这样急？待风雪过后，再走不迟。”了情笑道：“贫道素来想到便做。哑儿，你还愣着做什么？”哑儿只得进观收拾，阿雪也跟去帮她。

梁萧见了情举止古怪，深感不解：“她方才还好好的，怎么突然要走？”心念电转，生出一个可怕念头，脱口叫道：“道长，那儒生是您仇家吗？”了情怪道：“干吗这样说？”梁萧跌足道：“我想起来了，那儒生一听您的法号，又哭又笑，后来又骂归藏剑狗屁不通，一定是怨恨你了。唉，都怪我一心逞强，没有早些说起，道长匆匆要走，莫不是要躲避他？”

了情欲言又止，终于低眉垂目，叹了一口气。梁萧更无疑惑，怪道：“那人若与道长有仇，为何不早来报复？以他的本领，谁能抵挡得住？”了情听到这话，眼中也透出一丝迷茫，喃喃说：“是呀，他怎么不早来？”

二人各怀心思，山崖上只闻风吹雪落，沙沙有声。忽然间，山下一个声音说道：“左老二，奇怪了，找遍全山都没有。是不是有人报假信？林慧心根本不在华山。”两人应声一惊，梁萧看向了情，女道士的脸色越发奇特，愁苦中透出一丝追忆，似乎想起了极遥远的事情。

另一个苍劲清迈的声音接道：“话是这么说，可那封匿名信写得明明白白，林慧心就在华山，应该不是空穴来风。如果不是知情人，干吗这么费事，开这种无聊玩笑？”

前一人沉声说："左老二，你也真是多管闲事。我们追赶明归就是了，你找林慧心做什么？"

左老二说："修老四，你不知道，咱们都是戴罪之身，更应揣摩上方的意思。明老大狡如狐兔，拿他不易，就算遇上了，敢问修老四，你敢跟他动手吗？"

修老四沉默一下，叹道："难，难。不管怎么说，也是五六十年的交情。"

左老二说："这就是了。花无媸将小字辈留在宫里做人质，却派我们几个老家伙来捉明归。一来让我们与明老大自相残杀，谁死了她都高兴；二来试我们的心意，让我们递交投名状，如果空手而归，还不知道她会下什么毒手。不过照我看，相比明老大，花无媸更恨林慧心。如果能把那女人活捉回宫，她心里一高兴，也许对我们怨恨全消了。"

修老四恍然道："你的意思是，用林慧心做明老大的替代物儿，搪塞那个花无媸？"

"没错！"左老二话音方落，崖顶上人影两晃，出现两个老者。不是别人，却是"白鹤"左元与"丹顶鹤"修谷。

梁萧心中纳闷，不知这两个老东西来这儿干吗。两个老的见了他也是一愣，神色一半吃惊，一半失望，修谷高叫："好小子，你还没死啊？"

梁萧笑道："修老四，我早晚得死，你嘛，想活多长就活多长！"

修谷一愣，点头说："承你吉言。"左元哼了一声，怒道："修老四，你挨了骂都不知道，他骂你老不死呢！"

修谷大怒，转眼一瞧，目光落在了情身上，呆了呆，目透喜色，叫道："哎，真的是你！"

了情点头说："修先生好，淮水一别，三十年了。"两个老者定眼望她，脸色十分阴沉，左元扬声说："你怎么做了道士？"

了情叹道："不错，贫道了情。"修谷道："了情？哼，你说了就了吗？花无媸满世界找你，你以为遁入玄门，就能躲得过吗？"

了情淡淡说："躲得过如何？躲不过又如何？"左元冷哼道："你最好识相，跟我们上天机宫走一趟！"

了情还没回答，梁萧大声说："喂，左老二，你怎么转了性，做了花无媸的走狗？"左元老脸发烫，怒道："臭小子，你少管闲事，这件事跟你没关系！"

梁萧笑道："天机宫是你的地盘，当然你说了算，这儿可是我的地盘，闲事我爱管就管。左老二，你不待在天机宫享福，来这里做什么？"

左元、修谷对望一眼，神色黯然。梁萧想起之前两人的对话，笑道："我知道了，是不是花无媸用你们的儿孙做人质，逼你们来抓明归？她这是叫你们自相残杀，最好把三个老骨头丢在外面，永远也回不了天机宫！"

左元脸色发黑，怒道："臭小子乱嚼舌根，老夫懒得跟你多说。了情，你走不走？你不走，别怪老夫心狠！"

了情皱了皱眉，正想答话，梁萧又抢着说："左老二，换了我是你，就该挖个坑把自己埋了。瞧你那副熊样，印堂发青，眼神发暗，一瞧就是一副死相。我算算……"他一掐指头，像煞有介事地说，"左老二、修老四，你们两个，根本活不过今天！"

他一味地胡搅蛮缠，别说两个老者暴跳如雷，就连了情也插不进嘴。左元忍耐不住，抢上一步，一招"磐羽掌"落向梁萧面门。

梁萧一扬手，掌风一交，使个"郑玄转浑天"，脚下一转，左元站立不住，不由向右斜蹿。他机变神速，借势移步，一个马步站稳，瞪着梁萧，面有诧色。

梁萧心叫："老头儿厉害！"这招出自石阵武学中的"玄易境"，玄奥异常，出其不意，可以摔倒对手。此时无功，不由收起小觑之心，摆个架势，凝神对敌。

左元心中打鼓，梁萧徒手打败过明三秋，刚才那一转精微奥妙，如果徒手对敌，未必能够胜他。想到这儿，摘下玉笛，以笛代剑，刺向梁萧。

梁萧的剑留在了对弈亭，这时手无兵器，只好闪身退让。左元剑法精妙，玉笛到半途，横着一拂，一股劲风射向梁萧手腕的曲池穴。

梁萧的手腕微微发麻，忙一缩手，左元如影随形，又赶上来。玉笛一扬，"呜"的一声急响，笛孔中射出一排劲风，好似无形气箭，扫中他的双眼。梁萧双眼迷离，无法睁开，只觉疾风射来，玉笛闪电刺到咽喉。

一声锐响，竹箫从旁伸出，点向左元的腰际神阙穴。左元不想了情偷袭，纵身急往后退，竹箫却比他退势更快，始终指着神阙穴不放。

左元又惊又怒，一口气退出一丈，挥笛下击。了情的竹箫忽又缩回，稍稍一抬，指向他胸口膻中穴。

左元无奈再退，竹箫忽上忽下，忽左忽右，不离他周身要害，任他如何躲闪，始终无法摆脱。两人一进一退，好似飞鹰相逐。左元眨眼退到悬崖边上，一颗心快要夺口而出。

眼看老友就要掉下悬崖，修谷忍不住取出兵刃。那是一个薄钢片打造的风车，挑在两尺长的钢制手柄上，好似小儿玩具，经风一吹，呼啦啦飞转不停。

他箭步抢上，夹击了情。风车飘忽旋转，发出刺耳怪响，惊心动魄，乱人神志。

以一对一，了情轻易就可制服两人，二人一旦联手，强弱登时逆转。左元、修谷多年好友，默契十足，修谷一出手，左元立马奋起反击，两人一轮快攻，又把了情逼退数丈。

梁萧一边瞧着，暗暗心急，正想上前帮忙，忽见修谷一挥手，用力过猛，"咯"的一声，风车脱出手柄，向前飞出。

了情见他兵器脱手，趁机挥箫纵击，修谷移步闪避，左元挥笛来救。竹箫、玉笛同时激鸣，声音各异，韵味不同。了情手腕一抖，黄影闪动，竹箫一分为二，一支挑开玉笛，另一支点向修谷的心口。

修谷忙以风车手柄抵挡，这时间，了情忽听梁萧高叫："小心。"身后风声乍起，铁风车顺风旋回，明晃晃的锋刃划向了情的后颈。

第九章

# 凌空一羽

修谷的铁风车暗藏巧妙机关，以机栝弹出，可以去而复返。他假装失手发出风车，将了情引到铁风车返回处，左元趁机抢攻，吸引了情的心神，铁风车如风转回，了情始料不及，眼看要吃大亏。

梁萧惊叫出口，铁风车已经飞到。了情应变神速，闪电低头，可还是晚了一步，躲开颈项，后脑也必然割伤。两个老者趁她慌乱，上前抢攻。了情腹背受敌，陷入绝境。

就在这时，“叮”的一声，全无征兆，风车似被什么托了一下，斜往上蹿，从她头顶一掠而过。

修谷杀手落空，轻轻“咦”了一声，一扬手，风车挂回手柄，不及再发，腋下一麻，半身僵硬。只剩下左元一个，心中莫名其妙，纵身向后一跳，没头没脑舞动玉笛，护住全身要害。

了情并不反击，怔了怔，垂下竹箫，转身冲松林苦笑：“你到底来了。”

左元见她痴痴呆呆，大觉有机可乘，玉笛一挥，点向她背部要害。梁萧远远看见，捏起一团冰雪，掷向左元小腿。雪团出手，又听“哧”的一声，空中闪过一丝绿影，去势比雪团快了一倍。

左元玉笛挥出，后腰忽地一麻，玉笛拿捏不住，“嗖”地飞出老远。梁萧的雪团恰好赶到，雪中蕴满内劲。左元挨了这下，胫骨似要折断，摇摇晃晃，破口大骂：“挨千刀的贼胚，缩头缩脑暗算老夫？有种明刀明枪……哎哟……”支持不住，仰天倒下。

身后的变故，了情似乎一无所知，她怔怔望着松林，眉间透出一丝苦涩。沉默一下，又说：“你来了，就……下来吧！”梁萧抢前一瞧，左元的神阙穴上露出一丝绿色，仔细一瞧，竟是半截松针。他倒吸一口冷气，松林距此十丈，松针又轻又细，不但穿透了风雪，更打伤了左元这样的高手。这样的神通，真是天人化身。

林中沉寂时许，传出一声幽幽的叹息，树枝上冰雪簌簌下落，随之飘下一人。梁萧一见来人，失声叫道：“啊，是你？”地上的两个老者也齐叫：“啊，是你！”声音里透出莫名恐惧。

来人儒衫破旧，长须乌黑，正是日日与梁萧斗剑的儒生。梁萧话一出口，挡在了情身前，扬声说：“道长、阿雪、哑儿，你们快走！我挡他一阵。”哑儿不明所以，只是发呆。阿雪却傻乎乎地说：“哥哥，他不像坏人呀？”

梁萧眼看事危，两个人一呆一傻，心中越发惶急。再一瞧，了情也驻足不动，盯着儒生出神，不由急道：“了情道长，你还不走？”了情并不理睬，冲那儒生叹道：“你……又怎么找来的？”

儒生苦笑一下，眉头颤了颤，叹道：“那天在对弈亭边，我见这少年使出归藏剑，就知道了。唉，我苦苦追寻二十四年，终究找到了你的踪迹，可……可又怎么样？就算找到你，你还是要舍我而去的……”

左元破口骂道：“老而无耻！”修谷也骂：“肉麻死了！”

了情神色木然，喃喃道：“所以，你就不来见我？”话没说完，两行清泪从眼角滑落下来。

儒生足下一动，手臂扬起，似要给她拭去泪水，终究垂手道：“是啊。你不知道我在，就不会离开，这样一来，我就可以远远地看着你。我见你传这少年‘归藏剑’，就千方百计地指引他，让他学得又快又好。他学得越好越快，你就越是欢喜。唉，只要见到你的笑脸，我就说不出的高兴。”

左元又骂：“狗男女就是狗男女！”修谷接口道：“为老不尊，给后代人贻羞！”左元说：“没错，花清渊要是听见，还不钻进地缝里去吗？”

梁萧奇道：“左老二，这关花大叔什么事？”左元哼了一声，沉着脸一言不发。

又听了情叹了口气，轻声说：“你这样偷偷摸摸，还是当年不可一世的公羊羽吗？”梁萧但觉“公羊羽”这名字耳熟，一回想，记起当年在百丈坪群英盟，父母议论过这个名字。

公羊羽吐了口气，望着乌云密布的天空，惨笑道：“林慧心成了了情，公羊羽还会是当年的公羊羽吗？哈，了情，了情，恩怨情仇，尽皆了了吗？”忽地仰天大笑，震得林梢冰雪簌簌下落。

一声笑罢，瞪视地上二人，冷冷道：“你们两个，是花无媸派来的？”

左元怒道：“是又怎样？不是又怎样？”公羊羽默默看了两人一眼，点了点头，一挥手，“哧哧”两声，指间多了两枚松针。

松针一去，两人的身子又能动弹，双双跳了起来，对望一眼，转身要走。公羊羽忽地两眼望天，冷笑说：“你们当这儿是菜市场，想来便来，想走便走？”

修谷怒道：“公羊羽，你要怎样？”公羊羽冷冷道：“你们有眼无珠，敢对慧心无理。哼！要么，每人向她磕十个响头；要么，留下两只招子也行。”

两个老者面如死灰，左元厉声道：“公羊羽，你不要欺人太甚！”公羊羽也不瞧他，淡淡说：“我就欺负你了，那又怎样？你如果还有一丝胆气，不肯做瞎子，自杀做死人也行！”

左元双手颤抖，面色灰败，抖抖索索说不出话。公羊羽冷笑道：“左老二，你这贪生怕死的脾气至死不变，照我看，你还是磕头算了！”

左元呆呆望天，忽地叹了口气，双膝一软，就要跪下。了情一惊，正想阻拦，修谷忽地伸手，将老友一把扶住，厉声道：“公羊羽！你就会恃强凌弱吗？我们的武功比你差，受你侮辱也是活该。哼，遇上真正的高手，你还不是夹着尾巴而逃？”

公羊羽看他一眼，不怒反笑，说道：“修老四，你这话什么意思？”修谷定了定神，扬声说："前两天，我们在伏牛山见到了萧千绝！"

公羊羽淡淡说："你说的真正的高手，就是萧老怪？"修谷说："不错，他见了我们，劈头就问你的下落，我说不知。他行色匆匆，骑着黑虎，一转眼就走了！"

公羊羽皱了皱眉，说道："萧老怪找我干吗？"修谷冷笑说："他说你的男徒弟勾引了他的女弟子，这口气他咽不下去，非得找你算账不可！"

公羊羽低头想想，微微笑道："当年他为了这件事找我晦气，伤了云万程，我忙着找慧心，无暇与他算账。他不见好就收，反而步步紧逼，好，我就会会他，瞧瞧是谁夹着尾巴而逃！"

了情忽道："你忘了当年的誓言了吗？"

公羊羽看她一眼，面露苦笑："我当然没忘。当年我与萧老怪两败俱伤，谁也动弹不了，唯有你在一边。你举手间就可杀他，可你偏偏心软，救我时将他也救了，还劝我二人罢斗和好。萧老怪生平最重恩怨，嘴上不答应，这二十多年来隐居不出，不再与我争锋。哼，他不找我，我也不去找他。如今他找上门来，我能望风而逃吗？"

了情皱眉道："你有胜算？"公羊羽摇头道："我与他生平交手不下百次。我没创出'三才归元掌'时，双方难分高下。练成以后，我胜他败，哼，那一次萧老怪跑得比兔子还快。后来他练成'天物刃'，找上天机宫，伤了花无想，我迫于无奈，用'太乙分光剑'将他逼走，但那次以二敌一，怎么也算我输。后来我练成归藏剑，再与他斗，前后十余次，谁也胜不了谁。如今一过二十年，哼，我也想知道，老怪物与老穷酸，谁更厉害一些！"

他沉吟一下，扬声说："左老二、修老四，你们不是说我见了萧老怪就夹着尾巴而逃吗？好，你们两个下山，把消息传给萧老怪，说我在这儿等他，大伙儿不见不散！"

左元、修谷心灰意懒，豪气全无，默默对望一眼。左元忽问："林慧心，你在这附近可有仇家？"

了情一愣，摇头说："贫道山居清幽，与世无争。"左元道："那为什么有人送信给我，说你住在华山？"

了情微微皱眉，百思不解。梁萧忽道："我知道送信的是谁！"了情讶道："谁？"梁萧叹道："一定是明归。他叛出天机宫，两个老头儿是追他来的，他在山脚下见了道长，刻意把消息泄露出去。道长跟花无媸有过节儿，这两个老头儿抓不住明归，就拿道长充数！"

左元、修谷恍然大悟，才知中了明归的诡计，一时越发沮丧。公羊羽望着两人，大不耐烦，挥手喝道："你们两个磨蹭什么，还不快滚？"说到最后两个字，用上真力，声传十里，回声不绝，恍若整座华山都在叫喊："快滚——快滚——快滚——"

二鹤为他神威所夺，彼此搀扶，并肩狂奔，一转眼就没了踪影。

了情呆呆瞧着公羊羽施为，直到二鹤离去，轻轻叹了口气，忽道："哑儿，我们也走吧！"公羊羽身子陡震，回望了情。却见哑儿牵着白驴，跟在了情后面。

公羊羽直瞧着二人走出数丈，忽地惨笑道："好啊，慧心，决战将至，你连替我收尸也不肯吗？"了情叹道："你定要与萧千绝动手，我有什么法子？人在世间，谁又能逃一死？庄周丧妻，尚且击缶而歌，我一个玄门道士，还有什么牵挂？"

公羊羽面色惨白，大声说："庄周无情无义，王八蛋一个！"了情接口道："那我也做王八蛋好了。"

公羊羽呆了呆，大叫一声，伏倒雪中，小孩似的捶地大哭。众人见他一代高手如此作为，起初愕然，跟着又觉好笑，可是听了几声，忽又生出哀怜。了情沉默时许，又叹一口气，说道："你明知我不会改变心意，哭有什么用呢？"

公羊羽抬起头来，大声说："那好，你要怎样才能改变心意？天上的日月星辰我是没法摘了。但只要我力所能及，就算赴汤蹈火，我也一定办到！慧心，只需你一句话，我立时放下一切，与你远走天涯！与你相比，什么武功胜败、江湖名声，统统都是狗屁。"

梁萧听得热血一沸，心想："这话真是豪气！唉，了情道长何必这样固执？"再看哑儿和阿雪都定定瞧着公羊羽，又想，"她们心中，也与我想的一样吧！"

了情目视远处，脸色平淡如故，眼里忽地有了泪光，轻轻说："阿羽，你有妻子儿女，本来可以过得快快乐乐。我不过是个寻常女子，论容貌，论武功，论才学，花无媸都胜我百倍！况且……她还给你生了一对儿女！就算你心中容不下花无嫱，难道你忍心不见自己的孩子吗？”

她凄然一笑，转身扶起公羊羽，给他拭去颊上的泪痕，柔声说：“阿羽乖乖的，回天机宫去吧！林慧心死了，唯有全真了情。恩怨情仇，尽皆了了。你已经知道，又何必再来苦我？”

梁萧听得呆了，心想：“公羊羽是花大叔的爹爹，晓霜的爷爷，花无嫱的丈夫。唉，我也真笨，刚才说起萧千绝大闹天机宫的事，我就该猜到了。也难怪了，公羊羽是有妇之夫，有子之父，了情道长又是好人，自然不愿拆散人家夫妻父子。”想到这个不解的困局，很为二人惋惜。

公羊羽呆望了情，忽地哈哈笑道：“你又叫我阿羽了？哈，你又叫我阿羽了？哈哈！”边说边笑。笑了一阵，忽又黯然道，“你说得对，花无嫱人如其名，容貌无嫱，才智卓绝，没有一丝缺点。但你知道吗？她以玩弄人心为乐，只想永远缚着我，让我寸步不离。我却是一个天地不拘的性子，若是世间没有林慧心，我宁愿醉卧荒野，仰看浮云。你说快活过日？唉，自从清渊出世，我就从未快活过……”他说到这儿，两眼望着东方，就似痴了呆了。

沉默时许，公羊羽又说：“那一年，花无想跟萧老怪交手，伤重去世。花无嫱百般责难，说我不该假仁假义，招惹萧千绝。我一怒离开了天机宫。后来我想念清渊和慕容，去看孩子。花无嫱却要我认错，才让我见。哼，错不在我，我当然不会认错。就算这样，我还是记惦着她和孩子。没料到，花无嫱竟设计杀你，淮水之畔，她刺你那剑，我看得清清楚楚……”

公羊羽说到这里，惨然一笑：“那一剑之前，我始终克制心意，视你为红颜知己。那一剑之后，我才终于明白，谁才是我真正的爱人。花无嫱那一剑，没有杀死林慧心，却把以前的公羊羽杀死了。如今的我，只是一介浪人，无国无家、无亲无故、无法无天。呸，什么狗屁穷儒，改叫‘六无居士’罢了。”

梁萧见他凄苦神情，心想：“花无嫱不是好人，但她孤零零将儿女抚养成人，似也有些可怜。”了情默然片刻，叹道：“无论你如何说，同为女子，我却知道，花宫主对你从未忘情。她拿剑杀我，也是因妒生恨。二十年来，我时时记得，你打伤她后，她望着你的眼神。唉！我一辈子也忘不了那样的眼神！”

公羊羽呆望了她一会儿，苦笑说："算了，多说无益。慧心，你今天不跟我走，我就站在这里。你走也好，留也好，我也不动分毫。若是萧千绝来了，让他一掌把我打死！"

了情气得一愣，叫道："你……你无赖！"公羊羽默不作声，闭目站在雪地里，任凭狂风呼啸，夹着点点雪花，吹落在他身上。了情也动了气，说道："你站着，我也站着，你寻了我二十四年，我也陪你站上几天几夜。"双手下垂，也闭上双目。

哑儿和阿雪见这情形，束手无策。梁萧皱眉说："咱们找些木棍、茅草来，为他们搭间茅屋，生一炉火。"刚要举步，膝间一麻，跪倒在地。低头一看，环跳穴上钉了一枚绿油油的松针。只听公羊羽冷冷说："臭小子少管闲事。哼，慧心被我制住，你们扶她进屋！"

梁萧心知武功相差太远，抗拒只是枉然，无奈拔出松针，走到了情身前。果见她前胸膻中露出松针，不觉暗暗吃惊："了情道长也难逃刺穴之苦？"忽见了情睁眼说："梁萧，你别动我。"梁萧叹道："道长见谅。"不顾了情呵斥，让哑儿和阿雪将她抱回道观。

梁萧迟疑一下，上前说："公羊先生，我去过天机宫。"公羊羽闭着双眼，面无表情。梁萧又说，"我见了花无媸，她驻颜有术，好像永不衰老；我也见过花清渊花大叔。"说到这儿，公羊羽的眉头微微一耸。

梁萧接着说："他是个滥好人，做事拖泥带水；至于花慕容嘛，大大咧咧，唉，只怕一辈子都嫁不出去。"说着微微一笑，"花大叔的妻子也很好，他们有个女儿，名叫晓霜，是个很好的女孩儿……"他话语一顿，终究忍住，没说出花晓霜生病的事。

公羊羽一脸木然，梁萧轻轻叹气，转身要走。忽听公羊羽叹道："多谢相告。"梁萧道："不用谢我，你指点我剑法，我效些微劳，也是应该的。"公羊羽哼了一声，忽道："你姓梁名萧？"梁萧道："是！"公羊羽沉吟道："你的招式出自算学，武功的根基却来自黑水武学。嗯，不错，你以父姓为姓，以母姓为名，你爹爹是梁文靖，你娘是萧玉翎吧？"梁萧浑身一震，掉头叫道："你……你怎么知道？”

公羊羽冷哼一声，说道：“梁文靖那傻小子没提过我的名号？”意下颇是落寞，又问，“傻小子还好吗？”梁萧眼眶一热，颤声道：“他……他已经不在了！”公羊羽双眼陡睁，厉声道：“你说他死了？”足下一动，几乎一步跨出，可又想到诺言，生生忍住冲动。梁萧见他这样，心知与父亲定有关系，于是无所隐瞒，将梁文靖去世的经过说了。

公羊羽听梁萧说完，痴了半晌，仰首望天，惨笑道：“天上不知人间事，雨雪纷纷入悲秋。”梁萧不解其意，公羊羽吟罢，兴致索然，闭眼叹道，“你去吧！”

梁萧只得返回道观，一进门，阿雪拉着他说：“哥哥，了情道长生气了。”哑儿也眼巴巴望着他。梁萧走进厢房，见了情瞪着自己，便说：“公羊先生武功再高，如此天气，也会冻僵。待他虚弱，我动手制住他。”

了情摇头说：“穷儒公羊羽哪有这样好对付？你解开我的穴道，嗯，我不与他斗气了，我不过一个道士，本不该动这些尘念。”梁萧心想，以她平素性子，不会不守信诺，依言解开她的穴道。

了情起身说：“梁萧，我有一事相求。”梁萧道：“道长不必客气。”了情叹道：“都怪我被他扰乱了心境，没能及早还醒。他这样做，无非看透我无法忘情。对付这人，唯有以无情对有情。若我摆出无情无义的架势，来个一走了之，他孤芳自赏，一定十分无趣。唉，如今他作茧自缚，正是大好机会。我与哑儿乘着风雪掩护，自道观后门离开，你估摸我走远了，再让阿雪告诉他。嗯，千万记住，要阿雪去说，你不可插嘴。”

梁萧道：“为什么？”了情苦笑道：“他性子激烈，倔脾气一发，必然迁怒他人。阿雪柔弱女子，他怒火万丈，也不会为难她。换作是你，两把火烧到一起，只有越烧越旺，如果动起手来，吃亏的可是你了。”梁萧听得佩服，心想：“我一向以为道长为人迂腐、不谙世情，不料分析道理这么厉害。她以前叫作林慧心，果然是慧质兰心。只是这么一来，公羊先生未免有些可怜。”

到了申酉时分，风雪越发猛烈。北风呼啸，细小雪花变作了鹅毛大雪，纷纷扬扬，落个不停。到得次日凌晨，崖上冰雪堆起二尺多厚，公羊羽披霜挂雪，仿佛一个雪人。他凝立不动，生机收敛，呼吸微不可见，乍一看，没有一丝生气。

了情柔肠百结，远远望他半晌，终究硬起心肠，回头一看，后门已然洞开，便对梁萧说："风雪甚大，足以掩藏声息，再不走，就走不了啦。梁萧，拜托你了！"梁萧拱手道："道长一路保重。"了情点点头，走出两步，忍不住回头再看一眼。刹那间，不觉泪涌双目，又怕被人瞧见，匆匆掉头，走出观外。白驴早用棉絮裹好蹄子，走在雪地中更无声息。只见二人一驴，冒着无边风雪，越过黑黝黝的山梁，消失在浓浓的夜色里。

梁萧目送二人远去，心中不胜怅然。忽听阿雪小声说："换了是我，一定不会走的。"梁萧叹道："自古情义难两全，不过，了情道长的好心，似乎太过头了。"阿雪低头说："从我记事起，就没人对我这样好过。如果有人待我这么好，再怎么违背常伦，我也要跟他在一起。"梁萧笑道："你性子好，人又美丽，何愁没有好男儿喜欢？"阿雪瞅他一眼，心想："再好的男儿，我也不稀罕。"转念又问："哥哥，如果你是公羊先生，你会怎么样？"梁萧沉吟一下，摇头说："我不知道。"

阿雪叹了口气，两人对坐无语。眼见天色发白，阿雪才说："哥哥，了情道长想必走远了，我去告诉公羊先生好吗？"

梁萧望了望屋外的风雪，点头道："她们必然下山了。为了以防万一，再等片刻……"

话没说完，风雪中幽幽传来芦管声，千转百回，哀哀切切。虽是逆风而行，却似惊涛骇浪中一叶小舟，在狂风中载沉载浮，始终不被吞没。

乐声入耳，梁萧心头没来由地一跳，想了想，四面瞅瞅，道观里只有一样东西可当武器，那是一根三尺长的烧火铁棍。于是提在手中，走出观外，举目遥望，风雪漫天，曙光初露，公羊羽站在道观前面，身子掩埋近半，五官手足冰封雪铸，好似一堆积雪，看不出本来面目。

阿雪看得心惊，颤声说："哥哥，他……他不会冻死了吧？"梁萧也觉不安，本想上前，可又想到了情的叮嘱，便退到一边，说道："阿雪，你去叫他！"

阿雪点点头，走到雪人面前，正要开口，眼前乌光忽闪，风雪中跳出一头黑色巨虎，四爪踞地，双眼幽幽发绿。

阿雪吓得尖叫一声，抬头一看，虎背上坐了一个黑衣人，脸色苍白，三绺黑须随风飘散。她心儿剧跳，颤声道："你……你是谁？"那人哼了一声，也不正眼瞧她。

梁萧一边瞧着，脸色惨变，一边忙叫："阿雪，回来……"话才出口，黑衣人手不抬，足不动，人已下了虎背，一扬手，扣住了少女肩头。阿雪肩骨欲裂，痛叫出声，黑衣人两眼朝天，声如闷雷："公羊羽何在？"

阿雪不善说谎，忍痛说："他……他就在前面，你看不到吗？"黑衣人掉头一看，只见一堆积雪，怔了怔，八字眉向下一沉，怒道："小丫头，你敢捉弄我？"袖袍一振，黑虎仰天怒啸，啸声远远传出，山鸣谷应，万兽雌伏。

阿雪听着虎啸，吓得双膝一软，望着黑虎大嘴，眼前一阵晕眩。忽听梁萧冷冷说："萧千绝，你欺负小女孩儿，脸皮都被狗吃了吗？"

萧千绝瞅他一眼，冷笑道："好啊，给你。"将阿雪举过头顶，"呼"地掷出。阿雪只觉耳边风声呼啸，眼前景物一闪而逝，一时身不由己，失声尖叫："哥哥！"

梁萧心知萧千绝要称量自己，铁棍一插，双手托出。但觉阿雪一入怀中，力道如山压来，不由噌噌噌连退三步。大喝一声，正欲收势，忽觉胸口窒闷，一跤跌坐在地。萧千绝冷笑道："就这点儿能耐，哼，给老夫滚开。"

梁萧一咬牙，放下阿雪，沉声说："阿雪，你回观里去，无论发生什么都不许出来。要不然，从今往后，我都不理你。"阿雪从没见他这么疾言厉色，心儿扑扑乱跳，点一点头，走回观内，倚门观望。

梁萧提起铁棍，朗声说："萧千绝，我娘在哪儿？"萧千绝眉毛一挑，凝目打量他一眼。一晃六年，梁萧容貌有变，可依稀还有当年的影子。萧千绝从他眉梢眼角，还能看见爱徒的模样，心头微微一沉："这小子还活着？"他本当杀了梁文靖，梁萧年幼孤苦，势难活命，不料这小子还好端端活着。萧千绝行事果决，向来斩草除根，刹那间，眼里闪过一丝杀机。

梁萧也知今日凶多吉少，取出阴阳球，噙在口里。回想父亲死状，热血涌上心头，手中烧火棍一挥，坤上震下，“复剑道”应手而出。这一路剑招守多攻少，守得严密，攻得犀利，当日他曾以此招打落公羊羽的梅花，是他当前最强的武功。

萧千绝双眉一挑，微露诧异，一眨眼，烧火棍长电掠空，奔掣而来。他冷笑一声，右手探出袖外，只一晃，铁棍的前端多了五根瘦棱棱的手指。

“嗡”，铁棍弯曲，梁萧虎口迸裂，血流如注。只好丢了烧火棍，“三才归元掌”发动，绕着萧千绝疾走，忽地双掌一并，捣向他的背心。

萧千绝也不回头，铁棍向后一封，“当”，梁萧双掌拍中铁棍，烧火棍反向弯转，“啪”地折断，一股巨力透过铁棍送来。梁萧飞出两丈多远，狠狠摔在地上，喉头发腥，一口鲜血涌到口边。

阿雪又惊又怕，想起梁萧吩咐，一时不敢出观，远远叫道：“哥哥！”

萧千绝并不追击，盯着梁萧说：“小孽种，你的功夫不是你死鬼老爹教的，老穷酸在哪儿？”

梁萧脸色惨白，“咕咚”一声，将鲜血强咽回去，血中似有圆珠滚动，一不小心，竟把阴阳球和血吞下去了。他将性命置之度外，也不放在心上，一听萧千绝提到亡父，浑身血液直冲头顶。

阿雪见他无恙，原本欢喜，忽见他一纵身，又向萧千绝扑上，一颗心顿时又悬了起来：“黑衣老头的功夫比鬼神还要可怕，哥哥打不过，为什么还要打呢？”

萧千绝眼看梁萧拳脚递来，面上杀气一现，厉笑道：“要死还不容易？我送你一程，见你老爹去吧！”左手一抡，似往右抓，半途中忽又向左逸出。梁萧躲闪不及，右腕被他一把扣住，用劲一挣，萧千绝手如钢铁，反而更紧，梁萧又惊又怒：“这是什么鬼功夫？明明往右，落定时却又往左。”闪念间，萧千绝右掌如电落下，耳边传来阿雪的惊叫。

掌到半途，萧千绝的手掌变了走向，往右拍出。一声闷雷似的急响，他侧移一步，来人也退了一步，萧千绝长笑道：“老穷酸，你还真是鬼鬼祟祟，扮雪人骗谁？”

公羊羽身上挂满冰雪，不言不语，又是一掌挥出。萧千绝也不硬接，一转身，将梁萧居空抡起，向公羊羽挥去。公羊羽手腕一翻，变推为抓，闪电抓住梁萧的左腕，袖间青光一闪，蹿出一口极薄的软剑，凌空弄影，刺向萧千绝胸前诸大要穴。

这一剑极得归藏之妙。萧千绝右手挥出，五指伸曲不定，一时也不知变了多少种手法。铮铮声不绝，公羊羽这一路神妙剑招被他空手化解。

公羊羽心头暗凛：“老怪物的‘天物刃’又精进了？哼，你有精进，我就没有精进吗？”正要举剑再刺，忽觉一阵阴寒之气，自梁萧的手腕处直逼过来，瞬间侵入掌心。

公羊羽吃了一惊：“萧老怪好毒，他要借这孩子与我拼斗内力！”心念才起，萧千绝的手掌如影如电，飘然扫来。公羊羽一个翻身，右手挥剑迎敌，左手“浩然正气”涌出，透入梁萧体内，与萧千绝的“太阴真炁”相抗。他心知若不这样，梁萧体内的生机必被“太阴真炁”蚕食。当年襄樊道上，梁文靖就是中了这至阴至毒的真气。

公羊羽生平只教过三人武功，最喜欢的却是梁文靖。梁文靖未曾拜师，公羊羽又自负，对方不拜师，他也不愿出语点醒，加上一心追踪了情，无意久留，撒手远去。后来得知梁文靖力挽狂澜，击退蒙古大军，功成身退，一切所作所为，无不投合公羊羽的心意。他欣慰不胜，欲将一身本事统统传给梁文靖，可是江山茫茫，始终没能找到。

谁知今日噩耗传来，得知梁文靖去世，公羊羽胸中悲恸莫名，加上了情不肯回心转意，不觉心灰意冷，动了轻生念头。萧千绝到来，他也纹丝不动，打算任其宰割。直到梁萧与萧千绝动手，小子宁折勿屈，令萧千绝动了杀机。公羊羽不愿梁文靖绝后，终于违誓出手，谁知萧千绝一动手就使出这样的拼斗法子，叫他骑虎难下。

二人的内力本在伯仲，萧千绝借物传功，传得越远，劲力越弱。公羊羽就近而发，“浩然正气”势如惊涛骇浪，将“太阴真炁”逼到梁萧的手少阴心经附近。可是到了这儿，“浩然正气”也成强弩之末，萧千绝立马催劲反攻。公羊羽略一退却，在手太阴肺经守住，待萧千绝攻势稍弱，奇兵突出，分出一道真气，绕过梁萧的带脉，循足厥阴肝经斜上，再由手少阳三焦经向萧千绝攻到。

萧千绝急忙运劲稳住，催内力经手太阴肺经回击。公羊羽只觉对方内力倍增，无暇分攻，唯有全力回守。萧千绝却趁机分出内力，循梁萧的足少阴肾经攻出，经手太阳小肠经偷袭。此招早在公羊羽算中，立刻回劲守住，跟着急催劲力，一气将“太阴真炁”逼出手少阴心经。一时间，二人以梁萧体内的大小经脉为战场，两股内力若两军对阵，进退攻守不已。

两人一只手拼斗内功，另一只手也没闲着，“归藏剑”对上了“天物刃”，指剑交击，铮铮不绝。两人腾挪之际，两只手拽着梁萧，将他抡得风车似的，不过皆用巧力，未施刚劲。公羊羽害怕用力过度，拉坏了梁萧；萧千绝并不关心梁萧死活，只是生平自负，以为损伤筋骨落了下乘，让他身子不毁，才见功夫。要不是这样，梁萧失去抗拒之能，任其中一人运劲拉扯，就能将他撕成两半。

梁萧成了两大高手角力的工具，滋味实在无以描述，两股真气好似一对狂龙，在体内进进出出。梁萧的身子忽冷忽热，忽轻忽重，历经酸麻痒痛、沉涩轻滑诸般滋味。最厉害的时候，百脉中既似蛇蚁爬动，又如钢刀刮削。梁萧恨不能一死了之，偏又腕脉受制，无力可施。他几度昏厥，又几度难过得醒转过来。

阿雪倚在门边，瞧得惊心动魄，但场上两人的武功，远远超乎她的想象。公羊羽的内力运转已久，满身冰雪化为水汽，白气蒸腾，好似藏身云中雾里。梁萧的样子却很奇怪，身子一半如火如霞，一半青若玄冰。青红两色交相渗透，阿雪看得目瞪口呆，既很担心，又觉诡异。

两股内力在梁萧体内你追我赶，无所不至。斗到足阳明胃经，公羊羽忽觉萧千绝内力暴涨，心中咯噔一下，急催内力抵挡。同时间，萧千绝也觉出公羊羽的内力增强，心中大为惊怒：“老穷酸惯于后发制人，莫非对我留了一手？”

二人早已试出对方深浅，原本成竹在胸，谁料对方内力骤增，两人意外之余，下意识地提升内力。你长一分，我长一分，一时各不相让，内力交替攀升。

一旦专注于内力，两人招式放缓。初时尚有攻守，渐渐越斗越慢，斗到最后，两人身子由动而静。心中各自纳闷儿，均想对方内力远胜自己，只需放手来攻，自己必败无疑。可又不知为何不见动静，只是维持眼前的僵局。

梁萧吞下了阴阳球，两大高手的内力传至足阳明胃经，无心注入球中。阴阳球入而不足，出则有余。两人都觉得对方的内力增强，情急中逼出了浑身内力，一时间，两股绝世内力在阴阳球中纠缠往复，自球内源源传出，散向梁萧的周身经脉。不过，若非两人内力相若，在阴阳球中形成均势，只要一方占优，梁萧立刻经脉粉碎、一魂归西了。

僵持片刻，公羊羽忽觉内力缠斗处微微一震，似有东西无声迸碎，萧千绝的内力也随之一弱。公羊羽缓过一口气来，喘声道："萧老怪，这孩子好歹也是你的徒孙，经过这番折磨，已经成了废人。也罢，算我输了！你我同时撤手，留他一条小命！"

萧千绝也觉公羊羽的内力变弱，心中十分疑惑："老穷酸的内力明明高我一筹，为何放手不斗？"垂眼看去，梁萧面庞扭曲，肌肤多处崩裂，衣裤上尽是斑斑血迹。老怪物心硬如铁，这时也微微一软：无论如何，他也是玉翎的儿子！

梁萧武功尽废，再无复仇可能，萧千绝沉吟一下，冷笑说："穷酸口是心非，老夫要赢，也要赢个清楚明白。什么就算你输了？此屁臭不可闻。"

他说一句话，便散去两成功力，公羊羽也随之散功，待到萧千绝说完，二人同时撤手。梁萧"啪"地落在地上，紧闭双眼，形如死人。阿雪再也忍耐不住，奔出观外，抱着他失声痛哭。可是探他口鼻，尚有呼吸，不由得稍稍心安，抹泪大声呼唤，梁萧却闭眼不动，始终一声不吭。

观外闹得天翻地覆，梁萧又成了这副模样，可是除了阿雪，玄音观里全无动静。公羊羽隐觉不妙，心中一阵烦乱，忽听萧千绝扬声说："老穷酸，我看林慧心面子，多年来让你三分。哼，你倒好，怂恿徒弟，伤了我大弟子萧冷不说，还勾引我的女弟子萧玉翎。老夫寻你六年，今天要么我萧千绝躺在华山，要么公羊羽从今除名！"

他说到这儿，忽见公羊羽心不在焉，定定瞧着道观入口，不由怒火蹿升，一挥袖，掌风若刀，飘然扫来。公羊羽闪身还了一剑，忽向阿雪叫道："小道姑呢？怎么没见她出来？"阿雪一愣，脱口道："你问哑儿？她……她和了情道长下山走了！"

公羊羽大吃一惊，叫道："浑丫头，你怎么不早说？"说着慌乱至极，剑法现出破绽，吃萧千绝一掌扫中肩头，几乎摔倒在地。他匆匆挽了两个剑花，逼退萧千绝，忽地倒曳宝剑，发足狂奔下山。

萧千绝才占上风，见他不战而逃，不由得瞪圆双目，喝道："打不过就逃吗？！"衔后紧追，二人身法快逾狂风，一起一落，失去踪影。黑虎见主人走了，也吼叫一声，追赶上去。

阿雪怀抱梁萧，但觉他浑身时冷时热，冷若寒冰，热如火炭。心中又惊又怕，将他抱回庵中，放于床上，搓手踱步，主意全无。

梁萧昏沉中，时而梦到手持火炭、身入洪炉，时而梦到怀抱冰雪、置身寒潭，时而火龙飞空，时而冰蟾出海，各种幻象纷至沓来。忽地大叫一声，猛力睁开双眼。阿雪扭头看见，惊喜道："哥哥，你醒了？"梁萧呼吸急促，嘴里呜呜噜噜，一双眸子转个不停。

阿雪大急，摇晃他说："哥哥，你说话呀！"梁萧的体内阴阳二气交锋，睁眼不能视物，张口不能说话，有耳无法听闻，只觉体内的真气天翻地覆，偏偏没有半点儿法子。

阿雪见他神情古怪，又吃惊，又害怕，伸手抚摩他脸，眼中流泪说："哥哥，你说话呀！"

梁萧触觉尽失，不觉有人抚摩；听觉也失，听不到阿雪说话。巨响声有如炸雷，一下下轰击耳鼓。

混乱中，他扬手一送，推在阿雪肩头。这一推势大力沉，阿雪摔出一丈多远，重重撞上墙壁，登时委顿不起，眼睁睁瞧他跳起，不择东西，一头撞在墙上。

道观的墙壁为泥土所筑，并不十分坚固，经他一撞，露出了一个人形大洞。梁萧满脸是血，跌跌撞撞地冲到了雪地里。

阿雪挣扎半晌，吐了一口鲜血，从窟窿中爬出，却见梁萧四肢蜷缩，趴在雪上。她站不起来，手足并用，爬到附近，却又不敢靠近，远远叫喊："哥哥，你怎么啦……"边叫边哭。梁萧一无所闻，脑袋一直向下，深深钻进雪堆，任由雪花飘落。片刻工夫，将他全身埋入雪里。

阿雪伸手去拉，刚一触及肌肤，便觉指尖一麻，如遭电击。她缩回手去，心中惊讶，百思不得其解。

公羊羽和萧千绝这种大高手，任其中一人用内力对付梁萧，都足以让他经脉爆裂，更别说同使内力、来回冲击了。按说梁萧早该丧命，偏偏两人的内力各走极端，一阴一阳，互相生克，抵消了大半的威力。

经过阴阳球转化，两人内力倍胜平日，如同两个公羊羽与两个萧千绝同时出手，为梁萧伐毛洗髓。可是这两股真气太猛太急，梁萧的经脉无法承受，好比一个自幼贫贱的乞丐，忽然得了万贯家财，反而不知如何是好。起初他神昏志乱，任其乱走；等到清醒，两股真气早已奔突于四肢百骸，根本无法收拾。

梁萧体内的气机旺盛得骇人，也混乱得可怕。一时六识皆闭、神志错乱，距离走火入魔只有一步之遥。

他神志混乱，撞破了土墙，也伤到了鼻子，呼吸受了阻碍，神志也为之一清。梁萧一下子明白了要害，将头扎入雪中，强行闭住呼吸。口鼻阻塞虽说难受，可是呼吸为内功之本，一旦失去呼吸，阴阳二气顿也虚弱。

到这时，他要么口鼻窒息而死，要么经脉爆裂而亡，实在没有第三条路可走。又过了七八十息的工夫，梁萧埋首雪中，已经奄奄一息。就在生死交会之时，他浑身一震，异样的知觉涌上心头，身子向外一胀，遍身三万六千个毛孔悉数洞开，窒息的感觉忽地消失，丹田一起一伏，眼前大放光明。

阿雪正在地上哭泣，忽见梁萧浑身雪花飘散，似被无形之力冲开，不由得“啊”地叫出声来。梁萧只觉气如江河，奔流畅快，听见叫声，抬头叫道：“没事了！”刚叫一声，又觉气血乱冲，心叫不好，双手按地，又一头扎进雪中。

阿雪刚听他说“没事了”，心中大喜过望。刚要招呼，梁萧忽又钻进雪中，阿雪心中好奇，问道：“哥哥，雪里有什么东西？”

梁萧哭笑不得，可又无法回答。他方才强闭呼吸，体内的气机无法宣泄，生死关头，冲开了他周身的毛孔，形成了炼气士梦寐以求的“龟息”境界，不以鼻孔呼吸，纯以毛孔吐纳。达到这一境界的高人，大都循序渐进，水到渠成，所以并无后患。梁萧全凭误打误撞，所以一用口鼻，体内的真气又各行其是。

梁萧不知根由，只好埋头雪中。阿雪怔怔坐在那儿，看了一会儿，心想：“人若闭气这么长久，还能活吗？难道……难道他已经死了……”想到这儿，心中惊惧，轻轻推了他两下。梁萧一心思索刚才的怪事，无暇理会，阿雪更觉所料不差，抱住梁萧，伤心大哭起来。

梁萧心中奇怪："笨丫头哭什么？"阿雪痛哭了半晌，又想："我跟哥哥相识一场，不能让他暴尸雪地。"她拭去眼泪，正想抱起梁萧，忽觉他肌肉柔软，心中暗暗奇怪，"他身上怎么软软的、热热的？照理说人死了，应该冰冷僵硬……哦，他刚断气不久，身子还没有冷……"这一想更加后悔，失声痛哭道："我笨死啦，如果早些拉你出来，你就不会死了……"说到这儿，恨不得随梁萧一起死了。

梁萧又好气又好笑，心想："笨丫头，居然咒我死了。"阿雪哭了半天，站起身来，想要搬动他的身子。梁萧心想，"岂有此理，笨丫头真要埋了我？"忽觉阿雪又放了手，呜咽说："我埋了哥哥，再也见不到他，得在他身上找一件东西，留作纪念才好。"说着又觉伤感，嘤嘤哭泣起来。梁萧不觉心口一热："阿雪待我太好，我今日脱险，一定好好待她。"

阿雪又哭了一会儿，伸手探入梁萧怀里，掏出其中物事，翻了一阵。其中的金银珠宝得自韩凝紫的宝库，毫无留念价值，她心中失望，翻看一阵，发现一个红铜墨盒，掀开一看，里面装了一包油纸，不由得想："这是什么？"展开一看，但见一张素笺，上面写有许多文字。

阿雪生来笨拙，没有一目十行的能耐，看书总是边看边念，于是随口一字一字念道："《紫府元宗》：'宇宙之初，天地本无，无中生有，始有混沌，混沌中开，阴阳乃成。是以天有日月，地成虚实，人分男女，兽为雌雄。阴阳交替，永无休止，因之四季有寒暑，日月有亏蚀。圣人为《周易》，至阳中生阴，老庄为《道德》，至阴中见阳。阴阳和合，乃为之气，气者混沌之本体，道德之根源。余修炼半生，作紫府十二篇，留赠有缘……'"

阿雪念到这儿，叹气说："唉，古古怪怪，也不知说的是什么。这张纸一碰就坏，也不好作为留念……"话没说完，冰雪飞溅，梁萧忽然跳起，吓得阿雪失声尖叫。梁萧大叫一声："继续念……"叫声出口，气机又乱，只好一头扎进雪里。

阿雪又惊又喜，叫道："哥哥，你……你还活着？"梁萧不能作声，唯有手挥足舞。阿雪呆了呆，狂喜道，"哥哥，你真的活着！"但知梁萧尚在人间，忍不住挥舞双手，咯咯咯欢笑不已。笑了一会儿，又说，“哥哥，你老把头埋在雪里，不觉气闷吗……”梁萧双手比画，示意她不要废话，快往下念。他听了方才那段话，隐约猜到《紫府元宗》是一部炼气秘籍，也许可以驯服体内不听使唤的真气。

阿雪只得再念：“《入定篇》：‘道者天地两不知，身在壶中无人识，老树盘根入泥土，疏枝横斜不留影，目观鼻者鼻观心，心有玄珠生光明，玄珠粒粒走泥丸，转运轱辘度精魂……’”话音方落，梁萧一跃而起，依言盘膝做跏趺坐法，双手交叉于颈下，双目微合，意存膻中，气走头顶泥丸穴，转行背后轱辘关。阿雪见他不再埋首雪中，知道必与自己所念有关，心头一喜，接着念了下去，念完第一篇《入定》，又念第二篇《洗心》。

《紫府元宗》的心法，全以诗句写出。《入定》《洗心》两篇讲的是如何打坐，如何去除惊伤杂念，如何在诸脉间运转气机、调和阴阳。言辞尽管晦涩，可是梁萧悟性极高，内功又有根基，仔细一想，渐渐领悟出其中的妙处。

“道者天地两不知，身在壶中无人识”指的是“心中观影”，“壶”即是心，“身在壶中”，即心中想着自己影像；“两不知”“无人识”则指身外无物，天地两忘；“老树盘根入泥土，疏枝横斜不留影”讲的是打坐方式，双腿若老树盘根，做跏趺坐法，双手如树枝交叉，但须得紧贴下颌，不能在地上留下影子。后面大多相类，不可详说。

梁萧边听边悟，边悟边练。练完《洗心篇》，全身真气如粒粒珍珠，在诸经百穴中流转一周，一一纳入丹田。不多久，他心气平和、呼吸悠长，体内气机融洽，再无纠葛。原本这两章别人来练，少则七八个月，多则十余载，也未必有所成就，梁萧无意间达到“龟息”境界，高屋建瓴，练起来自然容易。短短两个时辰，居然成就大功。

阿雪见他低眉垂目，神色自若，心中好不欢喜，说道：“哥哥，下一卷是《初九篇》，你听好了，上面说：‘九九桃花生洞阙，八八青龙总一斤，七七白虎双双养，木母金公性本温，十二宫中蟾魄现，时时地魄降天魂，拔取天根并地髓，白雪黄牙自长成……’”梁萧睁开双目，惊讶道：“阿雪，你胡乱念些什么？”

阿雪仔细看了看，说道：“我照着上面念的，一个字也没有错！”梁萧接过纸笺，仔细观看，果然一字不差，眉头不觉皱起，半晌也不说话。

阿雪心中好奇，问道：“哥哥，这些话什么意思？”梁萧摇头说：“这里的诗句，我一句也想不通。”阿雪瞪大眼睛，怪道：“哥哥，你都想不通，谁还想得通？”梁萧苦笑说：“傻丫头，你高估我了。这位前辈这么写，就一定有人想得通。前两篇多用譬喻，想一想不难明白。但从这一章起，出现了许多古怪字句，我猜大约是某种术语，好比数术中的勾股方圆、商方实法，不懂这些术语，就没法知道这位前辈的真意。”阿雪道：“那怎么办呢？”眉头皱起，很为他着急。

梁萧再往下看，《初九篇》以后，还有《玄用》《神微》《鼎瑞》《活得》《灿烂》《胎息》《辟谷》《仙游》《归真》九篇，一篇比一篇艰深，用词更是千奇百怪。不由心想：“撰文的前辈真惫懒，尽设古怪谜题考人。先有纯阳铁盒，再有阴阳球，如今又是《紫府元宗》。”他从头至尾细看一遍，并未发现作者的姓名，也无吕洞宾的名号，看来吕洞宾铸盒的事，真是世人误传了。

梁萧思索不透，叹道：“阿雪，我看不懂呢。这《紫府元宗》实在了不起，只《入定》《洗心》两篇，已经化解了我体内乱走的真气。哎，听羽灵说，若是练到后来，能够遣鬼运神，成仙飞升，不知道是不是真的？”

阿雪心想：“多亏你没看懂，哥哥成仙飞升了，阿雪一个人留在人间，岂不寂寞！”想到这儿，心中窃喜，望着梁萧微笑。

梁萧见她笑得古怪，便问：“你这笨丫头，又傻笑什么？嗯……阿雪，你受伤了？”阿雪回过神来，才觉肩头胸口疼痛，想起挨了梁萧一掌，伤得不轻，后来迭逢异变，也忘了痛楚。她怕梁萧内疚，左右瞧瞧，说道：“没有啊。”梁萧白她一眼，骂道：“笨丫头，你一撒谎就东张西望，还说没有？”阿雪大窘，低头揉捏衣角。

梁萧小心收好《紫府元宗》，想起阴阳球吞入肚里，恐有后患，但他凝神内视，并未察觉圆珠痕迹。沉吟良久，恍惚记起两大高手搏斗时，体内似有什么物事爆裂，这时想来，约莫是两人内功太强，阴阳球不堪重负，碎成齑粉了。

他呆了呆，长叹一声，抱起阿雪，入观为她疗伤。阿雪经过这一日一夜的折腾，疲倦极了，疗伤未毕，沉沉睡去。梁萧将她置于枕上，小心地盖好被子，想到此次死里逃生，暗自庆幸。但想起父母之仇未报，又觉惭愧茫然。

他悲喜交加，心潮难平，低头望去，阿雪睡态娇憨，惹人怜爱，不由得伸出手，轻轻抚过她乌黑的秀发。心里不知为何，浮现出了花晓霜的影子。他当初争夺纯阳铁盒，全是为了她的痼疾，如今阴阳球已毁，这愿望似也落空了。

梁萧痴想了一会儿，定神再看，阿雪嘴角含笑，浓密的睫毛好似一面小小的镜子。想是梦里见了叫人欢喜的物事，睫毛微微颤抖，眼珠轻轻转动。梁萧心头一乱，又想起那夜在船上，柳莺莺的睡姿仿佛如此，此情依稀，人事全非，一刹那，胸口似被千万钢针扎中，眼泪不争气地流了下来。暗想："她跟了云殊，可还欢喜吗？睡梦里也还会带着笑吗？"

观外风雪更急，狂风挟着雪花，扑扑打着窗棂。闷沉沉的雷声，自北方滚滚而来。梁萧怵然惊觉，长长叹了口气，入定洗心，盘膝静坐，渐渐地，耳边风声远去，只余下落雪的微响。

第十章

# 故人相逢

阿雪做了一个梦，梦见自己坐着船儿，跟梁萧一起唱歌钓鱼，摘菱采莲。醒来时，痴痴想了一阵，忽听屋外传来呼啸，便想：“还在下雪吗？”

她掀开被子，走出观外，遥见红日高挂，瑞雪已晴。梁萧在雪地中纵横驰骋，进退间恍若闪电，双掌挥洒，发出声声怪啸。奇的是，他手足挥舞甚剧，身边的冰雪却未激起一分半分，似将劲力蓄于体内，并不泄出一丝一毫。

他的身法越变越快，阿雪初时还能看清，不一会儿，便见他一人幻出双影，再一晃又变出四个影子，人影越变越多，到了后来，雪光映射中，直如七八个梁萧在场上奔走。阿雪看得头晕眼花，失声叫道：“哥哥，别走啦，我眼都花啦！”忽听梁萧大喝一声，双掌齐出，“咔嚓”，一株合抱粗的松树折成两截，树冠轰然坠地，搅得积雪漫天。

阿雪拂开眼前的蒙蒙细雪，却见梁萧凝立雪中，两眼望天，神色若有所思。她奔上去，只见那株大树断裂整齐，有如刀砍斧劈，不由得惊喜地说道：“哥哥，你好厉害！”

梁萧沉默一会儿，点头说：“是啊，刚才走到‘九九归元步’，‘三才归元掌’也算大成了。”阿雪笑道：“恭喜哥哥。”梁萧望着她，眼里透着怜意，温言说：“你伤好些了吗？外面风大，可别着凉了。”阿雪见他眉眼温柔，不觉双颊火红，心儿剧跳，忙低头道：“哥哥饿了吧，我……我去做饭。”飞也似的跑回观里。

梁萧看她神态举止，心中莫名其妙。他盘膝坐下，拾起一根断枝，在雪上画出九宫图，寻思：“易数九为至尊，走到‘九九归元’，似乎已经到了这一路掌法的极限。奇怪，我为什么总觉有些遗憾，莫非多心了？”

他思索一阵，又想：“九为至尊，不过是古人的看法，难道九九以外，就不能更进一步吗？”一涉数术，梁萧灵思捷悟，层出不穷，当即试着推演。怎料推了半个时辰，竟被他推出“十十”百子之数来，这一百个数字，纵横斜直，十数相加均为五百零五，梁萧推到这儿，吃惊之余，又觉茫然。

这时阿雪叫他吃饭，梁萧暂且放下，用过了饭，又到雪地上推演。阿雪从旁看了许久，全不明白，她大觉无趣，烧化冰雪，让梁萧脱下衣衫，自行洗涤去了。

梁萧苦思半日，又推出了个奇特的“四四图”。依照九宫之义，四四图只能一行数、一列数、对角数相加之和相等，而他这个四四图，却不论纵横曲直，任何四个数之和均为三十四，与九宫之义大相径庭。梁萧称其为“无所不能图”。而后又陆续推出五五数、六六数的“无所不能图”。到此之时，梁萧跳出了九宫图的拘绊，纵极神思，当真无所不能了。（按：九宫图这种巧妙的数字集合，现代数学沿袭阿拉伯数学的称谓，统称为“数码幻方”，古代中国则叫作“天地纵横图”。在这方面，中国成就最大的是宋朝大数学家杨辉，他推演到“百子图”，却没有脱离九宫图的模式。总的说来，幻方的推演，阿拉伯数学家成就最高，文中的“无所不能图”被现代数学家称为“4阶全对称形”，就是出自与杨辉同时代的阿拉伯数学家之手。）

梁萧解开难题，心中不胜叹息：“人外有人，天外有天，数术何尝不是这样？数术之道无穷无尽，难道说，这也叫作道无涯际吗？”他想起当日苏州郊外，九如所说的那一番话，自语道：“老和尚曾说，有个无大不大的圈子缚着我，明白它是什么，便可乘雷上天；若不明白，便是练一辈子，也无法技进乎道，总是在圈子里转悠。这个圈子，莫非就是九宫图？嗯，不对，石阵武学包容数术，可不全是九宫。况且老和尚的武功比我厉害，说到算数，那也算不过我，更不会知道这‘无所不能图’。”

阿雪见他忽而苦恼，忽而欢喜，忽而沉默不语，忽而念念有词，终于忍不住问：“哥哥，你想什么？”梁萧苦笑说：“很深奥的道理，我也想不明白。”阿雪笑道：“哥哥都不明白，阿雪更不明白啦！”

梁萧看她一眼，笑道：“阿雪，我教你武功怎么样？”阿雪喜道：“好啊！”梁萧道：“我最厉害的武功，全都离不开算学，你要学我的功夫，便要先学算术。”阿雪点头说：“你教我，我就学。”

梁萧用松枝做了几支算筹，自最基本的“加法五术、减法五术”开始教起，说完出了十道题，让阿雪计算。阿雪连算四次，全都不对。梁萧耐着性子又讲了两遍，她还是解答不出。梁萧微觉生气，问道：“你听我说话了吗？”阿雪看他神色，心中惶恐，拼命点头：“听了呀，就是……就是不十分明白。”

梁萧神色狐疑，打量她一次，又讲一遍。怕她还不明白，讲完又问：“这次听懂了吗？”阿雪茫然摇头。梁萧眉头大皱，说道，“你怎么这样笨？”阿雪听了这话，眼圈儿一红，低头说：“我……我本来就笨啊！”梁萧才觉话说重了，宽慰她两句，耐着性子继续讲解。讲了许久，阿雪总算有些开窍，十题中对了两题，错了八题。

梁萧拿着算稿，阴沉沉不发一言。阿雪低着头，心里打鼓，忽听梁萧吐了口气，说道：“罢了，你过来，我给你说错在哪儿了。”阿雪一颗心落了地，慢慢靠过去听他讲解。

两人一教一学，折腾了三天。这天讲到简算法，梁萧反复讲了七八遍，阿雪算罢，递上算稿，梁萧一看，错得一题不剩。他忍无可忍，起身想要大发雷霆，可见阿雪娇怯怯的模样，又觉难以开口，只好把算稿一摔，扭头出门。

阿雪拿起算稿，跟出门外，已不见了梁萧的人影。她心中悲苦，转回书斋，扑在桌上大哭了一场，哭完以后，拿起算稿继续计算。她天资愚钝，性子却坚韧，虽然屡算屡错，可也屡错屡算。

到了晚饭时分，梁萧终于回来，神色似乎平和，阿雪却瞧出他心中失望。她悄悄摆好饭菜，怯怯地将稿纸递给梁萧。梁萧一看，九题中对了两题，也算是小有进步，当下沉默不语。吃了两口饭，放下筷子说：“阿雪，你的算术有做饭一半好就好了！”

他见阿雪神色怔忡，便说：“你愣什么？吃饭吧！”阿雪喜道：“我……我都算对了？”梁萧不忍叫她失望，强笑说：“对了。”

阿雪莫名欢喜，坐下来，举起碗筷，吃得兴高采烈。梁萧见她模样，心想：“算学变幻莫测，以她的天分，不合这个路子。娘常说：‘牛羊吃不了肉，雄鹰不会吃草。’我若强行教她，只会自讨苦吃罢了。”他想通这一节，不再逼迫阿雪学算，转而传授黑水武功。

阿雪见梁萧不再教她学算术，心中十分纳闷儿，但她天性纯良，随遇而安，算学对她来说，比学武还难百倍，与其学算，她宁可学武。她的武功已有根基，学起来没让梁萧十分生气。

过了几天，观中粮食用尽，两人一块儿下山采买。上了山道，梁萧想起一事，说道：“铉元剑还嵌在对弈亭的石崖上，待会儿下山，记得找个铁锤凿子，把它弄出来。”阿雪奇道：“拔不出来吗？”梁萧道：“我试过好几次，都没拔出来。这些日子变故太多，居然把它忘了。”

阿雪笑道：“大树也被哥哥打断了，剑还拔不出来？”梁萧听她一说，暗暗心动：“我武功大进，再去试试也好。”想着爬上对弈亭，走到石壁前，握住剑柄，运劲一抖，“嗡”，铉元剑露出半截。梁萧又惊又喜，再一用力，铉元剑脱出石壁，剑身光亮沉寂，恍若一泓秋水。

他默默审视那剑，心想有剑无鞘，终不是长久之计，此番下山，买粮以外，正好配一个剑鞘。

两人心情欢悦，并肩下山，到了山下集镇，梁萧找到一家铁匠铺子，量好剑长，让匠人配制剑鞘。正说着，忽听吆喝连声，转眼望去，四个少年手提棍棒，快步冲过集市。有人拦路，就用棍棒驱赶，吓得人群纷纷避让。阿雪看得不忿，说道：“哥哥，这些人可真讨厌！”

梁萧定眼一看，走出铁匠铺子，拦住四人笑道："你们四个，又去干什么坏事？"

四人正是当日偷白驴"快雪"的小无赖，见了梁萧，面露惧色，圆脸少年扬起棍棒，大声说："我们不惹你，你也不要管我们！"

四人仗义救过梁萧，梁萧心中感激，打量他们说："你们要去找人打架？"

四人一愣，白脸少年结结巴巴地说："你怎么知道？"梁萧心想："我可是打架的祖宗，你们这副阵仗，我还看不出来？"想了想问："对方厉害吗？"

四人对视一眼，默不作声，脸上闪过一抹晦气。梁萧心中了然，笑道："有点儿意思！阿雪，想不想去瞧热闹呀？"阿雪说："好啊，反正也没什么事儿！"

圆脸少年神色犹豫，说道："去看也行，可不要上前。万一伤了你们，别怪我们没有提醒！"

梁萧一听，越发来了兴趣，笑道："好啊，我倒要瞧瞧，谁有这么大本事！"四人听了这话，面色发黑，似乎有些动摇。可是箭在弦上，不发不行，迟疑一下，又提起棍棒，带头出了镇子。

梁萧跟在一边，询问四人姓名。圆脸少年叫杨小雀，八字眉少年叫李庭儿，另一个皮肤黧黑、双目细长的少年叫王可。问到白脸少年，他说："我叫赵三狗，你叫我三狗儿好了。"梁萧也笑道："我叫梁萧，这是我妹子阿雪，上次多亏你们相救。"李庭儿汗颜说："可惜对头狡猾，几乎坏了大事。"梁萧笑道："无论成败，四位舍身救命，我梁萧永生难忘。"四人听了这话，纷纷咧嘴直笑。

又问斗殴对手是谁。赵三狗说："我们去打赤毛虎。"阿雪惊讶说："去打猎吗？"四个少年都笑起来。李庭儿说："姑娘不知道，那不是真老虎，是一个人。他是蒙古人，名叫土土哈，长了一头红发，比老虎还凶呢！"梁萧问："你们为什么要打他？"

李庭儿口齿便给，叙事明白："这个土土哈不是本地人，他老爹是钦察的军士，打仗时运气不好，做了半辈子兵，也没怎么迁升。后来年纪大了，脱了军籍，娶了个黄毛婆子，大老远来中土做买卖。老头儿生性老实，遇上几个汉人奸商，一来二去地把他坑了，一生积蓄血本无归，他气得发了病，撒手去了西天，留下黄毛婆子和土土哈。老头子死时，土土哈只有六岁，这小子自小蛮力惊人，十岁时在山上牧马，遇上两头饿狼，被他一手掐死一头，双肩扛了回来。十二岁的时候，一双手就能将半大的牛犊拧翻。”梁萧动容说：“这可是天生的神力。”

李庭儿道：“是啊！他老子吃了汉人的亏，土土哈最恨汉人，从小就跟我们过不去。他老子死后，留下几匹钦察马，十分神骏，他娘和他就靠这些马过日子。后来大马生了小马，村里的汉人小孩十分羡慕，就偷着去骑，结果被他三拳两脚，打了个半死。他是蒙古人，天生高出汉人一等，大人都不敢吱声，小孩却跟他铆上了。他气力大，又从小精熟武艺，没人打得过。但一个人打不过，就两个人打；两个不成，四个人来。后来十乡八里会打架的小孩都跟他干过架，每个人都被打得很惨。大家却不服输，一次不行两次，两次不行三次。土土哈十三岁那年，我们把他打倒了一回，那次几乎打死了他。但不过十来天的工夫，他恢复如初，又来找事儿。这回不成了，二十多个汉人少年被他一口气全打倒了。”他看了王可一眼，“那次王可被他摔坏了腿，躺了两个多月。”

王可被他提起生平糗事，怒道：“他娘的，你怎的别的不记，就记得这个？”赵三狗冷笑道：“发什么怒？别说你，就连西华苑的大总管史富通也摔坏了腿。史富通见他本事大，叫他去西华苑做庄丁头子，他不肯去，还骂史富通汉狗。史富通脸上挂不住，两个人动上了手。土土哈那时才十六岁，把史富通举过头顶，扔了出去。他是蒙古人，史富通挨了打，也奈何不了他。”

梁萧沉吟说：“他一个人跟你们打，也不叫帮手？”四人脸涨得通红，纷纷低下头去。李庭儿说：“惭愧，这附近的蒙古蛮子，都和土土哈有交情，土土哈却从不找帮手。我们去十个人他是一人，去二十个人他也是一人，去三四十个人他还是一人。又从不动刀枪箭矛，赤手对空拳。这次我们有心挑衅，故意偷了土土哈的马，土土哈很生气，大家约好，待会儿在李子坡交手。”

梁萧听了这话，心想：“这土土哈是条好汉子，这些少年以多欺少，胜之不武，败之可耻！”向南走了二里，忽见前方有个草坡，上面横七竖八倒了三十来人，呻吟声不绝于耳。坡上尚有四个粗壮少年，两个抱腿，两个抱腰，正与一个高大魁梧的年轻人角力。

那人七尺来高，一件羊皮坎肩在打斗中撕得粉碎，红褐长发披在肩上，浓眉有髯，一对虎目光亮夺人，脸上几道血痕，想是斗殴时抓伤。他躬身扎马步，随手一摔，没将四人甩开，不由双目瞪圆，一声大喝，一手一个，将两个搂腰的少年高高举起。双腿抬起，腿上二人飞出丈外，趴地不起。红发人的双臂凌空一并，两个少年狠狠撞上，惨叫昏厥。红发人将人就地一掷，用蒙古话叫道："服输了吗？"声如驴鸣，神威凛凛。梁萧瞧得暗暗点头："这就是土土哈？果真有些气概！"

李庭儿四人晚来一步，同伙尽被打倒，心中惊怒，赶上前去。他们与蒙古人杂居，懂得若干蒙古话，杨小雀朗声说："土土哈，咱们还没打，就还没输。"土土哈看见他们，皱眉道："你们来晚了。好，一起上！"一个少年在地上呻吟："杨小雀，算啦，这蛮子越来越厉害……哎哟……"

四人对望一眼，面有惧色，可是事到临头，也不肯退缩，纷纷抖开棍棒，围住土土哈。土土哈扫视四人，轻蔑一笑，目光投向山坡下的梁萧，扬声说："你是新来的吗？也一起上吧！"

梁萧笑了笑，用蒙古语说："我不和你打，你打不过我。"土土哈双眉一扬，冷笑道："你蒙古话说得好，也是蒙古人吗？你不敢来？你的胆子比这些小鸡还小吗？"说着一扬手，扫过杨小雀四人。四人听了这话，只觉屈辱难耐，脸上像是着了火，手里的棍棒握得更紧。

梁萧也是一愣，笑道："你向我挑战？"土土哈冷冷说："你说我打不过你，我心里不服！"梁萧点头说："要打可以，我们一个对一个！"土土哈皱了皱眉，摇头说："不行，我手太重，一对一，没准儿要了你的命！"

梁萧笑道："打死我，算我倒霉！"土土哈一皱眉头，微露讶色。赵三狗忙叫："梁大哥，你别逞强！"

梁萧冲他摆摆手，笑道："土土哈，你最擅长什么？"土土哈一愣，道："此话怎讲？"梁萧道："比斗拳脚，我胜你就像大雕捉拿小羊。除了拳脚，你还会什么？"土土哈怒道："你这厮尽说大话。我偏要比拳脚，有胆量的过来交手。"上前一步，虎目含威。

梁萧笑了笑说："也罢，土土哈，我让你打三拳，你撼得动我，我就与你比拼拳脚。"土土哈天生神力，能生裂虎豹，拳毙牯牛，没料到梁萧如此小看，心中莫名惊怒。但见梁萧不比自家矮小，说到体格，却不及自己雄壮，再说有了自己的体魄，也未必就有自己的神力。略一沉吟，摇头道："你别说大话唬人，你小鞭子一样的人儿，我三拳打完，十个也打坏了。"

梁萧见他气量恢宏，心中暗许，笑道："打坏了也不怪你，我退后半步，就算我输。"土土哈大怒，瞪眼望去，梁萧神色自若，目光冷静，与他正眼对视，全无一丝退缩。又看一边的阿雪，少女微微含笑，似乎毫不惊慌。

土土哈不是莽夫，收起轻视念头，寻思："我轻轻打他一拳试试。"便道："好，你害怕就说，我收拳便是。"

梁萧笑道："你来。"土土哈脸一沉，走下山坡，一拳直奔梁萧肩头。这一拳尽管留手，也有六七十斤力气。不料一拳打中，如击铁板，梁萧纹丝不动，土土哈吃痛缩手，叫道："你这汉子，好硬的骨头。"

梁萧微微一笑，说道："你不是叫'赤毛虎'吗？老虎的猛劲去哪儿了？轻手轻脚的，跟兔子一样。"蒙古话里，他这番话十分侮辱人。

土土哈浓眉一挑，也不多说，沉身运气，用上九成力道，击向梁萧左胸。旁观四人见状，无不齐声惊叫，纷纷攥紧棍棒，只待梁萧一死，就与土土哈拼命。

梁萧见他拳来，微笑不动，直待拳劲及身，身子微微后仰，足下"噌"地入地三寸。土土哈只觉拳下一虚，好似打中空气，浑身气血前冲，真是难受无比。

这一招"立地生根"是黑水一派的不传秘诀，当年"群英盟"上，萧千绝抵挡姬落红的裂天戟，用的就是这招。诀窍在于后仰的一刹那，内力忽生变化，将对方的劲力引至脚跟。至于入地的深浅，全由对手的劲力大小而定。这本是极上乘的武功，没有极高的内力不能驾驭，否则弄巧成拙，反而伤了自己。梁萧也是因为近日内功精进，才敢使出这门奇功。

土土哈出手极快，一拳未收，二拳又出，还没击到，梁萧忽地变后仰为前倾。好比扎根入地的树木，用手一推，先是后倾，一放手，忽又反弹回来。因为土土哈的拳劲用足，反弹的力量也十分惊人。

梁萧并非死木，而是活人，身子回弹的一瞬，带上了土土哈的余劲不说，更有他本身的内力，二力相合，势大力沉。众人惊叫声中，土土哈飞出两丈开外，狠狠地摔了个结实。他筋骨强健，略一挣扎，又跳了起来。只觉手臂痛麻，胸口气血翻腾，两眼瞪着梁萧，神色十分惊奇。他哪儿知道，梁萧已经手下留情，当年姬落红挨了萧千绝的反弹，当场筋摧骨断、五脏俱裂了。

杨小雀四人见状，又惊又喜，一迭声叫好，其他的汉人少年也挣扎起来，哄然发出欢呼。梁萧挨了这两拳，胸口微微发麻，心想："这人的蛮力也颇惊人。"他吐出一口气，笑道："土土哈，你认输了吗？"

土土哈心知遇上高人，但他自幼丧父，独立支撑家业，性格磨炼得坚韧、倔强，应声一扬眉毛，高叫："好汉子，你敢与我比试摔跤吗？"梁萧笑道："闹了半天，这才是你擅长的吗？好，就比摔跤。"土土哈长吸一口气，撕下皮袍，赤裸上身，摆了个架势，双腿微屈，两臂分开。

梁萧也脱下袍子，掷给阿雪。李庭儿凑前低声说："梁大哥小心，这人摔跤从没败过。"

梁萧笑了笑，不置可否。高手交锋，不容别人近身，就此而言，摔跤本是极下乘的法门。梁萧与土土哈较量，自取下乘，颇违本性。可是话一出口，自然也要照办。他没练过摔跤，可听母亲详细说过，以他武技之精，一通百通，可以想见其中的奥妙。

他虚晃一招，足下微动，卖个破绽。土土哈窥见，虎扑上来，来扣他的腰部。

梁萧略退半步，抓住土土哈的手臂，反足钩他左腿。刹那间，两人四条胳膊、四条腿绞成一团。摔跤本是蒙古人从牛羊抵角、虎豹相搏中悟出的搏斗法子，后来又加入了杀牛宰羊的动作。二人四肢交缠，盘旋疾走，你一个"拧牛角"，我一个"骑骆驼"，时时出脚扰乱对方下盘。旁观的少年皆是会家，看到精妙处，纷纷叫好。

梁萧的本力逊于土土哈，武技高出他十倍不止，深谙借力消势的法子，即使不用武功，也能将他摔倒。但他颇爱土土哈风骨，不愿使蛮劲摔倒这人。

又角两个回合，梁萧忽地牵住土土哈的胳膊，飘然向左走出一步。这一步玄奇异常，正是"九九归元步"。因是借力而发，土土哈被他一牵，几乎跌倒，无奈上前走出一步。还没站稳，梁萧转身又走一步。土土哈站立不住，只得猛跨一步，横扫梁萧下盘，谁想足下一空，梁萧人影全无。土土哈扭腰挥臂，想要摔开他的双手，怎料他腰身扭向何处，便被对手带往何处。动念后坠，梁萧将他向后牵引；想要前冲，梁萧又向前方拖曳；往左时，梁萧在左；往右时，梁萧在右。总是料敌先机，抢先一步将他带动。土土哈随他走了十来步，步法渐渐凌乱不堪。

摔跤最重下盘功夫，土土哈足下一乱，全身破绽百出。梁萧并不趁机摔他，脸上微微含笑，带着他以“归元步”行走起落。他越走越快，土土哈也越转越快，走了片刻工夫，梁萧的身形一变三、三变六，人来人去，看得众人眼花缭乱。土土哈就似牵了鼻子的牯牛，随他东转西转，只是走个不停。

又转一会儿，梁萧忽地撒手，袖手站在一边。土土哈得了自由，却如疯魔般就地疾旋。他心里十分明白，极力想要稳住身形，可是带他旋转的力量，是他之前挣扎力量的总和，被梁萧用“归元步”借来，尽数还给他自己。土土哈气力再强十倍，也无法抗衡这一股合力。

众人正自不明所以，忽见土土哈双腿互绞，一跤跌坐在地，仍如陀螺一样滴溜溜乱转。汉族少年先是一怔，跟着大声哄笑起来。

土土哈好不容易手足并用，刹住旋转势头，但觉头晕眼花、胸闷异常。他定了定神，长吸一口气，忽地一跳而起，高声叫道：“拳脚上的本事，我比不过你，可我不认输。”众少年大怒，这个叫：“土土哈，你裤子都输掉了，光了屁股还不认输？”那个叫：“这位大哥法术高强，土土哈，你飞蛾扑火，自取灭亡，滚你姥姥的臭鸭蛋吧。”七嘴八舌，极尽挖苦。土土哈脸色时青时红，瞪眼不语。梁萧却从他身上看到自己的影子，挥手笑道：“都闭嘴吧！”

众人应声寂然。梁萧说：“还要比什么？土土哈，随你挑选。就是烹饪饭菜、各类女红，我也奉陪到底。”众人听他一说，纷纷大笑。若换了是别人，土土哈定当是侮辱他，可听梁萧说出，不由得笑道：“我不会这些，比不过你。你等我一会儿，我马上就来。”梁萧点头道：“好！”

土土哈拔足飞奔，往北去了。众人议论纷纷，猜测他去做什么。不一会儿，北方马蹄声响，飞来两骑人马。众人凝目一望，土土哈跨一匹褐色大马，背负弓箭奔突在前，后面跟了一个留三塔头、面皮白净的蒙古少年，也背负弓箭，乘一匹白马。汉人少年纷纷喝骂："土土哈，不要脸，你去找帮手吗？""打不过就叫囊古歹来帮忙，土土哈，你不害臊吗？"梁萧却猜到几分，微微皱起眉头。

土土哈跳下马来，不理众人聒噪，向梁萧道："我的马被他们偷了，这马是向囊古歹借来的，他听说了，也要来看。"梁萧叹道："你要跟我比骑马射箭？"土土哈点头道："正是。"众人均是一呆。

土土哈扬声说："囊古歹，你把弓箭给他。"蒙古少年将弓箭取下，递给梁萧。土土哈手指远处的垂杨柳："我们射柳条！各射三箭，看谁射得远，射的柳条多，谁就胜了。"这时刚刚入春，柳条细嫩，柳叶还未长成，要想射中十分困难。梁萧皱眉道："好！你先来。"他从未练过骑射，自恃眼力、臂力，想也不难应付。所以让土土哈先射，固是为了知己知彼，也有现学现卖的意思。

土土哈并不推辞，翻身上马，纵马疾驰，距柳条越来越远，渐有三百步之遥。众人无不惊异："他能射这么远？"

梁萧看在眼里，暗暗心惊。只见土土哈疾驰中忽地转身，挽强弓，引白羽，"嗖"，箭出若电，将细柳一截两段，其势不止，羽箭没入树干，嗡嗡颤鸣不已。

囊古歹脱口叫好，叫声才起，土土哈马不停蹄，第二箭离弦而出。他有心显露本事，这一箭方出，第三支箭扣上弓弦，瞬间出手，衔着第二支箭的箭尾，恰似流星追月，将头一支箭纵向剖开，变作两支。其势不止，与第三支箭并镞齐飞，将三根柳条齐齐射断。

到这时，囊古歹的叫好声方才落地。汉族少年个个面无人色，均想："他早用箭射，咱们向阎王爷报到多时了。"

土土哈纵马驰回，翻身下马，把缰绳交给梁萧，说道："你来！"汉族少年一个个眼巴巴地望着梁萧，只盼他又变法术，大显奇能。谁知梁萧沉默半晌，叹道："我输了，这个我做不来。"

这话一出，众人无不吃惊。梁萧说完，转身就走。土土哈将弓箭交给囊古歹，上前拦住梁萧，双手按胸，躬身说："请问大名？"梁萧见他行礼，诧道："我叫梁萧。"土土哈奇道："你是汉人吗？汉人中少有蒙古话说得这么好的。"顿了一顿，又说，"我是钦察部人，叫土土哈。"梁萧笑道："我知道了。"

土土哈呵呵一笑，说道："你武艺很好，为人豪气，我很喜欢。"梁萧说："你的弓箭也很厉害啊，蒙古人中数你第一吗？"囊古歹接口道："不是，当今第一神箭手是八剌部的伯颜！"这几句用汉话说出，梁萧心想："是他，将军神箭，名不虚传。"一转眼，瞧着囊古歹："你汉话说得不赖！"

土土哈笑道："这里的蒙古人，数囊古歹最有学问，他还能作汉人的曲子。"囊古歹面露傲色，淡淡说："成吉思汗在扎撒里说过：'读书的寻常人终究会胜过天生的聪明人。'明白了汉人的学问，才能长久统治他们。"土土哈听是成吉思汗说的，肃然起敬道："说得很对。"梁萧笑笑说："成吉思汗自己就不认字、不读书，却是为什么？"囊古歹一愣，不知如何回答。

土土哈对汉族少年说："你们偷了我的马，如今输了，该还我了吧？"偷马的少年神色悻悻，只好引他和囊古歹去取马。

梁萧正想离开，忽听有人高叫："三狗儿！"掉头一看，连走带跑，赶来一个中年妇人。

赵三狗变了脸色，拔腿就跑，中年妇人叫道："三狗儿！你敢跑？"赵三狗应声站住。妇人赶上来，一把揪住，照他身上就是一顿巴掌，骂道："孽障，上次偷驴被踢得半死，今天又来跟人打架，你……你要气死我才甘心啊……孽障，畜生。"劈头盖脸，边打边哭。

赵三狗被她揪住，只是原地乱转，躲避要害，却不敢挣扎。妇人打得没了气力，站在那儿，只是痛哭。

赵三狗愣了半晌，跪下来落泪说："娘，您别哭了，我再也不敢了。"妇人哽咽道："你每次都说得好听，总是说了又犯。"说着抡起巴掌，又往赵三狗身上打去，忽地手腕一紧，挥不下去。掉头看去，一个腰挎宝剑的少年，一只手握住了自己的手腕。

妇人见他面生，微微一愣，说道："你……"梁萧苦笑道："这位大婶，看我面子，饶了他吧！"妇人呆呆瞧他，眼里闪过一丝惊色，手也慢慢垂了下来。梁萧看了赵三狗一眼，叹道："你说话算话？真的不偷盗、打架了？"赵三狗面色迟疑，看了看三个死党。

梁萧点头道："三狗儿，我知道你屡屡违背对母亲的诺言，全因你们四人是朋友，他们偷盗、打架，你也不能坏了义气。"赵三狗被他说中心思，默默点头。梁萧脸色一沉，厉声道："你们四个，全给我跪下！"

四人被他眼神一逼，无不心惊胆战，"扑通"跪倒。梁萧正色道："我这人最恨谁惹母亲伤心。你们四个跪地发誓，从今往后，不许再干偷抢拐骗、打架斗殴的勾当，要不然，就如此石！"探足挑起一块四五十斤重的大石头，忽然一掌拍出。哇，青石被凌空震成八块，啪啪啪，先后陷进地里。

众人瞧得目瞪口呆。四个少年聚头商议一阵，杨小雀说："梁大哥，我们有个念头，大哥答应，我们从此不再偷盗；不答应，你本领高强，一掌一个，打死我们吧！"梁萧"咦"了一声，说道："好，你说来听听！"

杨小雀欲言又止，回望李庭儿。李庭儿说："我们合计了一下。梁大哥，你武艺高强，我们见所未见，是以想拜大哥为师，学习武艺，日后赚取功名，让爹娘从此不再过穷苦日子。若大哥答应，我们从此一心学武，再不偷鸡摸狗、危害乡里了。"

梁萧眉头大皱，心想："我与他们非亲非故，何况年纪相当，怎能做他们的师父？"可见妇人泪痕未干，眼中满是希冀，不由得心头一软，说道："拜师就免了。我打算在这儿待些日子，有空闲，指点你们一点儿功夫也无不可。"

四人大喜站起，连连行礼。梁萧一转身，忽见中年妇人望着自己，痴痴呆呆，竟似中魔似的。他心里奇怪，还没开口，妇人忽问："公子姓梁？"梁萧诧道："不错。大婶有何指教？"

妇人呆呆望着他，喃喃说："真像，真像！"梁萧说："像什么？"妇人又打量他一眼，苦笑说："我也许看走眼了，刚才看公子，与一位姓梁的故人容貌相似，可这时细看，又有一些不同。"

梁萧心中起疑，仔细看了妇人一眼，说道："赵婶，那位故人叫什么？"妇人道："他叫梁文靖！"梁萧大吃一惊，盯着她说："你认识我爹？"

赵婶浑身一震，伸手想要拉他，可是一碰手背，又似被火烧灼，仓皇缩了回去，颤声说："你……你真是他的儿子？"梁萧也猜到了几分，说道："是呀，梁文靖是我爹，赵婶，你……是爹爹以前的乡亲？"

赵婶望着梁萧，脸上神色奇怪，似欢喜，又似感伤，过了好一会儿，才费力说："你……你爹爹呢？他还好吗？"梁萧苦笑一下，黯然说："他过世好几年了。"

妇人身子一晃，忽地软了下去，梁萧眼疾手快，一把将她扶住。赵婶回过一口气来，抓住梁萧胳膊，失声说："你……你说他去世了？"话没说完，眼泪已落下来了。

梁萧叹道："是啊，他去世快七年了。您从前跟他很要好吗？"赵婶的眼里闪过一丝空茫，喃喃说："我们是邻居，一块儿长大的。"梁萧没想到会在此相逢父亲的故人，心头一热，扶着她坐下，将父亲的遭遇说了一遍。

众人听完，心中无不惨然。阿雪也是第一次听说梁萧的身世，心想："我是孤儿，没见过爹娘；哥哥有了爹娘，却又生生失去。这痛苦比起做孤儿还要难受。"想到这儿，握着梁萧的手，也怔怔流下眼泪。

赵婶低头想了想，忽拉梁萧说："公子随我来！"梁萧不明所以，跟她过去，阿雪也紧随其后。三人走了半晌，遥见一片竹林，林中竹屋青青，竹子捆扎齐整。

赵婶拉开门闩，掀开竹门，门内飘出淡淡的竹香。梁萧略一迟疑，随她进门。屋子四丈见方，分隔两间，床柜井然，锄头、铁犁斜倚墙角，尖头的黄泥干涸已久。近窗处铜盏光亮，尚有一汪清油。窗外竹林茂盛，森森绿意透窗而入，照得人须发皆碧。

梁萧不解道："这是什么地方？"赵婶手抚桌角，眼中泪花滚动，凄声说："这是你爷爷、爹爹住过的地方。"

梁萧不觉怔住。妇人眺望窗外竹林，叹道："那一年秋天，田里麦子才黄。蒙古大汗签军，你爹爹被征作民夫。签军后的第二天，我早早来看，他和你爷爷都不见了！一句话也没留下，就那么急匆匆地走了。后来我也常来收拾，总想他有一天会回来。那时总得有地方睡觉，有地方搁衣服，有个地方看书呀。唉，你爹爹最爱看书啦，你爷爷不让看，他就躲在我家后门的林子里偷偷地看，有时忘了吃饭，我总是从家里偷了饭菜给他。"

她沉浸于往事中，那情景恍然如昨，嘴角不觉浮起苦涩的笑意。转身开柜，柜中尚有几件残破衣衫，她轻轻抚摩，过了许久，才幽幽地说："那一年，我嫁了人。生孩子那些日子，我没法来这儿，这衣衫都叫虫蛀坏了。唉，没法子啊，做了娘以后，就有了许多事，要种地，要喂孩子。渐渐地，我也来得少了，但……但不知为何，我总想他会回来……”说到这儿，忽听得低低的抽泣声，转眼望去，梁萧倚着床铺，泪流满面，“扑通”跪在地上，死死揪住她的衣角。

赵婶胸中大痛，忙道：“好孩子，别哭，别哭……”只说了几句，也失声落泪。阿雪悲从中来，跪牵着梁萧的衣衫，哭道：“哥哥……别哭啦……呜呜……别哭啦……”妇人历世已深，见二人哭得伤心，反倒强忍悲痛，扶起阿雪问：“你是文靖的女儿？”阿雪摇头说：“我和哥哥是结义兄妹。”

梁萧好不容易忍住悲恸，抹泪起身，左右看看，几如隔世。赵婶又说：“你说你要待些日子，若不嫌弃，就来这儿住好了，左右……左右这也是你家。”梁萧想了想说：“也好，山上道观往来不便，我搬下山来住吧！”

赵婶点头道：“去见见你赵四叔吧。”梁萧对她言无不从，随她来到一座竹顶土墙的房屋前，只见一个中年汉子正在门前编竹篓子。妇人叫住他，将梁萧的来历说了，赵四惊喜万分，得知梁文靖去世，又是难过不已。妇人让他陪梁萧说话，自去准备饭食。

赵四拙于言辞，搓着手咿咿呀呀，不知如何安慰。梁萧只得无话找话说：“赵四叔在编竹篓子？”赵四得了话茬，忙道：“是呀，说起这个嘛，还是你爷爷教给咱的手艺。”梁萧笑道：“原来如此！爹爹也会，但我没学过。”

赵四叹了口气，说道：“那片竹林子，也是你爷爷从南方带来的竹种。初时只有几根，后来下了两场雨，呼啦一下，就长成林子啦！嗯，你爷爷最喜爱竹子，常给文靖哥和咱讲，做人要像做竹子一样，怎么长都是直的，还要一节一节地长，时常反省自己。嗯，文靖哥说那叫作什么来着？‘吾……吾什么吾身’？唉，久了，记不起来了……”

梁萧回想一会儿，笑道：“吾日三省吾身？”赵四一拍大腿，笑道：“对，还是文靖哥的儿子有学问！老子有学问，儿子就有学问，看看咱是草包，三狗儿也是草包。唉，龙生龙，凤生凤，老鼠生儿会打洞……”说罢挠头苦笑。

梁萧听得满心不是滋味，说道：“三狗儿肯学，我也可以教他读书。”赵四吃了一惊，忙摆手说：“唉，你别说，那浑蛋小子不学好，就会跟狐朋狗友瞎混。不学编竹篓，也不种地，偏要当什么官做什么将……你说，他不是失心疯了？”

梁萧道：“人往高处走，他有大志向很好啊！”赵四略一愕然，摇头道：“咱只愿他平平安安地过日子。”拿起一根竹子，嚓嚓劈成几条。

两人相对无话，梁萧瞧他编了半晌竹篓子，忽道：“赵四叔，这附近除了你，还有人会编竹器吗？”赵四摇头说：“没啦。北方竹子少，大家都用木头，我这竹篓子也卖不了钱，做买卖还得交税呢！两三天赚一文就不错了。”

梁萧笑道：“我编来看看好吗？”赵四笑道：“好呀，嗯，我给你说怎么编。”梁萧笑道：“我瞧过两遍，大致会了。”赵四奇道：“是吗？”梁萧拿起那把劈竹刀，寻砂石磨得更加锋利，抖手间，哧哧哧一阵响，竹子被他顺势剖成了发丝粗细的竹丝。赵四看得眼花缭乱，忙叫：“哎呀，不对，太细，太细，要断的！”梁萧摇头道：“我还嫌粗呢！”赵四听了又是一呆。

梁萧想了想，双手拈起竹丝，数十根极纤细的竹丝在他十指间跳舞。编了一会儿，他摸出门道，十指越编越快，落到赵四眼里，那指头就似生了翅膀，满天飞舞。不到半个时辰，梁萧编了一个竹篮，绵密细腻，玲珑剔透，好似掏空了的鸡蛋壳儿。

梁萧打了最末一个结，笑道：“成了！”扔给阿雪：“送给你！”阿雪捧在手里，好生喜欢，笑道：“哥哥，这个能装花吗？”梁萧笑道：“怎不能？薄是薄，可还结实。”

赵四出了一会儿神，拉起梁萧的手，摸了又摸，又看看自家的手，嘟囔说：“没啥两样呀，怎么我看着像是变戏法。”阿雪笑道：“那是哥哥的‘如意幻魔手’。”赵四仍不明白，可他性子木讷，不好多问，接过那个竹篮啧啧称奇：“这东西好看，但不经使，不过，大户人家的小姐也许喜欢。”

梁萧道：“我也这么想。若用这片竹林，做出比这个还精致的竹器，卖给大户，未必不是赚钱的营生。赵四叔，我们一起做买卖好了。”赵四望着竹篮摇头：“这样的，咱可做不来。”梁萧笑道：“我来做，您帮着卖就成。”赵四听得发蒙，脑子转不过弯来。

日已入暮，赵婶招呼吃饭，她杀了生蛋的老母鸡，煮了一锅鸡汤。梁萧召集四个少年，将做竹器的主意说了，让四人专事兜售，所得银钱，五家均分。四人看了梁萧编的竹篮，也觉有趣，纷纷叫好。用过饭后，众人又商议了一个时辰，这才欢喜散去。

寒冬渐渐过去，雪晴了又下，下了又晴。梁萧将“如意幻魔手”尽数融入竹艺，他一颗心七窍玲珑，巧思百出，技艺渐渐出神入化，所用的竹丝也更加纤细。编织的竹扇、竹篮、竹花瓶、竹屏风等器具，无不玲珑剔透、妙绝当世，不但远近富户争相购买，就连色目商贾也找上门来。

元人户籍管辖严厉，梁萧不便在外招摇，他每日编完十样，交与李庭儿、赵三狗等四人打理。四个小子无赖出身，尽多机灵巧变，生意场上，算是有了用武之地。

阿雪主理家务之外，也拼命习练“如意幻魔手”，只想早早学好，帮助梁萧编织竹器。可她天资愚笨，编得总是不成样子，心中好不泄气，偷偷哭了好几回。

转眼到了次年春天。两场春雨过后，田中麦苗抽芽，竹笋尖也从地底悠悠忽忽地冒了出来。这日清晨，梁萧走出门外，瞧向山坡下的空地，四个少年呼呼喝喝，正在那儿习练拳脚。

数月工夫，四人的拳脚内功都已入门，进退腾挪，颇得拳理。编竹习武的闲暇，梁萧也记着对赵四的承诺，从玄音观找来书籍，教四人读书认字。这四人颇有梁萧当年的风范，拿起书本就恹恹欲睡，但迫于梁萧的脸色，不得不强打精神，之乎者也一番。

阿雪正在炉边烧火，见梁萧出门，走到他身边笑道：“哥哥，没想到这四个小无赖，竟也像模像样啦！”梁萧苦笑道：“马马虎虎，就跟你一样，不爱读书。”阿雪脸一红，嘻嘻直笑。梁萧坐了下来，说道，“阿雪，我昨晚做了个好玩的东西，送给你玩儿。”阿雪含笑称好。梁萧取出一只构造繁复、多有机栝的竹鸟，笑道，“你猜怎么玩儿？”阿雪打量一下，摇头说：“我猜不出来的。”

梁萧笑了笑，一扬手，竹鸟“扑”的一声，从他掌心蹿起，呼噜噜飞上天去。

阿雪目瞪口呆，望着竹鸟叫道："哥哥，你会虚空摄物吗？"

梁萧摇头说："这不是武功，这是机械之功。古书上说，鲁班造木鸟，飞了三天也不落地。不过，这只竹鸟儿只飞得了一炷香的工夫，也不知是古人吹牛，还是我本事太小。"阿雪抿嘴笑道："自然是古人吹牛！"梁萧白她一眼，说道："你就会说好话儿。"嘴上埋怨，心中却很得意。

忽听一声锐响，蹿起一支羽箭，"嗖"的一声，将竹鸟一箭贯穿。机栝一坏，竹鸟一头栽落下来。阿雪失声惊叫，梁萧也微微动气，遥见前方路上飞来两骑人马，一骑冲突上前，不待竹鸟落地，伸手接个正着。见是假鸟，来人愣了一下，抬头望来，满头红发飘扬如旗，正是钦察人土土哈。

两骑人马奔到竹林前，杨小雀四人心存戒心，各自提起棍棒，逼视两名骑士。

土土哈扬声叫道："梁萧在吗？"梁萧走出竹林，笑道："土土哈，你一来，就射了我的鸟儿？"土土哈一愣，拿起竹鸟，惊奇地说："这是你做的？"梁萧点了点头，招呼另一个骑士："囊古歹，你也来了？"

土土哈讪讪下马，挠头说："我看见一只大鸟，打算射了下酒，谁知一箭射去，却是一只竹鸟儿！"阿雪快步上前，劈手抢过，望着竹鸟，眼圈儿微微泛红。梁萧忙说："阿雪，这只坏了，我再做一只送你！"

土土哈目不转睛地盯着阿雪："梁萧，她是你妻子？"梁萧摇头说："不，这是我妹子。"土土哈笑道："你妹子真美！"他说蒙古话，阿雪不懂，瞪眼望着梁萧，梁萧笑道："这是土土哈，他夸你长得美！"阿雪双颊绯红，皱了皱眉，转身进屋去了。

梁萧道："土土哈，你来做什么？"土土哈说："我早想找你了，可他们总不肯说！"他指了指杨小雀等人。李庭儿支吾说："他们是蒙古人，我们怕对梁大哥不利！"梁萧微微一笑，说道："土土哈，你找我做什么？又要打架？"土土哈连连摆手，大笑道："我可打不过你，我找你喝酒！"

梁萧喜他豪爽，有心接纳，冲杨小雀说："你们去买酒！"土土哈说："不用，我们带了酒！"一边说，一边从马上卸下几只大皮囊，"这些浑脱酒，够七八个人喝了！"囊古歹也从马上扛下一只新杀的山羊，用汉话笑道："这只羊也够七八个人吃了！”

梁萧笑道：“土土哈，你不会说汉话？”土土哈道：“我听得懂，可说不好！”梁萧说：“我妹子不懂蒙古话，你来我这儿，就说汉话；我去你们那儿，说蒙古话。”土土哈呵呵大笑，用汉话说：“好！”

众人围坐一圈，喝了一阵酒，梁萧问：“土土哈，你是钦察人，钦察离这儿多远？”土土哈说：“远得很，我离开钦察时四岁，来中原已六岁，骑马走了足足两年。钦察的模样我不记得了，只记得一条大河，叫亦得勒（按：今俄罗斯境内伏尔加河），河边住了许多色目人，红头发、黄头发都有。”

梁萧听得神往，叹道：“天下真大。”他对阿雪说：“待我报了爹爹的仇，找到娘，我们一起去钦察见识。”阿雪大喜道：“哥哥说话算数？”梁萧一笑，说道：“自然算数。那时你若嫁了人，让你的丈夫也一同去。”阿雪笑容一敛，低头说：“阿雪才不嫁人呢！”梁萧皱眉道：“不嫁人，做老姑娘吗？”阿雪默不作声。

土土哈始终盯着阿雪，忽道：“梁萧，我很喜欢你妹子，我还没娶妻，把她嫁给我好吗？”他是蒙古人，行事直白，婚姻想到便说，全无滞涩。

众人听得一愣。土土哈又说：“我娘常催我娶妻，可我不中意那些蒙古女子。你妹子人很好，我一看就喜欢。若你答应，我用这九匹钦察马做聘礼。”梁萧道：“聘礼不用了，得看我妹子的意思。”顾视阿雪：“阿雪，你怎么说？”阿雪的脸上血色尽失，咬着唇道：“哥哥让阿雪嫁，阿雪就嫁。”土土哈一听，只道大事已定，喜道：“好啊，我跟娘说了，就来迎你。”

梁萧瞧了阿雪一阵，摇头说：“阿雪，你愿嫁就嫁，不愿我也不会强迫，我只想你开开心心过日子。”阿雪眉眼通红，忽地流下泪来，拼命摇头说：“阿雪说了不嫁，我……我就做一个老姑娘……”忽地钻进屋里，放声大哭起来。

土土哈看得发呆，不知如何是好。梁萧略一沉吟，叹道：“土土哈，我妹子不肯，只好作罢！”土土哈一怔，也叹气说：“可惜。”囊古歹奇道：“你们汉人不是三从四德吗？父死从兄，梁萧，你答应不就成了？”

梁萧冷笑道：“三从四德？哼，狗屁而已。”囊古歹更奇，皱眉说：“你的性子不像汉人，倒像蒙古人。”梁萧淡淡地说：“我娘是蒙古人，我也算半个蒙古人。”他端起酒来，笑道：“土土哈，做不成亲家，还可以做朋友。”土土哈也举酒笑道：“对，做朋友。”囊古歹笑道：“大家这么投缘，不妨交换信物，结为俺答。”

梁萧笑了笑，说道：“何须那些俗套？心中是俺答，便是俺答！”那二人热血上涌，齐声道：“对，心中是俺答，就是俺答！”一时间，七人同声大笑，将碗中的烧酒一饮而尽，又喝酒放歌，闹了半天才散去。

## 第十一章

# 车马辚辚

自此，土土哈、囊古歹时常带些酒肉，来梁萧处聚饮。看见赵三狗等四人练武，招式巧妙，二人均觉羡慕。梁萧见状，也让两人一同学艺。土土哈与囊古歹投桃报李，也将骑射术传给众人。

梁萧当日骑射败于土土哈，嘴上认输，心中却不服气。他悟性奇高，精进神速，与土土哈日日以赌斗骑马射柳为乐。十局中，梁萧起初胜三局、败七局，月余以后，已和土土哈平分秋色。土土哈本是天生的练武奇才，一得梁萧指点，如虎添翼，李庭儿四人联手，也往往敌他不过。

二月时光忽忽而过。这天，梁萧正编一把竹扇，忽见土土哈、囊古歹和李庭儿等四人有说有笑，乘马而来。六人往日如同寇仇，一经和好，反倒如胶似漆，成了极好的朋友。

六人下马上了山坡，梁萧见他们一脸喜色，放下活计，起身笑道："什么事这样欢喜？"土土哈咧嘴笑道："皇上下圣旨了！签军二十万，大举南征！"梁萧奇道："南征？征哪儿？"囊古歹笑道："征宋呗！以往两次征讨大宋，皆有不利，这次圣上下了决心，不灭大宋，决不罢休。"

梁萧眉头微皱，心想：“好端端的，打什么仗？”他一向淡漠国家大事，懒得多想，“嗯”了一声又问：“你们都签军了吗？”土土哈说：“我和囊古歹都签了。这方圆百里的蒙古人不多，囊古歹的爹爹是这里的百户，我们跟他出征。梁萧，我想托你照顾我娘。”

梁萧满口答应，望着其他四人问：“你们呢？”李庭儿说：“我和王可都是史万户的军户，这次本该我爹出征，可他生病，只好由我代他；王可他爹早年战死合州，除了他就只有一个弟弟，所以他也签了。杨小雀和赵三狗不是军户，但因这次征兵太多，十六岁以上的男子，但凡武艺精熟，皆可从军。他们既有武艺，自也顺顺当当地签了。”

阿雪笑道：“大伙儿都如愿从了军，今天可得好好喝酒！”土土哈笑道：“说得对！我欢喜糊涂了，早知道就该打头苍狼、野猪，让阿雪做了吃，土土哈最爱吃阿雪做的饭啦。”说着目光炯炯，望着阿雪。

阿雪脸一红，低头不答。土土哈对她犹未忘情，此次出征，母亲要他成了婚再走，他也没有答应。但看阿雪神气，不觉心头暗叹，满腔喜悦中多了一丝阴影。

喝了一会儿酒，赵四急匆匆跑来，脸上挂着焦急，还没进屋，便叫：“不好了，不好了！”赵三狗迎上去问：“爹，出了什么事情？”

赵四上气不接下气，一把拨开儿子，拉住梁萧道：“好侄子，四叔知你最聪明、最能干，你……你一定要想个法子！”梁萧道：“您老慢慢说！”赵四喘过一口气，惶惑道：“不知道怎么回事，刚才西华苑来人说，朝廷签军，签到三狗儿了！”赵四又指杨小雀，“小雀儿也签了，这下怎么办？咱们都不是军户！怎么也被签了呢？”跺着双足，都快掉下泪来。

梁萧瞧了杨小雀和三狗儿一眼，两人心虚低头。赵四又说：“好侄子，你千万想个法子，将这差事推了。”梁萧皱眉道：“我知道了，您先回吧！”赵四听他这句话，心落下了一半，看了赵三狗一眼，一步一叹地回家去了。

入夜时分，赵四夫妇又带着赵三狗和他妹妹小葫芦，全家四口来寻梁萧。赵四最着急，眼巴巴望着梁萧，只盼他设计推了差事。赵三狗却怕梁萧横插一足，坏了好事，双眼东张西望，十分心神不定。

梁萧沉默良久，叹道："赵四叔，这事我管不了！"赵四急道："侄子，你这样聪明，怎么会没法子？"梁萧摇头道："这事我真的管不了，不是我没法子，而是我不愿管。"赵四听得摸不着头脑。

梁萧向赵三狗道："三狗儿，你想好了？真要从军吗？"赵三狗看看父母，红着脸点了点头。赵四大怒，揪住他一巴掌扇过去，喝道："小畜生，你懂个屁！王可的老子王大山当年活蹦乱跳，一顿吃半头猪的身胚，那一出去，却连骨头也没回来。我还指望你传宗接代、养老送终，小畜生，你再点头？"一顿拳打脚踢，赵三狗也不躲闪，随他怎么殴打，只是拼命点头。

梁萧叹口气，止住赵四说："四叔，依我所见，三狗儿年纪大了，见识广了，不会甘居乡下。鸟儿的翅膀硬了，终是要飞上天的；鱼儿的个头儿大了，小池塘也容不下。"赵四呆了半晌，抽抽搭搭地哭了起来："咱……咱不想他送命啊，一上战场，刀呀枪的，碰着就完了……"说着老泪纵横。梁萧盘膝坐在床上，合眼道："人各有志，不可强求！"

赵四见他不肯帮忙，颓然叹了口气，扶着门踉跄出去。梁萧轻声说："三狗儿，送你爹回去！"赵三狗点点头，跟在父亲后面。小葫芦奇怪地说："爹哭什么呀？"赵婶叹了口气，只是摇头。阿雪拿了块麦芽糖，塞给小葫芦，笑道："来，吃糖！"小葫芦欢喜地说："多谢阿雪姐姐。"阿雪将她搂在怀里，说道："我们去外面玩儿。"看了梁萧一眼，转身出门去了。

赵婶默不作声，垂头坐在柜边，过得半晌，梁萧睁眼问："赵四婶，您有话说？"妇人一惊，强笑说："没，没！我就坐坐！"梁萧道："好，您坐。"又闭上双目。妇人坐了许久，轻轻叹了口气，起身走出门外。

过得半晌，阿雪蹑手蹑脚地走进来，轻声道："哥哥，我将赵四婶送回家了。"梁萧睁眼望着她，目光闪动，许久叹道："阿雪，你过来！"阿雪傍他坐下，梁萧略一默然，缓缓说："再过三天，我也要从军出征！"阿雪闻言一颤，小口微张，眼中露出一丝骇异。

梁萧苦笑道："按理说，我大仇未报，应该一心练好武功，可……"他说到这儿，目视摇晃不定的烛火，脸上露出一丝犹豫，半晌才说，“但我终究放不下他们六个，尤其是三狗儿，他是赵四婶的儿子。赵婶对爹爹一片痴心，爹爹却回报不了她……刚才不论四叔怎么求我，我都决不会动心，可是四婶一句话不说，我就想起了我娘，心里难受得很。”说到这儿，他又沉默良久，叹气说，“我想了许多，还是随他们走一趟。阿雪，我走了以后，你好好对待四叔、四婶，告诉他们，无论如何，我总会把三狗儿平安地带回来。”

阿雪一语不发，只是那么坐着。坐了许久，恍惚进了里屋，倒在床上睡下。梁萧想着出征的事，只觉大违本性，若为征战误了报仇，如何能让亡父灵魂安宁？再说留下阿雪一人，实在叫人难以放心。他心中十分矛盾，辗转反侧，一夜无眠。

其后三日，土土哈六人忙着出征，都没前来。梁萧用竹子削了一支竹枪，乘着向土土哈借来的骏马，驰骋演练。诸般兵刃，短兵器中梁萧喜剑，长兵刃中最喜枪。武学有云：“月棍年刀一辈子枪。”枪法飘逸幻奇，最难练好，可是一旦练好，也最难抵挡。梁萧剑法虽奇，但宝剑过短，不宜远攻。枪法于常人固然难练，可武功练到他的地步，触类旁通。剑也好，枪也好，都不离“幻奇”二字，大可信手拈来，随意变化。梁萧揣摩了两日，尽得枪术之妙，战阵杀敌，不在话下。每到他练枪的时候，阿雪就在一旁观战，神色忽惊忽喜，喜而又惊，也不知心里想些什么。

第三日傍晚，土土哈六人先后来到，各带美酒佳肴，摆出一醉方休的架势。众人大呼小叫，端着酒碗，个个神采飞扬。喝了几碗酒，土土哈酒劲上来，高叫：“梁萧，这一去，不知道什么时候再见。土土哈这几天老想，若能与你并肩骑马，一同杀敌，这辈子也算没有白过。”囊古歹也叹道：“是呀，梁兄的才情武艺，胜我二人十倍，埋没此间，斯可痛也。”

梁萧笑道：“囊古歹，你学了几个汉字，又放文屁了！你们两个今晚来，好似合了伙要劝我从军？”二人对视一眼，土土哈苦笑道：“什么都瞒不过你！”梁萧笑了笑，说道：“就如你们所愿！”土土哈的笑容僵在脸上，其他人欣喜欲狂。赵三狗叫道：“梁大哥，你真的跟我们一起去？”

梁萧冷笑道：“你们四个猪头，离了我，十之八九挨刀送命。”但见四人红眉肿眼，不由皱眉说，“不许哭！”阿雪也笑：“是呀，你们一哭，哥哥会不好意思。”

梁萧被她说中心事，面皮一红，回头瞪她一眼。土土哈这才回过神来，叫道：“梁萧，你说话算数？”梁萧说：“什么话？你当我逗你玩吗？”土土哈搔头一笑，对囊古歹说：“跟你爹爹说，我要跟梁萧一队，不去他那儿了！”众人均是一惊，囊古歹皱眉说：“你让我怎么交代？好呀，我也不去了，你去哪里，我也去哪里！”李庭儿大笑道：“有了土土哈与梁大哥，我们这七人，能当千军万马使了。”

梁萧正色道：“你们四个从了军，都将小名儿去了。李庭儿叫李庭，杨小雀叫杨榷，赵三狗叫赵山，王可就不用改了。”他边说边用手指蘸了酒水，将三人的名字写在桌上。

土土哈道：“再多三人，就是一个十人队，我推梁萧做十夫长。”众人一口同意，梁萧也就不再推辞。土土哈又道，“我家的马匹刚卖了三匹，留三匹给我娘，还剩三匹，本想带作从马（按：游牧民族用马制度，数匹马战争中轮流使用，以保持马力）。但梁萧做十夫长，不能无马，我送一匹给你，剩下一匹我俩轮流骑。”囊古歹摇头道：“不用了，我家马多，我牵十匹来，让大家都有坐骑。土土哈，你不许推三阻四，说什么要靠自己，不受他人恩惠。”

土土哈心头感动，抓着他的肩膀，呵呵笑道：“好，这次我不推辞。梁萧既然从军，还请你娘照顾我娘。”囊古歹道：“你放心。”土土哈想起一事，问道：“阿雪怎么办？”梁萧道：“她跟四叔、四婶一块儿住。”土土哈点头说：“这样很好，咱们早些打完仗回来，不要让亲人们担心！”梁萧苦笑一下，默不作声。众人得知梁萧从军，无不欢喜，一边谈论战事，一边开怀畅饮。喝到半夜，天上殷雷阵阵，响了片刻，最后一场春雨飘然而至。众人这才尽欢而散，唱着曲子相扶而归。

梁萧与阿雪冒雨收拾好残宴。阿雪多喝了几杯酒，昏昏沉沉，顷刻睡去。待她睡熟，梁萧起身推开大门，雨水哗啦啦从屋檐落下，好比一道水晶的帘子。西方雷声轰隆，响个不停，便似千军万马从天空驰骋而过。他凝望南方黑沉沉的天空，良久良久，终于叹了口气，合上了竹制的门扉。

次日清晨，众人都来梁萧处集合。赵四得知梁萧从军照应，转悲为喜，又着实拜托了一番。

梁萧与众人一道前往西华苑。这座林苑是真定史家的封地。史天泽兄弟随成吉思汗起兵，南征北讨，功勋极著，封地遍布北方。西华苑归史天泽的长子史格，周围万户汉人，全都受他辖制。

林苑居中是一座巨宅，方圆十余里，上有箭垛，其内甲第高耸，连绵不绝。宅前一个平坝，搭了棚子，垒着二十多个打铁炉。百十工匠舞动大锤，人人挥汗如雨，打造弓箭枪矛、铜盔铁甲。还有许多人从苑内搬运谷物，放到大车上面。

宅前是点兵校场，场上人山人海，站满了应征的军士和送别的亲人。父母、妻子挽手而哭，哀声四起。这次万户史格在华阴一地征军八百名，加上其他封地所征兵马，共计三千两百人，一律在西华苑点齐。

众人各与亲人告别。梁萧想说什么，可又千言万语，不知从何说起，只好说："阿雪，我打完仗，立马回来。"阿雪点点头，转身便走。梁萧见她容色平静，心中隐隐不安："傻丫头别做出什么蠢事。"

这时号角声起，七人翻身上马，众家眷退出校场，远远观望。三通鼓罢，众军士各自入列。一阵马蹄声响，苑内驰出一彪人马，为首的国字脸膛，蓄两撇八字胡须，穿着锃亮皮甲，在那儿指点东西，耀武扬威。梁萧小声问："李庭，这就是史格？"

李庭面露嫌恶，摇头说："他叫史富通，史万户的奴才，西华苑的总管，是个横行霸道的狗东西！"

史富通吆三喝四，数点兵马。囊古歹早与父亲说好，将自己和土土哈转了过来。元朝依成吉思汗所定兵制，十人一队，自行结合。一旦结成十人队，推出十夫长，若非大将军令，不可擅自变更。十人必须同生共死、不离不弃，擅自丢下同伴，必定处以极刑。梁萧队中已有七人，王可又寻了三名父亲的同袍，年事已长，十人结成一队。

点兵已毕，苑内驰出一名白袍将军，四旬年纪，玉面长髯，修眉大眼，一袭白狐裘的披风，猎猎随风而动。李庭在梁萧耳边低声说："这才是史格。"

史格目光炯炯，扫视众军，朗声说："但凡自古名将，大多出身行伍。战场上，强弱尊卑尽以战功而论，一眼就能瞧个明白。我史家待人一向不薄，凡有大功，史某必当令其富贵，但如违反军令，杀之无赦。我话不多说，望诸位好自为之。"言毕，将众军分作步骑，操演一阵，当日发放兵刃、铁甲，在西华苑四周结营驻扎，准拟次日出发，与父亲史天泽会师。

土土哈返回营帐，气呼呼坐下，大声说："这史格叫人生气。我土土哈从军，是为忽必烈皇帝打仗，为成吉思汗的子孙打仗，他史家算什么东西，也配我替他流血？"梁萧笑道："土土哈，你与其生气，不如打仗立功。凭你的能耐，将来的地位，只会在他之上，不会在他之下。"土土哈道："梁萧，你也一样。"梁萧摇头道："我不一样。我只想早早打完了仗，回来练好武功，了断仇怨，带着我娘和阿雪遍游天下，过些散淡日子。"

土土哈沉默一阵，叹道："梁萧，你这么一说，我也想过那种日子啦！唉，可惜阿雪不喜欢我。再说，我是蒙古人，流的血比天上的太阳还热，若不跟人作战，那可难受得要命！"想到阿雪，他灰心丧气，连连叹气。梁萧本想安慰两句，可阿雪不愿，他也没有法子。

一夜无话，次日军队开拔。梁萧按军中惯例，临行点兵，让众人各自报数。自己先报"一"，众人从二到十，一一报过。

三狗儿报完"十"，梁萧正要转身与百夫长交代，忽听一个细微的声音道："十一。"众人个个吃惊。梁萧定睛看去，三狗儿身后怯怯地站了一个小兵，穿了一身不大合体的衣甲，圆脸光白，眉目清秀。众人只当有人站错了队，正想出声提醒，梁萧却一言不发，劈手揪住小兵，也不顾她挣扎，拎到一边，压着嗓子说："阿雪，你闹什么鬼？"

阿雪眉眼一红，说道："阿雪要跟哥哥去。"梁萧怒道："又不是炒菜做饭，把甲胄脱了！"说罢转身要走。谁料阿雪忽地蹲下，嘤嘤哭了起来。梁萧心想："随你怎么哭，我也不心软。"忽听阿雪道："哥哥说话不算数。"

梁萧一愣，回头皱眉说："我怎么不算数？"阿雪呜咽道："哥哥说，只想阿雪开开心心过日子。”梁萧心想：“这是那天土土哈求婚时我说的话。”便道：“是说过，那又怎么样？”阿雪哭道：“哥哥走了，阿雪就不开心，阿雪难过得要死，呜，我想跟哥哥一起，呜呜，我……我不要留在这儿……”

梁萧被她这番话僵住，心中又恼怒又酸楚，无奈蹲下来，好言相劝：“阿雪，这是去打仗啊！你一个女孩儿家，怎么能从军？”阿雪拭去泪，睁大眼睛，盯着梁萧说：“我不管，哥哥你说了，只想阿雪开开心心过日子。阿雪现在就要跟你从军，哥哥不答应，我就不开心；我不开心，哥哥说话就不算数；你说话不算数，就不是男子汉大丈夫。”

梁萧目瞪口呆，心中一个念头转来转去：“死丫头笨头笨脑，怎么说出这么一番话？糟糕，这下可被她套死了。”他怎么知道，阿雪虽笨，但这三天工夫，无时无刻不想着如何不与梁萧分开。所谓愚者千虑，必有一得，一个人锲而不舍地琢磨一事，总有开窍的机会。梁萧以为她笨，却不料笨人有笨招，枉自千巧百灵，这时除了两眼睁圆，却说不出一个字来。阿雪早已铁了心，目不交睫，跟他对视。

二人对峙半晌，远处传来号角。梁萧一跺脚，拉起阿雪，恨恨地说：“你要是个男的，我一掌打烂你的屁股。”阿雪计谋得逞，不由得眉开眼笑。梁萧瞪她一眼，拉她快步转回。

众人见他二人去而复返，无不诧异。李庭儿认出阿雪，失声叫道：“哎哟，这不是阿……”话未说完，就挨了梁萧一脚。梁萧怒道：“都给我闭嘴，谁敢再说话，军法处置。”他心里有气，趁机发泄在他人身上。其他五人都已认出阿雪，但看梁萧一脸怒容，情知必有隐衷，不敢触他霉头。其他三个老兵却很奇怪，明明是十人队，怎么多出一个，还长得女里女气，能打仗吗？又见十夫长满脸杀气，也都不敢吱声儿。

号角三响，爆竹声起，两千兵马裹着应征的民夫，向东徐徐开发。道路两旁挤满送别的亲人，父母哭儿子，妻子哭丈夫，儿女哭爹爹，牵衣拽马，遮道而哭，号泣声响成一片。众征卒无不动容，心志软弱的纷纷流下眼泪。

大军越走越远，哭声已不可闻，可仍在众人耳边盘旋。梁萧回头望去，丘山重重，再无一个亲人，不由叹了口气，深深惆怅起来。

兵马从华阴出发，当日过了潼关、夜宿闵乡，次日渡过黄河，行军两日，进入河南。到了洛阳，史格与兄弟史弱会合，兵马增至七千，折道向南，十日后进抵蔡州。这时史天泽也率本部精锐到达，兄弟二人觐见父亲。午时史格回营，集合全军。

众人到了校场，史格脸色阴沉，不言不语，众人皆感不妙。过了好半晌，史格才说：“本帅见过家父，家父以为，这支新军过于孱弱，不堪重用。命我在此驻扎，多加操练，粮草不日将至，届时协助押运。”

众人或喜或怒。喜的是梁萧之流，不用打仗，乐得轻闲；怒的却是土土哈与囊古歹。众人返回营帐，土土哈还没进门，便将头盔猛掷于地，怒道：“本指望直扑襄阳，跟宋人大战一场，怎料竟是押运粮草。”回头一看，梁萧盘坐在地，手中拿着一根筷子，在沙地上比画，不由得叫道，“梁萧，你怎么不说话？”梁萧笑道：“我又不是史天泽，说话不管用。”

囊古歹看见地上的字符，惊讶说：“梁萧，你在算数？”梁萧笑道：“你也会算术？”囊古歹道：“会一点儿，可你算的我看不懂。”梁萧说：“左右无事，我在计算军中粮草出入，顺便推演，若是打起仗来，每一军士一天应背负多少军粮，每日消耗多少粮草；步军消耗多少，马军消耗多少；作战三天如何分派粮草，作战七天又如何摊派。”

土土哈诧道：“这也能算出来？”梁萧笑道：“能啊，你瞧这一题。假令一个民夫负五斗米，一个军士带五天的干粮，每天一人吃两升，二人能吃十八天，但若算上回师，一来一去，就只能吃九天。若是两个民夫和一个军士，背粮的人多了，吃饭的嘴也多了，来回就只能吃十三天；若是三个民夫一个军士，便只能吃十六天了。”土土哈搔头苦笑：“就算三个人背，还是不够咱吃的！”

梁萧说：“这次征宋，签军二十万，加上前线大军，便有三十万之众，征讨时日，也不止一两个月。许多人食量特大，如你土土哈，一天吃一斗粮也不止，一个人顶两头猪，不，该顶两头牛才是。你吃上三五个月，一二十个民夫也养活不了。”众人大笑。

梁萧也笑了笑，说道：“如果使用牛马，倒要省事一些。骆驼能背三石，马一石五，驴一石，牲畜也要草料喂养，牲畜多了，还会生病死去，粮食搁在哪儿，就烂在哪儿！况且使用牛马，还需道路畅通，是以遇上险阻，就得开路搭桥。再说，蒙人多吃肉食，牛马消耗极大。根据以上种种，经我推算，以车马运输，三十万大军少说也需百万民夫，赶牛牵马、昼夜搬运才能供养。”

李庭叹道：“听梁大哥这么说，咱们只知打仗痛快，却不知道养活一个士卒如此艰难。”土土哈也道：“难怪忽必烈皇帝迟迟不愿签军，原来是因为这个。”梁萧道：“以钱粮消耗而论，攻远大于守。征讨越远，越是不利。可守者也有不利的地方，背粮打仗是最愚蠢的法子，最妙莫过于‘因粮于敌’，用对方的粮草养活自己。攻下一座城池，就能获得给养，此长彼消，守方必定疲弱，攻方更为强悍。”

土土哈大悟道：“对呀！好容易的道理，我怎么没想到？”李庭沉吟道：“如此说来，若是守者，最好坚壁清野，不留粮草于敌了？”梁萧也不答他，笑道：“土土哈，你说呢？”土土哈道：“我以为，莫如断敌粮道，逼迫对方退兵。”梁萧道：“土土哈说得对。与其死守，不如出击，以精兵锐卒游击敌后，断其粮草。”土土哈大笑道：“梁萧，你绕着弯子，就要说押运粮草十分紧要，叫我不要轻视吗？”

梁萧一笑，不置可否道：“我不知宋人是否有此胆略，但出奇兵于我军之后，游击骚扰，摧毁粮道，却是上上之策。兵法云‘十则围之’，故而守城较易，突袭却非得极精锐的猛士不可。换了是我，必然以我之弱，当敌之强；以我之强，攻敌之弱。弱者莫过于粮草。我方才算了一次，如果每天摧毁一支千石粮队，两年之内，必叫元朝大军哀鸿遍野、无功而返。”

土土哈听到这里，忍不住叫嚷：“梁萧慢来，你究竟是替谁打仗？怎么尽替宋人着想？”梁萧笑道：“你急什么？我不过穷极无聊，算数罢了。”

土土哈一把抓住他的胳膊，激动道：“梁萧，你要当了将军，对手可就糟糕啦。”梁萧摇头道：“这一招对成吉思汗没用。”土土哈凛然道：“不错。太祖时，牛马随军而出，可说无粮可断。”梁萧道：“我娘说过，蒙古男人既是士兵，又是牧民，战、牧两不相误。但他们能用这种法子一统北方，横扫西方，却很难征服南方。因为南方遍地水泽，无法放牧，必须携带粮草，更需用到舟船。”

帐中静了一阵，土土哈叹道："梁萧，你真是聪明，换了土土哈，万万想不出这样的道理。"梁萧笑道："我听一个姓明的老头儿说过，大将军不是一人敌，而是万人敌，不靠蛮力，须用心思。你们想做大将，就得多知兵法。成吉思汗的兵法是很厉害，可汉人的兵法也不简单，我听明老头说过一些，左右闲着，说给你们听听。"众人闻言大喜，纷纷坐直身子，倾听梁萧说话。阿雪没什么兴致，生了火，将发放的两块牛肉抹了盐，用铁叉串着烤炙。

众人滞留蔡州，白天习武射箭，晚上听梁萧讲武。当日逃亡路上，明归雄心特大，与梁萧讲过不少兵法。梁萧转述给六人，可他心思灵动，从不一味依照书本，常常提出自身见解。六人中，土土哈、李庭领悟最多。土土哈喜爱野战，李庭偏爱排兵布阵。

史格远离战场，颇不得志，日夜与侍妾歌女厮混。土土哈和囊古歹看在眼里，十分瞧不起他。过了二十来天，大军粮草运到，约有三十万石，史格将人马划作三十拨，一拨百人，先后出发押送，自己则率众殿后。梁萧一队被放在前方，有打先锋的意思，让土土哈好生欢喜。不料夜里来了消息，这一拨的百夫长竟是史富通，众人闻讯泄气，纷纷扯着嗓子骂娘。

果然到了次日，史富通上任，一路上对梁萧等人百般挑剔，呼来唤去，动辄打骂。梁萧却一反常态，笑脸相迎，扶他上马下马，百依百顺。只是好景不长，方才吃过午饭，史富通忽地模样大变，跟在梁萧身后摇头摆尾，乖巧至极，倒似梁萧一变做了百夫长，他则成了一个小小的十夫长。

众人见他前倨后恭，都是惊喜纳闷儿，不知梁萧用了什么法子叫他听话。可是史富通死缠着梁萧，睡觉也要跟着，无暇询问。到了第二天，众人好不容易得了机会，悄悄询问。梁萧笑道："说来简单。他叫我扶他上马，我就扶他上马，只不过趁势在他的足阳明胃经上做了点手脚，让他胸闷厌食，吃不下饭，然后告诉他，我会医术，看出他小命难保！并将诸般症状说出。这家伙一听，当真魂不附体。我又说，只要你听话，我就想法救你，否则你自求多福！"众人无不大笑。土土哈道："这法子虽好，但怕日子一长，史富通发觉上当。"

梁萧道："我自有变通。昨晚胡乱捏了两颗药丸子给他吃了，借把脉看病的机会，解了胃经禁制，又在他小肠经上弄了一弄。今天他是不厌食了，但又开始乱拉肚子。我决意一天给他来个调调，明天是督脉，后天是任脉，再后天是奇经八脉，嘿，不着急，一条一条慢慢来……嗯，他这会儿拉稀去了，出来以后，你们不许笑破我的好事。"话才说完，就看史富通脸色青白、提着裤带从山坡后转了出来，一行人纷纷转过头去，捂嘴忍笑，憋得十分辛苦。

史富通苦脸拉着梁萧，详细诉说病情，刚说两句，忽又面红耳赤，捂着肚子向山坡后飞奔。众人张嘴要笑，梁萧瞪视过来，只得硬生生憋了回去，躲到无人处放声大笑。

停停走走，过了七八天。史富通大病没有，小病不断。忽而背痛，忽而腰酸，这里好了，那儿又出毛病。他起初也怀疑梁萧弄诡，沿途连寻了几个大夫，但人人都觉脉象不对，可又说不出毛病在哪儿。吃药针灸，均不见效，只有梁萧每次给他"看病"之后，总要好上一些。但过不多久，一种难受消失，别种难受又生。史富通留恋富贵，贪生怕死，但觉周身不畅，真当患了不治怪症。性命操于梁萧之手，当即对他掏心掏肺，言听计从，更无一丝违拗。

这一日，押粮大军进入伏牛山区，忽见右方出现两百来人的车仗。梁萧看见，笑道："史大人，前方似乎有人，要不要知会一声？"史富通正躺在一堆粮草上难受，听他这声叫唤，不觉心一沉："史、死同音，他叫我史大人，眼下可不吉利。"想着悲从中来，眼圈儿一红，涩声说："好兄弟，你瞧着办吧！咱恐怕是挨不到襄阳啦。常言道，'人之将死，其言也善；鸟之将死，其鸣也哀'。你代我转告万户爷一声，说我史富通出师未捷身先死，直到最末一刻，对史家可说鞠躬尽瘁，死而后已。是以请他善待我家里的四个妻妾。好兄弟，我给你说，除了家里四个，史某还有六个外室，一百顷地都在她们名下。我这一走，定被那六个贱人趁机占了，你代我给万户爷说，务必……务必要给我两个孤苦的孩儿做主啦……"想着阳世繁华就此别过，忍不住放声大哭。他垂死之人哭得中气十足，众人听了都觉讶异。

这时对面派来一骑人马，驰到近前问："阿里海牙大人托我来问，你们是押运粮草的吗？"史富通一惊，放开梁萧，嚷嚷道："阿里海牙大人？哎，好兄弟，扶我下来，扶我下来。”众人见他忽又生龙活虎，个个惊奇。

史富通得两个民夫一扶，又显出娇弱之状，说道：“大人在哪儿？小人史格万户属下史富通。”

传令兵见他怪模怪样，惊讶说：“你是这里的头儿？”史富通忙道：“是呀，我是百夫长。”那人将信将疑，说道：“好，我告诉海牙大人。”驰马而去，片刻工夫，那队人马奔过来。当头一人身着紫缎便服，紫貂皮帽，鼻梁高高隆起，一双褐黄眸子炯炯有神，不似寻常蒙古人，倒与土土哈相类似。

那人得手下指点，打量史富通道：“你是百夫长？”史富通有气无力地道：“小将史富通见过右丞大人。小将患了重病，无法成礼，还望大人见谅。”阿里海牙皱眉道：“既然生了病，就该换人带兵。你个人生死事小，丢了粮草可是大事。”史富通顿时哑口无言。

阿里海牙冷哼一声，顾视众军，见梁萧与土土哈气宇轩昂，容貌不凡，心头一喜，马鞭遥指道：“你们两个，给我过来。”梁萧与土土哈对视一眼，走上前来。

阿里海牙问：“你们担任什么职务？”土土哈道：“我是寻常兵士，他是我的十夫长。”阿里海牙点头，对梁萧道：“我命你暂代百夫长。”又对土土哈道：“十夫长由你接替。”二人只得应了。

阿里海牙又问史富通：“史格为何分军押运？”史富通无言以答。原来，史格深信兵书“愚兵易驭”之法，绝不将用兵之道告知属下，史富通自也无从知晓。惶恐之际，两眼望着梁萧，满是乞求之意。

梁萧笑笑说：“暑热渐至，粮队牲畜又多，合兵押运，一旦滋生疫病，就会累及所有牲畜。如果分成二十队，前后调开，一队害病，也不至于危及全军。”史富通一听有理，忙说：“对对，万户爷就是这么说的。”阿里海牙点头说：“不愧是名将之子，思虑周全，但凡事有利也有弊。”梁萧笑道：“大人莫不是害怕分兵势弱，遭人各个击破？但想此处邻近襄阳，大军一呼万应，谅宋人也没有胆子，敢在十余万大军眼皮下劫掠。”

阿里海牙心想：“我刚才问话，百夫长答不上来，这个十夫长却侃侃而谈；我说利弊，他却将不利之处一口道出。”他打量梁萧，心想，“看他服色，不过是寻常军士，怎么却有如此见识？”当下也不露声色，淡然道：“说得不错，凡事须得防微杜渐，如果当真有人行劫，又该如何处置？”说罢目光炯炯，凝视梁萧。

梁萧笑道：“区区一介兵士，又会处置什么？大不了少分十拨，二百人一拨，队伍也不离得太远，前后相顾。每队设传令兵，一遇险情，前后呼应，以一字长蛇阵应对。击我首则尾应，击我尾则首应，击我中段嘛，那可算他倒霉，首尾皆至，杀他个落花流水罢了。”阿里海牙瞧了梁萧半晌，点头道：“你到襄阳，可来我营中见我。”史富通雷震一惊，望着梁萧，目中隐有妒色。

梁萧笑而不语，心想：“我没事见你做什么？”阿里海牙又说：“襄阳是两国毗邻，我军近了，宋军也近了。你们与我合军一处，彼此照应。”他见梁萧不答话，正色喝道，“百夫长！听到了吗？”梁萧道：“全听大人号令。”心想：“这样好，我也落得轻闲。”

两军合并，穿过山道，前往襄阳。史富通被梁萧抢了风头，陡然来了精神，寻个机会，乘马挤到阿里海牙身边，大献殷勤道：“小人早听万户爷说过，海牙大人与阿术大人乃是伯颜元帅帐下双璧。本来宋军也有几个厉害角色，如李庭芝、吕德，当年曾与宪宗皇帝和圣上交锋，也算是当世名将，可从没在您与阿术大人手上讨得好去！”

阿里海牙不好逢迎，听得这话，也觉心底舒坦，微微笑道：“我怎么及得上阿术大人？阿术大人用兵犀利，宋人畏之如虎，襄阳如今格局，多半是他一手打出来的。不过说起来，李庭芝和吕德也只是靠着坚城深池，负隅顽抗。以圣上的英明，当年屡攻宋人不下，只因不习水战，也不是这两人有多么厉害。如今圣上拾遗补阙，大力振作水师，此次南征，自是摧枯拉朽，所向披靡！”

史富通叹道：“小人长居穷乡僻壤，孤陋寡闻了！唉，圣上神明英睿，圣意如龙，不是我等所能测度。以后若有不明之处，还请大人不吝赐教。”阿里海牙早年是西域一名维吾尔农夫，出身低微，全凭自己苦学成才。他获取功名以后，也喜他人与自己一样好学多问，于是点头说：“知道自己的不足，就是精进的先兆。只要勤奋好学，深思自强，定有出头之日。嗯，你不是生了病吗？如今似乎好了许多。”说着流露几分关切。

史富通叹道："我这病时好时坏，梁萧最清楚啦，只怕好不了。"阿里海牙皱眉道："是吗？我认识几个军中大夫，医术不错，到了军营，让他们给你看看。"史富通感激涕零，几乎要下马叩拜。阿里海牙拦住他安慰两句，回顾梁萧，见他远远跟着，笑道，"他叫梁萧吗？年纪虽轻，却是个难得的人才。"史富通听得这话，心头好不嫉妒，嘴上却笑道："他本事大，脾气也大，不易与人相处。"阿里海牙皱眉道："听你一说，我也觉得此人骄傲太甚，寻常将领，只怕驭他不住。"史富通露出一丝惋惜，说道："是呀，万户爷也不敢用他。"阿里海牙听了，微微一笑。

梁萧落在后面，可耳力通玄，史富通一番言语听得大半，心中冷笑："又在搬弄是非！哼，明天轮到足少阴肾经了，你小子备好两缸清水，边喝边拉吧！"又听史富通道："但不知海牙大人为何大驾到此，不在襄阳与宋军鏖战？"阿里海牙道："我方从大都回来，只因圣上登基以前，两度征宋，无功而返，故而对这次南征始终存疑。朝中的大臣也各持一端，争论激烈。伯颜元帅和平章阿术大人无暇分身，命我回朝禀告襄阳战况，坚定圣上南征之意。唉，几经周折，万幸不辱使命。"史富通逮到话头，更是极力吹捧。所谓千穿万穿，马屁不穿，阿里海牙听到得意处，发出阵阵爽朗笑声。

谈笑间，众人绕过山脚，顺着蒙古大军开辟的大道行进。走了一程，忽见前方一块巨石，将道路阻塞近半，人马虽可绕行，车辆却难以经过。阿里海牙皱眉道："莫不是下了雨，从山坡上滚下来的？"转向梁萧说："你派几个人，把石头挪开。"梁萧皱了皱眉，招呼众人搬运大石。大石深陷土中，少说也有万斤，梁萧与土土哈联手也无法撼动。其他汉人军士都来帮忙，梁萧喊起号子，众人齐心协力，将石头一分一寸地向山坡上推去。

这时传来鞭打声，一个村姑伴着一名童子，一前一后，挥鞭赶着二十来头牛，迎面向队伍走来。童子绾着双髻，眉清目秀，抽了牛屁股一鞭，忽地大声唱道："挽弓当挽强，用箭当用长。射人先射马，擒贼先擒王。杀人亦无限，列国自有疆。苟能制侵陵，岂在多杀伤！"声音稚嫩清脆，一边唱着，离队伍也越发近了。

阿里海牙通晓汉人文字，不由心想："大宋真是文物昌盛，这小小童子，也会吟唱诗歌？”维吾尔人嗜好音乐，阿里海牙更是此道高手，听这童儿唱得合音符节，不觉微微点头。却听那女子笑道：“弟弟你唱得好，我也唱一首。”她生得肌肤白腻、眉目如画，虽是布衣荆钗，但不失窈窕之态。轻启朱唇，婉转歌道：“驱马天雨雪，军行入高山。危径抱寒石，指落曾冰间。去已汉月远，何时筑城还。浮云暮南征，可望不可攀。”众军见她人才秀丽、歌声圆润，耳听目视，不禁呆了。那牛群顷刻已到军前，众人虽觉二人来得出奇，但童子、女流，并不放在心上。

梁萧将石头推到坡上，寻了一块石头卡在下面，缓过一口气，掉头一看，但觉女子、牧童均是面熟。一转念，眉头大皱，厉声喝道：“你们两个闹什么？”

女子、牧童认清他的容貌，也是齐齐一愣。他们不是别人，女子是楚婉，童子是云殊的书童风眠，一见梁萧，神色无不惊惶。众人见梁萧与之争吵，均感奇怪。阿里海牙不由喝道：“梁萧，你说什么？”梁萧见了风眠，登时想到云殊，不答阿里海牙，上前一步，厉声道：“小屁孩儿，你乔装打扮，在此做什么？”风眠眼珠一转，笑道：“放牛啊！这里不是叫伏牛山吗？”梁萧骂道：“放牛？放屁还差不多。”

话音未落，对面山坡上有人放歌道：“单于寇我垒，百里风尘昏。雄剑四五动，彼军为我奔。”梁萧听得耳熟，举目一看，但见一人白衣如雪，一手背负，一手卷书，足下似缓而急，行云流水般走了下来。瞧模样，正是云殊。

梁萧心头一沉，心知来者不善。忽见风眠、楚婉分别拿出打火折子，在几头牛尾上晃了两晃。牛尾所系爆竹点着，噼啪震响，二十多头大牯牛受了惊吓，第一个念头就是向前狂奔乱突。一刹那，牛群涌入军阵，众军措手不急，人仰马翻，粮队牛马也受了惊扰，纷纷挣扎乱动。梁萧、土土哈因为推动大石，弓箭都在马上，此时变起仓促，连放箭射牛也不能够，眼睁睁瞧着一群疯牛蹂躏军阵。

云殊一声长笑，笑声冲天而起，两边坡上林中，人头攒动，涌现出数百之众。云殊右手一翻，多了一柄斑斓古剑，剑锋下指，又唱道：“掳其名王归，系颈授辕门。潜身备行列，一胜何足论！”众人齐声应和：“潜身备行列，一胜何足论！”歌声中，纷纷提着长矛刀枪，从两面山坡呼啸而下。

云殊一剑当先，光影纵横，残肢断臂好似落叶纷飞，鲜血溅在他白衣上面，艳若片片桃花。他几个起落，到了阿里海牙马前，见他服色，知道必是首领，凌空一爪，劈头落下。

阿里海牙久经战阵，见势身子一偏，倏地钻入马腹下面。还没定神，眼前忽地出现一张嫩脸，正是放牛的牧童。阿里海牙来不及抵挡，就被风眠拿住心口要穴。眼见不远处史富通满地乱爬，忙叫："快来救我！"史富通此时心惊胆战，只想如何逃命，哪还管什么"海牙大人"。

风眠将阿里海牙拖下马，笑道："公子，逮住啦！"云殊双足在马鞍上一点，说道："你抓好他。"稍不停留，飞身纵起，唰唰三剑，又刺死了三名色目亲兵。

伏兵来得突然，梁萧等人都在坡上，首当其冲，唯有反身抵挡。一个持鬼头刀的壮汉直奔梁萧，一个瘦长汉子挺枪直刺土土哈，李庭等人也各自遇上了对手。

梁萧微微侧身，使刀汉子手中一轻，鬼头刀已被夺走。梁萧反手回刀卷来。汉子不料一个军士有此武功，大惊之下，躲闪不及。梁萧刀在半途，忽地偏转刀锋，刀背拍在他太阳穴上。壮汉受此重击，闷哼倒地。

梁萧击倒一人，还没转身，忽听土土哈一声大喝。回头看去，他将长枪夹在腋下，神力迸发，将瘦汉凌空举了起来，这大力一抛，瘦汉握不住枪杆，向后飞出。但他武功娴熟，一个跟斗翻身落下，土土哈飞身抢上，枪杆着地横扫。他天生神力，这一扫何止数百斤力道，汉子小腿中棒，惨叫着倒地。

土土哈与梁萧轻易胜出，赵山、囊古歹等五人却陷入苦战。这次来的都是南武林的好手，五人不过习了数月武艺，纵得梁萧指点，也难有大成，更何况赤手空拳与这些好手交锋，一碰面就落下风。梁萧见状，一起一落，掩上前去，手中鬼头刀游走如龙，将一干豪杰杀得连连后退。梁萧与他们并无冤仇，故而始终不出杀手，对手仗着人多，一退又上，拼死纠缠。

土土哈见状赶上，趁众人被梁萧吸引，自后偷袭，撕翻两人，厉声道："梁萧，战场上不可留一手！"梁萧眉头一皱，气贯刀锋，"当啷"声不绝，六七名南朝武人虎口流血，刀枪脱手。梁萧喝道："拾兵器！"李庭儿等五人应声抢上，将兵刃拾起。南朝武人看出这几个兵丁棘手，纷纷围了上来。

梁萧见对方个个都是好手，不伤人断难脱身，于是高叫道："要活命的都滚开。”群雄置若罔闻，一个脸上带疤的汉子舞着一对短戟，当先扑到，忽见刀光如雪，瞬间到他肩头。

梁萧心一狠，使出了惊鬼泣神、气夺千军的“修罗灭世刀”。眼看汉子手臂搬家，一支长矛横里格来，竟将梁萧这招“掣电追风”挡住。梁萧手臂剧震，心知来了高手，刀势略偏，一招“孤神渺渺”，刀光吞吐，顺着矛身游走，削那人十指。那人“咦”了一声，后跳丈余，叫道：“好家伙。”疤脸汉子捡回一条胳膊，狼狈地向后退出。

持矛人须发皆白、红光满面，正是“参天狻猊”方澜。他望着梁萧，也觉心惊：“鞑子行伍之中，竟有如许人物？”沉喝一声，摇动长矛，分心便刺。梁萧绰刀接住，他武功远在方澜之上，七斩八斫，杀得对手节节败退，只仗着矛长刀短，奋力不让梁萧欺近。

梁萧斗得不耐，招变“焚天灭地”，刀光霍霍，漫天涌到。方澜匆匆接了三刀，忽被梁萧刀里夹腿，踢偏长矛，一刀掠向他胸口。方澜正觉难当，一人忽地抢到梁萧身后，铁鹰爪破空有声，袭向他的后背。

梁萧无奈回转刀势，挡住来人铁爪。方澜回过一口气，叫道：“靳飞，这人爪子挺硬！”舞起长矛，与靳飞左右夹击。他二人俱是南武林一流人物，梁萧纵然厉害，也被缠得无法脱身。靳飞与方澜联手，才挡住这名蒙古军士的单刀，心中骇然之情，更是无以复加。

云殊领着一百来人，在元军中冲来荡去，所向披靡，将三百多名士兵杀得死伤枕藉。厮杀间，忽听楚婉一声娇喝：“不要走！”云殊循声瞧去，只见一名矮小元兵，舞着一把寒光闪闪的长剑，和楚婉边斗边逃。她身手敏捷，长剑锋利，一味逃走，楚婉居然拦不住她。云殊再一转眼，更觉吃惊，东面山坡上，一道寒光倏来倏去，杀得方澜、靳飞后退不迭，另有六名元兵，随那寒光砍杀。

云殊立意杀光这支粮队，决不放走一个，因之长啸一声，纵身蹿出，见那矮小元兵正往坡上急赶，当即抢到她的身后。元兵正是阿雪，她未去搬运石块，故而留在军中。突见两边杀来，心中惊惶，见梁萧在东坡，便往东逃，不料被几个南方武人迎面截住。多亏梁萧怕她遇险，将铉元剑给她防身，对方措手不及，被她斩断刀枪。眼看突围在即，忽听身后风声大起，心头一凛，反身出剑。云殊左手成爪，将铉元剑劈手夺过，右剑一震，正要刺出，忽听阿雪尖叫一声："是你！"

她当日在五龙岭见过云殊，这时照面认出，脱口惊呼。云殊的长剑本已到她咽喉，听到女子叫声，心中颇为吃惊。他的剑术收发由心，剑锋一凝，反手拿住阿雪肩井，说道："你是女的？"他来不及细想，将阿雪反手掷出，喝道："楚姑娘，看好她！"足不沾地，直奔坡上。阿雪被他一抓一掷，皮帽落地，露出一头青丝，女儿模样尽显，楚婉暗暗称奇，上前一步，将她擒住。

梁萧被一众高手围攻，使尽浑身解数，脱身不得。交锋片刻，赵山、王可被对手一轮抢攻，冲在一边，忽听女子叫声，转过头来，却见阿雪被捉。二人大惊，来不及向梁萧呼救，转身便冲出去，想要夺回阿雪。正逢云殊快步赶来，迎个正着。

赵山不知厉害，朴刀一挺，迎面砍出。云殊左手铉元剑一挂，将他朴刀挑在一旁，右手剑光电闪，刺入他的胸膛。赵山大叫一声，仰天便倒。王可目眦欲裂，手中镏金镋一抖，向云殊扫来。云殊如法炮制，左剑挂开镏金镋，右剑掠出，划过王可小腹。王可惨号一声，仰天倒在地上。

梁萧听得惨叫，回眼一看，惊得魂飞魄散。他身陷重围，稍一失神，靳飞铁爪擦肩而过，血透衣甲。梁萧痛哼一声，掌中刀光乱闪，四名豪杰身首异处。靳飞怒道："好贼子，有你无我！"与方澜二人并力扑上。梁萧无心久斗，避开二人，尽杀弱敌，瞬间又刃数人，合围之势雪崩瓦解、荡然无存。

云殊正想补上一剑结果王可，忽见同伴们死伤惨重，心头一惊，丢了王可，直奔梁萧。土土哈横身一拦，挺枪便刺。云殊足下不停，于飞奔中闪过来枪，剑若雷行电掣，直奔土土哈左胸。

土土哈横枪急挡，不料云殊挽了个剑花，剑锋上掠，向他咽喉挑来。眼看土土哈要步入赵山的后尘，忽听空中一声骤喝，梁萧居高临下，一刀劈来，锋刃未至，激荡生风。这一招"修罗断岳"，凶狠猛烈，为天下刀法之最。云殊左剑急向上格，右剑自然一缓，土土哈身手敏捷，趁机后跃，可是剑锋所及，仍将他胸甲划破，鲜血淋漓。

刀剑相击，火光四射，梁萧挟毕生之力，行倾巢一击。云殊仓促抵挡，虎口迸裂，铉元剑脱手飞出。他临危不乱，右手长剑如怒龙昂首，直刺梁萧小腹。梁萧瞧出这一剑是“归藏剑”的路子，心中惊诧。要知这一招“修罗断岳”有攻无守，全无后着，当下只得借云殊挥剑格挡之力向后飘闪。云殊得势不让，长剑精光闪动，紧随梁萧退势，唰唰唰杀出两丈。梁萧好不容易缓过一口气来，鬼头刀一竖，“铮”的一声，终于封住了云殊一剑。

两人二度交锋，均如电光石火，直到这时，云殊才看清梁萧的容貌，微微一怔，失声叫道：“是你？”梁萧却不答话，反手又是两刀。云殊封出两剑，忍不住问道：“柳姑娘……”梁萧恨极了他，“柳姑娘”这三字更如火上浇油，挥刀之际，迎面狠啐了一口。云殊偏头让过，颊上仍不免溅上两点口水星子，一时羞怒难当，厉声道：“好贼子，受死吧！”剑光霍霍，再不留情。

两人以快打快拆了十招。“修罗灭世刀”本不是萧千绝最得意的功夫，“归藏剑”却是公羊羽生平绝学。二十招不到，梁萧隐然已露败象，再瞧方澜、靳飞率众围歼土土哈五人，不觉心急火燎，足下一晃，云殊挥剑刺空，微觉愕然，忽见梁萧展开“归元步”，向土土哈疾奔而去。

云殊想不透，这少年已被自己废去内力，为何不但武功尽复，而且远胜从前？此时情急势迫，不容他细想，当即也展动“归元步”，紧蹑梁萧之后。二人一前一后，疾似脱笼之鸟，滑如潜渊之鱼。梁萧沿途频施杀手，刀刀见血，绝不落空。云殊又气又恨，心知任他转上两个来回，只怕这里再无活人。当即催动内力，双足一顿，纵在半空，“震剑道”出手，雷霆一剑，刺向梁萧背心。

梁萧反手一刀，封向身后。奈何云殊那口“炎龙剑”本是宝剑，刀剑互绞，鬼头刀断作两截，云殊剑锋不止，直抵梁萧后心。梁萧来不及转身，歪歪斜斜跨出一步。两人步法一般，原本互知根底，云殊算计妥当，这一剑封死了梁萧的诸般去路。不料梁萧这一步怪异至极，绝非“三才归元掌”中的任何一路步法，云殊苦心设下的后招统统落空。

这一步出自梁萧由“无所不能图”中悟出的“十方步”。九如和尚有“棒打十方世界”一说，梁萧以“十方”为名，大有“踏遍十方世界”之意。若说“归元步”趋退入神，已得九宫图之大成，那么这一路“十方步”脱出九宫之外，更是出神入化了。

梁萧摆脱云殊，左一晃，右一摆，一掌落在方澜肋下。方澜卸开土土哈的长枪，准拟将他一矛刺死，不防梁萧背后施袭，口喷鲜血，抛向云殊。云殊只好放过梁萧，将他接住。

梁萧见土土哈浑身是血，长枪乱舞，已然杀得头晕，心知大势已去，一把将他扣住，喝道：“走！”王可奔过来，一手捂着肚皮，一手拿着铉元剑，咬牙道：“梁大哥！给。”他躺在地上，铉元剑脱出云殊之手，可巧落在他身边，被他拿起冲杀一阵。

梁萧接过长剑，见王可气色灰败，摇摇欲坠，不觉心头一紧，扬声道：“囊古歹，扶好他！”剑光连闪，刺倒两人，领众人抢上大路。李庭抱着赵山，边跑边哭：“梁大哥，三狗儿快死啦……快死啦……”梁萧心一沉，将赵山接住，喝道：“李庭，你去抢马！”低头一看，赵山胸口被鲜血染红一大块，气若游丝，不由得心中酸痛，大叫：“三狗儿，三狗儿……”叫声未歇，身后风起，云殊挥剑赶到。梁萧忙将赵山负在背上，转身抵挡。两人一般的宝剑，一般的剑法，云殊见梁萧使出“归藏剑”，心中惊诧莫名，连连喝问来历。梁萧一言不发，只仗着“十方步”东奔西突，迫得云殊疲于奔命。

赵山依稀听到梁萧声音，勉力睁开眼皮，却见白光乱闪，耳边呜呜呜尽是剑风呼啸，顿觉三魂六魄悠悠荡荡，均已不在身上。忽听双剑交击，铮然长鸣，赵山神志一清，喘道：“梁……梁大哥……我……我要死了……”他肺部中剑，气息一入便泄，几不成声。梁萧心如刀割，一边抵挡云殊的快剑，一边骂道：“三狗儿，你莫说浑话……”

赵山咻咻喘息，每喘一口气，便有鲜血涌出，浸在梁萧背上，温热湿润。只听他说：“我……我……参军，只想让……娘……笑一笑……让娘过……过好日子……”说着咳声加剧，鲜血流出口外，滴到梁萧颈上，火辣辣的，竟有些烫人。

土土哈趁梁萧挡下敌人，率其他五人抢到马前，翻身上去。四个豪杰上前阻拦，土土哈力挽强弓，箭出连珠，那四人急挥兵器格挡，不料梁萧从后掩来，尽数刺翻。云殊紧随其后，连声大喝，长剑嗖嗖急刺。两人武功本在伯仲，论身法，梁萧稍强；论剑术，云殊却要厉害少许。梁萧怀抱赵山，多了个累赘，撑到这时已十分不易，他匆匆挡了两剑，一个踉跄，向后跌倒。

云殊得势不让，挥剑疾刺。土土哈见势，开弓引弦，羽箭嗖嗖嗖如一字长蛇，直射而来。云殊不得已圈回宝剑，将一串羽箭打落。梁萧趁机蹿出，遥见李庭牵着马疾驰而来，梁萧几步抢到，翻身上马，刹那间，六人齐喊一声，纵马便走。

云殊对梁萧恨之入骨，抓起地上长矛，奋力掷出。梁萧仰身出剑，挑落长矛。只此停滞，云殊又抢近数步，挑起一杆长枪，还没掷出，众人已反身开弓，嗖嗖向他射来。云殊虽没将李庭等人放在眼里，却对土土哈的箭术十分忌惮，因此身形一滞，梁萧趁机扬鞭催马，去得远了。

六人奔出一程，不见人来，梁萧才勒住马匹。低头看去，赵山面白如纸，身子冰冷僵硬，双眼空洞，兀自瞪着天上。梁萧神色木然，伸手将他的眼皮缓缓抹下。李庭、杨榷和王可见这情形，才敢相信赵山真的死了，不由得失声痛哭。王可身受重创，伤心之下，两眼发黑，坠下马背。

梁萧将他抱起，见他腹上一条四寸伤口，血流如注，便举手封住血脉。又找一些细韧草茎，使出编竹器的本事，气贯草茎，将创口缝合起来。

稳住王可伤情，梁萧起身回头，只见人人伤痕累累。土土哈的伤势尤为严重，但他体魄强健，尚能支撑。梁萧伸手入怀，取出一枚白玉扳指，交给受伤最轻的囊古歹说："你们速去大营，以这枚扳指求见伯颜，告诉他此间情形，请他救治你们。"

众人面面相觑，土土哈道："梁萧，你不与我们同去？"梁萧双眉一颤，漫不经心地说："要么那群人死光，要么我梁萧气绝。从今往后，这件事永无了结。"他口气阴郁，众人听了，背脊上均生寒意。囊古歹说："梁萧，这些人定是宋人派来断粮道的奇兵，只怕这次得手，便逃回宋境去了。你一人之力，怎能与一国抗衡？还是同去大营，再做计较。"众人连声称是。

梁萧翻身上马，盯着来路，脸色铁青，蓦地喝道："我乃十夫长梁萧，现令你等速往大营，拒我号令者，军法从事！”他以将官身份发号施令，五人一呆，再也不敢违拗，转过马匹，向襄阳方向奔去。

梁萧将弓箭负上肩头，宝剑斜插腰间，目光所及，夕阳西沉，天际也似染满鲜血。他仰天悲啸一声，掉转战马，往来路奔去。

奔近粮草被截之处，前方焰炎高涨，万石粮草尽数没入火海。梁萧胸中大恸，下马冲入火中，四处寻找阿雪的尸首，找了半晌，却没见着。正觉惶惑，一具尸体从地上跃将起来，跌跌撞撞向他扑来。梁萧乍逢尸变，不由得倒退半步，定睛看去，却是史富通。他恍然明白，这家伙倒地装死，居然避过一劫。

史富通张臂搂紧梁萧，放声哭道：“好兄弟，咱以为再也见不着你了。”梁萧本想甩开他，但听他哭得凄惨，也不由得眼眶酸热，强自忍住眼泪，冷冷道：“你倒也聪明伶俐。”史富通听出讥讽，讪讪抹泪，望着熊熊大火，又忍不住跌足惨叫：“完啦，完啦，这下怎么向万户交代！”他转身对梁萧道：“咱们快走，那群人若是回来，可大大地不妙。”

梁萧道：“他们去哪儿了？”史富通指着东边山坡：“他们带着俘虏进山去了。”梁萧听说还有俘虏，松了一口气道：“史兄，指点之恩，梁萧铭刻在心。你骑我的马，回大营去吧。”说着举步上山。

史富通惊道：“你做什么？”梁萧并不理会，一路上行。史富通猜到他的心思，惊惶叫道，“好兄弟，你别做蠢事！咱身患绝症，你若有个三长两短，我也活不成了。”梁萧心头烦乱，无暇理会，纵身奔上山坡。史富通呆立半晌，一咬牙，嚷道，“罢了，左右是死，大伙儿一起死！”拾起一杆断矛，跟在梁萧身后。

梁萧微感诧异：“这烂痞子还有如此胆气？”也不多言，径自穿过山道，寻觅踪迹。沿途多有足印血迹，想是群豪人多势众，又有伤者，自不免留下踪迹。梁萧循着踪迹，一路寻去。

第十二章

# 折弓为誓

二人行了一程，陷入丛莽深处，天上暮色渐浓，残照如血，映着草色烟光，分外凄迷。苦于天色暗淡，地上踪迹渐趋模糊，梁萧扎了一支火把，走在狭窄的山道上。想着阿雪生死未卜，心头便如压了一块万斤巨石，几乎喘不过气来，若非史富通看着，恨不得伏在路边，大哭一场。

史富通懵懂前行，忽地一个收足不及，撞在梁萧身上，忙道："好兄弟，前面没路了吗……"话没说完，被梁萧一把捂住口鼻，跟着又见他将火把踩灭。史富通正觉不解，忽听远处传来一阵脚步声，停在数丈开外，一个南方口音说道："黄老五，方才我明明见了火光，这会儿怎就没了？"黄老五道："我也瞧见了，他奶奶的，莫非是鬼点灯？"前一人"呸"了一声，道："晦气！什么鬼点灯了，这荒山野岭的，真叫出个鬼来，老子看你怎么应付？"黄老五笑道："若来个美丽女鬼，我黄老五也笑纳了。"

沉默一阵，南方口音叹道："云公子神机妙算，歼灭这支粮队，本该不费吹灰之力。没料到头一遭出手，便遇上了这种硬爪子。"黄老五叹道："我本当云公子拳剑无敌，不料鞑子一支粮队里也有如此人物。现今想来，若非文千张在前面挡了一刀，我黄老五十之八九完蛋。老杨你说，每支粮队都有如此高手，那可怎么是好？”

老杨冷笑说：“高手这样不值钱？那家伙来头不小，楚姑娘和云公子都认得他。”两人议论着往来路转回，梁萧和史富通屏息蹑在后面。山道崎岖，雾气洇湿。走了几十步，黄老五又说：“死伤不少兄弟，可也终归值得。没想到这次误打误撞，居然拿住了鞑子一个大官。我说，那个阿什么牙的是个啥官儿？”老杨说：“鞑子的规矩谁知道？听云公子说，除了伯颜、史天泽、阿术，就数这阿里海牙官最大，方才还从他身上搜出了鞑子皇帝的圣旨。云公子说，拿住此人，比击破一百支粮队还管用。如今想必正在拷问，若能让他说出鞑子的攻宋方略，可就太妙了。”

黄老五道：“他娘的，揍死这厮才叫痛快。还有那个女扮男装的臭娘皮，必是那狗鞑子一伙，依老子所见，活该把她剖腹挖心，祭奠死去的兄弟。”梁萧听得一凛，不由双拳紧握，身子发起抖来。

老杨叹了口气，说道：“可惜云公子心软，说不该对付女流。可众兄弟心里有气，难免给她些苦头吃。我出来的时候，沈二爷已将她吊在大厅里。他两个兄弟都死在那个鞑子剑下，孤月岭三个寨主去了两个，沈二爷怒火攻心，嚷着要抽臭娘皮一顿鞭子出气。他是这儿的地主，云公子强龙不压地头蛇，必然拗他不过。哈，我瞧他寻的那根柳条鞭子比胳膊还粗，蘸了水可厉害得很，也不知那娘儿们细皮嫩肉的，挨得住几鞭。哈哈，只怕这会儿已经皮开肉绽、筋骨寸断呢，哈哈……”黄老五也觉快意，跟着放声大笑。

梁萧浑身紧绷，牙关咬得隐隐作痛。再走几步，前方灯火缥缈，忽听有人嚷道：“黄老五、老杨，有动静吗？”黄老五笑道：“有个屁。我说是鬼点灯，姓杨的还不信！”那人道：“今天刚出了事，鞑子一定四处搜捕，咱们也小心一些。”老杨笑道：“再怎么搜，也搜不到这儿。再说这孤月岭四面悬空，只有陨星峡上的这条铁索可通，哈，这就叫作‘孤月岭，陨星峡，鬼神到了也害怕’……”黄老五也哈哈大笑。

二人笑了一半，忽地戛然而止。对面那人但觉奇怪，正要张口，忽见二人软倒两旁，一道黑影飘然蹿出。那人一个“你”字没出口，梁萧已扣住他的脖子，五指用力，那人颈项断折，软软倒下。

梁萧下手不容情，顷刻连毙三人。史富通见他得手，方才冲出，忽觉足下一空，身子急往下坠，未及惊叫，梁萧出手如电，一把将他拽了起来。史富通抖抖索索往下一望，下面竟是一道深谷，不由轻叫一声：“娘呀！”定睛再看，身侧一条二十来丈的铁索桥，共有八条铁索，左右各一，作为护栏，下方六条，上面更无一张桥板。

梁萧冷然道：“史富通，你要过去吗？”史富通好不为难，心里却算计：“这小子武功厉害，未必失手。我这绝症说不定什么时候就发，随着他终是多一线生机。”主意打定，叹道：“罢了，咱性命在你身上，就陪你死了吧！”

梁萧听他这么一说，真有些哭笑不得。见史富通迈步上桥，便道：“且慢。”史富通问：“怎么？”梁萧道：“你仔细看脚下。”史富通借着星月微光一瞧，铁索上每隔数尺，便悬一个铃铛，一只脚登时僵在半空，不敢落下。梁萧又说，“对面必然有人防守，我们一上桥，铃铛一响，那边必定发问。如果应对不周，对方断了铁索，你我正好跌成一对肉饼。”

史富通抹去额上冷汗，颤声说：“好兄弟，天幸你眼利。”梁萧沉吟道：“你跟这黄老五体形相似，换上他的衣衫！”史富通恍然道：“要乔装改扮？”梁萧点头说：“你还不笨。”说着换上老杨的衣服。

史富通犹豫一下，也换过衣衫。梁萧将三人尸体藏好，挽着史富通上了铁索，果然一脚踏上，铃声大作，只是对崖并无声息。

史富通走了一段，前方动静全无，正埋怨梁萧算计有误，忽听迎面有人高叫：“谁？”史富通浑身一抖，暗骂对手狡诈。二人正在铁索桥中段，应对不周，对方将铁索一断，二人进退不得，势必掉下深谷。

梁萧学着老杨的嗓子，闷声说：“黄老五闹肚子，刚才拉了两遍，老子扶他回来歇歇。”史富通也乖巧，立时哼哼两声。这些日子他早晚都在无病呻吟，这两声虽是随口哼来，却哼得地道，叫人听不出破绽。

对面火光一亮，桥头立着一条精瘦汉子，左右不下十人，张弓对准两人。梁萧假意挽着扶手，低头垂目，让他看不清面目，史富通则蜷成一团，似乎肚子痛得站不起来。那汉子见二人服色无误，挥手撤了弓箭，笑骂："黄老五，你个龟孙子，吃多了狗肉吗？"他说话间，梁萧扶着史富通，几步逼近桥头。却听那汉子又笑，"黄老五，老子会按摩，给你揉揉，包管你龟孙子屁响如雷，一泻千里……"方要上前，借着火光，忽地看清梁萧面目，顿时脸色大变，正要发号施令，梁萧长剑疾出，那人应剑倒地。其他人来不及惊叫，梁萧放开史富通，抢过桥头，刺倒当先二人，转身挥剑，三支火把熄灭，桥头漆黑一片。史富通只听倒地声不绝于耳，片刻工夫，忽地手臂一紧，不由得心头大骇，但听梁萧道："过来。"

史富通松了一口气，走过桥头，梁萧燃起一支火把，史富通低头一看，不由得倒抽了一口凉气。地上横七竖八尽是尸体，个个伤在咽喉，难怪无人能够出声。

二人快步上山，其间又有三道岗哨，均被梁萧闪电制服。走了半里路程，前方灯火大明，一座松木搭建的高大房屋矗立在眼前，还没走近，就听见鞭打声及女子惨叫。听出是阿雪，梁萧心如滴血，转身将弓箭交给史富通道："你在外面接应，我叫声'放'，你便放箭！记着边跑边射，不可留在原地。"

史富通早已腿软，闻言求之不得，低头钻进旁边的林子。梁萧手按宝剑，吸一口气，进入大屋。

屋中灯火通明，群豪或站或坐，站成一圈，是以梁萧入内，居然无人留意。堂中地上放着炭火皮鞭，阿里海牙被绑在向门的柱子上，满身鞭伤火炙，口角流血，下颌已经脱位，唯有眼神兀自倔强。阿雪被缚了双手，披头散发地吊在堂中，浑身衣衫破碎，早已昏厥过去。

持鞭的粗矮汉子拎起一桶冷水，正要泼醒她再打，云殊一皱眉，扬声道："沈利，你也打够了吧！她不过一个女子，你就算杀了她，又有什么用？"沈利怒道："什么话，我两个兄弟，都死在她同伙手里。哼，打她是便宜她了，便是活剐了她，也难消老子心头之恨！"众人恨透梁萧，纷纷叫嚷："对，剖腹挖心，祭我师弟！""还是剐啦，大伙儿烤了吃解恨！"这些人尽是江湖粗人，亦侠亦匪，杀人、剐人的勾当干得多了，只觉对待恶人，无论男女，都该如此。

云殊腾地站起，怒道："岂有此理……"靳飞抬手将他按住，沉声道："这女子为虎作伥，死不足惜。云殊，你无须再说，你若看不下去，大可回房歇息。”云殊急道：“师兄，杀人不过头点地……”靳飞瞪眼道：“住口！”云殊知他意在笼络人心，是以偏袒沈利，只气得喘了两口气，闷闷坐下。楚婉在他旁边，小声说：“云公子，若要杀她剐她，我也不敢看，你送我回去歇息好吗？”云殊一愣，忽见楚婉双颊生晕，流露几分羞涩，心中一慌，急忙回过头去。

楚婉心念云殊，当年与梁萧分手，并不回庄，径至神鹰门。恰逢云殊要来北方，她一缕痴念不绝，也巴巴地跟来，哪知云殊心中已有柳莺莺，明知她一腔情意，却也故作不知。

方澜伤势未愈，倚在虎皮椅上，这时听得清楚，笑道：“殊儿，你就送楚姑娘回房休息，这些糗事，不看也好。”云殊心中大悔：“早知这样，不如一剑刺死了这女子，省得让她多受痛苦！”想着长叹一声，摇头道：“人是我抓的，求诸位兄台瞧她弱质女流，给她一个痛快。”

沈利见他松口，扬声道：“好！我沈老二素来敬佩云公子人品、武功，今天就听你一句话，给她个痛快，拿刀来！”从喽啰手中接过一把单刀，迎风一舞，方要动手，忽地半空里精芒一闪，沈利眼前一花，竟被那道精芒刺透肩胛，生生钉在地上，口中发出凄厉惨叫。群豪哗然而惊，定睛望去，精芒却是一口明晃晃的宝剑，循来路一望，梁萧面如铁铸，双拳紧握，噔噔噔大步走来。

他来得突兀，众人均感错愕。云殊当先还过神来，拔剑站起。梁萧却不正眼瞧他，直直盯着阿雪，双目血红，神色大有几分癫狂。

群豪纷纷还醒，怒吼此起彼落。梁萧步履如飞，瞬间逼近人群，一名披头散发的高壮汉子跳了出来，厉声叫道：“好贼子，你还敢来？”左臂一挥，扫向梁萧。此人姓董名亮，江西人氏，自幼从异人处学得一身铁臂功，绰号“铁三尺横扫千军”。据说他臂长三尺，坚若精钢，上阵时双臂挥舞，能断人刀剑，折人筋骨。他这时有意显威，这一扫既快且狠，声势惊人。

云殊见董亮贸然出手，心道不好，未及喝止，梁萧右手一扬，两人手臂缠在一起，只听“咔嚓”一声，势如木柴折断。董亮左臂向上弯折，眼、耳、口、鼻挤成一团，可他十分豪气，手臂虽折，却咬牙不吭一声。右臂抡起，又要挥出，忽觉梁萧手上内劲如潮压来，顿时百骸欲散，一口鲜血涌到口中。云殊本欲上前，但见同伴被制，微感迟疑，忽听梁萧大喝一声："残杀民夫，算什么豪杰？"内劲一吐，董亮双膝发软，烂泥般瘫在地上。

梁萧将董亮一甩，继续向前，他一招废了"铁三尺横扫千军"，群豪神为之夺，场中鸦雀无声。忽听咿呀呀两声怪叫，一刀一枪，向梁萧左右袭来。梁萧不闪不避，直待刀枪攻来，双手忽地交错。群豪没看清他用何手法，就听两声惨叫，使枪者刺中用刀者小腹，用刀者砍在使枪者肩头，鲜血四溅，触目惊心。

梁萧双手一分，左手拔出长枪，右手起下刀来。使枪者是"枪挑东南"龙入海的记名弟子，姓洪名照，颇有乃师之风，肩头虽受重伤，仍是死攥枪柄不放。众人见状齐齐发喊，手持兵刃向梁萧扑来。梁萧双眉一挑，大喝一声："拦道偷袭，是什么好汉？"右臂发力，将洪照连人带枪拽起，腾空扫向群豪。群豪投鼠忌器，纷纷向后退让。

梁萧逼退群豪，忽听云殊长啸一声，纵身掠来，不由两眼瞪圆，厉声道："凌虐妇女，你也算英雄吗？"云殊任人鞭笞阿雪，本有心病，闻言心神微乱，失了一往无前的气势。忽见梁萧手臂一振，将洪照掷来。云殊眼见来势猛恶，匆忙收剑接住。稍一凝滞，梁萧右手钢刀飞出，将阿雪腕上绳索凌空斩断，自屋梁上坠落下来。

众人一呼而上。梁萧一声厉喝，直如平地惊雷，震得群雄耳中嗡鸣，他双掌倏抬，劲气排空，身前两人口血飞溅，腾空而出。众人伸手欲接，却觉来如山崩，顿时东倒西歪。梁萧身形忽闪，抢到阿雪身下，左手将她接住，右手前探，"当啷"一声，自沈利肩上拔出剑来。

由厅门至阿雪被绑处，约有十丈，间隔二十多人，梁萧却来如疾电奔雷，于重围中将人救下。群豪无不羞怒，纷纷冲了上来。

梁萧长啸一声，忽又杀入人群。他心性大变，出剑狠毒绝伦，惨叫此起彼伏，冲上的豪杰纷纷送命。云殊急欲上前，可是厅小人多，群豪反而成了梁萧的壁障。云殊施展不开，怒叫："散开，全都散开！"

众人闻声四散，梁萧趁机背起阿雪往门外冲出。云殊当先追赶，不料梁萧"十方步”展动，一个转身绕开云殊，忽又钻进厅里，和随后抢出的群豪撞在一起。这一下好比虎入羊群，杀得惨叫连连，直冲到阿里海牙身前，“叮叮当当”，将他身上的铁索尽数挑断。

众人不料他声东击西，引开云殊，本意直指阿里海牙，一时均感错愕。云殊却不惊反喜，心道：“你带着两人，走得了吗？”

梁萧将阿里海牙下颌归位，挑起沈利落下的单刀，递给他说：“还能战吗？”阿里海牙虽处困境，威风却不减，傲然说：“怎么不能！”梁萧道：“好，你往东，我往西。”阿里海牙武艺不俗，只是遇上云殊这等高手，根本来不及施展，这时舞起单刀，向西冲去。梁萧却向东走。

众人都已听到梁萧说话，不敢近他，都去围堵阿里海牙。三招两式，就将他逼入绝境，因他还未说出元军虚实，故而只想生擒，没痛下杀手，如此倒让他苦撑了几招。谁知梁萧佯往东突，忽地转身，展步又向西奔，从背后偷袭群豪。群豪伤了几人，惊惶中转身对付梁萧，阿里海牙趁机逃走。这时云殊赶到，梁萧又往东逃，群豪又转身去赶阿里海牙。梁萧却又摆脱云殊，从背后偷袭。

一时间，大厅中的形势变得十分古怪，群豪擒拿阿里海牙，梁萧偷袭群豪，云殊又拼命追杀梁萧，大有螳螂捕蝉，黄雀在后之势。不过，云殊破不了梁萧的“十方步”，群雄自是最为吃亏，被梁萧连连施袭，杀得尸横遍地。

反复再三，云殊丢了梁萧，追赶阿里海牙，想要制住此人，破去梁萧的奸计。梁萧见状，长剑疾出，刺他背心。靳飞乘势从梁萧背后蹿出，举起铁爪劈下。梁萧听到风声，放过云殊，反身出剑，刹那间剑光霍霍，笼罩靳飞全身。靳飞不料他情急变招，依然如此猛烈，一时措手不及，忙乱间躲过腹部要害，大腿却中了一剑，大叫一声，踉跄后退。

梁萧抢上一步，打算刺死靳飞。云殊听到靳飞惨叫，顾不得阿里海牙，反身来救师兄。他一动，梁萧也动，冲向群豪，杀得对方七零八落。阿里海牙本已陷入险境，此时绝处逢生，大口喘气，飞也似的逃出大厅。

云殊见靳飞腿上鲜血长流，那边惨号又起，一时不知何去何从。靳飞忍痛叫道：“别管我，杀贼要紧！”

云殊无奈，提剑追赶梁萧。梁萧一阵东奔西窜，气促神虚，力不从心，心知今日报仇太过勉强，只好跟着阿里海牙蹿出门外。

群豪大呼小叫，紧追不舍，双方一追一走，到了山道前方。梁萧回头一瞟，云殊越过众人，越赶越近，当即叫声“放”。紧要关头，史富通不敢退缩，从林子里连射数箭，山道黑咕隆咚，南方群豪顿时有人中箭惨叫。史富通得手，又惊又喜，按照梁萧安排，边跑边射，一眨眼，又射伤几人。

群豪只觉羽箭刺来，不知林中藏了多少人手，纷纷叫道：“林子里有埋伏！”云殊也是惊疑不定，步子一缓。不料史富通见对方人多，吓得屁滚尿流，从林子另一头冲出来叫嚷：“不成啦，不成啦。”

他这一叫，梁萧的疑兵计也跟着失效，群豪一愣神又冲了上来。梁萧放下阿雪，对史富通道：“把弓箭给我，你背她先走。”史富通闻言，忙将弓箭给他，反身背上阿雪，跟阿里海牙撒足狂奔。梁萧跃至林中，开弓发箭，几个南方豪杰应弦而倒，哀哀大叫。

梁萧左右开弓，羽箭连珠而出，黑暗中威胁极大。群豪几度冲突，均被射回。不一会儿，梁萧两袋箭告罄，估摸三人走远，跳了出来，拔腿便跑。

云殊一口闷气憋在胸口，不吐不快，长啸一声，提剑追赶。他忌惮梁萧机诈百出，同伙上来反碍手脚，扬声叫道：“别跟来！”群豪无奈止步，一人说：“贼子用箭，我们也用箭？”众人都觉有理，让几人去拿弓箭，其他人远远跟着。

一眨眼到了陨星峡铁索桥桥头，梁萧踏上铁索，云殊也正好赶到，长剑下掠，铁索断了一根。梁萧足下一虚，几乎落入深谷，急忙侧身，一个金鸡独立站稳，但觉剑风呼啸，云殊长剑刺来，当下挥剑抵挡。“铮铮铮”三剑交罢，云殊落向索桥，梁萧挥剑下掠，“铮”的一声，也将他落足的铁索挑断。

云殊无处立足，半空中，左手抓住扶手，右手挥剑刺向梁萧。梁萧疾退半步，长剑一挂，云殊所抓的铁索也断。云殊无法，凌空一个翻身，飘然钻入索桥下方，双腿各自绞住两根铁索，一手抓住一条铁索，同时挥剑疾出，刺削梁萧足踝。梁萧足下的五条铁索全都被他钩住，如果斩断，自也无法立足。

梁萧冷哼一声，疾退丈余，挽着剩下的那条扶手，腾空翻转，长剑下挥，连环五响，下方五条铁索全数挑断。云殊再也无法挂在桥上，但他早料到这一招，双腿潜运劲力，在梁萧断索的刹那间，凌空鱼跃，从索桥下闪电钻出，伸手搭上了那条仅存的铁索，同时攻出四剑三腿，逼得梁萧无法施袭。梁萧见他变化无穷，虽然极不情愿，可也暗暗喝彩。

铁索桥只剩了一条铁索，两人再也不敢斩断，或足钩，或手挽，凭着掌拳剑腿攻敌要害。进退翻滚间，好似一对燕雀，贴在铁索上斗得难解难分。

阿里海牙和史富通都在桥那边看着。阿里海牙顾着义气，不愿逃走；史富通却怕梁萧丧命，痼疾无人救治，也不敢轻言离开。二人瞧到此时，均是张口结舌，但觉桥上两人生死系于一线，稍有不慎，便会送命，一颗心均是提到嗓子眼儿上。群豪也举着火把赶来，见状无不吃惊，有人举起弓箭，想要射击，但二人攻守如电，绞成一团，哪儿分得出彼此？

拆了三十来招，二人不约而同地用上了“巽剑道”。巽者风也，二人剑走轻灵，好似两片轻飘飘的落叶，绕着一条铁索，在峡谷天风中忽上忽下，浮浮沉沉。到了这个地步，什么手眼腿步都不管用，全凭轻身功夫取胜，越轻灵的武功越奏效，“巽剑道”飘忽无定，最是适合此间。

又拆了数招，云殊心头不是滋味，忍不住喝道：“你从哪儿偷学的剑法掌法？”梁萧哼了一声，冷冷不答。

冷风一吹，阿雪悠悠醒转。沈利绿林出身，心狠手辣，虽被云殊折服，脾性依旧火暴，加之挟怒而发，出手十分歹毒，若非阿雪自幼习练内外功夫，筋骨坚韧，早已没命。她略一清醒，身上便如烈火烧过，忍不住发出一串呻吟。她从史富通肩上望去，模模糊糊看见两道人影在一条铁索上厮杀，看了片刻，认出梁萧，恍然明白，梁萧已将自己救出，正与强敌交手。惊喜之余，又觉担心，用尽浑身气力，叫道：“哥哥，哥哥……”叫了两声，头晕目眩，又昏过去。

梁萧听得心头一跳：“该死，我只顾跟这直娘贼赌斗，却忘了阿雪的伤势。”向云殊疾刺三剑，将他逼退，忽地挥剑下掠，“铮”的一声，铁索分成两段，两方人无不惊呼。但见二人出手如电，分别持着断处，凌空换了一剑，陨星般向峡谷两崖落去。眼看将要撞壁，各自用足一撑，刹住去势，手足并施，抓着铁索向崖顶攀升。

群豪见状，张弓搭箭，纷纷向梁萧射来。梁萧只得手挽铁索，转身拨箭，仅得一手，难以上攀。阿里海牙机灵，急忙伸手拉起铁索，史富通也来帮忙，梁萧得他二人相助，再也不管对面如何，双手齐用，将铁索带得左右摇摆，避开来箭，上升之速一时倍增。云殊方才登上崖顶，梁萧也将登顶，恰好一箭射来，他反手接住，取下背上强弓，搭上来箭，也不细看，照原路一箭送回。那人不料他回手如此之快，猝不及防，羽箭左眼进，后脑出，将他钉在身后石壁。群豪见状，无不骇然，弓在弦上，却不敢再发了。

梁萧跃上崖顶，一手叉腰，与众人遥遥相望，高声叫道："你们为何劫掠我们？为何杀死我朋友？为何鞭打我的妹子？"云殊听了这话，心头一沉："看来这个冤仇，永无消解之日。"他不甘示弱，扬声说："我乃大宋子民，尔等蛮夷，犯我社稷，人人可杀！"梁萧一点头，说道："你们是大宋派来的？"云殊大声应道："是又怎样？"

梁萧血往上涌，头脑一热，高声叫道："好！我梁萧对天发誓，若不杀光你们，灭了这个大宋朝，便如此弓！"将手中强弓一折两段，随手丢下悬崖，反身抱着阿雪，与史富通二人大步离去。

群豪听得一愣，纷纷大骂梁萧不自量力。云殊见他折弓为誓，不知为何，心头升起一股寒意。掉头看去，靳飞捂着大腿伤口，立在身后。再看众人，几乎无人不伤，不由心中羞惭，向靳飞说："师兄，他们一去，鞑子大军马上就来，北地不可久留，还是早早撤回南边，另作打算！"靳飞叹了口气，一瘸一拐向山上走去。云殊望他背影，呆然不语。楚婉见众人都已散去，上前一步，轻声道："云公子。"云殊苦笑着叹了口气，与楚婉转过身子，并肩向山上走去。

梁萧走了一程，查看阿雪伤势，天幸多是外伤，没伤筋骨。梁萧推拿一阵，她便醒了，闭着眼只是叫痛。梁萧心酸难忍，把她搂进怀里。阿雪觉出梁萧抱着自己，颤声说："哥哥，阿雪好痛……"梁萧双目赤红，似要滴出血来。

阿里海牙叹道："梁萧，她外伤很重，非寻医官疗治不可。唉，那些汉人虽然没用火刑，可抽打这女孩子比打我还狠。”梁萧恨恨道：“他们恨的是我，却在她身上出气。”阿里海牙寻思半晌，说道：“好，咱们早早出山，叫来兵马，非将他们一个个零割碎剐不可。”

梁萧点点头，站起身来。阿里海牙忽地握住他胳膊，沉声道：“梁萧，若你愿意跟随我，我保你来日贵不可言。”梁萧摇头道：“我只求给我朋友和妹子报仇，富贵什么的，我不在乎。”阿里海牙一怔，苦笑道：“那还不是一样？”史富通忙道：“我也想跟随大人……”阿里海牙冷哼道：“早先叫你救我，你只管逃命，本来该将你军法从事，但看在你冒险来此的分儿上，功过相抵了吧。”

史富通十分泄气，但又不敢多说，只得诺诺应了。梁萧道：“史富通，你不是什么好货，但今日帮了我，我日后定然报答。嗯，告诉你，你其实没什么毛病，不过是我做了手脚。”史富通呆了呆，诧道：“我……我没有毛病？那……那就不会死了？”梁萧也不再说，抱着阿雪，跟阿里海牙向山外走去。史富通呆站片刻，忽地哈哈大笑：“我没有毛病！我没有毛病啊！”他一旦得知自己无病，什么不快都抛到了九霄云外，欢喜如狂，跟在三人身后拍手大笑。

破晓时分，四人出了伏牛山，来到山下大道。走了不出百步，便听蹄声若雷，一队人马飞驰而来，梁萧一惊，握剑在手。阿里海牙却看得分明，高叫：“是自己人！”那队人马近前，一人朗声叫道：“阿里海牙，是你吗？”

阿里海牙听得声音，惊道：“阿术？”那人又惊又喜，翻身下马，一把将他搂住，欢然道：“真是你！嘿，我派出近万人马搜索一晚，好歹寻着你了！嗯，莫非消息有误，你没被那些宋人逮住？”他心中激动，一气说完，阿里海牙摇了摇头，苦笑道：“惭愧。我的确被人拿住，多亏十夫长梁萧冒死将我救出。唉，我阿里海牙半生征战，昨天可谓最为惊险。不过，我失了圣旨，却是罪当万死。”

阿术笑道：“人回来就好，圣上英明，哪儿会在乎这个？”说着掉头，看也不看史富通一眼，目光如炬，望着梁萧道：“你就是梁萧？”阿里海牙奇道：“阿术，你怎么一下子就看出来了？”阿术微微一笑，说道：“我虽不是老鹰的眼睛，可也分得出狼和豹子！”按住梁萧肩膀，笑道：“你的部下很好！除了那个伤得不能动弹的，其他四人，整晚跟着大军找你。”

梁萧听得心头一热，说道：“我有一个伙伴受了重伤。”阿术点头，扬声道：“阿剌罕，你换两匹马给阿里海牙与梁萧。”一名将官应声换了马匹。梁萧乘上，阿术传令阿剌罕进山搜捕云殊等人，自与阿里海牙前往大营。

众人行了一程，阿里海牙笑道：“阿术，我要与史格讨个人！”阿术微微一笑，说道：“你说梁萧？”阿里海牙笑道：“正是。”阿术摇头道：“不成。”阿里海牙道：“怎么？史格会不给面子？”阿术笑道：“史格敢说什么？我看那土土哈很不错，让他跟随我，他却说，梁萧在哪儿，他也在哪儿！”阿里海牙一愣，叫道：“好啊，你要跟我抢人？”阿术笑道：“你别胡赖，我不过要土土哈，他不肯离开梁萧，我只好一块儿要了！”

阿里海牙给他一掌，骂道：“你才胡赖。你既能一块儿要，为啥我不能一块儿要？”阿术笑道：“我先跟土土哈说的。”阿里海牙瞥了梁萧一眼，叹道：“也罢，我争不过你。不过，这家伙便如一匹骏极了的野马，得要同样厉害的主人才能驯服。你比我厉害，更配做他的主人，不过也要小心，可别被他踢着。”

阿术眸子一闪，微笑道：“我让他去钦察营。”阿里海牙摇头道：“钦察营那群家伙眼高于顶，他是汉人，可待不住。”阿术道：“他不是寻常汉人，伯颜元帅昨日对我说了，他有蒙古血统，比我还要高贵。”阿里海牙吃了一惊，心知阿术的祖父是蒙古名将速不台，迟疑问道：“比你高贵？莫非……”阿术点了点头，接口道：“我听伯颜说了，他有成吉思汗的血统，是黄金家族的后代！”阿里海牙神色大变，低头不语。

说话间，元军大营遥遥在望。梁萧勒住马匹，举目看去，但见一条汉水浩浩荡荡，贯通南北，河上艨艟斗舰，成千上万，旌旗招展，仿佛云霓。江水两岸，雪白的蒙古包连绵不绝，犹如一片汪洋大海。两座十丈巨城各据东西，隔着汉水森然对峙，空中黑云如阵，低低压着城头。报晓的刁斗携着晨风，自城中悠悠传出，同时间，元军大营的号角声也呜呜响起，两种声音此起彼伏，在大地之上来回激荡。

第十三章

# 六花妙术

梁萧观望之际，阿术与阿里海牙拍马赶上。阿里海牙挥鞭遥指："这便是襄、樊二城了。"梁萧问："区区两座城池，怎么老是攻不下来？"阿术道："自宋人大将岳飞收复襄阳以来，这一百三十年中，宋人苦心经营襄樊。窝阔台大汗时，名将孟拱重兵守卫江汉，更倾一国之力，多次扩充襄阳。莫说城池坚厚，举世罕见，抑且兵精粮足，攻守武器多达四十四库。据伯颜元帅和史天泽推断，若是无法攻破城墙，仅是襄阳，便能支撑二十余年，凭借寻常攻城之法，根本无法攻克。"

梁萧道："如此说，双方只能相互耗着了？"阿里海牙叹道："那也差不多了。如今之法，只有断绝二城外援，消耗它储备的粮草武器。早年我军筑城于鹿门山，又在灌子山立下栅栏。去年大举进击，击败宋人后，筑实心台于汉水中流，沉七块巨石入水，列成水阵。在万山、百丈山、虎头山、岘山一线筑一字城，又于汉水西边筑新城。如今襄樊二城南北东西、水上、陆上都已绝援了。"说到这里，他又对阿术道："我路上听说宋军进援襄樊？"阿术点点头。阿里海牙笑道，"多半被你杀他个片甲不留吧！"阿术淡然道："那范文虎是贾似道的女婿吗？"

阿里海牙道："是啊！"阿术微微一笑，说道："他和那个夏贵，仗没开打就逃了，真比耗子还伶俐。干吗不派张世杰和李庭芝来？害我白白出兵一场。”阿里海牙笑道：“若非这群饭桶，咱们哪能轻易围困襄阳？”阿术默然一阵，说道：“宋人一年不如一年。当年在合州，我还遇上几个有血性的，如今跟这些饭桶打仗，真是损伤人的志气。”言下大有寂寞之意。

进入元军大营，阿里海牙将梁萧安置在自家帐中，叫来最好的大夫，又寻了两个随军女子，服侍阿雪上药更衣。阿雪肌肤迸裂，血浆和衣衫凝在一起，脱不下来，只有以剪刀剪碎，用开水一块一块融化干硬的血块。水一沾身，阿雪发出声声惨叫。梁萧忍着心酸，抱住她细声安慰。阿雪怕他担心，咬牙含泪，拼死忍耐，那两名色目女子看她浑身惨状，双手颤抖不已，更增阿雪痛苦。梁萧只得自己动手拆衣敷药，心里将云殊等人恨到无以复加。

不多久，土土哈等人赶了回来，看见阿雪惨状，惊怒交加，纷纷大骂。梁萧不愿众人扰着阿雪，将他们赶出帐外，沉着脸说：“让你们在大营治伤，怎么违我号令？”众人一呆，土土哈拭了泪说：“伯颜元帅答应了的。”梁萧道：“这次就罢了，下次若再违令。”他用手一比，“不管是谁，定斩不饶。”众人齐声答应，梁萧才点头说：“你们都有伤在身，都去休息，伤好之前，不许乱动。”众人只得散去，土土哈恋恋不舍，几步一回头，直往这边张望。

次日，梁萧托人将赵山的尸骨带回华阴，自己终日守在阿雪身边，照看她的伤势。治病的大夫是御医出身，久在军旅，对皮肉伤极为在行。六七天工夫，阿雪渐趋清醒，伤口也开始结痂，只是浑身筋骨疼痛，难以起床。梁萧便费尽心思，编些故事笑话，说给她听，逗得阿雪合不拢嘴，几乎忘了一身伤痛，心想若能永远如此，宁可挨上更多的鞭子。

转眼又过月余，这天哨兵传令，说是伯颜召见。梁萧随哨兵前往元帅大帐。掀帐入内，却见伯颜负着双手，正看墙上的地图，梁萧进来，也不回头。梁萧待得半晌，渐觉不耐，欲要退出，忽听伯颜哈哈大笑，转身道：“许久不见，你还是这么个急性子？”

两人久别重逢，四眼相对，心情复杂难明。梁萧想到此人便是萧千绝的弟子，不免怨恨，可想到他是母亲的师兄，又没来由地生出几分亲近。

伯颜瞧出他的心意，岔开话题，指着墙上的地图道："梁萧，你知道这是什么？"梁萧答道："大宋的山河地理图。"伯颜微微一笑，手指襄樊说道："若是襄樊一破，我大军便能顺着汉水，趋入大江，横渡江南，进略鄂州，而后舟楫百万，顺流而东，横扫大宋，直取临安。"他的手指顺着江水滑动，停在临安之上，沉默良久，叹道，"多亏你救回阿里海牙。所谓千军易得，一将难求，少了他，好比折了我一条臂膀，日后攻灭大宋，可就艰难多了！"

他说罢踱了两步，负手望天，面色忽明忽暗，似乎遇上十分难断的事。良久转过头来，注视梁萧道："阿术爱你骁勇，荐你去他手下钦察营做百夫长，如今我且答应下来，你好自为之。记住了，做好将军可比练好武功更不容易！"说着退下白玉扳指，递给他道，"日后有什么为难事，还来寻我，只要不违军纪国法，我仍然帮你。"

梁萧心口发烫，双手接下。伯颜询问了一下他同伴伤势，但觉再无别话，便命他回去，即刻搬入钦察营。

梁萧返回驻地，将伯颜的将令跟阿雪说了，让她留在阿里海牙帐中养伤。阿雪心中不愿，但知军令如山，也不好多说。当夜，梁萧搬入钦察大营，就任百夫长。

钦察营是元军中最精锐的骑兵，来自成吉思汗之孙拔都所建的钦察汗国。中有钦察、阿速、斡罗斯、匈牙利等色目人，也有少许混血后的蒙古人，金发碧眼，杂处一营，个个人强马壮，彪悍绝伦。梁萧在汉人中算是高挑个儿，到了营中，也只算寻常。

阿术的祖父速不台曾与哲别、拔都两度西征，扬威绝域，是以钦察营的军士都很敬畏阿术，但却瞧不起汉人。一来因为言语不通；二来依大元律令，色目人低于蒙古人，却高过汉人。他们的地位不如蒙古人，总想在汉人身上找回面子，遇上史天泽这等名将重臣，也从不下马行礼。加上作战骁勇，冠于三军，仗着功劳横行霸道，从不将汉军放在眼里。

梁萧一副汉人模样，却被派到钦察营里，而且一来便是百夫长的身份，钦察士兵气急败坏，暗地里商议，要与他为难。

等到次日，梁萧照例出帐点兵，号角吹了三响，竟无一人来报。他不明缘由，心中吃惊：“他们竟不听我号令？若是要行军法，这百来个家伙都得砍头，但如此一来，我这百夫长岂不成了光杆？”这时其他队伍出完早操，围着梁萧指指点点，嘻嘻怪笑，并用番话叽里咕噜叫嚷。梁萧孤零零站在校场中间，进退不得，莫名尴尬，但对方言语又无法听懂，沉默一会儿，只得忍气吞声，返回军帐。

钦察将领立马将此事禀报阿术，大说梁萧坏话。阿术将梁萧放在这个地方，存心要挫他的傲气，闻言只是一笑，心想：“看这小子怎么处置？”谁知到了第二天，梁萧也没出帐召兵，那群钦察士兵本也不打算出操，乐得大睡懒觉，让其他队伍的军士好生羡慕。钦察将领却很不满，又到阿术帐下，诉说梁萧没用，不能带兵。阿术听说梁萧竟不露脸，也觉诧异，思虑再三，让众将领下去，道是梁萧明日再无动静，自己定有主张。众将听令，欢喜去了。

到了第三天，晨练时分，蒙古大营号角响起，各部人马纷纷出帐。但梁萧营中仍无动静，众军士早已得了消息，铁了心赶走梁萧，人人趴在床上蒙头大睡。其他队伍的将领也纷纷派出探子窥伺，只待晨练一过，就去阿术处告状。

二通号角吹罢，忽听马蹄声响，二十来匹骏马虎虎突突冲入营中。梁萧一马当先，手提一串带链的三爪铁钩，铁链末端，都系在六匹战马身上，每匹马负着两个木桶，用盖子封好，不知装着何物。他身后五人，均是手挽铁钩。众探子还没明白怎么回事，梁萧掷出铁钩，钩牢一顶帐篷，其他五人如法炮制，手中铁链纷纷抛出，将营中二十余顶帐篷尽数钩牢。

这时梁萧马鞭一挥，六人齐齐抽打马匹。众马吃痛，四散狂奔。顷刻间，二十余顶帐篷拔地而起，睡得正酣的钦察士兵暴露于光天化日之下，一个个揉着眼睛，懵懂坐起，四面张望，不明所以。忽见骏马冲至，梁萧揭开一个大木桶，顿时奇臭冲天，桶中全是人畜屎尿。众人还没回过神，粪便就兜头兜脸地泼了过来，秽物溅得四处都是，其中还有蛆虫蠕动。另外五人如法炮制，一眨眼的工夫，钦察士兵无一幸免。众军尚自发呆，梁萧头也不回，带众飞驰而去，留下这一百号人，或坐或站，一身粪便。其他的钦察军士得知消息，纷纷来看，更让这些军士羞得无地自容，对梁萧恨之入骨。

钦察人远在异乡，人地生疏，彼此极为团结，以防外族人欺辱。一人受辱，无异于辱及全军，大怒之下，纷纷提了枪矛，乘着骏马来寻梁萧。不料寻遍全营，也没见他人影，却将一个元军大营，闹得沸沸扬扬，乃至于惊动了伯颜。伯颜命阿术即刻处置，不可扰乱军心。

钦察将领群情激愤，到了阿术帐中，要求严惩梁萧。阿术也没料到梁萧用出这种法子，心下颇是恼怒，后悔没听阿里海牙的忠告，一心要挫灭梁萧的锐气。他身为名将，也不推诿，将用人不当的罪过揽在身上。钦察军对阿术极是敬重，见他这样，不好过分相逼，只求撤走梁萧。

阿术别有念头："这梁萧不像偷了鸡就逃的黄鼠狼。罢了，看他有无后招。"嘴上答应换将，骨子里却一意拖延。钦察人得他应允，怒意稍减，暗地里谋划，定要弄死梁萧，以报被辱之仇。

次日清晨，梁萧队里的百名钦察士兵早早起来，乘马备箭，排好阵势，以防梁萧故技重施。不久三通号角吹罢，梁萧仍未现身，众人心神松懈，纷纷大骂梁萧胆小鬼、臭狗屎。正骂得痛快，忽听马蹄声响，雾气中出现六骑人马，顷刻驰近。只见梁萧与土土哈并辔而行，梁萧斜提花枪，土土哈手挽大刀，身后囊古歹等四人，也是各持枪矛、英姿飒爽。

众人不料他还敢前来，先是一呆，跟着回过神来，仗着有人撑腰，纷纷破口大骂。梁萧听不懂番话，向土土哈问："他们说什么？"

土土哈是钦察人，通晓钦察土语，便说："都是极难听的骂人话。"梁萧点头道："代我告诉他们：今日他们起得正是时候，若不想吃屎喝尿，日后也要早早起来。"土土哈皱眉道："梁萧，这样行吗？这些人可是十分蛮横！"梁萧微微一笑，说道："你只管说！"

土土哈无法，依言说了。众人听他说出本族言语，心中无不惊讶，等到听明白，无不愤怒发狂。一个金发汉子出列叫阵："梁萧狗屎，我们不会听你指挥。你侮辱我们，我要跟你拼个死活！"

梁萧听土土哈一说，抽动鼻子在空中嗅了嗅，笑道："好臭啊，好臭。"那人问土土哈："他说什么？"土土哈道："他说你好臭。"众人听了这话，登时想起昨日的狼狈，虽在汉水里泡了一天，身上的臭气还是难消，一时怒火上冲，纷纷举起长矛。

金发汉子对土土哈说："你是钦察人吗？我不杀你，你走远些。"他一指梁萧："你这汉狗，有什么能耐做我们的百夫长？你是阿术大人派来的，我不杀你。我跟你比斗，谁输了，谁自尽。"梁萧笑道："凭你吗？还不够我塞牙缝呢！"他手指一挥，扫过全场："不用客气，你们一起上！"

众人听罢土土哈通译，又惊又怒。金发汉子叫道："狂妄汉狗，你少瞧不起人！我一人跟你打，不用弓箭，就能胜你。"梁萧笑道："好呀，我也不用弓箭。"说着驰马上前，金发汉子也挺矛而出。

钦察营的军士都知梁萧来了，也不晨练了，跨马提矛，将他营地围得水泄不通。几个钦察将领吩咐诸军，要让这汉狗有来无回。眼见金发汉子挑战，众人纷纷拇指向下，嗬嗬叫道："契尔尼老，杀死他！契尔尼老，杀死他！"

契尔尼老本是斡罗斯人，百人之中最为骁勇，本指望做这百夫长，谁料竟被梁萧抢走。失望之余，心生怨恨。听得众人这一叫，胆气顿粗，夹马而出，挺矛直刺梁萧面门。

梁萧也不纵马，挥枪一格，契尔尼老手臂酸麻，长矛偏出，心头不觉一惊："汉狗人小，气力却大。"念头还没转完，梁萧长枪扫来，契尔尼老急忙低头，头盔却被梁萧挑在枪尖。契尔尼老匆匆挥矛横刺，梁萧随手抓住，契尔尼老只觉刺入生铁，进退不得，如果梁萧迎面一枪，自家无可抵挡，惊惶间猛力回夺。谁知梁萧顺势放手，契尔尼老用力过猛，几乎坠马，慌忙双腿夹马，极力稳住。梁萧早已挥枪扫来，枪尖上挂着的铁盔打在他的头上，这一下用了真力，契尔尼老只觉眼前一眩，跌下马来。梁萧不待他落地，一枪刺出，挑着他的腰带，将他挂在枪尖上。

契尔尼老输得如此容易，钦察军士一片哗然。李庭笑弯了腰，叫道："梁大哥哪儿是在比武？明明是在耍猴。"王可也大笑："是呀，还是一只金丝猴。"一行人哈哈大笑。

契尔尼老凌空挣扎，上下不能，众目睽睽下无地自容，忽地拔出腰刀，往颈上抹去。梁萧长枪一抖，将他挑上半空，契尔尼老手舞足蹈，腰刀顿失准头。梁萧横枪一扫，将他腰刀打飞，枪杆顺势在他腹下一托，用力恰到好处，将他挑回马上。

契尔尼老来不及转念，顺势跨上马背，双手抱住骏马脖子。梁萧笑道：“你服了吗？”土土哈通译过去，契尔尼老怒道：“我输了，你干吗不让我自杀？”梁萧摇头道：“你除了跟长官作对，就会自杀吗？”他唾了一口，“能赢不能输，算什么男人？”

契尔尼老被他骂得面红如血，无言以对。梁萧枪尖一指钦察军士，喝道：“你们很了不起吗？都上来吧！”众军士面面相觑，一时无人敢上。梁萧喝道，“你们不来，我可来了！”将马一纵，疾驰而出，长枪势如飘风，杀入人群。当头一人见梁萧冲来，方要举矛，梁萧枪尖晃动，他两眼发花，不知挡向哪里。梁萧一枪突出，将他头盔刺落，反手间，枪杆扫中他的太阳穴，将他打落马下。

一时间，梁萧驰马奔突，上下起落，好似马背上一羽鸿毛；一支花枪左盘右蹙，势如蛟龙行云，又如腾蛇乘雾，东西飘忽，专刺军士头盔，刺落以后，将其打晕落马。钦察军士又惊又怕，奋起反击，两方枪来矛去，斗得难解难分。

梁萧存心力压三军，使出浑身解数，来去飘忽，枪法如电，两盏茶的工夫，将一百多人击落八成。钦察军士向来骁勇善战，遇此大敌，全不退却，前后围堵，左右进击，丝毫不乱方寸。

梁萧心中暗赞，也动了好胜念头，发声长啸，一朵枪花使得其大如斗，飘来荡去，所向没有一合之将。片刻打落十七八人，还剩二人，惊骇万分，拼命抵挡。

梁萧挥枪扫落一人，另一人从后挥矛刺来，梁萧头也不回，身子略偏，攥矛于手，大喝一声，把他从马上提了起来。振臂一抡，那人腾起六丈来高，但觉耳边呼啸生风，大地迎面撞来，不由得心胆欲裂、哇哇惨叫。梁萧将人掷出，驰马向前，抢在那人落地瞬间，手臂一举，将他后心轻轻抓住，举在头顶，策马一旋，稳稳将人放在地上。土土哈等人喝彩声大作，钦察诸军却是张口结舌，失了言语。

梁萧经过这番激战，马力已乏，见场上无主战马四处乱走，纵身换了一匹，枪指四面军士，冷笑道：“你们也要来吗？”钦察人见他公然挑战，一片哗然。一名褐头发、蓝眼珠的千夫长出列叫道：“汉狗，以为有点能耐，就敢逞英雄吗？”

他用蒙古话说出，梁萧听得明白，冷笑道：“我教训手下士兵，关你什么事？

无怪这些人不服管束，没有狐狸施展诡计，猎狗敢在主人面前撒野吗？”那人大怒，厉声说：“我是千夫长，你只是百夫长，你敢这样跟我说话？”

梁萧道：“汉人有种说法，大将带兵，皇帝的命令也未必服从。既是打仗，生死都挂在弓弦上。你的话对，我自然听从你；若是不对，便是忽必烈皇帝的话，我也未必听从。要是打起仗来，这一百来人不服我管束，遇上敌人，只有送死。”那人冷笑道：“钦察军从亦得勒河打到汉江边上，从未输过一阵。哼，就算没有将军，照样天下无敌。你这汉狗百夫长，我们不稀罕！”钦察士兵举起长矛，齐声呼应：“对，汉狗百夫长，我们不稀罕！”梁萧哑然失笑，说道：“天下无敌？好厉害啊！你敢与我赌斗吗？”那人道：“怎么不敢？”说着持矛跃马，便要上前。

梁萧道：“单打独斗不算本事。你们人多吗？你们有这些人，我们就六个人，大家不放箭，各凭刀枪上的本事。若我冲不出钦察营，就凭你们处置；要是冲出去，又当如何？”钦察军闻言，又惊又怒，无不高声叫嚷。

千夫长厉声道：“好！赌斗便赌斗，你们六个冲出大营，你要做百夫长，随你好了！不过刀枪不长眼，说好了，你们的死活，与我们无关！”

梁萧笑道：“好，一言为定。”长枪一举，土土哈五人聚到身边。其时钦察军围得密密层层，其势不下三千，各由一千夫长带领，众军勒马齐呼，发出“嗬嗬”咆哮，好似风吹浪起，声势逼人。

三名千夫长马鞭一挥，众军大呼，策马冲来。梁萧侧眼一瞧，朗声道：“西南来风，垂天之形。”六人马匹转动，结成一个奇特阵势。梁萧在前，土土哈、囊古歹分别在左右，李庭三人平列断后，舞刀弄枪，似一把钢锥，刹那间冲向西南、刺透重围。

千夫长急令围堵西南，忽听梁萧又叫：“西方之水，青锋之象。”六人阵势变化，梁萧与土土哈各据前后，李庭等四人并行中央，化作前后锐利、居中厚实的纺锤模样，向西冲突。突出数丈，梁萧又叫：“小畜北，大壮南，龙蟠之阵。”阵势舒卷开合，化作龙蛇之形，蜿蜒曲折，佯往北冲，实往南突。东顾西驰，连变数阵，一直冲出二十多丈。

梁萧忽又高叫：“东北之雷。”话一出口，其他五人应声而动，化作“黑虎之势”，犹如猛虎下山，向东北方强行冲突，所过钦察军人仰马翻，无人能抗。

梁萧的呼喝声不绝于耳，六人应声变化，虎骤龙奔，八方来去，便如水银泻地，无孔不入。眨眼间，竟将不可一世的钦察骑兵冲得七零八落，首尾难以相顾。三个千夫长连发号令，也是无可阻挡，心中莫名骇异，可又想不透其中的原因。

钦察军驰骋大漠，精熟野战，便与汉军作战，也是三流货色，从来无缘见识第一流的汉人兵法。梁萧所用的阵势，本是唐代兵法大家李靖所创的“六花阵”，这一路阵法脱胎于武侯八阵，精微奥妙远远过之，以六人为一队，各持武器，变幻无穷，实为对付塞外铁骑的不二之法。当年李靖曾凭此阵以少胜多，在阴山下大破突厥铁骑二十余万，生擒颉利可汗。从此以后，突厥人一蹶不振，再也无力与大唐相抗。

古今阵法，全都不离数术。梁萧算学精深，超越前人。赵山死后，他痛定思痛，开始揣摩兵法，想的是日后不让任何人有所损伤。想来想去，忆起少时在天元阁读书，曾经见过的“六花阵”。己方一行六人，正合六花之数，土土哈五人伤势痊愈，他便召集众人，一同操练“六花阵”，演练时他细加推演，对阵法多有改进，令其威力倍增。

那日校场受辱，梁萧隐忍不发，让土土哈潜入钦察营暗地打探，明白众军不肯前来的缘由，心知若要折服这群家伙，不免有场恶斗。他一边寻觅僻静场所，加紧操演阵势，一边激怒众军，与己赌斗，存心凭借六花妙术折服三军。

不过片刻，梁萧变了十六种阵形，渐渐逼近辕门，忽见西南、西北各有一处阵势露出破绽，当下疾喝“长鲸之阵”。六人策马，势如鲸奔，向“归妹”位冲突。众将急急麾军兜截，梁萧声东击西，意在别处，敌军阵势一动，他立刻率众斜插西南，势成“鲲鹏之变”。一时鱼龙化鹏，扶摇而上九天，呼啸之间，便将前方的军阵剖成两片，自“无妄”位穿出一个大口子，逸出千军之外。身后的钦察骑兵收马不及，前推后搡，左右相撞，大呼小叫，乱成一团。六人驰出辕门，想到初试锋镝，竟然大获全胜，一个个意气奋扬，勒马长笑。梁萧扬声叫道：“胜负已分！你们原先说的话算不算数？”

钦察军好不容易勒住马匹，收束阵形，心中一片茫然。这一阵，梁萧六人无一伤损，钦察人却折损极多。土土哈五人听从梁萧号令，并未刻意伤人，故而对手多是皮肉轻伤，落马的军士迅疾爬起，翻身上马，数千双眼睛都落在三个将官身上。一时间，校场上沉寂一片，只闻风吹大旗、猎猎作响。

三个千夫长面面相觑，答也不是，不答也不是。答了，二十年军威毁于一旦；不答，失信违诺，也是军中大忌。正不知如何是好，忽听有人笑道："说过的话当然要算数，何况别说是百夫长，千夫长也当得！"三人听得声音，齐齐下马叫道："阿术大人。"

梁萧见阿术面带笑意，携着亲兵迤逦而来，也下马行礼道："阿术大人，实无其他法子，不用这雷霆手段，梁萧难以在此立足。"阿术下马，两手扶起他笑道："说起来，钦察军人强马快，打仗一等一的厉害，只说一兵一将的本事，太祖手下的怯薛军也未必能占上风。只因长年未逢敌手，故而骄横滋生，谁也不放在眼里，我让你来，也没料到你能立足！本就是考一考你的本事，谁知你竟以六个人突破三千钦察军，呵，我做了半生大将，这次也看走眼了！"

梁萧道："大人说过了，我先拿话将住这几位，让他们不能用箭。要是真上战场，弓矢交加，只怕一身的功夫，我们六个都成了刺猬！"阿术笑道："你胜而不骄，很好。不过实情确是如此，钦察骑兵最强的并非枪矛，而是弓箭。"他目视三个千夫长："你们三个，还有话说吗？"

三人对望一眼，褐发千夫长道："若论冲锋陷阵，我们输得没话说。阿术大人也说了，我们最强的是弓箭，我想看一下梁萧的箭术。"阿术骂道："你们是石头脑袋吗？"梁萧笑道："无妨，请借弓箭一用。"众将正要解弓，阿术说："用我的。"自马上取下一张描金硬弓。梁萧接过，眼看百步之外，有两个在江堤上打水说笑的白衣胡女，一人面戴纱巾，一人则裸着面，头上戴着一串耀眼明珠。

梁萧笑道："看我射散左边那人头顶的明珠。"众人闻声一惊。阿术皱眉道："射中了人怎么办？"梁萧道："射落一根头发，砍我梁萧脑袋。"阿术来不及多说，他已纵马斜走，忽地挟矢弯弧，白羽箭闪电掠出。胡女正与同伴说笑，忽觉头顶风起，"嗡"的一声，一支羽箭嵌在不远处的栅栏上。就在此时，她髻上的明珠四散滚落，嘀嘀嗒嗒落入江水，敢情梁萧箭锋锐利，擦过二珠之间，将串珠的金线截为两段，明珠断线，自然纷散。众军见状，先是一呆，跟着喝彩声雷动。

那女子十分惊诧，闻声回过头来。阿术见她模样，眉头大皱。却听那三名千夫长齐声叫道：“阿术大人，我们都服啦！让他做万夫长也行。”阿术笑道：“服了吗？嗯，万夫长可不成，千夫长也不能做。他初来乍到，没有战功，做这个百夫长嘛，全是因为救了右丞大人，已很勉强了！”众人听说梁萧救过阿里海牙，均是一派肃然。褐发将官道：“没想到汉人之中，竟有如此人物！”阿术摇头道：“他不是寻常汉人，他有蒙古血统。”诸将听得，更添敬意，望着梁萧，目光已然不同往时。

忽见那胡女拿着羽箭，气冲冲赶了上来。她的体态高挑丰腴，肌肤胜雪，眉长眼大，眸子蓝如海水，青灰色的头发结成辫子，自耳畔落下，缠在雪白修长的颈项上。一众钦察人见得，齐齐咽了口唾沫，均想：“哪儿来的漂亮妞儿，以前怎没见过？”

胡女走近，指着箭上标记，用蒙古话道：“阿术大人，是你拿箭射我吗？”阿术哈哈一笑，正想将罪过揽到自己头上，梁萧却说：“是我射的！”

胡女翠羽似的眉毛微微一扬，厉声喝问：“你为什么用箭射我？”梁萧道：“又没射着你，你干吗生气？”胡女冷笑道：“你将爹爹给我的夜明珠射落水里！再说，你就知道你一定不会射偏吗？你说蒙古话，是蒙古人吗？我听说，蒙古人都是高傲的雄鹰，为什么雄鹰不去对付凶狠的苍狼，却来捉拿我们弱小的鸽子呢？”她一番话说得振振有词，梁萧能言善辩，竟也无言可对。

阿术眼见形势尴尬，赔笑道：“兰娅，你别说啦，我赔你夜明珠好吗？你住你爹爹的帐篷吗？待会儿我派人送过来！”兰娅将箭扔到地上，冷笑道：“你送的我不稀罕，我就喜欢爹爹给的珠子。”阿术笑道：“别淘气，我亲自送过来吧。火者还好吗？”兰娅听他问候父亲，怒气稍解，说道：“爹爹很好！不劳你过问。”说罢与另一个胡女转身走了。

一个钦察将领吞着唾沫问：“阿术大人，这妞儿哪儿来的？生得不错！”阿术脸色一沉，厉声道：“你们这群坏蛋，不要乱打主意。她是回族星学者扎马鲁丁的女儿，是幸福的毛拉、贤明者之王纳速拉丁所钟爱的学生，伊儿汗国唯一的女贤哲。八岁时她向真主神立誓，终身不嫁，将贞操献与天上的星星，并得到伊儿汗旭烈兀大王的赞许。你们这些粗人，就知道打仗杀人，哼，给人家提鞋也不配！”

众人听说她终身不嫁，连道可惜。梁萧寻思："回族星学者吗？天机宫的数术笔记似乎提过，说是回族人中顶厉害的大数学家。还隐约提到，他们的计数和算法与中土数术大不相同，但如何不同，却没说明。嗯，那个纳速拉丁竟敢自称贤明者之王，真是胡吹大气。"他方才被兰娅骂得哑口无言，本就气闷，想到这里，更是老大不服。

阿术正想勉励梁萧，忽听有战报传来，匆匆驰马去了。钦察军与梁萧不打不相识，又知他有蒙古血缘，轻蔑尽去，敬服凭生，执意拉入帐里喝酒。大伙儿一同喝了两碗酒，更比亲兄弟还亲了。土土哈的父亲是钦察的蒙古人，母亲是斡罗斯人，到了这儿，如鱼得水，跟众人抱成一团，大唱斡罗斯的牧歌，跳起家乡的舞蹈。囊古歹等人看得有趣，也加入进去，一起胡闹。

梁萧端了碗酒，将契尔尼老叫到身边，让人通译，夸他矛法不错。契尔尼老是他手下败将，原本窘迫，听他一夸，又觉说不出的高兴。二人喝了两碗烧酒，前嫌尽消。

众人正说得投机，忽听战鼓雷动，众将士神色一变，纷纷丢了酒碗，飞奔而出。一边奔跑，一边穿戴衣甲、提矛携弓，飞也似的跨上战马。第一通鼓还没敲罢，众军各依所属，呼啦啦会聚一处，行止快得不可思议，与喝酒时的荒诞无稽判若两人。梁萧也约束兵众，并将土土哈五人混合五个钦察战士，结成一个十人队，由土土哈担任十夫长。

钦察军集结已毕，飞驰出营。正往点将台奔走，忽听鼓声稍歇，号角声起，声调一长二短。

褐发千夫长、阿速人合蚩蛮将手一挥，众军勒马止步。合蚩蛮叫道："听号令，是命水军出战！宋人先从水道进攻了！"钦察军共有三翼军，一翼千人，每翼设一长，皆归阿术节制。合蚩蛮在千夫长中资历最老，战功最大，平日都由他发号施令。

合蚩蛮略加推测，挥鞭一指："我们去西南边，以防城里的宋人从陆上出援。"诸军急往西驰，还未越过前方山冈，便听襄阳城炮声大作。刹那间城门大开，宋军步骑千人冲突而出，一字城的元人汉军当先迎上，阵势还未对圆，双方便已动手，一时乱矢如雨，血流满地。

襄阳城头轰鸣不断，巨弩大炮呼啸，向元军阵地泻落。元军前锋死伤惨重，向后稍撤，宋人步兵趁势冲上，一队持着藤牌短刀，滚地来斩敌骑马腿；一队举着神臂弓，往元军步兵激射。元军步骑上下受敌，现出几分乱象。城头又是一声炮响，宋人马军突入元军，弯弓舞枪，来回冲突，只两个回合，元军顿时溃乱奔走。

合蚩蛮立马冈上，遥遥观望，笑道："宋人很卖力啊，汉军不成啦，我们上吧！"众军正要驰马奔出，梁萧叫道："慢着。"合蚩蛮问："怎么？"梁萧道："等宋人伏兵出来。"合蚩蛮皱眉道："什么意思？"梁萧道："我方才估算过了，两军交战之地，全为城头强弓大弩覆盖。宋军引而不发，却派兵马与我交战，分明是故意做出模样，吸引我精骑驰援，而后佯败入城，让我步骑暴露于弩炮之下。到时候宋人炮弩齐发，再强的骑兵，也要被冲乱阵脚，那时他精锐突出，杀我个措手不及。若我所料不差，宋人后方还有伏兵。"

合蚩蛮一皱眉，还没说话，忽听一骑传令兵飞驰而来，叫道："阿术大人有令，让你按兵不动，待会儿城内宋军伏兵攻出，立时冲上，截断他们的归路。"合蚩蛮接令，望着梁萧，心中诧异："奇怪，他与阿术大人想的一样？"

这时一声炮响，两支汉人骑兵赶到，从左右两方向宋军冲至。来回一绞，宋军溃败退却。元军未及麾军进击，城头炮弩大动，轰隆声震响耳鼓，顷刻间，炮石雨点般向汉人骑兵落下。元军被断成两段，只听城中号炮激响，四千宋骑如狂风飙出，驰入元军阵中，左冲右突，大肆杀戮。

元军抵挡不住，向后退却。宋军得势，准拟一鼓作气，将这四翼元军冲垮，一时势如破竹，紧追不舍。同时间，城内又奔出两千名弓弩手，由左右两翼，配合骑兵阵势，向元军激射。元军进退不得，左右难逃，一时人马杂沓，死伤惨重。

梁萧看到这时，叫道："时候到了！"合蚩蛮道："阿术大人还没说话。"梁萧道："机会不待人。宋人本就胆怯，突袭得手，难免见好就收。"经过先前赌斗，合蚩蛮对他十分信服，立时号令三军。

钦察军早已等得不耐烦，应声拍马，从山冈上突驰而下。此时阿术的传令兵迎面赶来，奉命叫钦察军进击，忽见其已然出击，甚是惊诧。合蚩蛮来不及听令，率军疾如飞电，迂回赶到襄阳城前。这时汉军溃乱，死伤惨重，宋人骑兵正拟后撤，两千弓弩手发完一矢，也欲抽箭上弩，掩护骑军后撤。不料钦察军来得迅猛，仓皇间乱了阵势，争先恐后往城内跑去。

合蛊蛮马鞭一指，三翼钦察军于狂奔中分作三支：一支剿杀弩手，一支截断骑兵归路，还有一支由合蛊蛮亲自率领，冲入宋军骑兵。一时马如龙飞、矢如雨注，钦察铁骑如同秋风扫荡落叶，横扫过襄阳城下。元朝汉军趁势反击，两炷线香的工夫，五千宋军溃不成军，几乎死伤殆尽。

合蛊蛮酣战片刻，遥见败军后撤，襄阳城门未及关闭，大觉有机可乘。他素来骄横，自恃本部马匹骏极，一时性起，长鞭挥出，欲要趁胜麾军，闪电攻入襄阳，建立天大奇功。

梁萧正率手下百人围歼宋军残部，见状大叫："去不得！"叫声淹没在喊杀声中，合蛊蛮如何听见？他一马当先，与其他两名千夫长各领兵马，飞骑冲入城门。不料襄阳城中藏有瓮城，邻近城门，形方如斗，只要闭住城门，入内的兵将就成了瓮中之鳖。

合蛊蛮刚一入城，身后城门忽地合上，他心觉不妙。一抬头，忽听一声巨响，巨弩大石铺天盖地落下，以雷霆之势将他们全数湮没。

这一回合，钦察军损失凄惨，三名千夫长全数送命，陪葬的还有三百多名精锐，留下十来个百夫长，群龙无首，乱成一团。襄阳太守吕德是大宋名将，看出便宜，不顾精锐连丧，又遣三千铁骑驰出城门。一千铁骑阻隔汉军，令其无法相救；两千铁骑直冲钦察军，存心要将这支精锐一举击溃，挫灭元人锐气。

钦察军自创建以来，从无败绩，胜时越战越勇，兵锋极锐。但所谓刚不可久，锋锐易折，这支不败之师一旦遇上挫折，反而缺少了一股坚韧不拔之气。何况他们以同袍之谊治军，极重情义，合蛊蛮等人一死，个个都丧失理智，不依战法，蜂拥而出，仗着骑射精熟，各自为战。

此举大违兵法，正中宋军下怀。宋将见机，密集阵形，乘势冲突，将钦察军分割开来，令其前后左右不能相顾，而后分兵纵击，大肆屠戮。平日钦察人眼高于顶，欺辱同袍，各路汉军对这支色目骑军十分憎恶，看其大败亏输，心中暗暗高兴，纷纷消极救援，虚应故事。

阿术担负襄樊南面防御，指挥水陆两军，此时水战遇上厉害对手，难以分身别顾。忽听传令兵报，遥遥一看，陆上稳胜之局突然逆转，心中惊骇欲绝。不顾水上危急，下了帅台，让传令兵火速召集骑兵，打算亲自来救。

就此片刻工夫，钦察军十停中去了二停，兵将无不绝望。忽见宋军阵势骚然，一队钦察人马冲透宋军重围，约有百骑之众，却是凝而未散，阵势井然，在宋军阵中来回荡决。当头的正是梁萧，他见己方兵马失控，驰马而出，大声呼叫，在乱军中竭力约束部众。他手下百人近日连遭折辱，不如其他队伍骄横，加上土土哈五人及契尔尼老全力襄助，这一百来人终究没有溃乱。

梁萧观敌破绽，一待稳住军心，便与土土哈五人结成“六花阵”，以阵法为枢纽，带动百人队，批亢捣虚，反复冲敌阵势。并让土土哈、囊古歹、契尔尼老以钦察语呼叫同伴，加入己阵。

钦察军一时愤激，乱了阵势，这时死伤惨重，方才恍然大悟，心知再不齐心协力，势必葬身于此地，纷纷应声加入梁萧。梁萧冲杀间，大呼小叫，随意指点，派与各人位置，幸存的百夫长也趁机收束自家军士。只四五个来回，梁萧竟于极其混乱的形势间，将一支分崩离析的溃败之军重新凝聚。两千人呼喝长啸，以他马首是瞻。

钦察军一盘散沙，自是容易欺负，这时有了首领，无不以一当十。他们从未遭受如此败绩，怒火中烧，听从梁萧号令，左冲右突，拼死冲杀。梁萧观敌阵势，见宋军兵马走动，似欲斜插两胁，急命钦察军两翼散开，挡住宋军突袭。又令土土哈率领本部精锐，趁时飞骑突阵，直透对方心腹，以劲弓锐箭，连毙宋军大将。三千宋军群龙无首，土崩瓦解，被钦察军来回驰突，杀得尸横遍野，纷纷逃奔城内。

梁萧害怕城头炮弩，不敢过分相逼，重振兵马，徐徐后退。到了后方一点兵马，这一阵钦察军三翼去了一翼，足足折了八百人。

## 第十四章

# 汉水惊涛

阿术本已上马出发，忽见梁萧率众突围，收束败军，心中惊喜万分，当下翻身落马，重返帅台。这时间，宋军战船前后相属，逆流而上，元军大将张弘范率艨艟斗舰奋力阻拦，水师统帅刘整则于两岸列阵发炮，攻击宋军两翼。一时间，汉水上炮声雷动，火矢如蝗，较之陆上争锋，别有一番景象。

宋军舰船约有千艘，也非巨舰坚船，倒有许多小船轻舟，分明是从渔船改造而来。船只吃水颇深，似乎装满辎重。乍眼看去，这支船队不似水师，照说一击便溃，但其所列水阵却很奇特，先似张翅凫鸭，又变摇尾鲤鱼，时而成方，时而像圆，进退攻拒，变化万端。

张弘范几度麾军进击，宋人总是任他前锋突入，跟着两翼一合，将十余条战船裹入阵内，后续船只均被阻绝在外。接下来，宋人轻舟快船举火抡箭，在阵内一通剿杀，将陷阵的战船尽数歼灭。这支宋人水师好比庞然巨鲸，不断张口摇舌，蚕食元人水师，一转眼，逼近十条拦江铁索。

一阵锣鼓声响，宋人阵中，一名白衣男子令旗高举，一个魁伟壮汉向左，一个白发老者向右，各率数十杂衣汉子，手持巨斧，乘轻舟突出水阵，彼此掩护，冒着元人矢石，钻到铁索下方，挥起斧头猛力砍斫。

金铁交鸣，火花乱溅。眨眼间，十条铁索尽皆断裂，汉水再无阻隔，宋军水师齐声欢呼，全速冲上，襄樊水师也顺流而下，里外夹击元军。

阿术见势不妙，急命张弘范回军上流，抵挡襄樊水师，又令中流炮台发射大炮强弩。

这江心炮台与横江铁索同是元军去年所建。伯颜占据襄樊以南，为了阻隔宋人水上救援，命元军于岘山拖曳数十万斤巨石，沉于汉水江心，筑起一丈高台，上置九张弩机、八门巨炮。又在台前沉巨石七块，列巨索十条，形成庞然水阵。宋军纵有巨舰鲸船，不惧炮石，但为体格所限，也无法冲到台前。伯颜如此安排，按说万无一失，宋军水师之强，本在元军之上，但自去年开始，屡屡被这阵势所阻，难以进援襄樊。

台上驻守元军得到阿术号令，扳动弩炮。一时巨矢与大石齐飞，宋军前锋舰船无不粉碎，元军见状，欢呼声震天动地。

梁萧整顿好败兵，令其扼守要津，以防城内宋军出援。忽听江上喊声震天，不知发生了什么。他料吕德经此一战，绝不敢再度出击，吩咐百夫长各领本军，自与杨榷驰往帅台，面见阿术，禀告方才的战况。

赶到时，正遇江心炮台发威，宋军战船所向披靡。梁萧上台见过阿术，阿术听得战报，微一苦笑，拍拍他肩说："我知道了，多亏有你……"此时战况激烈，不容他多说。忽见宋军前部凹陷回去，阵势变化成一字，好似水蛇游动，蛇口大张，时开时合，变化无端。不仅两岸元军炮石难至，前方的炮台也不易打到。梁萧凝目一看，皱眉道："这是'水禽鱼龙阵'。"阿术一愣，讶道："你认得这阵？"

梁萧点头说："此阵义理合于五行，阵形依照水鸟蛇鱼模样。前锋变化尤其奥妙，好似鱼口蛇吻、水禽嘴喙，逐步吞噬对方兵马，再以阵腹精兵歼灭。向日我在《五行诠兵》中见过此阵变化，可没有真的见人用过。记得书中有注：'此阵变化舒缓，不利陆战飙行，适于逆水鏖兵。'"

这一番话包容中土先哲的大智慧，阿术不通数术，难以完全明白，但听梁萧所说的阵形变化丝毫不爽，不觉喜道："可有破它的法子吗？"

梁萧观看元军阵势，摇头道："此阵前锋变幻莫测，不可正面与它争斗，唯有迂回敌后，方有破阵之机。如今水师退至上游，难以顺流迂回，不过幸有江心石台，足可抵挡。”话音未落，忽见二十艘快船飞出宋军水阵，散成扇形，冲往石台，似要强行登台。元军见状，炮石乱飞，瞬间击沉两船。

不一会儿，二十艘快船毁了大半，梁萧忽觉不对，皱眉说：“好家伙，明修栈道，暗度陈仓？”阿术不明这话典故，怪问：“什么意思？”梁萧指着快船后方，说道：“你看那里！”

阿术定眼细看，只见一艘艨艟大船，上带一张投石机，悄悄跟在快船后方，趁着快船吸引元人目光，向石台飞快逼近。大船上一人身着白衣，手持竹篙从舱后抢了出来，正是方才麾军变阵的白衣男子。他身法如电，腾起五尺来高，跃向弩机。落足瞬间，五名宋军同时扳动机栝，白衣人化身箭矢，射向江心石台。刹那间，梁萧认出他的面貌，叫道：“是他！”

这白衣人正是云殊，他借弩炮之力，掠空而出。元军不料他使出此招，惊奇万分，齐声发喊。元军战船守在台旁，众军引弓待发，本是防备宋人快船登台，此时见状，乱箭如雨，射向云殊。

云殊身在空中，舞动竹篙，势如一张三丈方圆的大盾，密密层层，将箭矢荡落江中。弩炮之力终究太弱，云殊用上轻功，依然无法及远，被箭矢一扰，势子陡缓，落向江心。此处水流被巨石一阻，变得湍急无比，人一落水，立时卷往下游。宋军眼见功败垂成，无不失声惊叫，元军则欢呼四起，声震大江。

落水的一刹那，云殊手中的竹篙忽地平平伸出，加上手臂之长，不长不短，正好搭上石台边缘。刹那间，云殊内劲迸发，“噗”的一声，竹篙受力弯转，云殊借篙身弹力，一个跟斗，翻身跃起，凌空一晃，到了石台上方。人未落地，嗖嗖两篙，搠翻两名元军。台上除了发炮军士，尚有两个十人队守卫，见状纷纷抡刀舞矛，来斗云殊。

云殊大喝一声，挥篙迎上，势如虎入羊群。虽是一支竹子，到他手里，无异于长枪大戟，直杀得一身白衣尽成血红。不到一盏茶的工夫，石台上的守军死了大半。宋军没了炮石威胁，以“水蛇阵”逆流而上。

张弘范见状，急催舰船来抢炮台，箭矢纷纷射向台上。不料台上巨矢大石成堆，本是用来发射弩炮，这时却成了云殊的屏障。他躲在后面，一旦有人登台，便冲出杀戮。这么反复数次，宋军水师进抵石台，襄阳水师也挥军纵击，元军腹背受敌，一时陷入苦战。

阿术没料到宋人中竟有如此人物，心中十分诧异。可是石台陷落，除拼死拦截，别无他法。他令旗挥动，金鼓雷鸣，以助水师军威。这时忽听杨榷惊叫："梁大哥！"阿术微微一怔，顺他目光看去，梁萧跨着战马，沿江疾驰。阿术奇道："他要做什么？"杨榷道："那个白衣人是我们的仇人，他设计拦截粮队，害死我们的兄弟！"

阿术皱眉道："原来如此。"说话间，梁萧打马驰出百丈，忽地一个转身，策马直上江岸高坡。众人不知其意，忽见他勒马旋身，从坡上俯冲直下。到了江边，纵缰挥鞭，座下钦察马吃痛，长嘶一声，后足猛力一撑，腾空跃起，掠过诸军头顶，闪电飞落汉江。

自古名马不出"大宛""月氏"。这两国都在当今钦察一带，《史记正义》有云："外国称天下有三众：中国为人众，大秦为宝众，月氏为马众。"这话即是说：中国人口最多，大秦（按：古罗马）珍宝最多，而月氏（按：钦察一带）却是好马最多。汗血马、胭脂马等绝世名驹无不出自钦察，梁萧的坐骑不说万里挑一，也是千中之选。何况借了俯冲势头，足足越过十丈江水，落在一艘元军战船上。那船受了当头一压，几乎翻转，船上的水军东倒西歪，站立不稳。梁萧马不停蹄，纵缰跃上别艘战船。一时之间，他以宋元战船为落足之地，策马飞纵，如履平地，逼近江心石台。宋元水师见状，惊喜不同，发声齐喊。

云殊正与元军激斗，竹篙挥动，将两名元军穿颈刺成一串。忽听呼声震响，掉头一望，眼前一黑，一匹战马腾空压来。他急急扭身，一篙洞穿马腹，战马悲鸣一声，陨星似的栽落下来。

梁萧用手在马背上一撑，离鞍跳起，手提长枪，向云殊凌空扑到。云殊挥篙疾刺，梁萧翻身让过，手中花枪抖出，挽出一个枪花，挑开竹篙，扑地刺向云殊。

云殊见来人枪法神妙，心头微凛，定眼一看，不由惊怒疾喝："好贼子！你来得好！"横篙挡住一枪，迅疾还以颜色。二人仇敌相见，分外眼红，一时各逞本事，在石台上激斗起来。

张弘范见云殊遇上对手，不顾梁萧死活，急令元军放箭，一心夺回石台，台上两人只得回身闪避。阿术急传号令，令张弘范不得放箭。张弘范心头诧异，只得奉命。那二人看箭矢一停，又即扑上拼斗，但见篙影重重，枪花乱舞，进退之际，迅若疾电。宋元两军看得眼花缭乱，纷纷发喊，为己方助威。

斗了二三十回合，云殊竹篙较长，石台施展不开；梁萧花枪灵动，渐渐占了上风，杀得云殊节节败退。

云殊抢占江心石台，靳飞代他指挥诸军，但“水禽鱼龙阵”唯有云殊深明其变。幸得演练妥当，靳飞按部就班，也能勉力应付，但被元军顺流冲突几次，阵脚有些乱了。方澜乘轻舟冲近石台，远远叫道：“殊儿快回来！你师兄顶不住了！”

云殊闻言一惊，疾刺数篙，奋力逼退梁萧，忽地抓住竹篙一端，腾空而起，篙尖着地一撑，竹篙向下弯转。“嗡”的一声颤响，云殊凭借竹篙弹力，飞出十丈开外，落在方澜船上。梁萧没有竹篙，无法弹射，眼睁睁看着云殊乘船转入宋军水阵，念头一转，反身要用炮弩对付。谁知云殊早用内劲将机钮一一震毁，仓促之间无法修复。

云殊返回本军，擂鼓变阵。宋军船队前锋分作两支，变成“双头鳌阵”，绕过江心石台，向上徐徐进逼。梁萧几度想要冲上宋军船只，但方澜早有防备，命人以弓弩攒射，梁萧无法上前，只得藏回矢石堆后。

宋人鼓噪声如雷霆震响，绕过石台，两军合一，变为“犀象阵”，前锋锐利，两翼坚实。变化精微之处，犹如白犀渡水，不留痕迹，可说是“水禽鱼龙阵”最厉害的变化。元军被这阵势一冲，顿时溃乱，宋军一口气冲上二里水路，与襄樊水军会师一处。

吕德在城头看见，大喜过望，发出号令，乘胜追击，要将这支元军水师一举歼灭，彻底破解南面之围。刹那间，鼓声大作，宋人反守为攻，从上流冲击直下，元军抵挡不住，顿向下游败退。

阿术见势危急，命刘整从两岸发炮轰击，但收效甚微，当即飞报伯颜。伯颜闻讯，自与阿里海牙率军从陆上两面强攻襄阳，又传令史天泽，率上游水军，顺流邀击宋军，以此牵制襄樊水师。

吕德见状，令宋军谨守陆上城池，并沿城墙架起弩炮，两面轰击史天泽的水师，又在两城间的浮桥上列阵，以弩炮攻敌。此战中，宋军用上了元军闻之丧胆的“飞火枪”与“震天雷”。“飞火枪”于火枪中装药点火，远射十余丈，可以贯穿精铁铠甲；“震天雷”以铁罐装满火药，点火抛出，半亩之内，人畜尽为齑粉。只听爆鸣声声，响彻大江，几十万水陆大军舍生忘死，在襄樊之地厮杀得难解难分。

史天泽的水军被宋人三面阻击，舰船一被“震天雷”击中，顷刻粉碎沉没。他迫不得已，回军上游。襄樊水军没有后顾之忧，顺流急攻，张弘范所部一败如水，四面溃散。

眼看败局已定，忽听江心炮台发一声响，一枚巨矢飞落宋军水阵，击沉一艘舰船。元军精神陡振，掉头看来，只见梁萧奋起气力，挽住一张弩机，又发出一枚巨矢，打穿一艘宋船。

梁萧趁双方大战之机，审视炮弩损毁情形，云殊摧毁枢纽，却来不及损伤其他。梁萧对机械极具心得，当下拾起刀剑砍削钉铆，修好一门弩炮，重新填矢发炮。张弘范见状，急遣数十元军乘船直抵台上，协助梁萧发炮。

云殊故技重施，携上宝剑，变动阵法，想要抢上石台。梁萧故作不知，放他近前，发动弩炮，将舰船击得粉碎，云殊等人纷纷落水。梁萧再命发炮，云殊匆忙钻入水中，却被一发炮石砸中背脊，顿时口吐鲜血。方澜率舰船拼死抢上，将他救起。云殊伤得不轻，只好返回阵中。梁萧见他死里逃生，心中连叫可惜。

张弘范趁机稳住阵脚，收束败军，卷土重来。宋元水军横江大战，斗得十分激烈。梁萧修好所有弩炮，指挥发炮，十七张炮弩一齐发威，宋军战舰瓦解无数。元军莫名振奋，每发一轮炮矢，无不应声呼喊，以壮声势。

吕德见势不妙，令水军退回上游，张弘范追至襄樊城下，方才收兵退去。

这一场恶战，从早上杀到日落西山，双方水攻陆战，均是胜而复败，几度逆转，元军损失之惨，自围困襄樊以来前所未有。合蚩蛮的钦察骑兵与张弘范的汉人水军，并称元军水陆双雄，今日均遭惨败，钦察军三大千夫长同时死在襄阳城中。宋人本也损失不小，但云殊截断拦江铁索，以千船冲透重围，将无数衣甲粮草、攻守用具送入襄樊，得远大于失。相比之下，还是元军败了。

自伯颜执掌元军帅印，襄樊宋军连战皆北，士气低落，今日总算出了一口恶气。眼看张弘范退却，襄阳城头一片欢腾。吕德来不及解甲，迎出城外，看见靳飞，一把挽住，大笑道："好啊，千盼万盼，总算将你们盼来啦！你是谁的部下，如此了得？！"靳飞拱手作礼："我们不是正式官军，只是李庭芝大人招募的义军。"吕德不觉一怔，皱眉道："无怪乎你们队里还有渔船。唉！范文虎、夏贵精甲十万，战舰数千，屡次进援，也无尺寸之功。上次来援，一战不利就望风而逃，害得我接引兵马前后受敌，被阿术杀了个片甲不留！"他叹了口气，又问，"后方情势如何？"靳飞未及回答，忽听云殊冷笑道："后方情势，有词为证。"吕德奇道："什么词？说来听听。"

云殊扬声吟道："襄樊四载弄干戈，不见渔歌，不见樵歌。试问如今事若何？金也消磨，榖也消磨。《拓枝》不用舞婆娑，丑也能多，恶也能多！朱门日日买朱娥，军事如何？民事如何？"这首词道尽后方权贵不顾前线危亡，兀自醉生梦死、贪欢买笑的无耻情状。待得云殊吟罢，吕德以下，宋军将士无不露出悲愤绝望的神情。靳飞见势不妙，怒道："云殊，这歪词不过是穷酸文人的牢骚话，何足为凭？怎可拿到这里扰乱军心？"云殊轻哼一声，别过头去。

吕德摇头道："罢了，这些事不问可知，阁下无须怨怪。"说到这里，目视群豪："你们以数千人之力，成数十万之功，可惊可感，可敬可佩，襄樊父老感激不尽！诸位豪杰，请受吕某一拜！"说着便要拜倒。靳飞大惊，抢上一步扶住，颤声道："大人死守襄樊，以区区二城，力当元人二十万之众，才是叫人敬佩不已。"吕德也是做做样子，当下趁势站起，哈哈大笑，传令设下庆功酒宴。此次义军带来的衣甲米粮甚多，城中百姓无不欢喜，城中放起焰火，欢腾一片。

这时钦察大营，却是哭声震天。元军用宋军尸首换回合蚩蛮等人的遗体，两千多条钦察汉子抱着同袍的狼藉尸体，哭得跟小孩似的。梁萧看不下去，出了钦察营，想起阿雪，正要去阿里海牙营中探望，忽有阿术亲兵赶来，传他前往帅帐。

梁萧乘马赶到中军大帐，见有十余个喇嘛盘膝坐在帐前，手转圆筒，口诵经文，数十盏灯燃着古怪油脂，发出异样香味。梁萧见过这种仪仗，知道他们在超度亡灵，不禁心想："人死后真有灵魂吗？倘若爹爹、三狗儿在天有灵，能听到我说话、看到我打仗吗？"但想鬼神之事终是虚妄，不由得叹了口气，黯然走进帐里。

帅帐甚大，燃了两支牛脂巨烛，仍嫌昏暗。帐内众人盘膝而坐，一眼望去，均是重臣大将。众人见梁萧进来，无不注目。梁萧行过礼，伯颜点头道："你坐到兰娅火者后面去。"梁萧转眼看去，兰娅坐左侧最末，在她侧方，坐了个蓝眼珠、黑胡须的胡人老者，白布裹头，长袍雪白。兰娅见他看来，神色冷淡。梁萧也不作声，盘膝坐下。

众人默然不语，帐中气氛甚是沉重。过得半晌，伯颜才徐徐说道："如今铁索断了，援军入城了，襄樊城的翅膀也硬了，你们就没话说了吗？"阿术出列道："全是我指挥无方，请元帅责罚。"伯颜冷哼道："张弘范输得还有道理！对方摆了个奇特阵子，你没见过，破解不了。钦察军呢？那群蓝眼珠的猢狲，被你娇宠得成什么样子啦？脖子里撑着根牛骨头，弯不下来了？那个合蚩蛮，堂堂千夫长，竟也被牛油蒙了心眼儿，想都不想，就直冲襄阳。若是襄阳城这样好打，咱们干吗要费这么多工夫围困？他以为他是谁？成吉思汗吗？"

阿术大汗淋漓，话不敢说。史天泽起身出列："大元帅，容我说几句。钦察军尽管骄横，也不失为一个长处。对手每每遇上那种气势，自然三军气夺，不战而溃。阿术大人顺着他们，也是不想让这支骑军堕了这股子剽悍之气。"伯颜略一沉吟，点头说："你说得也有道理！阿术，你起来吧！"阿术叹了口气，坐回原位。

伯颜又说："汉人的兵法说'骄兵必败'，虽说不是百无一失，但也很有道理。士兵可以骄傲，但将军必须冷静。士兵冲锋杀敌，必要有不可一世的干劲，但将军却要仔细思量，于乱局中寻觅战胜敌人的良机。"阿术点头称是。伯颜又问："钦察军还剩多少？"

阿术道："据梁萧百夫长清点，有两千一百三十人。"伯颜道："如今大军聚集，你麾下的兵马越来越多，也越来越分心了。俗话说，杀牛时纺不了羊毛！今日之败便是如此。若你亲自领军，又哪儿会输呢？嗯，你可有适合人选，带领这帮猢狲吗？”阿术欲言又止。

伯颜目视众将，又问：“谁能带领他们？”帐内鸦雀无声，史天泽咳嗽一声，轻声说：“钦察军居功自傲，素来排外。莫说色目将领，便是寻常的蒙古将领，也不能让他们服帖。除非大元帅和阿术大人这等蒙古英杰，方能从容驾驭。”阿术接口道：“钦察军骄傲不假，可是佩服强者，讲究情义。如果有人既能凭本事折服他们，又对他们有救命之恩，驾驭起来自然如臂使指，十分容易。”

众人听得一愣，纷纷将目光投向梁萧。阿术腾地站起，扬声道：“我推举梁萧百夫长担任钦察军统帅。”梁萧应声一惊，帐内一片哗然。大将阿剌罕高叫：“这怎么成？他刚来一个月！”刘整也道：“他资历太浅，今日立了大功，应该按功行赏，要做一军统帅，只怕还不能够。”

史天泽也沉吟道：“不错，他年纪太轻，难以持重。”一时除了阿术、阿里海牙，几乎人人都说不可。缘由十分简单，众将身经百战，方有今日地位，梁萧不过初来乍到，论资历，给他们牵马提鞋也不配，怎能做元军最精锐的骑兵统帅？这么一来，岂不是鱼跃龙门，与这些重臣名将平起平坐了吗？

阿术微微冷笑，待帐中喧哗平复，扬声说：“那好！你们都说不可。我问你们，谁能以六骑人马，冲破三千钦察军的重围？谁能在钦察军溃败之际将其重新振作？谁能认出今日宋人水师的阵法？”他一口气说到这儿，看了兰娅一眼，微微一笑，说道，“谁又能在百步之外，射断一串明珠的金线？”兰娅瞥了梁萧一眼，眼中出火，素白的面孔涌起一抹艳红。

帐内鸦雀无声，人人面面相觑。阿术又说：“如果有人自忖做到其中两条，我便收回先前的话。”但听帐内仍无声息。阿术目光炯炯，环顾众人道，“汉人有一句话‘成大事者不拘小节’，我们要打败宋人，就该不拘成法。功劳都是往日立下的，你们身经百战，今天不也吃了败仗吗？我担任万夫长时，跟他一样年纪，我立下的功劳就比你们少吗？”

众将沉默不语。伯颜浓眉拧起，忽道：“阿术说得对！我赞同他的意思！”一转眼，朗声道：“梁萧听令！”梁萧长身而起。伯颜道，“我命你暂做钦察军万夫长之职，如果率领有方、战功够大，我便启奏圣上，正式命你为钦察军统帅。”梁萧性情执拗，众人群起反对，激起了他一腔傲气，当下一拱手，大剌剌应了。

伯颜沉默一时，又说：“如今宋人又添战力，我军不宜久战，诸位可有破城的法子？”阿里海牙道：“莫若待‘回族炮’造成，再予强攻。”伯颜目光一转，对那蓝眼老者说：“扎马鲁丁，大炮还要造几天？”扎马鲁丁道：“这我不太清楚。我的老师，贤明者之王，火者纳速拉丁画出这张图纸以后，也没有制造过。但据他说，这是最可怕的攻城石炮，射得最远，力量最大，无论多坚固的城墙，也能顷刻摧毁。”

伯颜皱眉道：“你有十足的把握吗？”扎马鲁丁摇了摇头，说道：“这件武器，还没有在大地上出现过，它的威力，只在老师的口中有所描述。”伯颜拿捏不定，皱眉沉思。

梁萧微微冷笑，忽地站起身来，扬声道：“我不相信世间有这么厉害的石炮，任何机械都有破解之法。与其建造从未有过的武器，不如思量绝妙的计谋。”伯颜双眉一展，沉声道：“你说！”梁萧道：“今天我在石台上观望襄樊二城，发觉我们攻打一城的时候，实则是与两座城的兵将作战。”史天泽接口道：“你是说两城间的浮桥吗？”

梁萧道：“不错，两城宋军通过浮桥相互救援。常言说得好：‘杀得死一头猛虎，打不倒两头病牛。’”伯颜点头道：“你初来乍到，便能看出攻城的关键，很不容易。这个道理大家都明白，曾派水军攻过几次，但宋军防守严密，没能得手。”梁萧道：“水军不能靠近，就不能派水鬼偷袭吗？”史天泽皱眉道：“说得容易，但有多少人能泅那么远，又不被宋人发觉？”阿里海牙沉吟道：“这么一说，我却想起一个法子。大元帅，你记得当年圣上征讨大理时，渡过澜沧江的情形吗？”伯颜笑道：“你是说革囊跨江？我明白了！你和刘整试试吧。”梁萧听着，有些摸不着头脑。

伯颜又交代了些治军经武的事务，方命各人下去。梁萧乘马回营，才出辕门，就听有人道：“梁萧站住。”梁萧回头一看，兰娅驰着马，怒冲冲奔来，梁萧大皱眉头。兰娅在他身前勒住马，神色气恼，大声道，“你凭什么瞧不起人？”梁萧奇道：“我怎么瞧不起人了？”兰娅怒道：“你瞧不起我的老师纳速拉丁设计的‘回族炮’。”

梁萧冷冷道：“我说话直了些，但想来也没什么了不起。”兰娅柳眉倒立，粉面涨红，怒道：“好呀，你瞧不起我的老师，我要跟你比赛！”梁萧笑道：“比什么？比骑马打仗吗？”兰娅轻哼一声，道：“那是你厉害！我打不过你。但我问你，你会欧几里得的几何学吗？会占星学吗？会水利学吗？会机关术吗？会用沙盘推演幻方吗？”

梁萧听得微微皱眉，除了水利学和机关术，其他均没听过。迟疑一下，问道：“你说的都是什么？”兰娅冷笑道：“你不知道了吧？这都是老师顶精通的学问。以你的无知，根本不知他的伟大。纳速拉丁卓绝的智慧像烈风一般传遍全世界，而你，不过是元朝皇帝的一个奴才罢了。”

纳速拉丁是当世最伟大的伊斯兰贤哲，兰娅对其尊重备至，决不容人轻慢，气愤中口不择言，说得十分刻薄。梁萧只觉一股热血冲上面颊，左手握紧。兰娅见他面孔血红，目光凌厉，心中微觉害怕，但事关老师尊严，决不退缩，大声道：“你除了打仗杀人、欺负女人，还会干什么？好啊，你拿弓箭射啊，我不怕你！”

梁萧一怔，想起日间之事，微觉愧疚，慢慢松开拳头，说道：“你是回族星学者？”兰娅道：“是又怎样？”梁萧道：“听说你们精通数学，能设计巧妙的机关，知道星辰的运行，改变大河的流向，建造不朽的房屋，是吗？”兰娅微觉奇怪，点了点头，说道：“你也知道？”梁萧微微冷笑，扬声道：“好，我接受你的挑战！纳速拉丁的学生，我跟你比天文，比机械，比水利！但凡一切算数之学，任你挑选。”兰娅一怔，撇了撇嘴，面露轻蔑，冷笑道：“自取其辱。”

梁萧笑道：“好，你随我来。”策马便走。兰娅虽觉不妥，但想自己挑衅在先，万无退缩之理，当即打马跟上，随梁萧来到一座大帐前。梁萧钻入帐内，兰娅迟疑一下，也咬牙跟进。刚刚挑开帷幕，便听一个女子用汉话说：“哥哥，你回来啦！”兰娅天生聪明，通晓多族言语，循声望去，一个脸上布满鞭痕的女孩儿从床上坐了起来。又见梁萧支开两个色目女子，拉住她手，笑道：“阿雪，这两天没来看你，好挂念呢。”话没说完，阿雪已扑进他怀里，呜呜大哭起来。梁萧手忙脚乱，问道：“怎么啦？怎么啦？”阿雪呜咽道：“白天听到喊杀声，我担心死啦！”她哭到伤心处，梁萧也忍不住眼眶潮湿，叹道：“傻丫头，别哭了。”觑眼一看，但见兰娅呆立一旁，心头一惊：“自顾着阿雪，倒忘了她在旁边。”阿雪也抬起头，抹泪道：“哥哥，她是谁？”

梁萧道：“她来和我比试算数。”阿雪一脸惊讶，瞪着兰娅说：“你要跟哥哥比数术吗？哥哥可是天下第一的聪明人，没人比得上。”兰娅大不服气，冷笑道：“梁萧，你们家的人都会胡吹大气吗？”梁萧忍住气恼，笑道：“你会汉人的计数法吗？”兰娅冷笑道：“略知一二。”

梁萧笑道：“了不起，连一二都知道。”拔出宝剑，嗖嗖嗖在地上刻出三道算题。第一道“七曜珠联算”，涉及天文；第二道“大禹治水图”，涉及水利；第三道“鲁班树下问”，题为鲁班在一棵五围粗、六丈长的大树下发问，问如何砍伐这棵大树，才能做成最庞大的攻城云梯，这一题，涉及机关尺寸（按：相当于现今数学的极限问题）。

这三题精微奥妙，繁复无比。兰娅看了数行，神色大变，蹲下身子，捡了一颗尖石，在地上画出方圆尖角，写下“12……57”等怪异符号，边想边算。梁萧知她身为回族星学者，数术造诣必然不凡，所以有意刁难，这三题其难无比。兰娅第一题算了数步，便陷入了苦思。

第十五章

# 襄阳攻防

梁萧看兰娅的计数方式十分古怪，与中土大是不同，可步骤简洁，不似中土那般繁杂，不由得微微点头："这便是回族算法？果然有些门道。"心想若非与她翻脸了，倒可诚心请教，一时大觉遗憾，叹了口气，转身与阿雪说起这几日的情形。阿雪听他说到粪泼钦察军，不觉哑然失笑；再听到宋元大战，顿又紧张起来，死死握住他手；再听说他做了钦察军的首领，心中一时恍惚不定，就跟做梦似的。

兰娅埋头算了一个时辰，将第一题解了二十多步，再也无以为继，望着算题一阵发呆。梁萧这时怒气已消，他少时受尽难题之苦，见她愁苦神情，心生同情，低声问："算不出来了？"兰娅咬咬牙，小声说："你……你专出这种解不出来的鬼题来害人吗？"

梁萧笑笑，一手扶着阿雪，一手持剑，嗖嗖嗖一路解下。他知道兰娅不是等闲之辈，故也化繁为简，只写紧要步骤，顷刻解完第一题，又将第二题解出。兰娅看到精妙处，眉飞眼动，连连点头。梁萧刚要解第三题，兰娅忙道："别解啦！别解啦！"梁萧奇道："怎么？你算出来了？"兰娅脸一红道："现在算不出来，我慢慢想，总会想出来。"

梁萧听了这话，大有知己之感，笑道：“好，你算不出来，我再说给你听。”阿雪笑道：“哥哥这次怎么不骂人了？阿雪算不出，可是要挨骂噢！”梁萧白她一眼，说道：“我解上几步，人家就明白了。你这顽石脑袋，就算我解一百遍，你不明白还是不明白。”阿雪撇嘴说：“阿雪本来就笨嘛！”梁萧瞪眼道：“笨就了不起吗？”阿雪倚在他肩头，嘻嘻直笑。

兰娅见他兄妹情深，胸中一暖，叹了口气说：“梁萧，我要回去啦，否则爹爹会担心的。”梁萧起身道：“我送你回去。”掉头对阿雪道：“乖乖地养伤，明天我还来看你。”阿雪点头道：“我等哥哥来！”

梁萧与兰娅驰出大营，到了扎马鲁丁的营前，兰娅止住马匹，踌躇半晌，忽地鼓足勇气问道：“梁萧大人，你是中土最伟大的算者吗？”梁萧摇头道：“这可说不准！不过，比我厉害的，我也没见过。”兰娅眼神一亮，笑道：“梁萧，你困得住我，未必困得住我的老师。”梁萧笑笑说道：“纳速拉丁吗？他在哪里？”兰娅道：“他在伊儿汗国的马拉加天文台，那是世界上最壮丽的天文台，藏着数不清的图书，有最好的天文器具。老师每天都在那里，倾听天空中星星的声音。”她说到这儿，眉宇间透出一丝崇敬。

梁萧沉默一下，大声说：“兰娅，你若回伊儿汗国，请你告诉纳速拉丁，说我在中土事了，会去马拉加向他讨教。看谁才是最伟大的星学者，谁才是真正的贤明者之王！”兰娅听得这话，芳心一颤，急声道：“你说话当真？”梁萧微微一笑：“绝无虚言。”

兰娅目不转睛地盯着他，忽而笑生双靥，就似水银上荡起微微的涟漪，喃喃说道：“真想你现在就去呀。”梁萧惊讶说：“你这么高兴做什么？就不怕你的老师被我打败吗？”兰娅笑道：“老师不在乎输赢，只欢迎智者的来访。”她幽幽叹了口气，眼中流露出神往之色，“真想看你与他见面。最超卓的回族智慧与最博大的中土学问相逢，那会激起何种的火花？”梁萧掉过头，目视襄阳城的焰火，神色一黯，苦笑道：“现在可不行！”

兰娅顺着他的目光看去，微微苦笑，转身策马入营，驰了几步，忽又回过头来，呆呆望着梁萧。梁萧道：“还有事吗？”兰娅娇躯一颤，慌乱道：“没有，没有啦！”匆匆飞奔入营，双颊一阵阵发烫，思绪有如乱麻：“兰娅，你怎么啦？你不是将贞操和生命都托付给星星了吗？你怎么啦？”虽这么想，心儿却是时上时下，难以平复。

次日，梁萧就任钦察军代统帅，其后十余日，他一心操练士卒。其间梁萧不断揣摩将帅之道，还向土土哈讨教钦察语，以便统率诸军。

兰娅自那日以后，每天来到阿雪帐中，与梁萧研究数术。梁萧痴迷算学，更无藏私之心，兰娅但有疑惑，无不应答。兰娅看他推演数术，妙想百出，更是骇服其能，暗叹中土数术之精，骎骎然已有超越回族数术之势。但转念一想，老师纳速拉丁智慧如海，也未必就弱于此人。

算术之余，梁萧忍不住向兰娅讨教回族数术，终知回族数术源自西极之地一个名叫希腊的地方。千年以前，那里有许多了不起的数术大家，欧几里得的几何学、毕达哥拉斯的代数学、泰勒斯的天文学，伟大的阿基米德更是集英荟萃、洋洋大观。可是战争连绵不断，阿基米德被大秦人杀死，希腊也在战火中灭亡了，宝贵的学问被认为是异端邪说，烧的烧，丢的丢，留下来的也不多了。

这时回族人强大起来，他们为真主而战，讨伐大秦。兵锋到达希腊，一些散失的学问，由此落到了回族学者手中。回族人钻研希腊学问，将其发扬光大，出现了许多伟大的贤哲。当代最伟大的贤哲纳速拉丁，便是回族学问的集大成者。

兰娅说到这里，沉默了许久，才说道：“这时候，蒙古人又强大起来，我们的阿拔斯王朝被旭烈兀汗灭亡。老师为了将学问流传下去，在战乱中颠沛流离，九死一生，不得不借炼金术和占星术讨好蒙古权贵，求得庇护。可是，旭烈兀大汗虽然尊重老师，为他修建了观星台，却不是让老师研究学问，而是让他用占星术来推断自己的祸福。也不想他制造最巧妙的星象仪，而是要他造出攻城的利器，去征讨不服从自己的邦国。”她说到这里，眼眶微微一红，“其实别人觉得老师地位尊贵，却不知道，老师的心里很苦很苦。”

梁萧想起天机宫创立之艰，深感凄然，既而心头涌起一阵狂喜。要知这六年间，他穷尽了中土数术，已是学无可学，忽然知晓中土之外，还有如此精深博大的算学，当下一心讨教。兰娅欣然传授，但回族数术自有其独特的计数法，梁萧要学回族人最精深的学问，先得自回族文学起。他纵是聪明，但学习别族言语，也难一蹴而就。

这日兰娅教算时，用回文在沙盘上写下“金字塔笔算”，又写了一题“尼罗河田亩丈量”。前题是求胡夫金字塔的土石方（按：相当于立体几何），后题是求尼罗河边开垦田亩的大小。这两题都出自希腊人欧几里得的《几何原本》，兰娅让梁萧译出后解答。

梁萧若以中土算法破解，原本十分容易，可用希腊算法解答，别有一番困难。希腊算法迥异中土，中土算法十分冗杂，希腊算法却力求简捷优美、论理缜密。用兰娅的话来说：“中土的数术，好比零珠片玉，让人看来眼花缭乱；希腊的数术却是串好的明珠项链，虽然未必如中土漂亮，但颗颗都能放在最适当的地方。”她说来容易，梁萧却花了十多天工夫，方才掌握希腊算学的诀窍。

他连估带猜，将“金字塔笔算”算出，吃惊道：“这尖塔庞大无比，却是用来做什么的？”兰娅道：“是埃及法老的陵墓。”便将埃及的风土人情一一说了。阿雪在一旁待得气闷，忽听兰娅说出这般趣事，好不高兴，兰娅稍一停顿，她就连声催问：“还有呢？还有呢？”

待得兰娅说完，梁萧想象异域风情，不由得叹道：“费千万人之功，修一人之坟。这些埃及法老，与我们中土的秦始皇差不多了！”阿雪笑道：“哥哥，等你打完仗，报了仇，我们去埃及好吗？去兰娅姐姐说的金字塔那里，还有那个立在海边的大灯塔（按：法洛斯灯塔，古代世界七大奇迹之一，曾矗立于埃及亚历山大港，十三世纪被毁）！”

梁萧笑道：“好是好，可去了钦察，又去埃及，等咱们走到金字塔下，都成老头老太太啦！”阿雪笑而不语，心想：“若能跟哥哥这样走一辈子，阿雪也没白活了！”

兰娅瞧着阿雪，忽用回族语道：“梁萧，你妹子真可爱，但她身上的鞭痕怎么回事呢？”她这问题藏了许久，终于忍不住说出来。梁萧苦笑一下，也以回族语作答，结结巴巴将经过说了。阿雪听他二人叽里咕噜说话，只当二人研讨算学，也不疑有他。

兰娅听了，沉吟道："她是女孩儿家，身上满是伤痕，将来可不好看。"这话戳中梁萧心底痛处，他面红耳赤，无语以对。兰娅翠眉微挑，笑了笑说道："我这里有个药方，若配好了药涂抹几个月，再难看的伤疤也能祛除。"梁萧惊喜交加，搓手道："兰娅……兰娅，这……这……"想要恳求，又有些难以开口。

兰娅抿嘴一笑，找来纸和笔，将药方写出，忽又皱眉道："这是老师以前炼金时得到的，用料十分昂贵，若非富有无比，很难配齐。我去求求阿爹，看能否筹措到足够钱财。"

梁萧细看药方，尽是赤金美玉、宝石珍珠、豹胎灵芝等珍物。他生性骄傲，不肯轻易受人恩惠，便道："得了这副药方，我已极承你的情了，至于药物，我自己想法配齐。"兰娅打量他一眼，将信将疑，欲待劝说，忽听帐外马蹄声响。阿术的亲兵钻进来，梁萧丢了沙盘，问道："有战事吗？"亲兵道："今夜阿里海牙大人突袭浮桥，元帅让你去看。"梁萧颔首起身，兰娅说道："我也去！"

三人驰马赶到江边，早有小舟在岸边接引。弃舟登上战船，领军大将都在船上，隐见伯颜面色凝重，目视前方。此时天上黑云重重，将星月裹于其中，丝毫光亮也难脱出。忽然间，远处的战船上传来低微的号令声，只听哗哗水响，两百名元军死士抱着大革囊，跳进水里，静悄悄向浮桥漂去。

这革囊叫作"浑脱"，也叫"囫囵脱"，是以独特手法，将羊皮整个儿脱下来。这样脱下的羊皮，只有六个孔：羊脖子、四蹄和尾巴，缝好后可装酒盛水。这种"浑脱"，蒙古骑兵远征时一定佩带，平时装进水酒，遇上大河激流，便吹胀了捆在一起，结成羊皮筏子泅渡。当年，成吉思汗的大军便是人手两个"浑脱"，扫南荡北，灭了无数国家；元皇帝忽必烈征讨大理国时，也是凭借"浑脱"横渡湍急无比的澜沧江，一举征服大理。

这次突袭，每个元军死士身下都有三个"浑脱"，两个充气，一个装满火油。不到一个时辰，便绕过宋军设下的横江铁索。

元军战船上人人屏息，宋军警戒船只似无所觉。不一会儿，革囊离浮桥不及二十丈，许多水军发出低低的欢呼声。便在这时，忽听桥畔铃铛大作，伯颜低叫：

“糟糕！”其他的将领无不变了脸色。

顷刻间，元军死士发觉自己陷入了一大片渔网，网上生了无数倒钩，渔网两端还挂满铃铛，一旦牵扯，顿时响个不停。

城上闻讯，两岸火光大起，宋军将士看见元军在渔网中挣扎，无不大笑，继而乱箭齐发。转眼间，两百来人死伤惨重。但这次所选的死士十分悍勇，到了如此不利境地，仍有五十多人冒着矢石，拼命蹚过渔网，爬上浮桥。待得上桥，死士们纷纷拔出佩刀，刺破装油的“浑脱”，将火油倾在桥上，打燃火折，放火焚桥。

忽见襄樊城门大开，百十宋军自两侧冲上浮桥，一拨举枪舞刀，来斗元人；另一拨提着木桶救火。元军则分为三拨，一拨元军举刀迎敌；一拨张开革囊，阻挡弓箭；剩下一拨解下背上大锤，奋力敲打支撑浮桥的木桩，片刻敲垮数根，“轰隆”一声，浮桥登时坍塌一段。

江风陡起，桥上火势大涨，烧得噼噼啪啪，元军水师欢呼声大作。刘整趁势进击，襄樊二城也将炮石打下，声声巨响，响彻夜空。

火光中，忽地闪出一道白影，冲到浮桥上面，剑光霍霍，一晃眼刺倒数名死士。梁萧认出云殊，怒从心起。其他的将领也认了出来，阿术叫道：“又是他！”云殊一把剑好比风扫落叶，两个来回，数十名死士无一幸免。宋军随后赶上，打水灭火，重立木桩，其他损坏之处，也寻木板换过。刘整见这情形，只得勒兵退却。

云殊血染衣襟，返回城头，吕德迎上笑道：“多亏云公子神机妙算，料到元人这招，设下这个渔网阵，让他吃不了兜着走。哈哈，果真是漂着来，兜着走！”云殊拱手道：“大人说笑了，元人这个革囊偷袭的法子无声无息，防不胜防。不过算他们晦气，家师当日曾对我提及此法，又说防御之妙，莫过于金钩渔网阵。云殊不过是听从教诲罢了！”他说着眉间一黯，叹道，“不瞒大人，家师学究天人，‘水禽鱼龙阵’也是得他传授。这六年间，他传了我许多攻战之策。初时云殊不知深意，还嫌耽搁学武，不肯用功。如今才知道，他老人家早就料得今日战局，是以费尽心血传授于我，以助太守大人成功。”

吕德骇然道：“令师谋虑如此深远，真乃一代高人！但他为何不亲自前来？若能得他相助，哪容元人猖狂？”云殊苦笑道：“这个嘛，云殊就不知了。”吕德叹了口气，沉吟道："云公子，你屡立大功，吕某想让你做统制，你意下如何？"云殊摇头道："家师有言，不得担任大宋官吏。云殊不敢违背，做一区区幕僚，也就心满意足了。"吕德听他口气决绝，只得作罢。

浮桥上火光渐灭，襄樊二城重归沉寂。伯颜听着江水哗哗作响，阴沉沉不发一言。良久方道："谁能毁掉这座浮桥？我有重赏！"

船上一静，众将面面相觑。忽听梁萧道："此话当真？"伯颜一愣，回望他说："难道你有法子？"梁萧道："我方才想到一个破桥法子，虽然颇耗人力物力，但却不损一兵一卒。"伯颜道："耗费人力不打紧。人累了还能喘气，人死了却不能复生。只要你能办到，凡我力所能及，你想要什么，我给你什么！"梁萧点点头，道："好，首要便是截断汉江，蓄水上流。"众人闻言，无不吃惊。

史天泽皱眉道："梁将军是想蓄水冲垮浮桥？那可难了。一则宋人造桥时，用数丈大木锤入水底，颇是坚牢；二则汉水舒缓，江面宽阔，不易蓄起毁桥的水势；最难的是，如此大河，怎么才能横江截流？"他身为老臣宿将，思虑周详，何况久带水军，深悉水性，这番话说得人人点头。

梁萧摇头道："我非用水冲桥，不过借助其势罢了！"众人一愣，伯颜问道："如何借势？"梁萧笑道："容我先卖个关子。我先得勘察水势，再行相告！"又对伯颜道，"大元帅，不知江心石台是谁修筑的？"

伯颜皱眉道："你问这个做什么？"梁萧道："能在湍流中筑起石台，也该有拦江截流的本事。"伯颜道："那人尚在大都，不在此处。"

梁萧微一皱眉，却听兰娅说："我略知水利，可以帮你！"梁萧喜道："得你相助，胜过千军万马了。"兰娅不料他当着众人夸赞自己，羞不可抑，红着脸低下头去。

伯颜想了想，说道："此事太过费力。若不成功怎么办？"梁萧随口便答："砍我脑袋。"众人尽是一惊，梁萧此言一出，无疑立下了军令状。阿术口唇微张，待要说话，伯颜已道："好。军中无戏言，若不成功，我不会留情。从今往后，军中士卒工匠，随你调动！你要多长时日？"

梁萧掐指算道："两个月足够。"伯颜一怔，朗声道："好，两个月之内，我等你消息。”反身登舟，头也不回，上岸去了。

众将纷纷拿眼瞅着梁萧，大是幸灾乐祸。他们对伯颜破格擢拔此人，早已不满，眼见梁萧好大喜功，揽了如此活计，心中都是窃喜：“截江断流，两个月时光怎么足够？小子求功心切，活该受死！”个个冷笑，上岸去了。阿术看了他一眼，叹了口气，也拂袖而去。

阿里海牙与梁萧一道上岸，两人默不作声，并肩走了一程。阿里海牙忍不住问道：“梁萧，你有几分把握？”梁萧道：“七八分！”阿里海牙吃惊道：“我当你把握十足，才敢放此大言！”梁萧笑道：“天下哪有十全之事？”阿里海牙一呆，点头道：“说得也是。若要我帮忙，只管开口。”梁萧谢过，径自返回钦察营。

次日梁萧制成波动仪，与兰娅去汉水边勘测，丈量江宽水深，三日后，找到筑坝地址。当日返回大营，他沉思一夜，画出水库图稿与各类机械式样，再与兰娅商议定夺。两人一个是东土不世出的奇才，一个是西域大宗师的弟子，如今东西合璧，齐心协力，确有滋生造化的奇能。商议两日，堤坝图纸定稿，兰娅召集工匠，按图制作机械，改造舰船。

梁萧不慌不忙，白天操练兵马，夜晚学习回族数术，学完以后，才听兰娅述说工程情形。兰娅想他立下军令状，心中十分焦急，但梁萧叮嘱她不得在阿雪面前提及此事，她也不便多说，教授时却不免心不在焉，时时算错题目。偏偏梁萧眼贼，一瞧便知，少不得皮里阳秋，揶揄她几句，只气得兰娅哭笑不得。

光阴如箭，一过十日。这一日，梁萧在营中操练骑兵，命众军为马球之戏。马球戏本是汉人贵族闲时游戏，最考赛者骑术。蒙古人学会后，作为骑兵练兵之法，做马球一个，球门六个，骑者分队比斗，在马上各持彩杖，打球入门多者为胜。这球戏本是两队对垒，梁萧却有意考较众军阵形，仅设球门四个，将两千多人分为三百六十余队，一队六人，以“六花阵”争打三个马球。

梁萧站上帅台，发出号令，校场上烟尘陡起，两千多人围着三个绯红马球争夺起来。每六人一队，各据阵势，不敢稍乱，阵势一被冲乱，便算是输。一时间，校场上三百多队人马来回穿梭，各自变化阵势，围追堵截，抽射阻挡，捉对儿争抢。

其情形就如时人所说："半空彩杖翻残月，一点绯球迸落星。翠柳小亭喧鼓吹，玉鞭骄马蹙雷霆。"说来潇洒无比，但那毕竟是十多人的游戏，这里却有两千人争夺，马术固不可少，但若不能将"六花阵"变化出奇，也绝难夺魁。是以拼斗智巧之功，远胜于比斗骑术之妙了。

梁萧远远观望。但见三点马球在四个门中进出无端，迅疾非常。若是寻常人，绝难记住刹那间进球多少，但梁萧神机妙算，马球来来去去杂乱无序，他也看得清楚，算得明白，不曾漏掉一个。故而这虽是天下无双的练兵之法，这天下也只有梁萧能用。如若不然，各队自记得本队进球多少，看球者一旦漏算，必然惹来埋怨。

不一会儿工夫，两百余队人马均被冲散认输，退到一旁，尚有一百来队在场中鏖战。梁萧记得分明，土土哈、李庭两队进球最多，几乎不相上下，囊古歹、杨榷、王可三人所在队伍次之。这五人追随梁萧最久，于"六花阵"领悟最深，故而阵势变化远胜钦察军士。又过三刻工夫，场上只剩下了十队，梁萧下令取走一球，只留两球争抢。

片刻间，其他五队各被土土哈五人队伍冲散。此时算来，土土哈一队进球最多，李庭少进三球。不多久，囊古歹、杨榷、王可三队陆续溃散，场面变成土土哈与李庭两队相决。梁萧再命拿走一个球，场上只留一个马球。土土哈一队算上土土哈，便有三名百夫长，骑术精湛，李庭一队虽是寻常军士，但李庭机智善变，指挥得当，阵形变化多端，极难冲溃。一时间，两队各据所长，斗得难分高下，你来我往，将一点马球抽打得犹如流星飞箭。

钦察士卒见两队迟迟不分胜负，好生无聊。练兵时，梁萧严厉无比，其后任其简慢。钦察军士无聊之余，有的开始下注，赌斗两队输赢，有的则喝水唱歌，拉屎撒尿，场中乱哄哄闹成一团。

梁萧注目良久，见土土哈略胜一筹，李庭也非易与，不觉微微点头。心想："不枉我费了许多苦心，这二人若再多多锤炼，来日必能独当一面。"想到这儿，忽有所觉，举目看去，只见伯颜、阿术带着亲兵，骑着马，悄然立在远处观看。二人身后跟着一名汉人文官，约莫三旬年纪，黑须及胸，面目清瘦，一双眸子注视场上，闪闪发亮。

梁萧站起身来，马鞭凌空一振，一声脆鸣，响彻全场，李庭与土土哈退到一边。再一振鞭，钦察军纷纷放下手中事情，拉屎的也来不及擦屁股，提起裤子就翻身上马，齐往帅台前狂奔。梁萧第三鞭振罢，钦察军尽集台下，各依队列，一丝不乱。

伯颜等人驰马上前，梁萧下台迎接。伯颜微微一笑，说道："好一场马球大战！"他目视众军，"方才乱哄哄的，都到齐了吗？"梁萧闻言举目一瞧，"咦"了一声，诧道："怎少了两个？"一名百夫长出列道："歹勿老肚子坏了，薛斯陀陪他去看大夫，方才与我说过。我还来不及禀告！"梁萧点头道："你去瞧他有无大碍，我待会儿就去看望他。"百夫长应命，匆匆去了。

伯颜吃惊道："梁萧，你没点兵，怎么知道缺了人？"梁萧正要说话，汉人文官忽而哈哈笑道："莫不是'三人同行七十稀，五树梅花二十一枝。七子团圆正月半，除百零五便得知'？"

梁萧心头微微一动，拱手笑道："敢问先生大名？"阿术笑道："这位是郭守敬郭大人，为朝廷都水少监，是汉人里少有的聪明人。此次他奉旨南来，建造大军水站。"梁萧知道元军多达二十万人，不仅粮草运载艰难，饮水亦然。若是饮用不洁之水，疫病流行，人畜一死便是成千上万。故而水站创设艰巨，非得精通水利不可。

阿术扬鞭转身，向钦察军叫道："你们去吧！"哪知众军纹丝不动。阿术眉头一皱，正欲说话，梁萧挥鞭一振，笑道："散了吧！"众军这才一哄而散，呼喝而去。

阿术一愣，转身给了梁萧一拳，笑骂："好你个梁萧，把这群狼崽子教得这样乖了？连我的话也不听！"梁萧笑道："他们听我的，我听你的！"阿术在他肩头一拍，点头大笑。

伯颜笑笑，对郭守敬道："郭大人，刚才的那首诗有什么含意？"郭守敬笑道："这是一道算题的口诀。此题名为'物不知数'，又叫'孙子算题'，乃是汉人兵圣孙武所留。算题有云：'今有物不知其数，三三数之剩二、五五数之剩三、七七数之剩二，问物几何？'方才那首诗嘛，便是解题秘诀，依此解答，最后得知此物为二十三。"

阿术道："郭大人，你文绉绉的我不懂，孙武的大名我却听说过。只不过，这题目和点兵有什么干系？"郭守敬看了梁萧一眼，笑道："梁将军，我班门弄斧啦！"梁萧道："哪里话！"

郭守敬续道："这道题既是孙武遗法，自也暗合兵法。说起来，这本是极巧妙的计数法，只要兵卒按三三、五五、七七的阵势排列，就能反推兵员总数。汉代名将韩信、唐太宗李世民各位也必知道，这两人用兵所向无敌，却也俱是此道高手。故而这点兵术又称'韩信点兵'或是'秦王暗点兵'。所谓'暗点兵'，就是无论多少兵马，只需按阵排列，大将默察阵势，瞬间就知数目。"说到这里，他目视梁萧，轻轻赞叹，"道理说来不难，运用起来却难之又难。若非心算出神入化，决难一眼看出端倪。自唐太宗与李靖之后，这点兵术几乎失传，近代只听说岳飞通晓，但也只是传闻。岳武穆冤死狱中，未有兵法传世，这法子也就再无人用了。不料郭某有生之年，竟在梁将军处，复见孙子妙术！"

伯颜神色肃然，点了点头，对梁萧说："你将这法子写个章程，送到我那里，传于全军，让各路大将也知道。所谓兵贵神速，这点兵法很管用。"梁萧应了。郭守敬默默一笑，心想："恐怕别的大将便是知晓法子，也没一个人能用。"

众人一边说话，一边进帐入座。伯颜喝了一口马奶子酒，问道："你早先不是问我谁筑江心石台吗？"梁萧目光一转，望着郭守敬，笑道："必然是郭大人了！"伯颜叹道："军中无戏言。你小子胆大包天，当着众将给我立军令状，不要命了吗？天幸郭大人及时赶到了。"梁萧也笑道："当真凑巧。"郭守敬皱眉道："梁将军只要了两个月期限。如今算来，只得一个半月不到了，将军可有准备？"梁萧道："这我也不十分清楚，都是兰娅在办。"其他三人面面相觑。伯颜皱眉道："到时可是砍你脑袋，与兰娅没有干系。"梁萧笑道："我信得过兰娅。"阿术不豫道："她一个女人！也可信吗？"梁萧淡然道："她是女人，但也是纳速拉丁的学生。"

伯颜、阿术听得这话，面色均是一沉，未及斥责，郭守敬已笑道："如今见了梁将军了，大元帅军务繁忙，请回帐吧！"伯颜听他说话，心中狐疑，只得起身。梁萧送他出帐，低声说："谢了。"伯颜冷哼一声，翻身上马，与阿术出了辕门。

二人驰出一程，阿术笑道："你俩倒是同出一门。你口是心非，明里公事公办，暗里却对这师侄照顾得很。呵，以修建水站为名，用数十匹快马，昼夜兼程，从大都将郭大人接到军中。这小子嘛，嘴里不说，心里却也明白。"伯颜皱眉半晌，叹道："阿术，这孩子才华盖世，你我都比不上。但他锋芒太露了，我怕他遭人嫉恨。"阿术冷笑道："谁要动他，先得过我这关。"伯颜摇头道："若他二月之限破不了浮桥，谁都救不了他！"阿术笑道："你放心，我知道他的脾气。他眼珠子在头顶上没错，但从不吹牛。"伯颜回顾钦察大营，长长叹了口气。

梁萧命人请兰娅入营，将水库图纸传与郭守敬。郭守敬细看了半晌，长吐了一口气，慢慢将图纸放下。兰娅慌道："郭大人，难道不成？"郭守敬摇头说："哪里！这图尽善尽美，想必就是你的老师纳速拉丁，也未必挑得出毛病。我叹的是，我这趟白来了，做不了什么事情。"

兰娅喜道："太好啦，我日夜担心，就怕不成。"她瞅了梁萧一眼，微微嗔怪道，"他偏沉得住气，只说没事没事，真是急死人了！"郭守敬笑道："梁将军胸有成竹，当然不怕。"梁萧摆手道："不怕是说谎，但与其担惊受怕，不如放手一试。兰娅是回族星学者，水利术在我之上。如今更有郭先生这等水利大家出手，相信不出一个月光景，就能成功了。"郭守敬笑道："梁大人过谦了，郭某尽力而为。"梁萧笑了笑，告辞出门，自去处理军务，留下二人详为磋商。

半个月的时光匆匆而过，郭守敬与兰娅指挥五千工匠，在汉水沿岸不同地方，建造十艘奇形巨舰。八艘宽阔，下与上平，两艘狭长，上有巨型机械。

梁萧知道巨舰将要完工，将军务转托阿术，亲自到汉水边上，与郭守敬指挥架设龙骨，装设各类机关。接下来，在十艘巨舰下挖掘巨坑，令巨舰逐步悬空。下方设立长短木桩，再逐步拆除木桩，令其直落入坑，与地面相平，再将挖出的数千万斤泥土分作三层，推入巨舰的上层船舱。

兰娅率人沿江竖起栅栏，以圆木为机关，于短短三日，发动近万士卒，将数千万斤土石从两岸山上顺着山势滚落，抵达木栅栏。郭守敬则傍着栅栏，以这些土石沿江垒筑堤坝。

土石装妥，梁萧率人在巨舰前各掘粗短沟渠一条，斜通入汉江，江水自短渠进入深坑，巨舰很快漂浮起来。士卒们顺水推舟，八艘宽阔巨舰先后斜驶入江，到达筑坝地点。这儿的江面最为狭窄，梁萧在江面设了八个浮标，以分明地点。

接近浮标，郭守敬放锚停住巨舰。兰娅则指挥水军，转动机械，舱底活动木板退开，江水灌入，八艘巨舰携着土石，自浮标上方沉入江中。四上四下，高达十余丈，横断江水，构成堤坝根基。另两艘狭长巨舰，置于堤坝两岸，梁萧下令挖出沟渠，通入江中，自与郭守敬各率一艘长舰，横行入水。一左一右沉于基座上方，彼此相距不过十丈，甲板高出水面数丈。至此，两舰之间，江水渐趋湍急。

兰娅率众填塞十条沟渠，补好长堤罅隙。梁萧与郭守敬分立长舰两端，以二十根巨大铁索，将十丈方圆、灌满大石的巨笼吊入水中。江水登时受阻，上流暴涨十丈，水位越过巨笼，越发湍急无伦。但有江岸石堤拦住江水，使其不至溃决。

城头宋人见元军终日忙碌，隐隐感觉不妙，可如何不妙，又说不上来。直到大坝合龙，才知元军要截断汉水，一时无不惊疑。吕德道：“元人截流何用？若要淹城，该是截下流，令江水倒灌襄樊，襄樊城门离水甚高，汉水江宽水平，淹城难比登天。若放水冲我浮桥，到了浮桥，水势已缓，冲掉桥板或有道理，冲毁桥桩绝无可能。”云殊想了想，说道：“为免大水冲走桥板，太守不妨增派人畜，驮负重物，压住浮桥。”吕德大喜，以为此计足以万全。

梁萧筑坝已成，号令元军，将百根削尖圆木推入水中。每根圆木用牛皮索绑了数块百斤大石，以至于难以浮上江面，好似鱼龙受困，欲出不得，唯有在水底顺流直下，抵达木笼巨闸，来回冲撞。梁萧令众军绞起木笼，开闸放水。刹那间，百根巨木随着咆哮江水，鱼贯而出，而后渐次散开，潜伏在惊涛骇浪之中，直往下游冲去。

这时宋军拉着牛马，奉命在浮桥上镇守，望见大水涌来，有心气气元人，纷纷脱了衣衫，迎着江水只叫痛快。谁知木桥剧震，水下传来声声闷响。没等众人回过神来，数百根支撑浮桥的木桩先倒了一半，浮桥轰然崩塌，宋人纷纷落水。

城头的宋将目瞪口呆。千算万算，没料到梁萧辛苦蓄水，竟是要借强劲水势带动圆木，自下方摧毁浮桥木桩。还没想到对策，梁萧再度蓄水、放水，第二轮圆木悄然掩至，这一下，浮桥木桩尽被撞毁。只剩了上方桥板，被湍急江水一裹，打着漩儿流往下游。

十余万元军望见，欢呼不禁，声遏浮云。伯颜与众将站于闸边，看到这里，难忍心头狂喜，扬声道："梁萧，你做得好！想要什么赏赐？尽管说来！"众将目视梁萧，心中又忐忑，又妒忌，生怕他又要加官晋爵，若让这毛头小子跟自家平起平坐，那可是难受万分了。

梁萧从怀里摸出一张素笺，递与伯颜道："这方子上的药材，元帅能为我配上半年份吗？"众将一听，均觉惊奇。伯颜接过素笺，扫了一眼，心中纳闷儿："此事你私下求我，我随手就能办好，何必当作赏赐？"眉头一皱，又问："就这样？"梁萧道："就这样。"

伯颜暗暗一叹，转身让亲兵交与医官，火速配制。梁萧想到阿雪可消除身上疤痕，恢复往日的冰肌雪肤，心头真有说不出的欢喜。

伯颜目光如电，扫视诸将，朗声道："如今浮桥已破，二城断绝。樊城城墙低小，兵力较弱，只需樊城一破，襄阳便成孤城。除梁萧以外，众将各归其位，马上统军进逼樊城。"

众军听命，纷纷散去。伯颜对扎马鲁丁道："'回族炮'做好了吗？"扎马鲁丁道："已做完两具，两日后便可使用。"伯颜长笑道："长生天保佑我大元呢！赏你二百两黄金。你率人将炮运到樊城，轰击城墙，给我打它个粉碎。"扎马鲁丁应命，匆匆去了。

伯颜掉过头，对梁萧笑道："我猜，宋军没了浮桥，吕德必调水师救援樊城，尽管慢了一步，可也不好对付。你有法子破他吗？"梁萧笑道："要舰船运转，就得撤去渔网。"伯颜会意，笑道："好，我派三千人，轮番砍削树木，捆绑石头，若不够，再与你五千人畜，去山上驮运大石巨木。记住了，务必断绝两城，使其不得相救。"

梁萧答应。不多时，号炮声响，诸军开始逼近樊城。伯颜下了堤坝，飞身上马，亲临指挥。果然如他所料，樊城吃紧，吕德火速拆去渔网，调遣水师运兵救援。云殊献策，将舰船抛锚，以铁链锁住，自成一座浮桥。吕德当即照办，调动百艘舰船，锁成一串，连接二城。

梁萧见渔网一撤，下令去掉捆绑石块，圆木纷纷浮上水面。郭守敬开闸放水，惊涛骇浪带着圆木奔腾直下，将宋军的战船底部一个个捅得粉碎。一时江水灌入，宋军战舰沉没无数。吕德与云殊大惊失色，急令水军渔网拦江。梁萧不再给他们布网时机，不停调集圆木，飞流直下，横扫宋人水师。

不过一日工夫，宋军大舰小船，被圆木撞沉大半，被迫退往下游。张弘范趁机逆流奋击，宋人水师前当圆木，后遭炮弩火矢，无法可想，一时纷纷跳水求生。又经半夜激战，宋军水师全军覆没，舰船残骸散满汉水。从此襄樊二城彼此绝援，各为孤城。伯颜亲自督阵，元军不分昼夜攻打樊城。襄阳守军有心无力，数十万军民遥望樊城，号哭声震动天地。

吕德遭此大败，悲痛欲绝，但身为主帅，唯有收泪隐忍。与云殊商议一阵，决意派遣数名水性精熟之辈，偷渡去郢州，向朝廷求援。

三日后，“回族炮”运过汉水，架设在樊城拦马墙之外，离城楼约有千步。梁萧遥遥望去，那石炮高约九丈，炮身粗两抱，长十丈，中有支轴，前短后长。前方以铁索挂万斤巨石，后有大小齿轮数十个。十余人抓住手柄，借齿轮机栝力量，方将巨石绞起，让炮尾网兜落下，装上十余块大石。

刹那间，扎马鲁丁一声令下，绞石众人一同放手，铁索急收，声如霹雳。梁萧远在数里外，仍能听得清楚。只见万斤巨石沉了下去，三百斤巨石飞上半空，落向樊城城头。

石落的一瞬，宋军尽皆看到生平最可怕的事，高大的谯楼转眼粉碎，数十名宋军被大石砸成肉饼，炮弩在石块下嘎嘎粉碎。一时间，震响声、惨号声、惊呼声，此起彼伏，在樊城城头响成一片。

两门“回族炮”从东面轮番轰击樊城，城楼上尽成齑粉，无人可以立足。宋军守将率步骑杀出城外，想要毁去大炮，元军早有防范，双方在城下殊死血战，宋军寡不敌众，退回城内。元军见宋军无力还击，悍然将“回族炮”前移五百步，进抵城下，大石直落城中，有如雨下雷鸣。

猛攻了半个月，樊城防御荡然无存，元军乘势架设云梯、突入外城，宋军八千人退入内城。阿里海牙和刘整各发大军，进围内城。

宋廷得知襄樊绝援，举朝震恐，贾似道急调水陆大军各十万，命夏贵、范文虎率领，再援襄樊。伯颜从大宋细作处得知消息，见宋军水师已毁，便召回梁萧，率钦察军镇守百丈山，抵挡范文虎。命阿术、史天泽以水师封锁四方水道，阻挡夏贵。

十余日后，范文虎步骑十万逼近百丈山。他素来胆小怯战，本就无意进援，来这儿也是做做样子，好给朝廷一个交代。到了五十里外，他就扎营观望，不料梁萧探得消息，径自率钦察军乘夜奔袭。范文虎营盘未定，一冲即溃。钦察军人马纵横，将数万宋军杀得血流成河。范文虎约束败兵，仓皇退往郢城。

梁萧度其形势，乘胜追击，命土土哈率五百人回守百丈山，自率千余钦察精骑，人携从马两匹，负箭五十袋，三日两夜，不离鞍，不解甲，翻山越岭，反复掩杀。宋人只觉钦察人神出鬼没，十万人被千余骑兵屡冲屡溃，几乎全军覆没。范文虎着农夫衣衫，藏匿于山中，方才逃过一命。逃返郢州的宋军百不及一，郢州守军见状，无不心胆俱落。

梁萧率军追至郢城脚下，宋军上下闭门弯弓，严阵以待。梁萧示以疲惫，策马回师。宋将张世杰观其阵势，但觉有机可乘，开城掩杀。但因惧怕钦察军骁勇，特意派出四千精骑，两千自后追赶，两千包插两翼。

梁萧见势向北窜逃，宋军紧追不舍。钦察军几次反身欲战，均是寡不敌众，渐有溃乱迹象。到了远离郢城的平坦处，宋军终于赶上，一击之下，钦察军分成四队，四散奔逃。宋人分军追杀，阵势分散。这时梁萧反身吹起号角，钦察将士于狂奔中纷纷换过从马，忽从四面反击。六花阵飘然转动，箭矢犹如斜风吹雨，四千宋骑被冲得一塌糊涂，人马尸首满山遍野都是。

张世杰在城头遥遥看见，急率大军出援。谁料钦察军不知疲倦，梁萧长鞭一指，回师便冲援军。狂奔之际，随他号令，钦察军六个小六花阵聚成一个中六花阵，六个中六花阵聚成一个大六花阵，六个大六花阵聚成一个六花巨阵。六花巨阵聚成“青锋之象”，势如一把锋利绝伦的长剑，直透宋人中军，形同摧枯拉朽，似入无人之境。宋人全军溃散，张世杰只得率领三千残部逃回郢州。

梁萧挥鞭收兵，但见五十袋箭将尽，钦察军人马貌似雄强，实已疲敝不堪，当下回归百丈山大营。张世杰虽是当世名将，方才两阵吃亏太甚，眼睁睁望他人困马乏，缓缓离去，竟也不敢再派一兵一卒。

经此一战，宋军丧师五万，“黄毛鬼”之威震慑大宋。江汉一带，能止小儿夜啼。

宋将夏贵得知范文虎的步骑军遭遇如此惨败，一日数惊，看着张弘范水师攻来，未发一箭，就掉头逃回郢城，再一看范文虎的惨样，心中大是庆幸。

又过了半个月，元军突入樊城。宋元两国相持六年之后，樊城终于陷落，襄阳沦为一座孤城。

同月，元廷下旨，以梁萧战功卓著，领钦察军总管。伯颜将新征的四千蒙古精骑并入钦察军，钦察军增至七千，兵力雄强，一时无两。

伯颜休整一个月，进薄襄阳。刘整率元军水师溯流而上，依樊城列阵，逼近襄阳水门，命阿术围南，阿里海牙围西，自率大军围北，将个襄阳孤城围得水泄不通。

伯颜深知襄阳城池坚厚，兵精粮足，便有“回族炮”也不易攻克。与众将商议以后，欲不战而屈人之兵，围而不攻，派刘整招降吕德。

刘整本是宋军降将，与吕德也是故旧。他单骑到了城下，方才喊话，城头乱箭射下，刘整肩上中箭，狼狈逃回。元军将领无不大怒，刘整更是赌咒发誓，破城以后，定要屠尽襄阳。

伯颜见不能招降，发军十万，四面进逼襄阳。他亲率大军从北面架起“回族炮”，命梁萧率钦察军守卫炮台，以防宋军凭精骑攻取，自率两万兵马，以巨型云梯列阵于后，一旦城头宋军中炮溃乱，立即假梯登城。

伯颜发出号令，扎马鲁丁发动“回族炮”。襄阳城高大坚厚，远胜樊城，扎马鲁丁连发三炮，都只击中城墙，力道雄浑，整个襄阳城为之撼动。扎马鲁丁见状，将“回族炮”拆解，前移百步，以较小石块打出，终于一炮打到城上，砸死两名宋军。宋人无不惊惶，齐齐大喊大叫。

“回族炮”又发十炮，炮炮打上城楼，宋军死伤甚众，顿时溃乱奔走。伯颜大喜，重赏扎马鲁丁，跟着指挥步军，以千头牯牛拖曳二十辆巨大云梯，上载一千弩手，越过“回族炮”，逼近襄阳城墙。

就在此时，襄阳城墙两端，升起两个奇形怪状的东西，高约十丈，宽阔二十余丈，此起彼伏，形如一对比翼齐飞的巨大苍鹰。

扎马鲁丁正命人绞动“回族炮”，乍见城头出现怪物，一怔间，那对怪物齐齐轰响，只见两枚百斤巨矢，一左一右，直奔“回族炮”而来。绞索力士见状，无不惊呼溃逃。梁萧急令钦察军闪避，方才发令，便听巨响轰鸣，泥土飞溅。待得烟尘落定，两门“回族炮”已被击成粉碎。扎马鲁丁也被碎石击伤，头破血流，昏倒在地。

伯颜终于明白过来，这对怪物竟是两张前所未见的巨大床弩。震惊之余，发令收兵，可是已经迟了。云殊指挥宋军填弩再发，这次用上了火矢，一次十发，一发十斤，嗖嗖嗖，轮番发射。顷刻间，二十辆云梯相继粉碎燃烧，弓弩手带着浑身烈焰，惨叫跌落，非死即伤。近千头牯牛遇火而惊，不听约束，拖着云梯残骸，反冲元军阵势。元军虽是精兵强将，也都阵脚大乱。云殊趁机发令，两门巨弩八方转动，无远弗届，将元朝大军击得死伤枕藉，人人只顾狂奔逃命。梁萧急率钦察军前突，以强弓射杀冲阵牛群，试图稳住阵势。

云殊看得真切，命人将床弩升高，瞄准钦察军。数声弩响，十余名钦察军人仰马翻，血肉模糊。宋军屡败于这支无敌铁骑，心中恨之入骨，见其吃亏，狂喜无比，齐声高叫：“天罡——破阵！天罡——破阵！”声如雷霆，响彻碧空。

喊叫声中，云殊又发数矢，专打钦察军。钦察骑兵虽然马快，但裹在败军之中，难以机动躲闪，一时伤亡惨重。梁萧夹马挥鞭，一意张罗收兵，不料呼啸声起，一发巨矢来势如电，直奔他的面门。

梁萧身手奇快，间不容发之际，弃马滚落。马匹惨嘶一声，被那石箭截成两段，将他压在身下。这时数头疯牛口吐白沫，狂冲而来，转眼便要将他踩在蹄下。

土土哈见状，连珠箭出，射死当先的四头牯牛。

梁萧得了空，钻出死马，额角却被矢尖划破，鲜血长流，双眼迷糊一片。蒙眬中只见牛角晃动，一头疯牛猛冲过来，当下闪身一掌，内劲透入牛头，那头牯牛哀嚎倒地。这时囊古歹牵马赶至，梁萧翻身上马，尽力约束钦察军后撤。

吕德见钦察骑兵溃败，亲率大军突出城外，五千精骑居中，两千弩手在右，靳飞、方澜率南方豪杰挟刀盾在左，三翼人马跟在败军后面忘形掩杀。一时间，元人血流遍野，溃势一发不可收拾，伯颜连斩数名大将，也挡不住败北势头。

宋军一口气追出两千步，元军死伤无数，早已不成军，只想如何逃过矢石，个个斗志全无，任由宋军砍杀。

伯颜自统军以来，从未遭逢如此大败，惊怒之余，竟不知如何应付。阿里海牙从西面救援，史天泽也统率水军上岸增援，均被城头巨弩打得溃不成军。宋军存心为樊城守军报仇，以倾城之兵从三门杀出，仗着城头神弩，人人舍生忘死，奋勇杀敌。

梁萧奔出两千步之外，见无矢石打到，知道神弩射程已到极限，于是勒马转身，放声清啸。这一啸宛如一阵长风吹过战场，纵在喊杀声中，也是清清楚楚。钦察军纪律森严，听得啸声，纷纷不再溃逃，转动马匹随机结阵。六花阵并非六人不可，便是三五人数，也有相应变化。

仿佛当日马球乱战，众军身处混乱局势，既要稳住阵势，不被冲散，又要设法进击对手。梁萧的练兵妙法到此大显奇能。挤一桶羊奶的工夫，幸存的钦察军分六部集结，由梁萧、土土哈、囊古歹、李庭、王可、杨榷各自率领。宋军从城头看去，仿佛六朵大花，在战场上绽放开来。

吕德下令众军死命拦截，不让六阵合一。梁萧再发长啸，六阵转动，成“回雪之形”，阵势飘忽不定，聚散无方，来回冲击宋军阵势，顷刻冲透阻隔，结成一军。吕德见其人数只有两千，转命大军围歼。梁萧长鞭凌空数振，诸军会意，各自演化，转眼阵成十字，变成“南斗之形”，故意让宋军围住，待其合围，倏忽化作“旋风之形”，以梁萧为轴，挥矛张弓，如旋风般在重围中狂飙起来，近万宋军瞬间溃乱。吕德见势不妙，急命退军，宋军四散，尽往来路奔逃。

梁萧对那两张床弩十分忌惮，不敢追击。长鞭再挥，钦察军阵势又变，变作“长虹之阵”，阵成弧形，弧顶在前，两翼居后，不疾不徐逐出二百多步，倏尔矢石飞至，落在阵前。梁萧勒马扬鞭，众军齐齐驻足，着实异常整齐。

梁萧猜测巨矢再难打到，于是驻马眺望。前方城下，元军人马尸横遍地，旌旗四处散落，云梯残骸青烟缕缕，仍在燃烧不绝。还有许多士卒肢残臂断，躺在地上，发出凄厉呻吟。

梁萧见此惨状，亲率三百精锐，以快马驰出，强行冲透宋军阵势，突到城下，将幸存伤者援上马背。云殊暗叫一声“来得好”，令旗一挥，发出矢石。梁萧此次已有防备，仗着骑术精绝，阵势神妙，人马聚聚散散，变化无方。云殊发矢数十，竟没射中一人，反倒误伤了好些友军，只得无奈停住。

到了这时，元军才算稳住阵脚。伯颜无力再战，收束败兵，向北撤入大营。宋人军威大振，欢呼声势如山呼海啸。吕德更是眉开眼笑，命人连夜潜出城外，通报宋廷，坚定朝野援救襄阳之心，当夜则摆下酒宴，犒劳诸军。

两张无敌巨弩，本是穷儒公羊羽参照古今弩炮设计而出，不但势大力强、举世无双，还能凭借机栝急速升降、八方转动，瞄射精准。而且装填炮石也很便捷，一发打出，二发立时装上。因其一发最多三十六矢，暗合三十六天罡之数，故名“天罡破阵弩”，实是当世守城的不二利器。

当日云殊入城以后，画出图样，请吕德派工匠建造。虽是早已起造，但因构造繁复，装设费力，吕德心中存疑，不大重视，故而始终拖延怠工。直到“回族炮”攻破樊城，吕德无奈之下，方才抱着一试之心，加派人手，协助云殊昼夜赶工，终在十日前造成两张，装在城头。临交战时，吕德故意隐而不发，借苦肉计将元军引到城下，再将“天罡破阵弩”升起，先碎“回族炮”，再攻元军战阵。果真弩如其名，一发破阵，若非钦察军力挽狂澜，元军的损失只怕还要惨重。

元军惨败回营，伯颜火速召集大将，商议对策。扎马鲁丁带着伤，与兰娅一同来向伯颜请罪。伯颜摇头道：“这不怪你，全怪我冒失轻进，才有今日之败。”反而赏了扎马鲁丁百两黄金，命他下去养伤歇息，却让兰娅留下，问道，“‘回族炮’能打得更远吗？”兰娅道：“老师设计器具，一旦想得妥当，再也无法改进。

我和父亲的本事，难以让它打得更远。况且我们从下往上发炮，床弩却是自上至下击，本就占了很大的便宜。”

史天泽被这一番话勾起往事，叹道：“当年蒙哥大汗攻合州，也是被宋军强弩打伤，不治驾崩，但那‘破山弩’也远没有今日这张弩厉害。这两张弩只需在城头放着，任谁也难抢进。”刘整也道：“宋军弩机自来犀利。当年宋太祖破南唐时，曾以强弩贯穿象腹，击破南唐象阵；宋辽澶渊之战，寇准指挥宋军，以千步强弩将契丹名将萧天佐击杀于军阵之中，迫使辽人退兵。但无论如何，都没有这张怪弩可怖，要破此弩，非得有更强的石炮不可。”

众将心有余悸，你一言，我一语，闲话说了许多，主意却拿不出一个。眼看伯颜浓眉紧锁，面色越见阴沉，郭守敬沉吟良久，忽地起身道：“大元帅，为何不见梁萧将军？”伯颜道：“钦察军首当其冲，伤亡惨重，梁萧也受了伤，我让他回营休整去了。”郭守敬道：“梁将军善于巧思，不妨召他来问，或有法子。”伯颜想起梁萧攻破浮桥的事，点了点头，命人传召。

梁萧入帐，听众人说了，思索片刻，说道：“今日我就近看过，‘回族炮’之所以强大，在于炮身架设合理，齿轮铁链转动省力。兰娅给我的回族书中，有希腊数学家阿基米德传下来的杠杆术和齿轮术。阿基米德曾道，只要巧妙运用支撑之地，杠杆越长，力量越大；至于齿轮、偏心轮、连杆、转轴互动之妙，阿氏也有精妙论述。我看只需加长炮身，增以连杆齿轮，定能让石炮打得更远。”

兰娅恍然道：“我只想‘回族炮’是打仗的，从没想过竟来自阿基米德的学问。但若增加齿轮，就要改造大炮的式样了！”伯颜听有法子，内心喜不自胜，面上却兀自阴沉，命梁萧于两个月之内造出石炮，兰娅、郭守敬、扎马鲁丁共为辅佐。

当夜扎马鲁丁将“回族炮”图纸奉上。四人磋商两日，重画图纸，命名为“襄阳炮”，让工匠制造。

石炮造毕，梁萧在百丈山试炮，投射百斤石块，比前炮远了二百步，但仍不及“天罡破阵弩”。众人商量以后，重造更大石炮。此番造好，一百多人方能绞动八个曲柄，不想才一绞动，精铁铸就的铁链无法承受，纷纷断裂。众人一时愕然，郭守敬苦笑道：“人力有时而穷，物力亦然。”扎马鲁丁也很丧气，说道：“老师造那么大，就只能那么大。”众人想到限期，均是暗暗发愁。

梁萧默不作声，在地上计算一阵，忽道：“若在襄阳城前筑台，可从台上发炮，只需高台有襄阳城一半高，就能打到一千六百步。”兰娅道：“石炮数以十万斤，若是太高，怎么弄上去？就算你聪明，借机关弄上去，也还不如那张弩远，台没筑起，就被打垮了！”梁萧一言不发，放了十斤左右的石头到炮上发射，竟然打到了一千八百多步。扎马鲁丁皱眉道：“石块太小，砸不了人。”

梁萧心头一动，忽道：“若不是石块呢？”扎马鲁丁诧道：“不用石块用什么？”梁萧拧起眉头，回望着襄阳城楼，久久不语。兰娅再问时，他才说：“我有一个法子！可是太狠了些。”三人惊问其故，梁萧迟疑半晌，终究说了，三人听得面面相觑，一时间都没了言语。

第十六章

# 孤城独危

次日，元军开始在距襄阳两千一百步处造设土台。这时间，宋军也拆屋造弩，又造了一门“天罡破阵弩”，三弩齐发，威力更胜。云殊见元军筑台，明白其意，但高台距襄阳已有数里，云殊连换轻巧弩箭，也无法攻到台前。梁萧更以轻骑佯出，仗着马快，诱使“天罡破阵弩”发矢，试出最远所达之处，画出白线，宋军过线，即举兵攻打，没过线，便用弓弩远远退敌。

相持三日，土台筑成，高四丈、阔八丈。元人又在土台上建四丈木台，还差六丈便与襄阳外城齐平。跟着扎马鲁丁将襄阳炮拆解，吊上土台，再行装好，此时，“襄阳炮”高过十丈，已经超出襄阳城墙。

云殊远远观望，猜到元军意图，告诉吕德。吕德惶恐万分，倾襄阳之兵攻打，梁萧挥军抵挡。两军喊杀声直冲霄汉，但钦察军太过厉害，宋军虽有云殊、靳飞等人助阵，也难撼动梁萧的阵势。云殊本欲挟“天罡破阵弩”出城攻敌，可这床弩威力极大，个头儿也极大，横竖都难通过城门。其构造又十分精巧，装设费时，若是拆解后到城下装设，梁萧率精骑突上，必能毁掉此弩。

双方厮杀时，高台上准备已定。扎马鲁丁命人绞起“襄阳炮”，俯仰之势逆转。“襄阳炮”相对襄阳城，无异于自上至下击。元军将盛满火药、涂满油脂的木盆放入网兜，举火点燃，发炮打出。木料甚轻，在空中划过一道火光，掠过两千一百步，落向襄阳城头，到了谯楼上空。烈火遇油速燃，烧透重重厚纸，点燃了木盆中的火药，好似一只巨大爆竹砰然炸裂。刹那间，谯楼就熊熊燃烧起来。

吕德急令救火，可元军不断发炮，救了又燃，反倒炸伤了不少宋军。一个时辰不到，襄阳谯楼竟成一片火海，三门“天罡破阵弩”因为深植城上，仓促间无法取下，竟被炸毁两门。还有一门虽为云殊冒死卸下，但也被炸坏枢纽，短期内难以修复。

这么轰击数日，第二门“襄阳炮”造成。梁萧命第一门炮继续压制城头宋军，令其无法架设“天罡破阵弩”，跟着突进一千一百步，以钦察军护卫，强行筑起六丈土台，装上了第二门石炮。

这门石炮一旦立在此处，真是要命无比，百斤巨石直入襄阳城中，好似雷霆轰至。云殊等人屡屡出城，争夺“襄阳炮”，双方血战十余场，宋军始终不敌钦察铁骑。

梁萧见宋军这么顽强，要破襄阳，非用更厉害的手段不可。即令匠人掏空百斤重的巨大圆木，以火药夯实，燃烧后投入内城，威力之强，比起宋人的“震天雷”还要厉害，三亩内，人物尽成齑粉，元军皆称“木霹雳”。

如此攻打两昼夜。第三日清晨，一发“木霹雳”击中宋军的火器库，穿破房顶，引爆了库中火器。襄阳城中发出震耳巨响，声震百里，库房四周尽成瓦砾。火借风势，迅疾蔓延开来，城中火光熊熊，成了一片火海。

这一把火足足烧了大半个襄阳城，粮仓毁了大半，火器库更是荡然无存。数万百姓无家可归，露宿街头，号哭声震天动地。元军趁势自西、南两面进攻襄阳，宋军拼死抵挡，直待云殊修好一门“天罡破阵弩”，架设在西南方，才使元军无法登城。此时襄阳危讯传到郢州，张世杰屡次进援，均为阿术所败。襄阳城至此陷入绝境。

梁萧使用如此手段，心中始终不安。忽听城内百姓号哭，心中忐忑，下令不得用“木霹雳”轰击内城，只以巨石轰击城头。如此攻守苦战，襄阳城又撑了月余。

寒冬渐至，天气一日冷过一日，雪花悠悠，飘落襄樊，数夜间，天地间白茫茫一片。襄阳火灾过后，军民缺衣少食，无屋可住，冻馁无数。一些军民无法可想，开始煮食战死者的尸体。

梁萧久攻不下，心中疑惑不已。这一日，他登上“襄阳炮”顶端，俯视城中情形，忽见那般惨样，不觉目瞪口呆。他放任怒火，一心攻破此城，擒杀云殊等人，但绝料不到竟会造成如此结局。一时间，他站在炮顶，悔恨交加，可又十分奇怪，不知为何到此地步，宋军仍然死守不降。他茫茫然呆立良久，下得炮台，驰马亲见伯颜，请求招降襄阳。

伯颜听过梁萧述说，沉思片刻，召集众将入帐商议。刘整怀恨一箭之仇，声言要将襄阳城炸成齑粉、杀光城中军民才能甘心。多数将领久攻襄阳不下，饱受此城煎熬，也都想出一口恶气，听得刘整之言，纷纷点头。只有史天泽与阿里海牙沉着脸不发一言。

梁萧见众人纷纷赞同，心中大怒，扬声道：“是活人有用，还是死人有用？打碎一个瓷碗容易，要做一个可难了。毁掉一个襄阳容易，重建一个襄阳可就难了！”这道理原本平常，众将听了，顿生犹豫。

刘整本也是一时意气，没有多少道理。梁萧年少气盛，一番话夹枪带棒，把他逼入穷巷。他堂堂大将，战功显赫，岂容一个小子蹲在头顶上拉屎？一时恼羞成怒，厉声喝道：“你懂什么？屠了襄阳，其他的城池无不胆落，自是无人胆敢撄我军兵锋。你不过当了两天兵，立了点微功，就自以为是了吗？哼，老夫统率千军万马的时候，你还在吃奶呢！”

梁萧冷冷道：“说清楚些，你统率的是宋人，还是元人……”还没说完，众人无不变色。伯颜厉声道：“梁萧！”梁萧一怔，将后面的刻毒话咽了回去。

刘整腾身站起，脸色泛青，冷笑道：“好哇！我刘整阅人无数，头一次遇上如此年少有为、口齿伶俐的后生！长江后浪推前浪，刘某老了，不中用了，天下都是年轻人的啦！大元帅，请你高抬贵手，放我刘整回家种田！”他这话笑里藏刀，十分厉害，意思是：“要么我刘整走，要么他梁萧完蛋，伯颜，你任选其一！”

伯颜也不答他，叫道：“那速。”亲兵那速应声而出。伯颜厉声道，“拿下梁萧，摘了他的帽子，脱掉他的铠甲，重责三百军棍，捆在辕门示众一日！”

那速应命，率众亲兵赶上，要拿梁萧。梁萧一手叉腰，喝道：“谁敢过来？”众军知他骁勇，一时无人敢上。伯颜勃然变色，缓缓站起道：“你要违我军令？”众人无不屏息，要知军中违令，只有死路一条。

梁萧高声叫道：“我没有错！”阿术见他如此硬抗，局面不可收拾，急道：“梁萧，元帅之令，违者格杀勿论。”梁萧仍道：“我没有错。”阿术道：“你口出狂言，以下犯上，不是错吗？既然从军，就是军令如山。土土哈明白，李庭明白，你不明白吗？”梁萧听出他的暗示，自己生死事小，但土土哈、阿雪等人都在军中，势必受他牵连。

刹那间，他心里转了百十念头，双眉一弛，失了方才气势。众军正要上前，梁萧咬牙道：“我自己来！”脱盔卸甲，走出帐外。众军一拥而上，将他按倒，片刻工夫，就听到杖击声。伯颜听了片刻，眉头一皱，叫道：“那速，不许手下留情！”原来，那速知道伯颜、阿术喜爱梁萧，故而手下留情，伯颜是武学高手，一听就知虚实，那速听了这话，只得全力挥棍。

阿术听得杖击声转沉，生怕打坏了梁萧，忙说：“丞相，如今襄阳未下……”伯颜厉声道：“若非你一味骄纵，这小子哪敢如此放肆？”阿术被他一喝，唯有无奈坐下。

刘整反身坐下，细听声音，知道那速打得极狠，梁萧纵然骁勇，这三百棍挨下来，也绝无活了的道理。这人是阿术的心腹爱将，战功显赫，真的打死，只怕要跟阿术结怨。自己一个降将，在朝中全无根基，阿术却是三代名将，东征西讨，威震万里，他若怀恨在心，算计自己易如反掌。

刘整老谋深算，城府甚深，当下捋须默数，打到一百多棍，方才缓缓站起，拱手笑道：“大元帅，梁将军终究年少，不通世务，难免气盛。如今大宋未灭，还要他折冲杀将。说来刘整也有不是的地方，还请元帅饶他这次。”

伯颜见他求情，若不答应，反而叫他难堪，便说：“刘大人如此大度，我便不打他了。但示众一日，却断不可免。”命那速将梁萧缚在旗柱上示众，有意折辱梁萧，挫灭他傲气。他知道梁萧心高气傲，让他示众比挨棍难过十倍，但若不如此，这愣头青不知天高地厚，只怕来日还会捅出更大的娄子，到时候，自己想不杀他都难了。

刘整赚足了面子，心中得意，微笑说：“刚才我也说了气话。想起来，招降还是上策。”众将皆想：“真是老滑头。一会儿朝东，一会儿朝西，时时不忘见风使舵，无怪乎他会弃宋投元了。”

史天泽沉默良久，这时才悠悠开口：“刘大人说得对，自古攻城者下，攻心者上，不战而屈人之兵，才是兵家正道。如今襄阳人心动摇，正是招降良机。”他年纪最大，功劳也高，这话一说，众人无不点头。刘整一拂袖，冷笑道：“刘某万万不会再去的。”

伯颜沉吟片刻，皱眉说：“要取信吕德，非得有分量的大将不可，谁去？”史天泽眉头一皱，默然不语。阿术正要说话，阿里海牙忽地起身道：“我去！”伯颜微微一怔，却听阿里海牙朗声道，“我见圣上时，圣上曾说：‘自古攻取江南的人，宋太祖的大将曹彬做得最好，他平定了江南，但很少杀人。你若能不杀人而夺取江南，那就是我的曹彬了。’我时常念着这话，心里很不是味儿，我们这些蒙古人、色目人，难道就不如那个汉人吗？”

伯颜点头道：“圣上说得是，但此行委实凶险！”阿里海牙道：“我知道凶险，但以我一人的生死为赌注，救活一城性命，想也是了不起的功德。”他微微一笑，“更何况，我也不信，吕德到了这个节骨眼儿上，还敢对我怎样！”伯颜皱眉不语。阿里海牙笑道，“若元帅还不放心，阿里海牙请你派一人随我前往，必然保我无事。”伯颜道：“谁？”

阿里海牙道：“梁萧！”伯颜怪道：“为什么？”阿里海牙笑道：“当日我这条命是他历经生死，从宋人手上救下的。以梁萧的骁勇，就算是城头万箭齐发，也未必伤得了我。”伯颜道：“他还在受刑呢！”阿里海牙笑道：“就请元帅高抬贵手！”刘整暗暗捏了把冷汗，心想：“乖乖，几乎连阿里海牙也开罪了。”

伯颜失笑道：“阿里海牙，你是变着法儿给他求情啊！好，看在襄阳的分儿上，我饶了他。”阿术道：“他挨了棒子，怕是乘不得马！”伯颜摇头说：“这两棒算什么？只配给他挠痒！阿里海牙，你放他下来，陪你去襄阳。”他故意让阿里海牙去放梁萧，让梁萧感其恩德、誓死护卫。

阿里海牙乘马赶到辕门，但见前方人潮涌动，许多士卒聚在旗杆下指指点点。走近一看，梁萧被铁索吊于旗杆之上，双眼微闭，脸色难看。阿里海牙心中暗叹："元帅这一招太狠，他是带兵大将，受了奇耻大辱，日后怎能服众？"急命亲兵将人群驱散，传了伯颜旨意，放下梁萧。

梁萧内力深厚，并不惧怕棍棒，但受了如此侮辱，心中恨怒欲狂，直到听说伯颜答应劝降，心头方才舒展了一些。

两人乘马径往襄阳城去。土土哈等人听说事情凶险，都要跟来，全被梁萧喝退。两人到了城墙下，只见城上张弓满矢，早已对准二人。

阿里海牙吸了一口气，定一定神，高叫："元右丞阿里海牙求见吕德吕大人！"吕德见元军停下炮击，甚是意外，此刻正混在士卒中观看究竟，听了这话，眉头大皱。云殊正要命人发箭，吕德挥手止住他，朗声道："我是吕德，海牙大人，你是来劝降的吗？"阿里海牙道："不错，如今襄阳城孤城独危，飞鸟断绝，城中百姓饥寒交迫，人竟相食，可说已濒临绝境。将军此时不降，更待何时？"

吕德沉声道："我世受大宋国恩，委以守土之责，当战死沙场、与城偕亡，以报圣上恩德。海牙大人，我不用箭射你，你请回吧。只盼破城之时，大人想着今日，少杀几个百姓，吕某也就感激不尽了！"

阿里海牙没料他一口回绝，眉头一皱，正想措辞再劝，忽听梁萧朗声道："吕大人，你想死，死了最好！"城上众人大怒，阿里海牙也是一惊，心想："不好，我当真不该叫他跟来，此番弄巧成拙了。"云殊正要放箭，吕德沉声道："且慢，听他说什么，听完再射！"

梁萧扬声说："你大约想的是，死了以后名垂青史。没错，你死了名声大好。可是这满城百姓死了，又能有什么？听不到妻子叫唤，没有了儿女怜惜，看不到父母慈容，不见了姐妹笑颜。千秋之后，只有一堆白骨罢了。"城头军民听得这话，无不动容，心底好生凄凉。

吕德大怒，厉声喝道："好贼子，我饶你一命，你却口出狂言，来乱我军心！"正要让人放箭，忽听梁萧冷笑说："军心顶个屁用。不出十日，襄阳必破。

你骂我是贼子，我看你才是大贼！别的贼不过借月黑风高，取金盗银，换取一时富贵；你却打着忠孝仁义之号，窃走这一城人的性命，换取你千秋百世的名声！”

梁萧今日见了吃人惨象，心中悔恨莫及，当日他在伏牛山立下重誓，若不灭宋，就是自毁诺言。是以襄阳城破与不破，在他心中已是一个极大的难题。正自矛盾难解，忽听见吕德决意死守，忍不住出言相讥。阿里海牙只听得心惊肉跳，寻思：“罢了，他救我一命，大不了再还给他！”

城上宋军听了这番言语，哗然一片。云殊忍不住叫道：“这人不可言喻。吕大人，速速下令将他射杀，以免他胡言乱语动摇军心。”吕德却沉默一会儿，颓然收手，扬声道：“海牙大人，元军被我襄樊二城阻了十年之久，劳师费力，死伤无数，哪一个不是心怀怨恨？自成吉思汗以来，元人旦逢抵挡，必然屠城。就算我肯降城，你能担保，其他元军不杀一个军民吗？”

阿里海牙闻言松了一口气，朗声道：“圣上说过，只要你们全城肯降，我们也就秋毫无犯。本有一份圣旨，但路上被你身边的白衣人劫走了，你不妨向他讨来看看！”吕德回望云殊。云殊道：“那圣旨我看过，鞑子皇帝确是写过些花言巧语，诱降大人！”吕德皱眉沉吟。梁萧见他动心，抽出羽箭道：“吕大人，你可知元人最恶毒的誓言是什么吗？”吕德一怔，脱口道：“折箭为誓！”

梁萧将羽箭递给阿里海牙，阿里海牙点点头，大声道：“好！”举箭过顶，朗声道，“我阿里海牙对长生天立誓，只要吕大人投降，我以性命担保，不伤襄阳城任何人！”说罢折箭两段，掷于地上。吕德微微动容，叹了口气，说道：“容吕某考虑一阵，三日之内，定给大人一个答复！”

阿里海牙点了点头，与梁萧策马返回，禀告伯颜。伯颜命众将准备攻城器械，若吕德三日后不降，便全力轰击，强行破城。

当夜襄阳城内，宋军将领争执不休。有人以为事到如今，非降不可；有人却宁死不降，以求完名。吕德独上城楼，遥望南方，但见元军火光烛天，舰船弥江，心中说不出的苦涩。

他自结发从军以来，与强敌苦战半生，自合州打到襄阳，转战数千里，死守十余年，虽知元军势大，难免有此一日，已抱了必死的决心，可是这日当真到来，却又不知所措。降是失节，不降葬送了满城百姓，降与不降，两股念头在他心中交战。忽然间，数十年往事涌上心头，想起当年合州城下，与梁文靖携手退敌，击毙蒙古大汗，宴饮欢歌，何等扬眉吐气。而今事穷势迫，竟是生死两难。

吕德仰望苍天，禁不住失声痛哭，心想："淮安啊淮安，你在哪儿？大宋国主昏庸，奸臣当道，吕德空负杀敌之心，难伸报国之志。若有你在，怎么会有今日之局？淮安啊，你在何处？可听得见吕德的召唤吗？"一时泪如雨下，湿透战袍。

忽听有人道："吕大人吗？"吕德急忙拭泪，但见云殊、靳飞远远走来。吕德慌忙起身，靳飞拱手一礼，说道："大人到底有何打算？"吕德摇头不语。靳飞沉声道，"大人万不可被元人言语蛊惑。"云殊道："正是，元人凶残无道，不可轻信。"

靳飞摇头道："这与凶残无关。常言说，'生死事小，失节事大'。自古忠烈之士，无不名垂青史；投降失节者，无不受尽唾骂。唐代张公巡死守睢阳，城破身亡，千秋之下，还有人设祀。而又有几个降将，能得后人怀想呢？大人死守至今，于大宋功德无量，进一步，便是流芳百世；退一步，日后史书上面，也只得称您为贰臣了。所谓为山九仞，不可功亏一篑！"

吕德看他一眼，淡然道："筑就这座山，可得用满城军民的尸骨来筑。"靳飞冷笑道："大人退后一步，后方的百姓可就尸积成山了。更何况，古人道'凭君莫话封侯事，一将功成万骨枯'，大人从军为将，也该明白这个道理！"

吕德见他目中精光灼灼，语气渐渐激烈，再看云殊手按剑柄，目光四下游离，不由心跳加快。他智谋高深，否则也不能与大元的名将精骑苦战十载，但瞧两人神色，就已猜到几分。原来，靳飞察言观色，看出吕德心旌动摇，故意来探他口风，若他说出半个"降"字，马上就要与云殊用强，挟持吕德，逼他死守。

吕德心念数转，站起踱了几步，大声道："靳飞兄说得是，吕某心意已决！精忠报国，玉石俱焚，定与襄阳同存。只是，唉……"靳飞听他说得如此坚决，不由得大喜："大人有什么难处？"

吕德道："如今缺衣少粮，攻守用具也已告罄，照此下去，襄阳城迟早破亡。

若是破了，与降了又有什么分别？我之所以愁眉难舒，正是为此。”靳飞与云殊对视一眼，也各自发愁。吕德又道，“我守襄阳数年以来，唯有云公子和靳门主能通过元军封锁，嗯……”说到这儿，眼中微露犹豫。

靳飞慨然道：“此事义不容辞，但求吕大人发一封信与郢州大将。我和云殊马上潜出襄阳，率领宋人水军，以‘水禽鱼龙阵’运送粮草器械，进援襄阳。”吕德迟疑道：“云公子是我的得力臂助，倘若离开，如断吕某一臂。况且刘整依樊城列下水阵，汉江水道已遭元人把持，再想泅水出城，千难万难。”

云殊道：“‘水禽鱼龙阵’变化奥妙，离了我，其他人不能驾驭。嗯，不走水道，就走陆上，我们可以少带人手，趁夜出城。万请大人苦守月余，以待我练好阵势。”

吕德又连说危险，靳飞固请出城，他这才答应。靳飞因形势危急，当夜召集人手，与云殊、方澜一道，系绳于腰，垂出城外。吕德目视众人身影消失于黑夜之中，舒了口气，忽地拜倒在地，涩声说：“云公子，事穷势迫，无法挽回，吕某思虑再三，终是狠不下心肠，断送一城百姓。大宋安危，就交给你了。”眼中含泪，冲着众人去处拜了三拜，站起身来，对发呆的亲兵道：“传我将令，封好府库，毁掉‘天罡破阵弩’。号令三军，明日午时三刻，开门降城！”

梁萧从帅帐返营，一路上胸口便似堵了什么，百姓的哀号声声在耳，一旦闭上双眼，城中的惨景就历历涌现。他不禁心想：“大宋的城池成百上千，难道每攻一城，便有一战？唉，沙场上兵对兵、将对将，赌生赌死也罢了，如果牵连无辜百姓，实在叫人为难。兵法常说‘不战而屈人之兵’，但真有不战而胜、不伤百姓的战法吗？”

他冥思苦想，也想不出一个万全的法子，焦躁间，生出一个念头：“我发誓灭宋，难道错了……”这念头只如火光一闪，又被掐灭，他咬牙寻思，“娘常说：‘大丈夫言出必践，不可自毁誓言。’我折弓为誓，与阿里海牙折箭一样……”他心中烦闷，不愿回营与诸军相会，径自打马来到阿雪帐前，只听帐内传来兰娅的声音，似乎在说一个故事。走进一看，只见阿雪趴在床上，大眼瞪圆，听得津津有味，见梁萧进来，笑道：“哥哥来得正好！兰娅姐姐在讲故事，叫什么一千一夜……”兰娅掩口笑道：“是《一千零一夜》。”

阿雪笑道：“对，《一千零一夜》。”梁萧看她笑靥如花，神色欢欣，心头略略一宽，说道：“兰娅，多谢你看顾她。”兰娅笑道：“你尽会假客气。”抚着阿雪的肩，“阿雪很可爱，我也喜欢她。”梁萧叹道：“可惜太笨，跟你沾染些聪明气儿也好。”阿雪笑道：“是呀，我最爱听姐姐讲故事，姐姐千万陪着阿雪，说上一千零一个晚上。”

兰娅一笑，笑容有些勉强，柔声道：“可惜，姐姐只能给你说一个晚上了。”阿雪一怔，不明其意。梁萧却露出惊讶，问道：“兰娅，你要去哪儿？”兰娅眉间一黯，叹道：“襄阳炮已成，城破在即，我不想看到三日后城破时的惨象，还是先走的好。”梁萧道：“三日后或许会降城也说不定。”兰娅深深看他一眼，冷冷说：“你能断定吗？”梁萧张了张嘴，却没出声，一时如坐针毡，忍不住站起身来，踱来踱去。

兰娅叹道：“破城必屠，向来是蒙军的通例。当年旭烈兀大汗西征，攻破了报达城（按：蒙古语对巴格达的称呼），屠杀了整整三天，直到城中再无壮年男子。老师每每说起那件事，都是无比伤心。”她的口气力持平静，眉眼却已微微泛红。

梁萧心中冰冷，说道：“你老师与蒙古人仇深似海，又为何还要设计‘回族炮’？”兰娅叹道：“大元皇帝是天下蒙古人的共主，他对伊儿汗下了旨意，老师倘若违背，那么马拉加的智慧之光将会永远熄灭。这次本该老师前来，但他年纪大了，走不了这么远的路程，爹爹和我才代替他来这里。”

梁萧一时默然，兰娅凝视他说：“梁萧，‘襄阳炮’是魔鬼的手臂，‘木霹雳’是地狱的孽火。你已让魔鬼从烈火中复生，若还继续征战，将来即便死去，灵魂也难得安宁。”梁萧微觉生气，放声道：“兰娅，你诅咒我吗？”兰娅苦笑道：“你是了不起的聪明人，一定会明白我的话。老师已然年迈，就像高山顶上的积雪，一阵大风吹过，就会簌簌坠落。梁萧，你放下长枪和弓箭，随我去马拉加吧！你是当今伟大的数学家中之最伟大者，一定能继承我的老师，成为新的贤明者之王。”

两人的对答均用回语，阿雪听不明白，只觉两人脸色凝重，帐中的空气也似凝固住了。她呼吸艰难，心儿突突直跳，低头捻着衣角，偷眼望去，梁萧的额上青筋凸起，脸色阵红阵白，几次欲要开口，却终究没吐出一个字。阿雪正觉奇怪，忽见兰娅转头笑道："阿雪，还要听故事吗？"阿雪连连点头。

兰娅又说了两个极好听的故事，夜色渐沉，阿雪听着听着，困意上来，伏在她怀里睡去。兰娅将她平放在床上，盖好被子。阿雪的脸上挂着笑意，似乎进入了《一千零一夜》的世界，正与王子、公主一起冒险。兰娅与阿雪相交短暂，却已深深喜欢上她的纯真无邪，想到离别在即，心酸难言，低头在她脸上亲了一口，泪水包含不住，点点滴落在阿雪脸上。阿雪咿唔一声，若有所觉，兰娅忙拭了泪，转出帐外。梁萧也钻出帐子，说道："兰娅，我送你回去。"

两人并骑到了扎马鲁丁帐外，梁萧张了张嘴，终究没能出声。正要掉转马头，忽听兰娅道："梁萧！"梁萧回头一看，兰娅翻身下马，亭亭站在月华深处，神色不胜凄楚。

梁萧心跳加快，问道："有事吗？"女子静静地看着梁萧，幽蓝的眸子闪闪发亮，缓缓说："明天早上，我在东边官道上的亭子等你，希望你改变主意。"梁萧心头微微一乱。兰娅忽地捂脸，飞也似的奔入大帐。

梁萧目送她投入浓浓的夜色，心思起伏难平。一会儿想到父亲的死状，一会儿又想到母亲临别时的眼神；一会儿想到花晓霜娇怯怯的身形，一会儿又想到柳莺莺的嫣然笑语。时光流转，月已中天，凉风徐来，梁萧悚然而惊，只觉眼角微微潮湿。他跨上战马，回望襄阳，心中一阵说不出的厌倦："三日后宋军不降，又会怎样？如果刘整滥杀无辜，我豁出这条性命，也要杀他个落花流水。"

他主意已定，心头重负稍微减轻，打马转回百丈山大营，还未近前，就听人声鼎沸。梁萧情知出了大事，飞马入营。一个钦察骑兵见他，迎上来叫道："将军，宋人闯营！"梁萧道："人多吗？"钦察士兵道："人不多，武艺厉害。土土哈他们很生气，一路追上去了！"梁萧心头一震，急道："去了哪儿？"钦察士兵手指东南方向。

梁萧来不及多问，拍马便走。追出不足二里，就看地上散落许多人马尸体，有元人，也有宋人，有人身中数十箭，如同刺猬；有人扼住钦察兵的脖子，腹部却被弯刀戳穿，二人张口突目，僵死一处；还有人长矛刺穿马腹，将钦察兵连人带马穿在一处，钦察兵的长矛却将他钉在地上。双方的死状惨烈无比，当是两军在此遭遇，恶战一场。

梁萧驰马狂奔，心急如焚，忽见前方缓缓行来二百余骑，为首的正是土土哈。王可怀抱一人，不时伸手抹泪。梁萧望得队伍中没有杨榷，心儿不觉下沉。众人见了他，一个个双眼红肿，拍马过来。梁萧瞧瞧王可怀中的杨榷，已是面色惨灰，气绝多时了。

梁萧眼前发黑，脑子里空白一片，恍惚听王可哽咽说："梁大哥，又……又是那个贼子……"他便不说，梁萧也已瞧出来了，杨榷中的那剑，是从"大有"位出手，绕过护心镜刺入膻中穴，正是"归藏剑"的手笔。

土土哈将长矛一插，厉声道："不杀了那个使剑的宋狗，我土土哈誓不还乡！"李庭、囊古歹、王可个个目透寒芒，高叫："对！不报此仇，誓不还乡！"梁萧身为大将，不便在人前流露怯态，挥一挥手，转身就走。他一边拍马向前，眼泪却止不住地流下来。

当夜来不及准备后事，梁萧帐中的灯火亮了一夜，众人围着杨榷尸身枯坐。直到次日午时，阿雪赶到，也伤心落泪一场，再见众人粒米未进，便张罗了一些稀粥，众人不忍相拒，只好用了。

梁萧被她一岔，才想起兰娅昨夜所言，匆忙上马。本以为兰娅已经走了，谁知离长亭尚远，忽见扎马鲁丁与兰娅坐在亭中，路上歇了百余兵士，想必是为护送二人。

梁萧略一犹疑，终究未能上前，下马退到路边。遥见兰娅神色焦虑，起身踱步，忽然间，扎马鲁丁站起身来，冲她低声说话，兰娅转过身子，肩头连连颤抖。扎马鲁丁叹了口气，又拍拍她肩，说了几句什么，兰娅呆呆站了一会儿，终于伸袖抹眼，翻身上了一匹阿拉伯马，缓缓向北行去。行了数步，她又回头张望，反复十余次，直到转过大道，再也不见。

梁萧上马眺望，尘烟未定，人影却无，心中不由一片空茫。他与兰娅相交未久，但志趣相投，谈论算学，浑忘日月。如今赵山、杨榷先后殒命，怨仇越结越深，终究无法轻易放下。也许过不了多久，他也会战死沙场，永沦幽冥，想到这些，梁萧心灰意冷，怏怏策马回营。

第三日午时，襄阳城门洞开，吕德素衣白帽，徒步出城。伯颜得报，亲往受降，封吕德为襄樊大都督，随侍左右。

消息传入宋境，大宋朝野愁云惨雾，哀声一片。时人作诗叹道："吕将军在守襄阳，襄阳十年铁脊梁。望断援兵无消息，声声骂杀贾平章。"贾平章便是贾似道，说他没援襄阳不免失实，可是吕德孤军奋战，死守十余载，宋廷却日益昏庸，将略不明，救兵始终难至，致使襄樊二城最终陷落。贾似道权奸乱国，实为襄樊沦陷的祸首，诗中不怪吕德降城，却怨贾似道祸国，足见世人心中自有公道。

襄樊之地，素被称为"天下之腰脊"，一肩挑南，一肩担北，北通河南，西抵巴蜀，南达湖广，东进江淮。自古南北相争，襄樊先受其兵。襄樊失陷，大宋边防被拦腰截断，江汉千里，暴露于元军的兵锋之下。

雪融冰消，天时渐暖，至元十一年匆匆来到，依照宋历，是为咸淳十年。年初，忽必烈传旨征讨大宋。不料三月间，史天泽夜巡军营，偶感风寒，竟然一病不起。他年过古稀，气血早衰，挨了两天一夜，便撒手而亡。

伯颜率众将祭奠一番，安慰过史氏家人，方才告别。梁萧随众出了史府，心中恹恹不乐："土土哈、李庭嚷着建功立业，便如史天泽一样又如何呢？功名利禄，难道能带入泥土吗？"正自寻思，忽听伯颜道："梁萧。"梁萧抬眼一瞧，却见伯颜目光炯炯，说道，"你随我来。"抖缰疾行，策马直奔城门，梁萧莫名所以，悻悻跟在后面。

到了城外，四野荒芜，寥寥几个农夫，面目愁苦，在田间慢慢行走。襄樊十年大战，城内城外十室九空，万顷良田尽皆沦为了战场。

忽见一只野兔跳出草丛，撒腿狂奔，一只黄狼衔尾追出，前爪按地，凌空扑向野兔头顶。此时忽生异响，一支鸣镝掠至，从黄狼颈上没入，射入野兔背脊。

伯颜吐了口气，正要放下强弓，忽听半空传来清亮雁叫，侧身引弓，但见一队大雁，排成人字向北飞去。伯颜张弓良久，却没放箭，凝望雁阵远去，弛弦叹道："梁萧，你射过大雕吗？"梁萧摇头。

伯颜长笑道："怒马骋大漠，惊弓落猛禽，那才是真正的畅快。可惜，大宋未灭，难以北还啊！唉，不知这一仗打到什么时候。"梁萧听了这话，才知伯颜引弓不发，竟是生出故乡之思，不觉心口一热，说道："不打仗最好！"话一出口，又觉不妥，心想："若不打仗，怎么报仇？"

伯颜看他一眼，笑道："梁萧，我上次下令打你，你还嫉恨我吗？"他见梁萧拧眉不语，心知他怨气未平，不由笑道，"算我不好，但你以下犯上，也做过头了。当时若不打你，就得砍你脑袋了。"梁萧也知他说得没错，不由得苦笑。伯颜一抬眼，鞭指一座古庙道，"咱们去那里看看！"

二人到庙前，只见墙垣颓败，门前立着一方石碑。伯颜翻身下马，屏退左右，手抚碑顶，沉吟不语。梁萧见碑下有石龟驮负，上镌许多文字，斑驳脱落，似乎年代已久了。

伯颜忽说："梁萧，你知这石碑来历吗？"梁萧摇头。伯颜手指前方土庙，"这是羊太傅庙，用来祭祀晋人羊祜。这羊祜是汉人中的名将，当年司马氏灭亡东吴，一统三国，都是出自他的主意。可惜的是，这人想好了消灭东吴的计谋，却没有活到平定天下的一天，生前几度上表伐吴，都被皇帝回绝。他壮志难伸，每望南方都落泪不止，故而这碑又叫'堕泪碑'。"他沉默时许，看了梁萧一眼，"你可知天下为何会有战争？"梁萧一怔，如实道："我不知道！"

伯颜道："说来也简单，只要数国并存，便免不得战争。"梁萧奇道："数国并存？"伯颜笑笑说："想当年，我蒙古诸部纷争，千余年战火不息。直至太祖出世，凭天纵英明，武略神机，经历种种艰难困苦，始将蒙古人合并如一，令其再不争斗。你也想必知道，汉人斗得最狠的时候，都是诸侯割据的时候，上有春秋战国，下有三国两晋，唐代之后，朝代兴替更如走马，先是五代十国，后有宋辽交锋，再后来宋、金、夏、大理、吐蕃五国攻战，杀戮极惨。现如今，金、夏、大理、吐蕃虽灭，却有宋元争雄，可说四百年纷争从未平息。"

梁萧忍不住问："这么说，定要天下一统，才无战争吗？"伯颜道："这话说得对！自古以来，有识之士莫不想廓清海内、混一天下。唯有四海如一，方可致以太平。这羊祜堕泪，哭的不是一人荣辱，而是天下苍生！今日的大宋仿佛当年的东吴，一日不平，南北必然征战不息，既有战事，最先吃亏的，就是两国百姓了。”

梁萧皱眉道：“干吗非得打打杀杀？和和气气岂不更好？”伯颜摆手道：“你见过不吃绵羊的老虎吗？我们厉害，可打汉人；汉人强了，也会打我们！汉将霍去病就说过：‘匈奴未灭，何以家为？’大汉雄强了，北击匈奴；大唐昌盛了，征服突厥，攻打高丽；大宋太宗，不也打过契丹吗？嘿，只怪他不自量力，打不过人家罢了。”

梁萧沉吟道：“这么说，有国家之分，便有强弱；有强弱之别，便有战争？”伯颜并不正面答他，话锋一转：“听说你伙伴死了？”梁萧默然点头。伯颜叹道，“你为人讲义气，那是很好。不过，一人性命与亿万苍生相较，孰轻孰重呢？”

梁萧一怔。伯颜走了数步，忽地转过身子，厉声说道：“所谓人生苦短，堂堂七尺男儿，当挽强弓，跨烈马，平定天下！便如羊祜一般，千年以后尚有美名流传。若为一个人的生死，成日伤心满怀，唉声叹气，试问百年之后，谁还记得你梁萧呢？”他手指田中农夫，“你和这莽汉村夫，又有什么分别呢？”

梁萧从来胸无大志，行事只凭意气，从未想过什么治国平天下的大道理，听了这番言语，微觉茫然。伯颜眼中神采飞扬，朗声道：“最好的牛皮鼓，轻轻一碰，就能发出雷一样的声音。最聪明的人，不用我说太多的道理！你流着成吉思汗的血，你的才干让世人妒忌。”他手臂一挥，冷笑道，“刘整区区降将，又算得了什么？”

梁萧年少血热，听得这话，脱口道：“大元帅……”嗓子一哽，竟说不下去。伯颜摆手笑道：“你明白就好，不必说出来。如今史天泽死了，我将他的兵马交给你统率，你敢接手吗？”梁萧愣了一下，微微笑道：“韩信将兵，多多益善。”伯颜打量他一眼，笑骂：“你这小子，倒是大言不惭。”他目光一转，忽又遥望南方，“只愿这次一统天下，千秋万代，永无战争。”梁萧听到这话，心头剧震，喃喃道：“千秋万代，永无战争……”他念了两遍，不胜向往，凝视远方旷野，不觉一时痴了。

是年七月，宋度宗赵基心力交瘁，病故于临安。同年，贾似道立年仅四岁的赵显为帝，一手把持朝政，封锁前方消息。大宋朝野惶惶，风雨飘摇。伯颜得细作禀报，心知时机成熟，率大军二十万，顺汉水南下。其间靳飞、云殊屡兴义军，但宋军将庸兵弱，义军拼死作战，也是杯水车薪。

当年冬天，元军渡过长江，伯颜率兵夹江而进。大宋兵部尚书吕师夔，殿前指挥使范文虎等重臣大将纷纷投降，献媚取宠，丑态百出。

襄樊陷落，贾似道始终封锁消息，不料前方一败涂地，再也掩盖不住。消息传到临安，大宋举朝震惊，力请贾似道亲征退敌。贾似道被逼无奈，命夏贵为副帅，统领水陆大军二十万，战船三千余艘，逆江西进，与元军交战于鲁港。

两军对圆，十余万元军齐声发喊，如江上惊雷，顺流而下。宋人陆上兵马虽弱，但精熟水战，逆流奋击。双方久战未决，夏贵心中发虚，忽趁众人不觉，船掉头就逃。这时间，贾似道搂着酒杯，靠着爱妾香肩观战。他对军阵一窍不通，眼看双方厮杀激烈，也不知谁胜谁负。乍见夏贵经过帅船，忙叫："胜了吗？"夏贵嚷道："抵不住了！"贾似道大惊失色，他本是泼皮出身，再也不顾斯文，跳脚大骂："贼厮鸟，也不早说！"匆匆拉着爱妾，"扑通"一声，跳上了早已备好的快船，紧跟着夏贵的屁股，一前一后，飞也似的逃了。

有人瞧见正副统帅先后走脱，大声叫喊起来，前方宋军闻声，斗志烟消。军中将领纷纷逃走，一时间，军中自相冲突，乱成一团。元人趁势进击，宋军兵败如山，降者十余万，粮草辎重全部失落。

鲁港败绩传到临安，大宋朝野怒不可遏。谢太后命将贾似道革职拿办，流放循州，这时贾似道众叛亲离，束手就擒，押解中途为官差所杀。

鲁港战败以后，江淮宋军斗志全无，或逃或降，鲜有抵抗。元军兵分三路，梁萧沿江南东进，不日抵达京口，忽得伯颜将令，命他返回扬州。

梁萧抵达扬州，伯颜召集诸将，会于中军大帐。伯颜神色阴沉，说道："圣上有旨，命征宋大军暂停南下，准备西巡。"梁萧奇道："为何西巡？不打大宋了吗？"

阿术沉着脸道："西北出了乱子！窝阔台的孙子，叶密立的海都乘我大军南征，西北空虚，纠集西北诸王，在塔那思河边结盟，认为圣上施行'汉法'，践踏了太祖遗训。诸大叛王集结铁骑二十余万，以海都为首，越过了阿尔泰山，直逼旧都和林。"

伯颜皱眉道："海都足智多谋，善于用兵，乃是圣上的劲敌。圣上如今犹豫难决，让人传话说：'朕两度攻打，两度无功而返。眼看伯颜此次成功，海都又来生事。若为南方沼泽之地，丢了北方大好基业，好比得了羊，丢了牛，得不偿失。'是以命我与宋廷议和，划江而治。"

阿术道："宋人连番惨败，军无战心，正是用兵之时！若与宋人议和，让他们缓过气来，来日攻打难上十倍。海都兵马虽众，但西北诸王其心不一，依我看，只需精兵数万，足可遏其锋芒，又何必调动南征的兵马呢？"

伯颜苦笑道："阿术，我与你的想法一样！如今我前往大都，设法说服圣上。我不在军中，你代行主帅之责。"他顿了顿，又道："梁萧。"梁萧应声而起，伯颜道，"我命你为水陆兵马大总管，辅佐阿术，统领大军。"梁萧应了，伯颜又叮嘱一番，遣散众将，连夜赶往大都。

是夜梁萧扎营瓜州，营盘方定，闻报郭守敬求见。他大喜过望，出帐迎接。二人久别重逢，握手寒暄一阵，郭守敬笑道："梁大人，郭某此次特来辞行。"梁萧问道："要回大都？"郭守敬道："如今大军驻扎不前，我也不用再建水站，加上今年黄河水又涨得厉害，大有泛滥之势，圣上召我北还，拟议疏河泄洪。"

梁萧叹道："干戈未平，水患又起，这天下真是纷扰不息啊！"郭守敬也叹："所谓天地不仁，以万物为刍狗。这天下的纷扰，总是无穷无尽！"二人各怀心事，捧茶默然。阿雪待在一边，见两人的神色忽转沉重，心中奇怪："刚才还有说有笑，怎么又不高兴了？"

郭守敬又说："梁将军，郭某有一句话，不知当说不当说？"梁萧道："郭大人无须客气。"郭守敬扶案而起，叹道："将军一身经天纬地之才，用于征战杀戮，不觉得可惜了吗？"梁萧听得一愣。郭守敬望了望阿雪，欲言又止。梁萧摆手道："此间并无外人，郭大人有话直说。"

郭守敬点了点头，正色道："梁将军非同俗流，郭某也就不妨直言了。"他站起身来，负手走了几步，望着帐外晴空，"圣上承父祖霸业，雄心勃勃，欲要包举四海、创立百世不易之功。梁将军韬略过人，战必胜，攻必克，可是常言说得好：'自古无千年之国。'就算大元一统，又挨得过多少年光阴呢？"他转过头来，目光如炬，"试问数百年后，皇皇史册，又以将军为何人呢？将军百年之后，留与后世以何物呢？"

梁萧不料他说出这番话来，心中奇怪，说道："常言道：'人死万事空。'身后事哪儿管得了？"郭守敬摇头说："此言不妥。世间虽无千年之国，却有存留千年的东西，只看将军有没有这个兴趣。"梁萧心头一动，脱口道："莫非朝廷要重修历法？"

郭守敬拍手笑道："梁将军料事如神！自祖冲之制《大明历》以来，历经千年，未有多少改进。缘由有二：一则测量地域不广；二则数术上有不可逾越的难关。如今天下一统在望，大元疆域之广，必当远超汉唐。圣上有心于各地设立天文台，观测日月，重修一部新历。"他说到这里，但见梁萧侧耳倾听，知他动心，微微笑道，"将军数术之精独步当今，若能与郭某携手完成新历，当为天下黎民之幸，足可遗惠百世之人！"

梁萧向日被困于"天圆地方洞"，便有推创新历，压倒前人的念头，只是这种大事，不是一人之力可以成功。数年来他迭经变故，这念头从未断过，反而一日比一日强烈，听郭守敬一说，不由得激动起来，起身走了十来步，忽又黯然叹气："可惜我军务缠身呢！"

郭守敬笑道："这个不急！郭某想过了，此次测量北至钦察汗国，西至伊儿汗国，东至高丽，南至琼州。琼州隶属于大宋，大宋未灭，此事无从谈起。这次返回大都，我会向圣上推举将军主持太史局，监修历法，只不过，届时将军放得下手中赫赫兵权、滔天富贵吗？"梁萧淡淡地说："与编修历法相比，打仗算什么？富贵又算什么？"

郭守敬拍手大笑，说道："郭某果然没看错，梁将军正是我道中人！"梁萧道："军事告一段落，我就去大都会合大人。"郭守敬伸出手掌，笑道："一言为定！"梁萧一笑，也伸出手掌，两人击掌三次，相对大笑。

到了晚饭时分，阿雪整治了六样小菜和一壶果酒。梁萧与郭守敬把盏纵论，分外投机。说到兴起处，梁萧说道："若要改进《大明历》，须得在这五处下功夫：一为太阳盈缩；二为月行疾迟；三为黄赤道差；四为求二者度率积差；五为白道交周……"他谈得兴起，郭守敬听得眉开眼笑。两人各以手指蘸取酒水，在桌上涂画天文算法，描绘天文仪器，说到入神处，竟然忘了吃喝。阿雪忍不住出声提醒，二人方才作罢。

用过酒饭，两人兴致仍浓，联床夜话，一宿未眠。到得次日，郭守敬告辞北还，梁萧前往相送。他望着郭守敬人马背影，心中惆怅不已："郭大人心愿得偿，一举脱出军伍，潜心整治水利、修订历法，但我还得与这些宋军纠缠厮杀，真是叫人气闷。唉，只愿这一战之后，千秋万代，永无战争，容我与郭大人创建历法，图画山川，治理百艺，经营农桑，缔造出一个古今未有的煌煌盛世。"他与郭守敬一夕长谈，眼界陡开，所谋更为远大。但此时天下未定，天文历法、水利机械俱是空谈，惆怅之余，又觉无可奈何。

第十七章

# 蛇啸雀来

宋德祐元年五月，宋廷得知元人西北危急，丞相陈宜中斩杀元朝议和使节，上奏谢太后，誓言夺回两淮。谢太后凤颜大悦，命张世杰执掌三军帅印，聚集舟师万余艘，与靳飞合军一处，号称水陆二十万，进围京口。李庭芝也率步骑五万出扬州，进击阿术。当此存亡之秋，大宋一扫奸佞妖氛，精兵良将齐聚淮东，与元军决一死战。

宋人来势猛烈，京口守备土土哈连连告急。梁萧率军渡江，进抵京口。同月，元军诸将陆续会集，两军对峙于焦山，战舰数万，阻江断流。

尚未交战，降将范文虎面见阿术，说道："此去二十里有石公山，登山一望，宋军阵势尽收眼底。"阿术大喜，偕同军中大将往石公山观敌。

石公山耸峙江畔，山高百仞，颇有奇气。元军诸将登顶眺望，大江阔远，烟水苍茫，金山、焦山双峰遥峙，宋军战船千万，于两山间不时出没，阵势似方非方，似圆非圆，十船一队结成方阵，舻舳间十分紧密。

梁萧默察宋阵，忽道："不对！"阿术奇道："如何不对？"梁萧道："宋军这个阵势，叫作'天地玄黄阵'。十船一队，居中结成五阵，合以东、西、南、北、中五岳之位；五岳内外夹杂九阵，法于邹衍的大九州之数：晨土东南神州，深土正南邛州，滔土西南戎州，并土正西卄州，白土正中冀州，肥土西北柱州，成土北方玄州，隐土东北咸州，信土正东阳州。十四阵相生相衍，结成后土之象。”众人循其指点，果见宋阵内隐隐分作十四块，不由暗暗称奇。

梁萧又指宋军外阵：“后土阵外有玄天阵，又分化为二十四小阵，合以二十四节气：立春雨水，惊蛰春分，清明谷雨，立夏小满……”他一边述说，一面指出二十四阵方位，“玄天阵合于周天节气，后土阵合于八方地理，天地交泰，变幻无穷。据我所知，此阵早已失传，当初我也只见过残简。不过残简有言：‘此阵囊括天地，吞吐日月，御千万之兵如拈一芥，进退裕如，破无可破。’”

阿术听得神色一变，皱起眉头。忽听有人哈哈笑道：“晦气晦气，大好江山，却无人会赏，只得野狗一群，在此嚎东嚎西！”

众将一惊，回头瞧去，忽见光溜溜的大石上，凭空多了一个邋遢儒生，对着大江把酒临风，意态潇洒，宛如图画中人。

梁萧心中一凛，向那儒生拱手道：“公羊先生，许久不见，怎么一见面就骂人？”众将心中诧异：“梁萧怎么认识他？山下有精兵把守，这人又是怎么上来的？”

公羊羽笑笑说道：“我自骂野狗，哪里又骂人了？”众将听出嘲讽，无不大怒。梁萧皱了皱眉，扬声道：“你是云殊的师父？”公羊羽瞥他一眼，淡淡说：“那又怎样？”梁萧面无血色，点头道：“我懂了。”

公羊羽冷笑道：“你懂个屁！”目视大江，双眉一扬，举手拍打石块，沉吟道，“天地本无际，南北竟谁分？楼前多景，中原一恨杳难论！却似长江万里，忽有孤山两点，点破水晶盆，为借鞭霆力，驱去附昆仑！望淮阴，兵冶处，俨然存！看来天意，止欠士雅与刘琨，三拊当时顽石，唤醒隆中一老，细与酌芳尊，孟夏正须雨，一洗北尘昏！”

阿术听得奇怪，收摄心神，低声问水军总管张弘范：“他唱的是什么曲子？”张弘范颇通诗词，小声说：“这曲子说的是，江山壮美，我要像祖逖、刘琨一样驱逐胡虏，如诸葛孔明一般北伐中原。”

阿术面色一沉，以汉话叫道：“足下是谁？”公羊羽瞧他一眼，笑道：“你问我是谁？哈，我朝游北越暮苍梧，袖里青蛇胆气粗，三醉岳阳人不识，一剑飞过洞庭湖！”众亲兵忍耐不住，飞身扑上，谁知刚刚举刀，就觉浑身一麻，不能动弹。公羊羽的诗句还没念完，十多个亲兵早已张口怒目，犹如木塑泥雕，一个个定在当场。

公羊羽大袖一垂，长笑道：“阿术，你道我是谁？”这首诗是吕洞宾所作，公羊羽随口引来，本是以风流神仙自况，阿术不解其意，只觉眼前诡异莫名，背脊生寒，厉声叫道：“大伙儿当心，这酸丁会妖法！”

公羊羽“呸”了一声，说道：“分明是仙术，你却说是妖法。唉，人说鞑子蠢如牛马，果然不假，跟你说话，真叫对牛弹琴！”阿术定了定神，沉声道：“闲话少说，足下到底有何贵干？”公羊羽笑嘻嘻地道：“区区穷困潦倒，贵干不敢当。李太白曾有言：‘天地赌一掷，未能忘战争。’我这次来，只想和你们那个鸟皇帝忽必烈天南地北，赌上一局！”

阿术只觉此人言辞古怪，心想：“遇上这种大刺客，走一步算一步，跟他说话拖延时机。”假意想了想，说道：“好啊，足下要怎么赌？”

公羊羽拍手笑道：“果然是对牛弹琴！所谓天地赌一掷，当然是掷骰子了。赌注嘛，就是这天这地。不过赌徒有了，赌注有了，骰子也不能少！”从身边提起一个布囊，随手一抖，布囊中骨碌碌滚出一颗人头。

阿术看清人头容貌，失声叫道：“燕铁木儿！”公羊羽笑道：“这个家伙叫燕铁木儿吗？我瞧他耀武扬威，顺手将他带上来了。”他嘻嘻一笑，指着人头，“这算我第一个骰子，听说他是劳什子马军万夫长，所以算作三点。”燕铁木儿是元军万户，骁勇善战，如今身首分离，直叫众将生出兔死狐悲之感。

阿术身为大将，不甘示弱，冷笑说：“万夫长是三点的骰子，本帅想必是六点了。”公羊羽大指一翘，笑道：“果真是三军统帅，大有自知之明。可惜，六点只得一个，掷不出六六大顺、至尊豹子。不过，天幸还有三位总管，姓梁的小兔崽子是水陆大总管，算作五点。陆军总管阿剌罕算作四点，水军总管张弘范算作四点。参议政事董文炳带兵不多，官品尚可，好歹也算作四点。至于这个范文虎，卖国求荣，败类中的败类，算作一点都抬举他了，拿来做骰子，脏了老子的手。”范文虎被他骂得狗血淋头，面带怒容，心里却是一阵窃喜。

此时日未中天，江水如带，远景旷夷，原本十分写意，但这小小的石公山头，气氛却是沉重如铅。公羊羽始终笑容不改，好比赴会清谈。但他越是谈笑风生，诸将越觉喘不过气来。他们平日号令千军万马，手握无数人的性命，但如这样身为鱼肉，任人宰割，却是从未有过的奇事。

公羊羽手拈胡须，又笑道："赌徒赌徒，非三即六。穷酸我方才手风不顺，只掷了个三点，敢问诸位，穷酸下一回掷个什么点数才好？"目光扫过诸将，眼见无人出列，他冷冷一笑，正要讥讽，忽见梁萧足不沾地越众而出，挥手在一名亲兵背上拍落，那人四肢乱舞，穴道顿解。梁萧在人堆里左一穿，右一突，身如蝶飞，掌如电闪，眨眼间，十余亲兵前仰后合，全都活动开来。梁萧身形一敛，足下不丁不八，淡淡说道："公羊先生请了！"

公羊羽的脸上青气一闪，口中却笑着说："五点来了，好得很！"右掌一扬，徐徐拍向梁萧胸际。他的掌风凝若实质，梁萧挥掌一迎，胸中气血翻腾，不由得倒退三步。后方一名亲兵不知好歹，抢上扶他，指尖刚刚碰到脊背，整个人飞出六丈，一个跟斗落下悬崖，凄厉惨呼，远远传来。

公羊羽不待梁萧站定，一闪身到他头顶，大笑道："兔崽子，下山去吧！"梁萧不敢硬接，长剑出鞘，直奔对手胸腹。公羊羽哼了一声，袖里青螭剑破空而出，剑如薄纸，曲直无方，宛如群蛇攒动，刺向他周身要害。

二人剑如飞电，乍起乍落拆了五招，出招虽快，剑身却无半点交接，看似各舞各的，实则无一不是避实击虚的杀招。

公羊羽五剑落空，心中又吃惊，又难过："此子假以时日，必成一代宗师。可恨他助纣为虐，武功越强，祸害越大，若不将他铲除，还不知要害死多少宋人。"心肠忽变刚硬，长剑一疾，刺向梁萧面门。

梁萧向后一纵，忽觉足底踏空，心头大为震惊："糟糕！后面是悬崖！"刚要稳住去势，公羊羽剑势如风，长驱而来，就在众人惊呼声中，梁萧身形后仰，坠落悬崖。他情急智生，望着崖壁缝隙，奋力运剑刺入，"当啷"一声，梁萧一手抓剑，身子悬空，随着浩荡江风来回飘荡。

公羊羽并不追击，拈须笑道：“这招‘猴子上吊’使得好！”梁萧自知难免一死，索性扬声高叫：“公羊羽，你使招‘野狗吃屎’来刺我啊！”他所在方位甚低，公羊羽心想：“如果刺他，势必俯身，形如野狗匍匐，岂非中了他的言语！”犹疑间，背后风响，众亲兵挥刀扑来。公羊羽转身一掌，扫翻四个，众亲兵悚然止步，忽听阿术大喝：“后退者斩！”他军令如山，亲兵们纷纷拼死上前。

公羊羽笑道：“虾兵蟹将，一点都不算，如果掷出来，老子岂不大输特输！”软剑缩回袖间，一晃身，抓住阿术心口，举在手里笑道，“你口口声声叫人送死，自个儿的本领倒也平常。”诸将眼见主帅被制，无不大惊失色。

梁萧得了机会，一抖手，拔剑翻上悬崖，半空中沉喝一声，剑行“涣剑道”，涣者，巽上坎下，宛如狂风吹雨，向公羊羽背后洒落。公羊羽本是故意放他上来，见势笑道：“来得好。”抓住阿术背心，将他当作盾牌应敌。梁萧剑势不止，唰唰唰，一连六剑刺出，剑身被他的内力逼成弧形，每一剑都贴着阿术的脸鼻腰身掠过。

诸将瞧得惊心动魄，齐声叫喊：“梁萧，你疯了？”梁萧默不作声。他的剑法拿捏精准，看似挥剑乱刺，但绝不伤着阿术，反而不时绕过他的身子，刺向公羊羽的要害。阿术知他心意，剑锋掠过额际，也是目不交瞬。

公羊羽瞧他二人一个超然自信、纵剑急攻，一个坦然受之、托以生死，以他生平自负，心头也掠过一丝寒意：“元人有此将帅，无怪乎所向披靡。”

想到此处，动了爱才念头，将阿术拉在一旁，伸指拈住梁萧剑尖，一压一弹。梁萧只觉一股热流从虎口直蹿上来，半条手臂似乎被烈火烧灼，匆忙收剑跳开。

公羊羽笑道：“泰山崩于前，猛虎蹑于后，其色不变。你这鞑子元帅，定力真是不错。好，梁萧，你我两人赌一回，就赌这平章阿术的性命。你胜了，我饶他不死；你败了，必须自刭以谢。”

梁萧自知无法逼公羊羽放人，双眉一挑，说道：“你说怎么个赌法？”阿术心头一热，甚为感动。公羊羽一时性起，定下赌约，话一出口，微微后悔：“今时不同往日，稍有不慎，大宋休矣。虽说当年我立下誓约，不问天下兴亡，但毕竟是气话，梁文靖那小子说得对：‘朝廷无能，百姓何辜？’今日此时，老夫决不能容这些鞑子大将活着下山。”

他心意已决，微微笑道：“好，你猜猜，我手里这个平章阿术，是死的还是活的？”梁萧一愣，心想：“自然是活的。”正要出口，忽又惊觉，“不对，阿术的死活，全都操于他手。我猜活的，他掌力一吐，阿术没命；我猜死的，公羊羽让阿术活着，我也非得自刭不可。”不由得怔在当场。

公羊羽心中焦躁：“小子奸猾，不肯上当，他只要答个‘活’字，我就大发利市，一下赚齐五六两点。”便笑道：“还没想好吗？我数到三，你再不猜出，便算是输，一……”梁萧脸色发白，口唇颤抖，一时说不出话来。

公羊羽笑道：“二！”正要说三，忽听有人冷冷道：“我猜是活的。”声音不甚响亮，阴沉沉却如闷雷。公羊羽心头一凛，转眼望去，萧千绝黑衣飘飘，卓立在一块山石之上。

公羊羽微微变色，笑道：“老怪物，怕你猜错了。”掌力未吐，背后一股恶风压来，公羊羽青螭剑反手刺出，顿听虎吼如雷。就在他分神的当儿，萧千绝晃身抢到，挥掌按在阿术肩头，一道内力透肩而入，撞中公羊羽的掌心。公羊羽前后受敌，应付不暇，手腕一热，竟被萧千绝的内劲撞得脱手。欲要再抓，萧千绝已抓着阿术飘退丈余，冷冷道：“老穷酸，你说谁猜错了？”

公羊羽哼了一声，侧眼望去，那头黑虎三爪踞地，龇牙怒吼，还有一爪不停刨土，爪上鲜血淋漓、剑伤宛然。公羊羽暗生恼怒：“好个畜生，坏我大事。”众将瞧这一人、一兽凭空钻出，无不大奇。梁萧盯着萧千绝，握剑的手一阵发抖。

一名亲兵掏出号角，呜呜呜吹了起来。山腰的卫兵听到号响，呼喊着冲上山头。公羊羽目光闪动，忽地笑道：“萧老怪，你有样本事堪称天下第一，穷酸很是佩服。”萧千绝冷冷道：“什么本事？”公羊羽笑道：“你跟风吃屁的本事，称得上天下第一！不管老子身在何处，你总能闻风而来，不对不对，当是闻屁而来才是！”

萧千绝面肌微一牵动，冷笑道：“不敢当。你老穷酸也有一样本事，称得天下第一。”公羊羽笑道：“老子天下第一的本事不止一样，不知你说的哪一样。”萧千绝道：“别的本事不足道，但你一见老子，便逃得不见踪影，这‘逃之夭夭、屁滚尿流’的本事，萧某很是服气！”

公羊羽摇头晃脑地说：“这就是你老怪物不对了。诗云：‘窈窕淑女，君子好逑。’男人追女人，古已有之。区区一介君子，爱慕淑女，不好男风，哪儿受得了你苦苦相逼！”言下之意，萧千绝四下追逼，竟是出于断袖之癖。众人愕然之余，纷纷拿眼盯着萧千绝，心想：“这老头儿冷眉冷眼，却有如此癖好？”

萧千绝气得七窍生烟，怒道：“放屁，放屁！”公羊羽大袖捂鼻，说道：“连放两个，臭极！臭极！”说罢哈哈大笑，笑声冲天而起。山上众人中，除了萧千绝与梁萧，无不耳鼓生痛，头晕心跳，几乎便要站立不住。

萧千绝听他笑得古怪，暗自留心，斜眼瞥去，宋军阵中飘起一面丝绸风筝，形如蜈蚣，长约十丈。萧千绝心中微觉讶异，公羊羽一抬手，青螭剑嗡然刺出。萧千绝后退半步，信手反击，数丈之内，两团人影呼呼乱转，指剑相击，铮铮连声，仿佛千百珍珠落入玉盘，断是难分先后缓急。

涌上山顶的士卒越来越多，将两大高手团团围住。梁萧眼看公羊羽前是萧千绝，后是千军万马，有心助他脱身，喝道：“老王八，看剑！”猱身而上，一剑刺向萧千绝。众将见状，无不怒喝惊叫。

梁萧全不理会，一味纵剑急攻。萧千绝忽然遭袭，不由倒退三步，不料公羊羽怒道：“要你小狗多事！”转剑刺向梁萧。梁萧躲闪不及，眼见软剑穿心，萧千绝忽又逼近，一掌劈来。

公羊羽无奈放过梁萧，回剑应付大敌。梁萧缓过气来，挥剑又刺萧千绝。萧千绝怒道：“小畜生讨死吗？”嘴上虽硬，但以一对二终究勉强，只得权且闪避。

公羊羽得了空子，绰剑又刺梁萧，梁萧这次有了防备，转瞬间二人换过两剑，萧千绝纵身上前，正要出掌，不料公羊羽和梁萧双剑一分，齐齐刺来。萧千绝连变数次身法才得避开，抬眼一瞧，那两人又斗在一起，不由得怒火上冲，双掌分击两人，二人只得与他周旋。这么乍分乍合，转眼拆了百招，仍是难解难分。元军将士只怕伤了梁萧，尽管持刀弯弓，可也不敢乱动。

激斗中，东北风起，宋军那面风筝凭借风势，越升越高，接近石公山顶。公羊羽瞪了瞪梁萧，又瞪了瞪萧千绝，忽地一剑逼开梁萧，向萧千绝拍出一掌，萧千绝挥掌相接。

二掌相交，公羊羽哈哈大笑，说道：“老怪物，我先走一步！”萧千绝一愣，恍然大悟，厉喝一声，飞步抢上。忽见公羊羽一个跟斗向崖外纵出，口中笑道：“不送不送。”他轻功本自超绝，加上萧千绝的掌力，这一纵远过十丈。石公山高及百仞，任他如何厉害，跳下也难活命，众人只道他临死不屈、跳崖自尽，梁萧更是心头一酸，险些落下泪来！

江风呼啸，只见那面风筝定在半空，将一条粗大麻索绷得笔直，阳光洒过，绳索晶亮，似是抹过油脂。公羊羽右手一扬，十丈白绫卷上绳索，风筝微微一沉，将他悬在半空。他将白绫分成两股，套在绳上，顺着百丈长索悠然滑下。

山上哗然而惊，羽箭乱如雨点，向公羊羽射去。老穷酸右手剑光飞旋，将来箭尽数扫落。只因绳索抹了油脂，他去势奇快，有如流星经天，顷刻到了弓箭射程之外。江上两军见此奇景，人人手指天空，发出阵阵惊呼。

阿术忽地夺过一张硬弓，取出火箭点燃，一箭射向绳索。绳索涂满膏油，一点便燃，腾起一条火龙，顺风吞没风筝。公羊羽骤失平衡，落向江心。这时距离江面还有十丈，万人呼喊中，他一个跟斗翻至绳索上方，迎风展袖，衣衫鼓胀如球，落势慢过绳索，阿术脱口惊呼：“好酸丁！”喝声中，绳索落江，公羊羽踏索飞行，飘飘然滑入宋军阵中。

梁萧见公羊羽奇计脱险，心中稍定，掉头看时，不见了萧千绝的人影。他提剑追赶，可萧千绝骑虎而行，翻山越岭如履平地，梁萧追到山下，只见一片旷野，没有了仇人的踪迹。

返回大营，梁萧想到公羊羽帮云殊来杀自己，心中闷闷不乐，草草处理军务，回房躺下歇息。睡在床上，想到公羊羽华山授艺的情形，辗转难眠，不觉夜深。这时忽听屋顶传来凌厉呼啸，不似狂风过顶，却如高手比试武功。

他心中大凛，披衣出门，抬眼一看，两道人影在房顶上忽来忽去，交错间呼呼作响。

梁萧认出是公羊羽和萧千绝，大觉吃惊。府内人闻声惊起，纷纷燃起灯火。忽听公羊羽笑道：“萧老怪，这里都是你的同伙，敢与我去城外吗？”萧千绝冷冷道：“去就去！”

二人身形一分，并肩往城外奔去，梁萧纵身上房，紧随其后。一转眼，三人的脚力分出高下，公羊羽和萧千绝并肩而行，梁萧则落了一箭之地。

他一气追上城楼，只见那二人不知用了什么手段，早已越城南去，两点人影去如飞箭，转瞬投入暗夜。梁萧心想："公羊先生又来杀我？我倒要和他理论明白，到底是我错了，还是云殊错了？至于萧千绝，我与他仇深似海，打仗事小，报仇事大。"于是打开城门，尽力追赶二人。

他一路飞奔，不时可见二人踪迹，树折石裂，宛如飓风扫过。梁萧触目惊心，自忖寻上萧千绝，也是必死无疑，一念及此，胸中腾起一股悲壮之气，明知凶多吉少，足下也不消停。

向西南追了半夜，两人的足迹忽又浅淡。到了次日凌晨，忽地失了线索，梁萧四处搜寻，也无蛛丝马迹，两个大活人就似凭空消失。

梁萧一路向前，经过几处村镇，十室十空，不见一个活人。唯见折枪断弓，尸首散落，尸首多为宋元士兵，也有不少寻常百姓，其状惨不可言。梁萧惊疑不定，奔行百里，终于遇上了一群宋人百姓，一问才知有几支元军偏师经过，屡与宋军交战，百姓害怕乱军劫掠，纷纷弃了故园，向南逃亡。

梁萧见这些宋人个个垢面跣足、神色凄惶，联想一路所见，心中悔意大生。向日他誓言灭宋，谁知一仗仗打下来，竟会落到这般田地。目睹襄阳城内的惨状，他已暗生悔恨，所以至今征战，全因伯颜一统天下，再无战争的壮语。可是一路征战下来，他目睹杀戮之惨，内心无时无刻不在煎熬。这一晚，他看尽了千村荒芜、万户流离的惨象，悔恨之余，又觉心意恍惚，寻思这么下去，不知还会死多少人，还要牵累多少百姓。也许真如兰娅所说，这一战之后，纵使永世太平，他的灵魂也不得安宁。

梁萧呆呆伫立，等到还醒过来，百姓早已远去。望着众人背影，他的心中有如毒蛇噬咬："萧千绝害我父母尽没，流离失所，如今我又害得这些百姓失去家园，这么看来，我与萧千绝又有什么分别？"

他不顾性命赶来，只为报仇雪恨，可是这么一想，忽又意兴阑珊，报仇的念头大打折扣。他昏昏然、茫茫然，走了不知多远，夜深时，双腿如灌铅铁，跌坐在一棵大树下面，眺望鬼域似的村镇，狂风掠过树梢，声如人马哀号，听来格外凄厉。

梁萧心力交瘁，迷糊睡了一会儿，寅卯交时，忽被一声怪笑惊醒。那笑声尖细高昂，夹杂咝咝异响。梁萧惊觉爬起，笑声忽又一歇，四野归于沉寂。

笑声起处漆黑无光，梁萧心生寒意，循声走了数里，忽见前方房舍井然，原是一座村落。此时天色将明，曙光微微，绰约勾勒出村后起伏的山影。

这一路走来，梁萧无心之间，已近黄山地界。走近时，村前横七竖八躺了十来具元军尸首。梁萧抢上去扯开一人衣衫，见他胸口一团黑印，好似一只极阴沉的眸子，死死冲他盯来。梁萧心头打了个突，细看时，那士兵浑身其软如绵，三百多根骨骼节节寸断。

梁萧大为惊疑，猜想兵士当是被人一拳震毙，全身骨骼为拳劲波及，统统碎裂。凶手的拳劲之霸道歹毒，闻所未闻，再看其他兵士，均是胸有拳印，骨骼尽碎。

他沉吟半晌，挖了个坑，将这些人就地埋了，望了村口一阵，抖擞精神，向里走去。他怕凶手就在村中，浑身蓄满内劲，可是走了一程，村中户户门窗大开，户内空无一人。时当黎明，气寒风冷，厉风穿牖越户，凄凄惨惨，仿佛百鬼夜哭。

梁萧纵然胆大，一想到凶人在侧，也觉心跳加剧。忽听一声大响，不由得失声叫道："谁？"斜眼瞥去，一扇木门在风中嘎吱摇晃，风势再紧，门扇又"砰"的一声打在框上。

他松了一口气，转眼间，门扇开合之间，似有人影闪动。梁萧心头一凛，飞身纵起，穿门而入，却见室内空空，并无一人。正觉奇怪，忽见地上一道长长的人影，原来晨光初放，将人影自窗外投入室内。梁萧破窗而出，忽见前方大街上，一字站了六人，胸背相连，垂手而立。

那六人也是元军装束，梁萧一皱眉，叫道："你们是谁的部下？"那六人痴痴呆呆，不动不语。梁萧心中奇怪，走上前去，一拍最后那人肩头，"啪"，六人如倒骨牌，叠在一起。梁萧大惊失色，凝神一看，六人吐舌瞪眼，早已气绝多时。

六个死者不似村外元军，骨骼完好，身上也无伤痕，只是最末一人断了右手小指，第五人断了左手小指，梁萧看到第四人，审察许久，才发觉他的左足小趾已断。第三人则断了右足小趾，第二人最奇，头发节节寸断，除此再无损伤。梁萧惊疑不定，打量第一人，那人浑身上下丝毫无损，梁萧想了想，撕开他的衣甲，吃惊地发现，那人的胸口也有一团漆黑拳印。

梁萧心头一跳，轻轻地“咦”了一声，惊叫声出口。忽听有人冷笑道：“你也看出来了？”梁萧应声望去，远处萧然站立一人，衣着懒散，气派洒脱。

梁萧垂手起身，叹道：“公羊先生。”略一迟疑，又问，“这些人是你杀的？”

公羊羽冷哼一声，说道：“无名小卒，杀之徒然污了手脚。”他上下打量梁萧，“你若想死，我倒是乐意成全。”梁萧微微苦笑，问道：“萧千绝呢？”公羊羽淡然道：“他遇上故交，正在亲热呢。”

梁萧见公羊羽独自现身，心中疑惑不解，沉默一会儿，叹道：“这六个人与我同袍从军，先生稍等片刻，容我将他们葬了。”拔剑挖了个大坑，将六人就地掩埋。

公羊羽在一边瞧着，冷不丁问道：“他们死了有你埋葬，不知你死了，又有谁来埋葬？”

梁萧听了这话，想起从军以来，征战频仍，尸积如山，千万将士倒在战场，变成了一具具无知尸首。自己活到今天，实属万幸，不由叹道：“人生百年，莫不有死，死后埋与不埋，又有什么分别？难道说，来年先生弃世，也能料到谁来埋葬自己？”

公羊羽抛妻弃子，身边再无亲人，只怕百年以后，也是遗骨荒山、无人掩埋。想着心中凄凉，苦笑道：“好，看在你父亲面上，你死了之后，老夫让你入土为安。”

梁萧心中百味杂陈，他此来本想与公羊羽辩论，可是一路行来，目睹战祸之惨，心中悔恨莫及。他自知罪孽深重，只想：“今日死于他手，也是莫大解脱。不过父仇未报，娘也去向不明，我束手就死，怎么对得起他们？”

公羊羽也被他一席话勾起生平憾事，皱眉沉思：“天机宫我是回不去了，一子一女有名无实。百年以后，恐怕也无人为我添香祭奠。唉，梁文靖那孩子本来很好，可恨坏在老怪物手里，这个仇我非报不可。不过……他只有这个儿子，死了岂不绝后？”早先他听说梁萧攻宋之举，勃然大怒，只想一杀了之，想到这儿，忽又犹疑不决。

梁萧见他久久不语，正觉奇怪，公羊羽忽地抬头说：“小子，你可知道，这六个元军怎么死的？”梁萧略一迟疑，说道：“是被人一拳震死，但为何第二人断发，后面的四人断了手指、脚趾？”

公羊羽道：“这正是那人厉害的地方。一拳震死六人原也不难，难的是他拳劲所及，只断指骨、趾骨、头发，并不波及其余。内力之妙，可说收发由心。”

梁萧心头一凛，问道：“萧千绝吗？”公羊羽摇头说：“萧老怪杀人，双掌所过，人头落地，没有这么多花里胡哨。这门武功出自天竺，梵文名叫‘湿婆军荼利’，‘湿婆’是婆罗门教破坏之神，‘军荼利’是‘瑜伽术’里对内力的称呼，也有蛇的意思。是以这内功也叫‘破坏神之蛇’，大成以后，内劲犹如千百毒蛇，游走于对手体内，至于伤心碎骨，还是摧肝断肠，全凭修炼者的心意了。”

梁萧道：“这么看来，那人已然大成了。”公羊羽淡淡地说：“没有大成也差不多了！”梁萧双眉一挑：“他叫什么名字？”公羊羽瞅他一眼，笑道：“你小娃儿死到临头，问题倒还不少。”梁萧心里微微有气，扬声道：“先生要杀就杀，何必尽说废话？”

公羊羽望着他，心中暗暗叹气：“我若一心杀你，何必多说废话？唉，眼下老夫硬不起这个心肠，非得叫你惹我动怒不可。”于是试探道：“这人内功高明，你很佩服吗？”练这“破坏神之蛇”的人大奸大恶，梁萧只要答一个“是”字，公羊羽心中一怒，立马就能取他性命，是以话一出口，目不转睛地盯着梁萧。

梁萧却摇头说：“天下让我佩服的不过四人，这个人不在其中。”公羊羽大失所望，随口问道：“你佩服哪四个人？”

梁萧道：“其中之一是位大和尚，他意气冲天，敢作敢为。梁萧佩服的人中，他算第四个。”公羊羽道：“你说九如和尚？”梁萧道：“先生也认识？”公羊羽冷哼一声，答非所问：“第二人呢？”梁萧道：“第二人是了情道长，至于原因，也不必说了。”公羊羽听得连连点头，笑道：“这个自然，她排第一对不对？”梁萧摇头道：“她排第三。”公羊羽面色一沉，心想：“我倒要听听谁排第一。”

梁萧又说："我第二佩服的是一位小姑娘。"公羊羽心头怒起："一个小女娃儿，怎能与慧心比肩？"想着怒哼一声。

梁萧看他一眼，叹道："这位小姑娘身患不治之症，却不自暴自弃，乐于助人。如果无她相助，也无梁萧今日。"公羊羽听到这儿，神色稍缓，微微点头。

梁萧顿了顿，又说："至于梁萧最佩服的，却是一个大元的官儿。"公羊羽眼中精光一闪，劲透双手，忽听梁萧说道，"这人姓郭名守敬，他兴修水利、精研历法，成就千秋之功，遗惠百世之人。梁萧佩服的人中，数他第一。"

公羊羽听到此处，怒气渐平，点头道："倘若如你所说，此人无论在元在宋，均是叫人钦佩。"他嘴里如此说，但梁萧佩服的人中竟无自己，心头总觉不是滋味。忽听梁萧又道："先生的武功、才智天下少有，可惜抛妻弃子、罔顾亲情，又叫梁萧不太佩服了。"

公羊羽勃然大怒，可转念一想，如果因此杀了梁萧，岂不自认心虚？想来想去，将一腔怒火生生压下，冷笑道："你小娃儿乳臭未干，又懂什么亲情？"心里却想："我何必自己动手？叫他乖乖自尽，岂不更好？"沉吟一下，忽道："小子，你随我来。"他转身就走，梁萧只得举步跟上。

来到村头一株苍松下，天光已白，四野亮堂。公羊羽一掌击中树干，松针下落如雨。公羊羽大袖一扬，袖间生出吸力，千百松针聚成一线，陆续收入袖中。公羊羽收完松针，说道："小子，我出手杀你，恃强凌弱，胜之不武。石公山上，你我赌约未竟，现在不妨续上一续。"

梁萧微微吃惊，忽见公羊羽大袖再挥，袖间的松针嗖嗖射在黄泥地上，摆成一个图形，似方非方、似圆非圆。公羊羽道："你认识吗？"

梁萧随口道："这是天地玄黄阵。宋军的阵势，出自先生的手笔吧？"公羊羽笑了笑，不置可否："你在石公山大放厥词，想必有点儿见识。如今我这阵图之中，一枚松针算是一个士兵，你破了此阵，我饶你不死；你要破不了，自己抹脖子了账。"

梁萧审视阵图，摇头说："我没有收发松针的本事，怎么与你比斗？"公羊羽笑道："这不难，以你眼下的修为，我一说你就会了！"

他自忖梁萧难逃一死，当下也不藏私，拈起一枚松针说："我这法子叫作'碧微箭'，以碧针为箭，以内力为弓，将这松针射出就是。"见梁萧神色疑惑，又说，"我问你，弓能射箭，却是为何？"

梁萧精于骑射，应声答道："弓背刚硬，弓弦柔韧。左手紧握弓背，右手拉开弓弦，刚柔相济，就能把箭射出。"公羊羽点头道："不错，一张弓里有刚有柔，你的内力就没有刚柔吗？"梁萧恍然道："先生之意，是以刚劲为弧，柔劲为弦，松针为羽箭？"

公羊羽叹道："你这混账小子，悟性真是了得。老子有言：'天之道，其犹张弓欤，高者抑之，下者举之，有余者损之，不足者补之。'又道：'将欲歙之，固必张之。'碧微箭的诀窍就在这两句话里面。"跟着又细说如何走脉、如何运劲。

梁萧悟性本高，华山以后，内力兼具阴阳刚柔，听完拈起一枚松针，加以五成刚劲，五成柔劲，刚劲外放，柔劲内收，"嗖——"松针应声飞出，深深插入泥中。

公羊羽淡淡说道："记清楚了，外刚内柔谓之出，外柔内刚谓之入。"梁萧一点头，挥拳击中树干，松针簌簌下落。再一掌拍出，掌力与适才相反，柔劲外吐，刚劲内收，势如倒转长弓，弓背在内，弓弦在外，将箭反射回来。松针受他掌力牵引，纷纷落入袖中。

公羊羽见他颖悟，心中越发遗憾，摇头叹道："说起来，这道理也不限于松针伤人。来日你内力臻达化境，吹秋毫，射微尘，那也未尝不可。只不过，你若活到那时，天下怕也无人是你的敌手了。"

梁萧听出他弦外之音，微微苦笑，劲分刚柔，松针自袖中射出，也排出一个阵形，似方非方、似圆非圆。公羊羽目光一闪，冷笑道："你也用这个？"梁萧道："天地玄黄，百阵之王。除了以彼攻彼，再无别的良方。"

公羊羽道："算你小子有见识。"一挥袖，地上松针如被风吹，"玄天二十四阵"运转开来："立春阵"若殷雷滚滚；"雨水阵"如斜风吹雨；"惊蛰阵"蛟龙摆尾；"春分阵"自分阴阳；"立夏阵"奔腾似火；"芒种阵"锐如麦芒；"小暑""大暑"前后勾连；"小雪""大雪"左右彷徨；"霜降阵"如六合飞霜，无所不至；"寒露阵"似花间露水，聚散无方。二十四阵各依四季变化，分进合击不已。

梁萧也转动“玄天二十四阵”，“冬至阵”对上公羊羽的“夏至阵”，“秋分”对上“春分”，“大雪”对上“小暑”，“处暑”对上“清明”，“寒露”对上“谷雨”……“玄天二十四阵”合节气之变，自有阴阳生克，公羊羽阵法遭克，顿生凝滞。梁萧再一挥袖，“成土阵”从正北出，“隐土阵”自东北来，“晨土阵”自东南出，“滔土阵”从西南来。一时后土九阵各依方位，纷纭杀出。

公羊羽大袖轻挥，“玄天二十四阵”散至两翼，九州九阵居中突出。南火克西金，他以正南“深土阵”抵挡梁萧西方的“并土阵”，东木镇北水，以正东“信土阵”抵挡梁萧正北的“成土阵”。其他七阵也各依五行克制，势如白鹤展翅，飘逸中暗藏杀机。

梁萧认出这是阵势的“鹤翔之变”，于是扬声说道：“先生看我虎踞之形！”内劲到处，后土阵内收，玄天阵外突，形如踞地猛虎，与冲天白鹤遥遥相对。

公羊羽深知攻不可久，斗得片刻，阵势内敛，化为“鼍龙之势”。“鼍龙”为龙生九子之一，半龟半龙，这一变寓攻于守，暗藏杀机。

梁萧急变“凤翥之势”，以守为攻，公羊羽又变“黄龙之象”，玄天、后土二阵忽前忽后，好似神龙不见首尾。梁萧阵变“玄龟之形”，任其来回冲击，始终不动如山。

两人以内力驾驭松针，拼斗的却是智谋。“玄黄九变”变完，二人又另创新阵。仿佛弈棋一般，“玄黄九变”好比定势布局，布局已毕，再随机应变，各出新意。

公羊羽越斗越惊，心想：“此子年纪轻轻，算学如此精妙，此阵他不过初涉，我钻研多年，却占不了半点儿便宜。”却不知梁萧也是穷思竭虑，不敢疏忽半分。初时他只求自保，后来渐得妙趣，于学问之专注，反倒胜过性命了。

两人均为一等一的聪明人，此番斗智，棋逢对手。起初变阵疾如狂风，后来渐渐放缓，个个皱眉苦思，过了一时半会儿，才各出袖风，交换一轮变化。变到山穷水尽，又各自托腮长考，直到一方萌发灵感，再又变阵应对。

斗了两个时辰，胜负未分，忽听西方山中传来一声鹰唳，尖细悠长，久久不绝。公羊羽双眉一动，似有不耐。鹰叫响了良久，始终不歇。公羊羽忽地站起，一挥袖，两枚碧松针射向梁萧。

梁萧沉浸于阵法，不防他突然出手，膻中、神封两穴一麻，顿时动弹不得。忽听公羊羽笑道："阵法再斗不迟，咱们先去瞧瞧热闹！"

他起落如飞，转瞬奔出十里，到了一处山坳，跳上一块巨石，笑道："到啦！"顺手将人放下。

梁萧抬眼望去，远处翠嶂横空，云环雾绕，近处则是一片芦苇荡，芦花摇曳，堆银积雪。荡边立着一黑一白两道人影，黑的是萧千绝，另有一个白袍胡人，鼻高目深，面白无须，白发一丝不乱，形如佛陀般堆在头上。

梁萧目光一转，又见胡人身边坐了一个元军兵士，毡帽已脱，黑发委地。若非穴道被制，梁萧势必叫出声来。这兵士正是阿雪，她浑身僵直，坐在那儿，仿佛一个石人。

白袍人的唇边横了一支血红短笛，鹰唳声正是从笛中激发出来。天空中七八只苍鹰、鹞子连声尖叫，与两只秃鹫斗得羽毛乱飞。秃鹫悍勇无比，一啄一抓，就有一只鹰落地。梁萧想起，母亲曾说少时养过两只秃鹫，想来就是这两只了。

白袍人的笛声高起低伏，山鹰、岩隼不时飞来，围住秃鹫乱啄乱抓。梁萧瞧得暗暗吃惊："这人能用笛子驱使鹰隼？"

秃鹫寡不敌众，头翅先后中爪，身形摇晃不定，白袍人笛声一扬，数十只鹰隼、鹞子汹涌而上，喙爪齐施，半空中血雨纷飞，秃鹫七零八落，残躯先后落地。

萧千绝见状，八字眉向下一耷，重重哼了一声。白袍人停下鸟笛，扬声笑道："萧老怪，你输了，还有什么话说？"说罢哈哈大笑，笑声中夹杂嗞嗞怪响。梁萧心想："昨晚的怪笑声是他的？"

萧千绝沉默时许，冷冷说："这一阵算我输了。先说好的，先斗鸟儿，再比武功。"白袍人微微一笑，眼看萧千绝作势扑来，横笛于口，发出一串清亮的鹰唳。扑啦啦一阵响，满天鹰鹞呼啸冲下。

萧千绝大喝一声，双掌挥舞，空中似有无形刀剑，山鹰、岩隼折翅断头，败羽横飞，没死的枉自扑腾，纷纷坠落在地。一转眼，鹰隼屠戮殆尽，仅剩一只鹞子，仓皇欲逃，忽听一声虎啸，黑虎一蹿而起，自半空中将它扑了下来。

白袍人嗞嗞冷笑，说道："萧老怪，你的'天物刃'有些意思！"萧千绝两眼一翻，厉声道："还我鹫儿命来！"身形一晃，逼近三丈。白袍人手足不动，横飘两丈，让过一掌，笑道："萧老怪别急，再让你见识见识。"横笛吹奏起来，这次叽叽喳喳，尖细嘈杂。梁萧心想："这是什么鸟叫？"

萧千绝应声止步，冷笑道："好，我再瞧瞧，看你还有什么花活儿？"凝立不动，随手挥出三掌。白袍人身在数丈之外，也是左右躲闪，他的脸色难看，口中吹奏不绝。忽听四周叽叽喳喳，似有无数鸟雀应和，跟着天空一暗，梁萧抬眼望去，四面八方飞来无数麻雀，势如褐色云朵，飞快飘移过来。他恍然大悟："这人吹的是麻雀叫声！"

雀阵如疯似狂，利箭般嗖嗖射落。萧千绝掌风所过，雀尸势如雨坠，可是一群坠地，另一群又来，前仆后继，不知死为何物。

萧千绝初时出掌尚且从容，渐渐地越变越快，到后来双掌快如风轮，旋转如飞。麻雀还是越聚越多，遮天蔽日，铺天盖地，好似偌大黄山的麻雀都被鸟笛召来。

麻雀聚集已多，应着笛声分成两群，一群包围萧千绝，一群冲向那头黑虎，尖嘴乱啄，无孔不入。黑虎挥爪摇尾，厉声吼啸，可是顾头难顾尾，不多时两眼流血，嚎叫奔逃。麻雀穷追不舍，啄得血肉飞溅。黑虎奔出二十来丈，吼叫变成了哀嚎，忽然四爪一软，瘫在地上。

"天物刃"掌风虽厉，遇上这种怪事，也觉无法可施。麻雀本是百鸟中至为低贱弱小者，但因数量太巨，悍不畏死，一旦聚集，威力居然超过鹰隼。萧千绝杀透一层，又来一层，杀得雀尸堆积盈尺，掉头一看，目眦欲裂，那头黑虎为麻雀所啄食，血肉殆尽，只余白骨。

梁萧驰骋疆场，见过不少尸横遍野的惨状，可是见这情景，也觉微微心寒。忽听萧千绝一声大喝，呼呼数掌，将雀阵冲出一个口子，身如一朵黑云，径向芦苇荡中飘去。

梁萧见他露了这路轻功，心想萧千绝摆不脱这些麻雀，莫非想要入水避难？

萧千绝贴着芦苇滑出十丈，足不沾水，飘落对岸，手里多了一根芦苇，摘枝去叶，化为芦管。他眉间含煞，凑到嘴边吹奏起来。芦管声本就凄怨哀绝，经他内力催逼，更是断人肝肠。梁萧听得眼角一热，心中莫名酸楚，忙以《紫府元宗》中的

“洗心入定”之法，凝神守一，抗拒芦管。

芦管声升起，与白袍人的笛声纠缠一处，麻雀无所适从，绕着同类尸体哀鸣一阵，四面仓皇散去。

眼看雀阵消失，梁萧吐出一口长气，大有拨云见日的感受，明白萧千绝釜底抽薪，用芦管扰乱鸟笛。麻雀因笛声而来，笛声一破，雀阵也就破了。

雀阵虽破，但萧千绝不敢大意，调子越发哀怨，声如离人夜哭、怨妇悲吟，一股凄伤布满山谷。白袍人也变出百鸟鸣叫，莺语关关，黄鹂啾啁，乃至鸦鸣鹤唳，变化似无穷尽。

两人的音乐摇魂动魄，梁萧正在凝神抵御，忽听嘤嘤哭声，张眼望去，阿雪梨花带雨，哭得十分哀恸。原来，萧千绝的芦管太过悲切，她越听越觉难过，血气冲破禁制，幽幽哭出声音。禁制并未完全解开，她试图大哭，却又中气不足，哀恸宣泄不出，渐渐面色发白、双眼失去神采。

梁萧心知这么下去，阿雪势必伤心而死，情急之下运功冲穴，可是连冲数次，均是无功。忽听公羊羽一声长笑，盘膝坐下，青螭软剑横于膝上，屈指钩拿剑身，叮叮咚咚，仿佛切金断玉。

公羊羽笑道：“萧老怪，子曰‘哀而不伤’，你这芦管吹得乱七八糟，叫人听不下去。”他以剑代琴，挑引徵羽，按捺宫商，乐声婉妙，不亚于乌桐冰弦、古今名琴，曲调欢快跳脱，令哀苦为之一缓。

公羊羽朗声唱道：“野有死麕，白茅包之。有女怀春，吉士诱之。林有朴樕，野有死鹿。白茅纯束，有女如玉。舒而脱脱兮！无感我帨兮！无使尨也吠。”

这首《野有死麕》出自《诗经·召南》，讲的是荒野中，女子怀春，男子上前挑逗。曲中春意洋洋，天然生发。

公羊羽唱罢这曲，调子一转，又唱：“女曰鸡鸣，士曰昧旦。子兴视夜，明星有烂。将翱将翔，弋凫与雁。弋言加之，与子宜之。宜言饮酒，与子偕老。琴瑟在御，莫不静好……”

这首《女曰鸡鸣》出自《诗经·郑风》，讲的是一男一女午夜偷情，轻佻婉约，情意靡靡。这两首曲子一出，冲得芦管七零八落，阿雪不再悲伤，可又不知怎的，忽觉面红耳热，遐思纷纭，芳心可可，尽是梁萧的影子。

白袍人歇住鸟笛，呲呲笑道：“公羊兄也是我道中人？所谓‘关关雎鸠，在河之洲，窈窕淑女，君子好逑’。洒家年少慕艾，追求美色，那也是无日无之的。”他于汉诗所知不多，这时得以卖弄，大感得意，一边说，一边瞅了阿雪一眼，嘴角露出猥亵笑意。梁萧听得大大皱眉，心想：“这老东西五十岁出头，竟敢自称年少？”

公羊羽微微一笑，忽又唱道：“新台有泚，河水弥弥。燕婉之求，蘧篨不鲜。新台有洒，河水浼浼。燕婉之求，蘧篨不殄。渔网之设，鸿则离之。燕婉之求，得此戚施。”

白袍人听出曲子中似有嘲讽，可又不明词义，正皱眉头，忽听公羊羽笑道：“贺臭蛇，你可知‘燕婉之求，蘧篨不鲜’是什么意思？”白袍人笑道：“惭愧，洒家汉文粗通，不大明白。”

公羊羽微微一笑，说道：“简言之，就是癞蛤蟆想吃天鹅肉，不自量力的意思！”白袍人面色一沉，冷冷道：“公羊兄骂洒家是癞蛤蟆来着？”公羊羽笑道：“不错，老子连骂了你三句癞蛤蟆，你却一概不知，这叫不叫对牛弹琴？”白袍人面色难看，重重哼了一声

两人对答之际，萧千绝的芦管声一转，哀怨之意略减，绵绵之情大增。公羊羽听得一愣，萧千绝吹的竟是一曲《蒹葭》：“蒹葭苍苍，白露为霜，所谓伊人，在水一方。溯洄从之，道阻且长。溯游从之，宛在水中央……”这首曲子，专道一位男子历尽无数险阻，追求心中的爱人。

公羊羽本有心魔，一听大生共鸣。要知他遍天下寻找了情，自觉所受的苦楚，《蒹葭》之诗也不足以形容其万一。顿时自怜自伤，满心迷茫。

萧千绝将《蒹葭》吹完一遍，又吹一遍。公羊羽听得入耳，指下曲调竟也渐渐变成了《蒹葭》的调子：“蒹葭萋萋，白露未晞，所谓伊人，在水之湄。溯洄从之，道阻且跻。溯游从之，宛在水中坻……”

他与萧千绝精神交战，一瞬间，心与曲合，眼中渐生狂热迷乱。白袍人看出便宜，心想：“不除此人，更待何时？”横过鸟笛，发出雎鸠鸣声。雎鸠是情鸟，雌

雄相守，终身不弃，叫声婉转哀怨，势如煽风点火，令芦管声威力倍增。

公羊羽听着芦管鸟啼，心中忽高忽低，忽悲忽喜，恍惚中，只见了情白衣赤足、青丝委地，俏生生立在云水之间，笑颜清甜妩媚，令人血为之沸。公羊羽定定瞧着前方，眼里忽地流出泪水，失声高叫："慧心，你为何躲着我，为何躲着我？你可知我寻你的苦吗？溯洄从之，道阻且长，溯洄从之，道阻且长……"他平日自怨自苦，囿于身份，始终埋藏心底，此时喷薄而出，一发不可收。

**图书在版编目（CIP）数据**

昆仑 . 2 / 凤歌著 . — 成都：四川文艺出版社，2019.5
ISBN 978-7-5411-5142-2

Ⅰ . ①昆… Ⅱ . ①凤… Ⅲ . ①侠义小说－中国－当代
Ⅳ . ① I247.5

中国版本图书馆 CIP 数据核字（2018）第 203400 号

KUN LUN ER

# 昆仑Ⅱ

凤歌　著

责任编辑　邓　敏
责任校对　汪　平

出版发行　四川文艺出版社（成都市槐树街 2 号）
网　　址　www.scwys.com
电　　话　028-86259287（发行部）　028-86259303（编辑部）
传　　真　028-86259306

邮购地址　成都市槐树街 2 号四川文艺出版社邮购部　610031
印　　刷　河北鹏润印刷有限公司
成品尺寸　166mm × 235mm　　开　　本　16 开
印　　张　19　　字　　数　280 千
版　　次　2019 年 5 月第一版　　印　　次　2019 年 5 月第一次印刷
书　　号　ISBN 978-7-5411-5142-2
定　　价　42.00 元